Simone Kettendorf

Im Schatten des Apfelbaums

Roman

Der Kleine Buch Verlag

Impressum

Personen und Handlung sind frei erfunden. Ähnlichkeiten mit Personen und Sachverhalten sind rein zufällig und vom Autor nicht beabsichtigt.

Die deutsche Nationalbibliothek verzeichnet diese Publikation in der Deutschen Nationalbibliografie; detaillierte bibliografische Daten sind im Internet unter www.dnb.de abrufbar.

Lektorat: Lutz Brien

Korrektorat, Satz & Layout: Beatrice Hildebrand

Umschlaggestaltung: Manuela Wirtz, www.manuwirtz.de

Umschlagfoto © Flügelwesen, http://www.photocase.de
Apfel Innenteil © Ranveig, apple slice, Wikimedia Commons, lizenziert unter der Creative Commons Lizenz Attribution 2.0 Generic (CC BY 2.0)

Druck: PRESSEL, D - 73630 Remshalden

ISBN: 978-3-942637-61-9

Dieser Titel ist auch als E-Book erschienen:
ISBN: 978-3-942637-62-6

http://www.derkleinebuchverlag.de
http://www.facebook.com/DerKleineBuchVerlag

Selbst wenn ich wüsste, dass morgen die Welt zugrunde geht, würde ich heute noch einen Apfelbaum pflanzen.

Martin Luther

Für meine Mutter – für ihre Liebe und Stärke

DER AUFBRUCH

Prolog

Der Mann auf der Anklagebank war groß und kräftig gebaut. Er saß mit gebeugtem Oberkörper auf dem harten Holz, das Spuren von Fingernägeln aufwies. Außer seinen Spuren waren dort auch die anderer zu sehen. Sein Blick war auf seine spiegelblanken, italienischen Designerschuhe gerichtet. Die Luft im Raum vibrierte vor Spannung. Seine Fältchen an Stirn und Schläfen zeichneten sich deutlich ab. Klara fielen besonders die beiden tiefen Zornesfalten am oberen Nasenansatz auf. Je länger sie ihn musterte, desto vertrauter wurde er ihr. Es war nicht zu übersehen: Er hatte Angst!

Sie konnte ihren Blick nicht von ihm wenden. Nervös spielte er an seinen Fingernägeln und schaute hin und wieder hilfesuchend zu ihr hinüber. Sie wusste nicht, was sie für ihn empfand. War es Gleichgültigkeit, Mitleid, Trauer oder gab es tief in ihrem Innern doch noch ein Fünkchen Liebe für ihn? Liebe für einen Vater, den sie gar nicht kannte, der erst jetzt in ihr Leben getreten war, von dem sie nicht mehr wusste als seinen Namen und dass ihre Mutter ihn einmal geliebt hatte? Konnte sie eine Verbindung zu jemandem entwickeln, der nur durch den simplen Akt der Zeugung dazu berechtigt war, in ihr Leben zu treten? Minutenlang herrschte völlige Stille im Raum. Klara fühlte sich wie in einem Vakuum, einer unwirklichen Welt, in Watte gepackt, von der Außenwelt abgeschirmt.

Schließlich zerschnitt die barsche Stimme des Richters ihre wirren Gedanken.

„Möchte der Angeklagte noch ein Wort zu seiner Verteidigung sagen?“

„Ich kann nur wiederholen, was ich die ganze Zeit über gesagt habe: Ich bin Klaras Vater.“

Empört sprang ein drahtiger Mann, etwa im gleichen Alters wie der Angeklagte, auf und rief: „Aber Herr Richter, wir wissen doch alle, dass er lügt. Ich bin Klaras Vater. Ich habe sie großgezogen, bei mir hat sie sich ausgeweint und sich wohlgefühlt. Ich habe sie beschützt. Sie nennt mich ihren ‚Daddy‘. Ich bin ihr Vater!“

Ein Gemurmel ging durch den Saal. Der Richter bat energisch um Ruhe. Schließlich schlug er einige Male mit seinem Hammer auf eine Metallplatte. Die Menschen im Gerichtssaal verstummten. Die dumpfen Schläge tönten unheilvoll in der plötzlichen Stille des Raumes und hallten in Klaras Gehörgängen nach wie das Meeresrauschen in einer

Muschel, nur dunkler, unangenehmer. Sie musste sich zusammenreißen, um ihre Aufmerksamkeit wieder auf das Geschehen zu richten.

Eine Frauenstimme rief aus der hintersten Reihe: „Sie hat gar keinen Vater mehr. Ihr Vater ist tot. Das weiß jeder hier. Er ist tot!"

„Ruuuuheee!", schrie der Richter nun ziemlich aufgebracht. „Ich lasse Sie gleich alle aus dem Saal entfernen!"

Klara wurde immer unbehaglicher zumute. Alle starrten sie an, deuteten mit dem Finger auf sie und flüsterten sich gegenseitig Dinge ins Ohr, von denen Klara nur Bruchstücke verstand.

Schließlich erhob sich der Richter: „Fräulein Klara Seidel, nun ist es an Ihnen. Sie müssen sich entscheiden. Wer ist Ihr Vater? Der Angeklagte oder der Kläger? Oder haben Sie gar keinen Vater mehr?"

Klaras Gedanken wirbelten so schnell in ihrem Kopf, dass sie unfähig war, vernünftig zu denken oder sich auch nur zu rühren. Sie bewegte ihre Lippen, aber kein Ton fand den Weg hinaus. Sie hörte aus weiter Ferne den Richter immer wieder fragen: „Wie entscheiden Sie sich? Sie müssen sich jetzt entscheiden. Entscheiden Sie sich, entscheiden Sie sich, entscheiden Sie sich!"

Endlich löste sich Klara aus ihrer Erstarrung, holte tief Luft und stieß einen markerschütternden Schrei aus.

Schweißgebadet schlug Klara ihre Augen auf. Wo war sie? Sie saß senkrecht im Bett und zitterte am ganzen Körper. Endlich fiel die Verwirrung von ihr ab: Sie hatte wieder einen dieser fürchterlichen Alpträume gehabt. Mit immer noch wild klopfendem Herzen griff sie nach dem Wecker und wischte sich den Schweiß von der Stirn: Es war fünf Uhr morgens. In einer Stunde würde er klingeln und sie sich auf den Weg nach Frankreich machen. Seufzend knipste sie das Licht an und nahm einen Schluck aus der Wasserflasche, die neben dem Bett auf dem Nachttisch stand. Dann atmete sie tief durch. Anscheinend beschäftigte sie diese Reise mehr, als sie sich eingestehen wollte, denn in letzter Zeit waren ihre Alpträume wieder häufiger aufgetreten. Zum wiederholten Male fragte sie sich, ob ihre Entscheidung richtig war. Sollte sie wirklich für zwei Monate nach Frankreich fahren? Was würde sie dort erwarten?

Tag 1, erste Woche

„Und hier befindet sich die Küche."

Madame Monod stieß die Tür mit einer für ihr Alter sehr schwungvollen Bewegung auf. Klara folgte ihr in einen geräumigen Raum, der ebenerdig durch eine schmale, in altes Holz gefasste Glastür in den Garten hinausführte. Ihr Blick schweifte für ein paar Sekunden nach draußen. Eine Terrasse aus grauen Steinplatten umgab die Hälfte des Hauses und ermöglichte es, sich einen idealen Platz im Freien auszusuchen. Auch die Küche war genauso, wie sie sich immer eine ideale Küche vorgestellt hatte: Vielleicht etwas moderner eingerichtet, aber mit Blick ins Grüne.

„Sie können mit einem Gasherd umgehen?", riss die Vermieterin sie aus ihren Gedanken und Klara nickte, obwohl sie sich dessen nicht so sicher war. Sie trat an den massiven Holztisch, der alt, ja fast antik anmutete, genauso wie die Einrichtung im gesamten Haus. Trotz Klaras Vorliebe für das Moderne und Schlichte spürte sie den Charme dieses Raums, der ihr so viele Geschichten erzählen konnte.

Es sah hier alles so anders aus als in ihrer Wohnung in Köln und dennoch spürte Klara sofort, dass dies für sie der richtige Ort war zum Loslassen, Vergessen und für einen Neuanfang. Hier würde sie sich wohlfühlen und ihre alte Stärke wiederfinden. Und vielleicht würde sie noch einiges andere entdecken und verstehen lernen. Deshalb war sie schließlich hier.

„Das Häuschen ist etwas zu groß für nur eine Person. Ich hoffe, es gefällt Ihnen trotzdem." Klara hörte nur mit halbem Ohr zu und warf hin und wieder ein „Oui, Madame" und „Selbstverständlich, Madame!" ein, während sie weiter ihren Gedanken nachhing. Sie würde hier nicht einsamer sein als in Köln. Ist die Einsamkeit nicht dann am größten, wenn man sich inmitten von Menschen, die man kennt, verloren fühlt? Hier kannte sie niemanden, zumindest noch nicht.

Schließlich folgte sie Madame Monod ins obere Stockwerk, über eine schmale Holztreppe, die bei jedem Schritt knarrte.

„Diese Treppe ist fast 300 Jahre alt." Madame Monod lächelte stolz. „Wir haben sie von draußen nach drinnen versetzen lassen, als wir das Haus umgebaut haben. Sie müssen wissen, dass dies hier einmal eine große Scheune war. Die Treppe führte von außen auf den

Heuboden. Unten im Salon hängt noch ein altes Foto – das Gebäude ist wirklich kaum wiederzuerkennen."

Madame Monod öffnete eine alte Holztür, die den Weg in ein romantisch eingerichtetes Schlafzimmer preisgab. Klara stieß einen Begeisterungsschrei aus. Ihr Blick fiel zuerst auf einen alten Waschtisch, dessen Ablagefläche aus Marmor war. So ein Schmuckstück hatte ihre Großmutter auch besessen, bevor sie es auf dem Sperrmüll entsorgt hatte. Was ihre Oma Luise wohl davon hielte, wenn sie wüsste, wo sich Klara gerade befand? Sie würde nach Frankreich ans Meer fahren, um sich etwas zu erholen, hatte sie ihren Großeltern erzählt, damit diese sich nicht beunruhigen. Dies war aber nur die halbe Wahrheit.

Sanft strich Klara über die geblümte Bettdecke. Für den Bruchteil einer Sekunde sah sie in dem französischen Eichenbett zwei aneinandergeschmiegte Körper in inniger Umarmung. Irritiert schob sie diesen Gedanken beiseite. Sie hatte dieses Haus für sich alleine gemietet und wollte das Bett mit niemandem teilen.

Inzwischen stand sie mit Madame Monod auf der mit Steinplatten eingefassten Terrasse, die man auch direkt über das Wohnzimmer erreichen konnte. Als Klara den Hausschlüssel entgegennahm, war ihr auf einmal etwas mulmig zumute und sie zögerte den Abschied einen Moment hinaus. Trotz der vielen neugierigen Fragen war ihr Madame Monod sympathisch. Das Alter der kleinen, zierlichen Frau schätzte sie auf Mitte 70. Sie wirkte resolut, aber auch mütterlich. Ihre einfache und ehrliche Art gefiel Klara.

„Sie müssen heute Abend unbedingt zum Aperitif vorbeikommen und meinen Mann kennenlernen. Er ist momentan auf unserem Feld, erntet Gemüse und Obst. Er wird sich bestimmt sehr über Ihren Besuch freuen."

Das Haus der Vermieter, ebenfalls ein altes Fachwerkhaus, befand sich auf dem gleichen Grundstück, nur einen Steinwurf von ihrem entfernt. Klara nahm die Einladung gerne an. Schließlich war sie hierhergekommen, um die Gemeinde Gironde und deren Bewohner kennenzulernen. Was lag näher, als bei ihren Vermietern anzufangen? Sicherlich würden sie ihr Fragen stellen. Sie musste sich eben wappnen und plausible Antworten bereithalten. Wie viel der Wahrheit wollte sie preisgeben?

*

„Bitte, nehmen Sie doch noch etwas von dem Gebäck, das sind echte bretonische Galettes."

„Danke, sie schmecken wirklich ausgezeichnet." Klara griff beherzt zu.

„Und einen Pommeau darf ich Ihnen sicherlich auch noch einschenken." Monsieur und Madame Monod gaben sich wirklich die größte Mühe, damit sich ihr Sommergast bei ihnen wohl fühlte. Klara fand es sehr nett von ihnen, sie gleich am ersten Abend einzuladen. Sie musste nur aufpassen, dass ihr das süffige Getränk aus Äpfeln auf nüchternem Magen nicht zu Kopfe stieg. Mit Alkohol im Blut wurde sie oft unvorsichtig und allzu gesprächig.

Monsieur Monod erschien Klara als einfacher, aber warmherziger Mensch, der sein Herz auf der Zunge trug. Es war nur eine Frage der Zeit, bis er direkter wurde.

„Mademoiselle Klara, wir fragen uns schon die ganze Zeit, warum eine so reizende junge Dame alleine zwei Monate in unserem beschaulichen Ort verbringen will. Nicht, dass ich Ihnen die Lust auf die Normandie nehmen möchte, aber hier in Gironde sagen sich wirklich Fuchs und Hase gute Nacht." Klara war auf diese Frage gefasst und hatte eine Antwort vorbereitet. Nur war es mit einem kleinen Schwips nicht ganz so einfach sich daran zu halten. Gerne hätte sie sich dem netten, vertrauenswürdigen Ehepaar anvertraut.

Sie überwand diese Gefühlswallung schweren Herzens und erzählte den Monods von ihrem Kunststudium an der Fachhochschule in Köln und dass sie einmal Restaurateurin von Kunstwerken werden wolle. Ein Semester vor Studienabschluss benötige sie nach einigen stressigen Monaten nun etwas Ruhe und Abstand. Was lag da näher, als diese Ruhe an der mit kunsthistorischen Schätzen überreichen Normandie zu suchen? Dies entsprach zwar alles der Wahrheit, war aber nicht der eigentliche Grund ihrer Reise. Das Ehepaar Monod gab sich jedoch fürs Erste damit zufrieden.

Als sie sich schließlich verabschiedete, hatte sie das Gefühl, Freunde gefunden zu haben. Sie wog sich bereits in Sicherheit und stand schon mit einem Bein auf dem Kiesweg, als ihr Monsieur Monod noch hinterherrief: „Woher können Sie eigentlich so gut Französisch? Reisen Ihre Eltern oft nach Frankreich?"

Klara zuckte zusammen, fasste sich aber schnell wieder: „Das gute Sprachgefühl wurde mir wohl in die Wiege gelegt. Es fiel mir immer sehr leicht, Sprachen zu lernen." Und ohne sich nochmals umzudrehen, eilte sie schnellen Schrittes auf ihre Gîte zu, wie die Häuschen hier genannt wurden.

„Irgendetwas verheimlicht das Mädchen vor uns", meinte Madame Monod nachdenklich, „und kommt sie dir nicht auch irgendwie bekannt vor? Trotzdem bin ich mir sicher, dass ich ihr noch nie begegnet bin."

Ihr Mann lächelte: „Du wirst es herausfinden, meine liebe Marguérite! Da bin ich mir ganz sicher."

*

Klara lag an diesem Abend noch lange wach. Sie war aufgewühlt. Was sollte sie antworten, wenn man sie nach ihrem Reisegrund fragte? Wenn sie es nur selbst genau wüsste! Es war der innigste Wunsch ihrer Mutter gewesen, aber nach dem Grund dafür konnte sie ihre Mutter nicht mehr fragen.

Schließlich holte sie ihr Tagebuch hervor, blätterte darin und begann, an einer schwarz umrahmten Stelle zu lesen. Eigentlich kannte sie diese Zeilen bereits in- und auswendig, aber es war wie ein Zwang, sie immer und immer wieder lesen zu müssen.

31. Juli

Ich kann es immer noch nicht fassen! Morgens wache ich auf und denke, dass alles nur ein Alptraum war, und abends lege ich mich in dem stillen Haus schlafen und hoffe, dass es am nächsten Tag wieder von ihren Stimmen hallen wird – vom erfrischenden Lachen meiner Ma und der schönen dunklen Stimme meines Dads. Ja, er war mein geliebter Papa, und das wird er in alle Ewigkeit bleiben, was immer mir auch Mama über ihn erzählt hat. Es ist nicht von Bedeutung!

Wie schlecht muss es das Schicksal mit mir meinen, dass es mir beide gleichzeitig nahm! Was immer man mir über eine göttliche Existenz beigebracht hat, ich kann nur noch an das abgrundtief Schlechte und Böse glauben. Kein Gott der Welt würde mich so strafen.

Ich bin stumm vor Schmerz. Mein Herz will weinen, aber meine Augen sind wie ausgetrocknet. Meine Seele schreit, aber meine Stimme versagt. Deshalb habe ich mich heute entschlossen alles niederzuschreiben, denn ich muss irgendetwas tun, um nicht durchzudrehen. Ich muss mich der schrecklichen Wahrheit stellen. Zudem habe ich Angst, Mamas letzte Worte zu vergessen, bevor ich ihre Bedeutung herausgefunden habe.

Der schrecklichste aller Tage begann damit, dass Mama aus dem Koma erwachte. Da war Papa schon längst unter der Erde. Ich wurde sofort zu ihr gerufen und hoffte auf ein Wunder. Aber man sagte mir gleich, dass es für sie keine Chance mehr gab durchzukommen.

Der Unfall war zu schrecklich gewesen. Beide hatten erst nach Stunden mit schwerem Gerät aus dem Autowrack befreit werden können. Frontalaufprall gegen einen Baum! Auf nasser Fahrbahn einfach weggerutscht!

So kniete ich also neben meiner Ma und hielt ihre Hände. Ich hatte das Gefühl, dass sie sich etwas von der Seele reden musste – etwas, das sie schon lange bedrückt hatte. Ma brauchte diese Beichte, um diese Welt in Frieden verlassen zu können. Sie erzählte mir flüsternd und stockend, dass Klaus, ihr Ehemann, mein geliebter, verstorbener Vater, nicht mein leiblicher Vater war. Sie hatte ihn erst zweieinhalb Jahre nach meiner Geburt kennengelernt. Mein richtiger Vater war Franzose und Mama hatte ihn über alles geliebt. Sie war Hals über Kopf zu ihm nach Frankreich gezogen, hatte geheiratet und ein Jahr später mich zur Welt gebracht.

Meine Eltern hatten mir bisher immer erzählt, dass ich mich während eines Urlaubs in Frankreich überraschend früh angekündigt hatte und deshalb ein französischer Geburtsort im Pass eingetragen war. Alles Lüge! Warum?

Meine Hoffnung auf einen noch lebenden Vater zerschlug mir Mama sehr schnell. Er war gestorben, als ich erst zwei Jahre alt war. Als ich sie fragte woran, musste sie sehr stark husten und war danach kaum noch zu verstehen. Ihr „Dein Vater ist ..." erstarb im Nichts. Ich versuchte meine eigenen Atemgeräusche zu unterdrücken, um sie besser hören zu können. Aber ihre Worte ergaben keinen Sinn. Nach dem Tod meines leiblichen Vaters war sie sofort mit mir nach Deutschland gezogen. Dort lernte sie Klaus kennen, der sich liebevoll um uns kümmerte.

„Ich habe ihn nicht so sehr geliebt wie deinen Vater, aber ich wollte, dass du in einem Zuhause, einer richtigen Familie, groß wirst. Wir wollten dir irgendwann die Wahrheit sagen, aber ..." Wieder hustete sie heftig. Blut sickerte auf das Taschentuch, das ich ihr an den Mund hielt. Tränen

liefen mir über die Wangen. Meine tapfere Ma opferte ihre letzten Kräfte, um weiter zu reden: „Ich möchte, dass du nach Frankreich fährst, an deinen Geburtsort. Suche nach deinen Verwandten! Aber pass auf dich auf – traue keinem! Vertraue auf dein Gespür! Seltsame Dinge sind passiert! Versprich mir, dass du fährst! Ich habe dich so lieb, vergiss das nie!"

Ich erwiderte unter Tränen, dass ich sie auch sehr liebte und dann hörte ich nur noch den durchdringenden Piepston des Herzmonitors, der anzeigte, dass ihr Herz zu schlagen aufgehört hatte. Ich weiß nicht mehr, wie ich an diesem Tag nach Hause gekommen bin, ich erinnere mich kaum noch an ihre Beerdigung; nur an die rote, stark duftende Rose, ihre Lieblingsblume, die als letzter Gruß auf den dunklen Holzsarg fiel und im nächsten Augenblick von einer Schaufel Erde bedeckt wurde. Asche zu Asche und Staub zu Staub! Erst Tage später erwachte ich aus meiner Trance. Ich weiß, dass beide nie mehr zurückkommen werden, aber ich weiß nicht, wie ich ohne sie weiterleben soll.

Hier wurde die Schrift unleserlich, denn ein paar Tränen hatten den Text verwischt. Klara hatte bis heute die letzten Worte ihrer Mutter nicht verstanden. Welche Verwandten sollte sie suchen? Wie war ihr leiblicher Vater gestorben? Und warum sollte sie vorsichtig sein?

Tag 2, erste Woche

Überwältigt von der rauen Schönheit der Normandie und noch unfähig, sich ihren eigentlichen Zielen zu widmen, beschloss Klara am nächsten Morgen, eine „touristische Woche" einzulegen – um Land und Leute kennenzulernen und ein Gefühl für die normannische Lebens- und Denkweise zu bekommen. Den Gedanken, dass sie sich vielleicht vor der Verantwortung drückte, die auf ihren Schultern ruhte und von der sie nicht wusste, ob sie ihr gerecht werden konnte, schob sie beiseite.

Ihre touristischen Aktivitäten bezeichnete sie als praktischen Kunstunterricht und beruhigte damit ihr schlechtes Gewissen wenigstens etwas. Sie stellte bei ihren Studien fest, dass die Franzosen den Kreisverkehr einer Kreuzung vorzogen. Er wurde „rond point", „runder Punkt", genannt. Auch gab es eine Vorliebe für Rundtouren, die die Touristen an allen sehenswerten Orten vorbeiführen sollten. Sie konnte wählen zwischen der „Route du Cidre", auf der sie viele Bauernhöfe mit Cidre-Verköstigung passierte, der „Route de la Suisse Normande" durch die normannische Schweiz, der „Route des Moulins" mit zu besichtigenden Windmühlen und unzähligen weiteren Routen.

Klara durchstreifte die Umgebung, bummelte durch Gironde, wo sich etwas abseits ihr gemietetes Häuschen befand, oder durch das nahe gelegene Städtchen Cabourg, sonnte sich am Strand und genoss das angenehm kühle Bad im Meer.

Vor einem Jahr hatte sie erfahren, dass ein Teil ihrer eigenen Geschichte sie mit diesem kleinen, normannischen Dorf verband. Der Tod ihrer Eltern lag tatsächlich fast schon ein Jahr zurück! So lange hatte sie gebraucht, um diesen Schritt überhaupt zu wagen. Und wäre da nicht ihr Professor gewesen, der sie mehr oder weniger dazu gedrängt hatte, wenn auch aus Gründen, die mit ihrem Studium zu tun hatten, dann säße sie vermutlich immer noch vor Selbstmitleid zerfließend in Köln.

Was war nur aus ihr geworden? Es war nicht mehr viel übrig von der lebenslustigen, jungen Frau mit den langen, braunen Haaren, die vor Optimismus strotzte und andere in ihren Bann zog. Kaum zu glauben, dass sie einmal eine unbändige Lust am Leben verspürt hatte – voller übersprudelnder Ideen und mit einer scheinbar unbegrenzten Energie.

Nein, so wie sie zurzeit lebte, konnte sie nicht weitermachen. Sie musste zu ihrer alten Stärke zurückfinden. Aber zu tief und zu frisch waren die Wunden, die man ihr zugefügt hatte, und zu schwer die Schicksalsschläge, die sie getroffen hatten. Und über allem lag diese schreckliche und unausweichliche Frage nach dem Warum, worauf sie vielleicht nie eine Antwort finden würde.

Klara saß gerade in einem kleinen Café in Gironde, als ihr Innerstes wieder einmal die alten Fragen aufwühlte. Sie war so sehr in ihren Schmerz versunken, dass ihr nicht auffiel, dass manche Cafébesucher sie beobachteten. Klara war durch Zufall bereits an ihrem zweiten Tag in dieses nette Café „Au Vieux Moulin", „Zur alten Mühle", geraten, das vom Touristenansturm verschont geblieben war, obwohl es mitten in Gironde mit seinen bequem aussehenden Korbsesseln auf einer von

Pflanzen eingerahmten Terrasse ein anheimelndes Bild bot. Eine Zeitung lag vor ihr ausgebreitet, aber es gelang ihr nicht, ihre Aufmerksamkeit auf die Texte zu lenken.

Auch François, der Barkeeper und Inhaber des Cafés, sah immer wieder zu Klara hinüber. Zu gerne hätte er gewusst, wer sie war und was sie hierherführte. Da sie ihren Kaffee in akzentfreiem Französisch bestellt hatte, nahm er an, dass sie Französin war. Da sie mit einer Strandtasche über der Schulter hereingekommen war, hielt er sie für eine Touristin.

Klaras trauriger Blick und die Verletzlichkeit, die sie ausstrahlte, waren unheimlich und faszinierend zugleich. Bevor er ihrem Geheimnis auch nur eine Spur näher kommen konnte, faltete Klara die Zeitung zusammen, legte einen Schein auf das dafür vorgesehene Tellerchen, nickte dem Barkeeper mit einem verhaltenen Lächeln zu und verschwand.

*

Klara beschloss nach ihrem Cafébesuch, dem weitläufigen Strand von Cabourg mit ihrem weinroten Golf-Diesel einen Besuch abzustatten. Das würde sie auf andere Gedanken bringen. Auf der Fahrt dorthin grübelte sie zum wiederholten Male darüber nach, wie die Franzosen nur in diesem Straßen- und Schilderchaos zurechtkamen.

Einen alten Renaissance-Torbogen erkannte sie im Vorbeifahren wieder. Dieser wunderschöne Torbogen aus hellem Sandstein mit einer hohen Eisengittertür im Jugendstil war ihr schon am allerersten Tag aufgefallen. Mit geübtem Blick sah sie sofort, was an diesem alten Torbogen zu restaurieren wäre. Es waren nicht einzig und allein die kunsthistorischen Aspekte, die sie an diesem Eingang so faszinierten, denn alte Bauten gab es hier an jeder Ecke. Aus unerklärlichen Gründen zog sie dieses Tor magisch an. Klara fuhr ganz langsam daran vorbei und sah, dass der Weg in einen dunklen, parkähnlichen Wald hineinführte. Wie ein verwunschener Märchenwald!

Ob da wohl jemand wohnte und wohin der mit Kieselsteinen bedeckte Weg führen mochte? Sie hatte noch niemanden hineingehen oder herauskommen sehen, aber das Tor stand immer offen, so als ob ein wichtiger Gast erwartet wurde. Seltsam war auch, dass kein Hinweis angebracht war, wie dessen Besitzer hieß, was für diese Gegend unüblich war. Selbst das kleinste Bauernhaus trug hier einen wohlklingenden Namen.

Für einen kurzen Moment überlegte Klara, ob sie anhalten und das Tor näher begutachten sollte. Vielleicht könnte sie sich auch ein paar Schritte in den Park hineinwagen. Ihre Neugierde war beinahe unerträglich. Dann entdeckte sie das Verbotsschild am Torbogen: Unbefugte waren nicht erwünscht.

Ein wild hupender Autofahrer riss Klara aus ihren Gedanken. Grelle Lichter blitzten plötzlich vor ihr auf und ein aufgeregt gestikulierender Mann schrie sie durch dicke Glasscheiben an. Das Hupgeräusch wurde eindringlicher. Klara kehrte schlagartig wieder in die Realität zurück. Schnell riss sie das Lenkrad nach rechts und konnte gerade noch einen Zusammenprall verhindern. Ihr Zittern ließ erst nach, als sie den Strandparkplatz erreichte.

Wenigstens der Strand von Cabourg war eine Entschädigung für ihren Schreck. Glücklicherweise waren nur wenige Touristen dem Lockruf des Meeres gefolgt. Sie beruhigte sich und sah dem Meer zu, wie es sich gemächlich zurück zum Festland ausbreitete, mit sanften Bewegungen, die das Auge kaum wahrnahm. Dabei beobachtete sie ein junges Liebespärchen. Sie schienen frisch verliebt zu sein, übermütig und leidenschaftlich. Nach einem ausgelassenen Spiel im erfrischenden Nass wurde die junge Frau in den Armen ihres stürmischen Don Juan zurück an den Strand getragen.

Wie schön war es, verliebt zu sein. Aber wie ernüchternd und grausam konnte das Ende einer Beziehung sein. So geborgen und sicher wie diese junge Frau hatte sich Klara in Kais Armen auch immer gefühlt. So sicher, dass sie den Sturm am Horizont nicht aufziehen sah. So sicher, dass sie sich bereits im Geiste in einem weißen Kleid neben ihn treten sah und sich für immer an ihn binden wollte. Sie wollte ihm versprechen, in guten wie in schlechten Zeiten an ihn zu glauben, ihm beizustehen und an seiner Seite zu bleiben. Aber dann war alles ganz anders gekommen.

Klaras Gedanken gingen vier Jahre zurück, als ihr Kai zum ersten Mal begegnet war: Sie lernte den smarten Typ auf einer Studentenfete kennen. Er war groß und schlank, mit blondem Haar und blauen Augen und trug – was Klara am meisten an ihm faszinierte – eine kleine Nickelbrille, die ihn so intelligent aussehen ließ. Klugheit, Charme und Humor hatten Klara schon immer am meisten an einem Mann beeindruckt. Erfolg und Intelligenz fand sie äußerst erotisch, da war das Aussehen zweitrangig. Dass Kai aber zu alledem gut aussah und einen schönen Körper hatte, machte ihn umso anziehender für sie.

Sie war damals 22 Jahre alt und besuchte seit zwei Jahren die Fakultät für Kulturwissenschaften an der Fachhochschule in Köln, wo sie die Konservierung und Restaurierung von Gemälden und Skulpturen erlernte. Es gab für sie nichts Faszinierenderes als das Wiederaufblühen eines verblassten Gemäldes oder wenn eine zeit- und wettergegerbte Skulptur zu neuem Leben erwachte. Nebenbei besuchte sie Kurse an der Freien Kunstschule Köln, um ihre künstlerischen Fähigkeiten zu erweitern. Dank ihres Kunststudiums hatte sie bereits gute Kontakte zur Kunstszene geknüpft. Zahlreiche eigene Bilder hatte sie angefertigt. Ihre meist modernen Werke kamen gut an und wegen der hervorragenden Beziehungen ihres Kunstprofessors, der sie sehr schätzte, hatte sie schon an einigen Ausstellungen teilgenommen und sogar ein paar Bilder verkauft.

Auf einer ihrer Vernissagen war ihr Kai zum ersten Mal aufgefallen. Kai Distel studierte im letzten Semester Architektur und war zu dieser Zeit 27 Jahre alt. Damals wurde sie von den Besuchern der Ausstellung so umlagert, dass sie ihn aus den Augen verlor. Auf einer kurz darauf stattfindenden Studentenfete sah sie ihn wieder. Als er auf sie zukam und sie ansprach, hüpfte ihr Herz vor Freude.

„Hi, ich bin Kai! Ich habe dich vor zwei Wochen auf der Vernissage in der Galerie Schönbeck gesehen. Deine Bilder haben mir gut gefallen; sie sind so lebendig und voller Lebenslust."

Klara lächelte Kai vielsagend an. „Schön, und was darf ich an dir bewundern?"

„Ich bin angehender Architekt. Ich baue dir ein Traumhaus und du erweckst es mit deinen Bildern zum Leben."

Klara musste lachen. „Eine verlockende Vorstellung!"

Kai schien nicht nur intelligent auszusehen, sondern es auch zu sein. Und so traf sie ihre erste Verabredung mit Kai Distel, dem hochgewachsenen, jungen Mann mit genau definierten Lebenszielen. Bald darauf wurden sie das neue Traumpaar der Kölner Studentenszene. Viele neidische Blicke begleiteten diese Beziehung, doch allen Voraussagen zum Trotz festigte sie sich und sie schienen unzertrennlich.

Ein Jahr später zog Klara in Kais schöne Altbauwohnung mit hohen Decken und Stuckverzierung ein und bald schmückten ihre bunten Bilder seine bis dahin noch kahlen Wände. Sie waren ein Traumpaar in jeder Hinsicht, auch sexuell fühlte sich Klara zu ihm hingezogen.

Sie hatte nicht viel Erfahrung mit anderen Männern gehabt, aber für sie gab es keinen schöneren Sex als mit Kai. Er war zärtlich und sanft, gleichzeitig aber auch sehr leidenschaftlich. Und diese Leidenschaft genoss sie viele Tage in der Woche. Ja, mit diesem Mann wollte sie den Rest ihres Lebens verbringen.

Zwei Jahre später, nach dem tödlichen Unfall ihrer Eltern, veränderte sich ihre Persönlichkeit. Die lebensbejahende, optimistische Klara fiel in ein tiefes, schwarzes Loch. Wie sehr hätte sie in dieser Zeit Kais Halt und Schutz gebraucht. Aber sie war unfähig, über ihre Trauer und ihre Ängste zu reden und Kai konnte mit der deprimierten, verschlossenen Klara nicht viel anfangen.

Sie war die Sonne seines Lebens gewesen, das Heilmittel gegen seine Alltagssorgen und den Stress. Nun konnte sie ihm nicht mehr viel geben. Er sprach ihr zwar Mut zu und wollte sie auffangen, aber sie verunsicherte ihn. Klara wollte nachts in Ruhe gelassen werden und wenn sie noch hin und wieder mit Kai schlief, dann nur, um ihre Schuldgefühle loszuwerden. Trotz aller Schwierigkeiten und Hindernisse war sich Klara jedoch sicher, dass sie diese Krise gemeinsam überstehen würden und ihre Beziehung danach gefestigter und noch enger sein würde.

Sechs Monate nach dem Unfall waren Kai und Klara auf eine Geburtstagsparty eingeladen. Klara hatte sich wieder etwas gefangen und freute sich auf die Abwechslung. Sie würde dort ihre Freunde treffen, vor allem ihre beiden besten Freundinnen, Marion, das Geburtstagskind, und Alexandra. Der Abend wurde feucht-fröhlich und lang. Einige Gäste hatten schon zu tief in ihre Gläser geschaut und auch Marion, deren Geburtstag bereits seit Stunden vorbei war, torkelte betrunken durchs Wohnzimmer, als sie sah, wie sich Klara zu Kai beugte und ihn leidenschaftlich küsste.

„Kai“, lallte sie mit kindlicher Stimme, „Kai, küss mich auch so!“ Niemand beachtete sie.

„Kai-Schätzchen, komm und küss mich und sag mir, dass du nur mich liebst!“

Alle schauten auf einmal zu ihr. Sie hatte sich offensichtlich nicht mehr unter Kontrolle und merkte nicht, wie Kai immer blasser wurde. Klara war der rasche Farbverlust im Gesicht ihres Freundes allerdings aufgefallen. Mit hellwachen Augen und gespitzten Ohren verfolgte sie das seltsame Schauspiel. Da Marion sich nicht wieder beruhigte, sprang Kai auf und wollte sie fürsorglich in ihr Schlafzimmer bugsieren.

„Komm, schlaf deinen Rausch aus! Die Party ist zu Ende! Du weißt ja nicht mehr, was du redest!"

„Schlaf mit mir, Kai! Zeig mir, wie sehr du mich liebst!", nuschelte Marion, bevor sie in ihr Schlafzimmer torkelte und Kai die Tür von außen schloss. Nachdem sie nicht wieder zurückkam, nahmen ihre Gäste an, dass sie in einen alkoholisierten Schlaf gefallen war. Die Stimmung war im Keller. Die übrige Partygesellschaft warf sich verstohlene Blicke zu und war im Begriff aufzubrechen. Keiner kümmerte sich um Klara, die sich nicht von der Stelle gerührt hatte und Kai wie versteinert anstarrte. Dieser aber wich ihrem Blick aus und sammelte geschäftig die leeren Gläser und Flaschen ein. Klara wollte sich gerade erheben, als die Schlafzimmertür aufging. Marion war nur mit einem Negligé bekleidet und in ihrer Hand hielt sie ein Klara gut bekanntes Objekt.

„Sieh mal, Schatz, den hast du bei mir vergessen!", lallte die Betrunkene. Mit einem Mal verstand Klara die Situation! Das Wäschestück in Marions Hand war ganz eindeutig Kais Slip. Sie selbst hatte ihn ihm zum Geburtstag geschenkt. Leichenblass und mit zitternden Beinen stand Klara auf. Jetzt waren alle Augen und Ohren nur noch auf sie gerichtet. Jemand wollte sie hochziehen und stützen. Da bäumte sich Klara auf und verpasste Kai eine schallende Ohrfeige.

„Du Schwein!", schrie sie unter Tränen der Wut.

Freunde mussten sie von Kai wegziehen, weil sie immer fester auf ihn einschlug. Als Kai endlich seine Sprache wiederfand, bettelte er verzweifelt: „Bitte Klara, du darfst das nicht missverstehen! Wir hatten bloß Sex!"

„Ach so, nur Sex", rief Klara hysterisch. „Wie beruhigend! Ich dachte schon, du hättest mich betrogen!"

„Das habe ich nicht, zumindest nicht mit dem Herzen. Mensch, ich bin ein Mann und bei uns lief in letzter Zeit nicht mehr viel", verteidigte sich Kai.

„Und?", fragte Klara in einem plötzlich beängstigend ruhigen Ton.

„Ich liebe nur dich, das musst du mir glauben. Und ich bin nicht stolz auf das, was passiert ist. Aber es ist eben passiert! Ich habe meine Bedürfnisse befriedigt. Mehr lief nicht!"

„Wie bitte?" Marion schien sich auf einmal wieder etwas unter Kontrolle zu haben. Mit mehr oder weniger sicherem Schritt ging sie auf Kai zu und schlug ihm mitten ins Gesicht. Rote Flecken zeichneten sich danach auf ihrer Hand und seiner rechten Wange ab.

„Du hast gesagt, dass du mich liebst und dass du Klara verlassen würdest, sobald es ihr wieder besser geht. Du hast gesagt, dass du mich liebst!" Marion schluchzte. Kai aber fixierte nur Klara, die ungläubig zwischen ihm und Marion hin und her sah.

Klara erlebte alles wie durch einen Schleier. Wäre es nicht ihr eigenes Leben gewesen, das hier gerade zerbrach, dann hätte sie vermutlich herzlich gelacht – diese Szene hätte einer Soap Opera alle Ehre gemacht. Sie war auf einmal unfähig, sich zu bewegen oder zu reden. Alle starrten sie an. Deshalb bemerkte niemand, wie auch Klaras Freundin Alexandra immer blasser geworden war, bis sie plötzlich Kai anschrie: „Dann war ich für dich also auch nur eine Bettgeschichte, zur Überbrückung eurer Schwierigkeiten?"

Diese Frage brachte das Fass zum Überlaufen. Klara verließ fluchtartig die Wohnung.

*

Wie eine lästige Fliege wischte Klara die Erinnerung an jenen Abend fort. Fast war sie ein wenig stolz auf sich, wie souverän sie Kai nach der verhängnisvollen Geburtstagsparty abserviert hatte. Er hatte keine Chance mehr gehabt sich zu rechtfertigen. Sie musste weder ihm noch ihren beiden Freundinnen noch einmal in die verlogenen Gesichter blicken. Noch nie zuvor hatte sie sich so verraten und einsam gefühlt. Ihre drei besten Freunde hatten sie allesamt hintergangen.

„So und jetzt ist Schluss!" Klara packte wütend ihre Strandsachen zusammen „Der Kerl ist es nicht wert, dass ich auch nur einen einzigen Gedanken an ihn verschwende!" Entschlossen stieg sie in ihr Auto und suchte den kürzesten Weg nach Hause.

Als sie wieder an dem alten Torbogen vorbeifuhr, waren ihre Gedanken endgültig in eine andere Richtung gelenkt und die alte Neugierde packte sie.

Das Tor stand immer noch offen. Klara hielt an, stieg aus und spähte neugierig durch den steinernen Torbogen. Es war keine Menschenseele zu sehen! Da es bereits dämmerte und die Nacht ihre schwarzen Schatten über die Bäume legte, stieg sie wieder ein und fuhr mit einem Seufzen weiter.

„Ich komme wieder", beschloss sie, „und werde dein Geheimnis ergründen."

Tag 3, erste Woche

Ein sonniger Morgen breitete sich vor Sarahs Fenster aus und ließ das schäbige, kleine Häuschen, das sie bewohnte, etwas freundlicher aussehen. Aber sie nahm das normannische Sommerwetter kaum wahr. Als ein weinroter Golf mit deutschem Kennzeichen ihren Blick für ein paar Sekunden kreuzte, wurde die junge Frau mit dem blassen Gesicht aus ihren Gedanken gerissen. Normalerweise nahm sie von der Außenwelt kaum Notiz, denn sie lebte in ihrer eigenen Welt. Es war ein traurig-lethargischer Blick nach draußen, während ihr Herz nur Einsamkeit und Hass fühlte. Jede Faser ihres Körpers war erfüllt von dem Gefühl, in ihrem jungen Leben bereits versagt zu haben. Deshalb wurde sie mit Einsamkeit und Verachtung bestraft und sie hasste diejenigen, die dafür verantwortlich waren.

Als sie das Kennzeichen sah, dachte Sarah nur: „Schon wieder eine deutsche Touristin, die sich hier amüsiert. Wie gerne würde ich mit ihr tauschen. Die hat bestimmt ein angenehmes Leben." Für sie war der Schritt aus dem Leben nicht weit entfernt und manchmal, in ihren lichten Momenten, fragte sie sich sogar, ob sie nicht schon längst in der Totenwelt lebte und die Qualen der Hölle erdulden musste – auf Lebenszeit! Dennoch brauchte sie noch etwas frische Luft. Lustlos schnappte sie sich den Kinderwagen, zupfte die Decke zurecht und wagte sich auf einen Spaziergang nach draußen. Vielleicht würde sie am Strand der deutschen Touristin aus dem weinroten Golf über den Weg laufen. Das würde ihre Gedanken für ein Weilchen ablenken.

*

Entzückt über den klaren Blick auf die hinter Houlgate aufragenden schwarzen Felsen, breitete Klara ihr Handtuch auf dem warmen, feinkörnigen Sand aus. Sie hatte sich schon am frühen Morgen, noch bevor sich ihre Gewissensbisse den Schlaf abschütteln konnten, auf den Weg zum Meer gemacht.

Während sie ihre Haut von der Sonne streicheln ließ, holte sie ihr Tagebuch aus der Badetasche hervor und breitete ihren Skizzenblock und die Malkreide neben sich aus. Ihr Professor erwartete von ihr, dass sie in ihrem Urlaub ihre Malblockade ablegen würde. Ihr war klar, dass ihr Studium auf dem Spiel stand. Als angehende Restaurateurin von Kunstwerken brauchte sie eine ruhige Hand, Gespür für die richtige Farbe und Liebe zum Detail. Aber der Schock der vergangenen Ereignisse saß immer noch so tief, dass sie eine Abneigung gegen alles Schöne und Bunte entwickelt hatte.

Auch jetzt wagte sie es nicht, nach den Pastellkreiden zu greifen, obwohl sie die wundervollsten Landschaften und Motive vor Augen hatte. Die Angst, jämmerlich zu versagen, saß ihr im Nacken.

Statt nach dem Skizzenblock griff sie zu ihrem Tagebuch. Lange Zeit hatte Klara kein Tagebuch besessen, geschweige denn eines geführt. Aber ein Psychologe, den sie aufgesucht hatte, riet ihr zu diesem Schritt. Obwohl sie sich anfangs dagegen gesträubt hatte, musste sie sich eingestehen, dass er recht behalten hatte: Das Schreiben tat ihr gut. Manchmal schrieb sie sich ihre Ängste und ihre Trauer regelrecht von der Seele. Sie stellte sich vor, an einen guten, engen Freund zu schreiben, dem sie ihre geheimsten Gedanken offenbaren konnte, und obwohl sie auf ihre Fragen nie eine Antwort bekam, fühlte sie sich danach irgendwie erleichtert.

03. Juni

Heute ist mein dritter Tag in Gironde und es ist wirklich sehr schön hier. Eigentlich müsste ich meinem Professor dankbar sein, dass er mich dazu gedrängt hat, diese Reise zu machen, und dass er mir sogar beim Aussuchen meiner Unterkunft half. Trotzdem fühle ich mich sehr verloren hier und weiß nicht, wo ich mit meinen Nachforschungen anfangen soll.

Nebenan wohnt ein junges Ehepaar, das etwa in meinem Alter ist. Wir haben bisher nur ein paar Worte gewechselt. Komisch, ich könnte mir nicht vorstellen, mit sechsundzwanzig schon verheiratet zu sein. Die beiden scheinen sehr nett zu sein. Sie kommen aus Paris und wohnen hier seit einem Jahr. Ab nächste Woche haben sie Urlaub, dann werden wir uns sicherlich öfter über den Weg laufen. Mein Professor sagt ja immer, ich müsse wieder unter die Leute und dürfe mich nicht vor allem verstecken.

Mein lieber Professor! Wie gerne würde ich ihm nach meinem Aufenthalt hier erzählen können, dass ich meine Begabung zurückerlangt habe, dass ich wieder schöne, farbenfrohe Bilder malen kann.

Ein Geräusch schreckte Klara aus ihrer Gedankenwelt auf, das Tagebuch entglitt ihr. Unter sichtlichen Mühen schob eine blasse, junge Frau einen schäbigen Kinderwagen durch den Sand. Als sie auf ihrer Höhe war, blieb sie plötzlich stehen und fixierte Klara mit stumpfen, traurigen Augen. Für einen Moment sahen sich die beiden an; Klara war wie hypnotisiert von den Abgründen, die sich in den Augen der anderen auftaten und die sie an ihre eigene Verzweiflung erinnerten.

„Mein Gott, was hat man diesem Mädchen angetan?", schauderte es Klara. Sie sah in ein alles verzehrendes Flammenmeer, eine brennende Hölle ohne einen Funken Freude. Obwohl ihre Haut von der Sonne brannte, lief eine Gänsehaut über ihren ganzen Körper. Das Mädchen öffnete seinen Mund, so als ob es Klara ansprechen wollte, überlegte es sich aber anscheinend anders und schob ihren Kinderwagen stumm weiter. Klara ergriff Panik. Sie hatte in Augen gesehen, die Schlimmeres erlebt hatten als sie. Und da sie sich nicht ausmalen wollte, was sich vor diesen Augen Schreckliches abgespielt hatte, packte sie eilig ihre Sachen zusammen und verließ fluchtartig den Strand.

*

Klara hatte nach dieser Begegnung das Gefühl, ihren Augen etwas Schönes gönnen zu müssen. Sie nahm einen der gesammelten Prospekte zur Hand und entschloss sich, eine der viel gepriesenen Rundtouren abzufahren. Die „Route des Marais" begann direkt in Gironde und führte um das Moor – „le Marais" – herum.

Auf dieser Route kam Klara durch Dörfer, die außer einer uralten Kirche mit Steindach vielleicht noch fünf Häuser besaßen, und sah Orte, in denen die Zeit stehengeblieben war.

Obwohl die Route gut ausgeschildert war, führten sie ihr katastrophaler Orientierungssinn und die Tatsache, dass sie mehr auf die Landschaft als auf die Straße achtete, schließlich vom Weg ab. Dabei landete sie in einem wunderschönen Dörfchen namens Beuvron-en-Auge, dessen normannische Fachwerkhäuser das Auge des Betrachters erfreuten.

„Beuvron-en-Auge? Irgendwie kommt mir der Name bekannt vor", grübelte Klara, als sie in einer engen Gasse endlich einen Parkplatz fand. Klara schlug den Namen in ihrem Reiseführer nach und erfuhr, dass das gesamte Dorf unter Denkmalschutz stand. Aber das war es nicht, was sie suchte. In welchem Zusammenhang hatte sie diesen Namen schon einmal gehört oder gelesen? Immer wieder ging sie in Gedanken alle Möglichkeiten durch, als ihr Blick auf ein französisches Buch fiel, das auf dem Rücksitz ihres Autos lag. Sie hatte es im Bücherregal ihrer Mutter gefunden und mitgenommen, um ihr Französisch zu trainieren.

Klara angelte das Buch von der Rückbank und schlug es auf der ersten Seite auf. Ihr Gefühl hatte sie nicht betrogen. Mit schnörkeliger Schrift war dort vermerkt: Jacqueline, Beuvron-en-Auge, 1983. Sie hatte den Krimi an ihrem ersten Abend hier zu lesen begonnen, um sich abzulenken. Dabei war ihr der Eintrag aufgefallen. War dies vielleicht eine Freundin ihrer Mutter, die immer noch in diesem Dorf wohnte? Leider war der Nachname der Frau nicht vermerkt. Ein unsinniges Unterfangen, nach ihr zu suchen. Trotzdem war Klara neugierig geworden und beschloss, sich im Dorf etwas umzusehen. Sie holte den alten Fotoapparat ihrer Mutter heraus und schoss ein Foto nach dem anderen. Wo aber sollte sie nach einem Hinweis auf diese Jacqueline suchen? Ihr Blick fiel auf eine Telefonzelle und da es schien, als wäre hier die Zeit stehengeblieben, wunderte sie sich nicht, dass sie sogar noch ein intaktes Telefonbuch vorfand.

Beuvron-en-Auge umfasste nur wenige Seiten. Konzentriert glitt Klaras Finger die Spalten entlang. Der einzige Eintrag, der vielleicht passte, war ein J. Gabrol. Das konnte natürlich alles Mögliche heißen und auf einen Mann oder eine Frau hindeuten. Trotzdem holte sie ihr Notizbuch hervor und notierte sich die Telefonnummer. Man konnte nie wissen. Bei ihrem weiteren Gang durch das Dorf versuchte sie bewusst auf die Klingelschilder zu achten, ob nicht irgendwo der Name Jacqueline auftauchte. Aber sie hatte keinen Erfolg. Sie wusste nicht einmal, ob Jacqueline in Frankreich ein häufiger Name war. Als sie gerade ein Häuschen durch ihre Fotolinse ins Visier nahm, stieß sie mit einer Frau mittleren Alters zusammen.

„Attention!“, rief diese belustigt und sprang zur Seite. Als sie in Klaras Gesicht sah, stockte sie auf einmal und alle Farbe wich aus ihrem Gesicht.

„Kennen wir uns?“, sprach sie Klara an. Dann entdeckte sie den Reiseführer unter Klaras Arm und sah den Fotoapparat. Verwirrt schüttelte sie den Kopf und eilte davon, als ob der Teufel persönlich hinter ihr her wäre.

Tag 4, erste Woche

Am nächsten Morgen saß Klara gedankenverloren an ihrem antiken Waschtisch und betrachtete sich im Spiegel. Eine angenehm frische Brise wehte durch das offene Fenster in das alte Fachwerkhäuschen. Man hatte ihr immer wieder bestätigt, wie sehr sie ihrer Mutter ähnlich sehe, obwohl diese strohblondes Haar hatte, während ihre Haare kastanienbraun waren. Ob sie diese wohl von ihrem leiblichen Vater geerbt hatte? Es stimmte sie traurig, dass sie noch nicht einmal ein Foto von ihm besaß.

„Heute Nachmittag fange ich mit meinen Nachforschungen an", schwor sie sich, „aber zuerst einmal muss ich einen Plan haben. Wo soll ich meine Suche beginnen? Wen soll ich fragen?" Kurzentschlossen setzte sie sich in ihr Auto. Ohne dass es ihr bewusst war, fuhr sie in Richtung Strand. Als der Renaissance-Torbogen in ihr Sichtfeld kam, erinnerte sie sich wieder an ihr Versprechen vom Vortag.

Heute würde sie ihrem inneren Drängen nachgeben. Sie musste einfach wissen, wieso sich ihre Gedanken so zwanghaft damit beschäftigten, was sich hinter diesem Tor befand.

Entschlossen stellte sie ihr Auto in der großen Einbuchtung vor dem Parkeingang ab. Es war kein Ton zu hören, selbst die Vögel schienen diesen dunklen Wald zu meiden. Das Schild am Eingang „Betreten strengstens verboten – Privatbesitz" hielt sie nicht mehr ab. Falls es Ärger geben sollte, würde sie vorgeben, kein Französisch zu verstehen.

Klara ging ein paar Schritte auf dem breiten Hauptweg, der Kies unter ihren Sandalen verursachte ein unangenehmes Knirschen. Sie konnte nach einigen Metern noch kein Ziel erkennen, da der Weg nicht geradlinig in den Wald hinein führte, sondern in einem weiten Bogen nach rechts schwang. Schließlich wählte sie einen schmalen, ausgetretenen Waldpfad, der – soweit sie sehen konnte – ungefähr parallel zum Hauptweg verlief.

Während sie sich so leise wie möglich durch den dunklen Wald schlich, musste sie auf einmal an den Psychofilm „The Blair Witch Project" denken, in dem einige Studenten in einem Waldstück verschwanden und nie wieder gesehen wurden, und es lief ihr eiskalt über den Rücken. Als Klara kurz darauf in der Ferne einen grellen Schrei hörte, blieb sie wie angewurzelt stehen. Vorsichtig drehte sie ihren Kopf in alle Richtungen. Ihr fiel nichts Ungewöhnliches auf. Als der

Schrei ein zweites Mal ertönte, erkannte sie den Lockruf eines Vogels, vermutlich die schrille Stimme einer Elster.

Nach ungefähr 200 Metern stieß sie auf eine kleine, runde Lichtung, die von schattenspendenden, alten Eichen umgeben war. Eine alte Holzbank stand auf dem Platz. Sie schien einmal weiß gewesen zu sein, war aber trotz abblätternder Farbe immer noch einladend. Klara betrat die Lichtung und genoss für ein paar Augenblicke das Kitzeln der Sonnenstrahlen auf ihrer Haut. Als sich ihre Augen an die Helligkeit gewöhnt hatten, wanderte ihr Blick an den alten Bäumen entlang und blieb an einer riesigen, uralten Eibe hängen, in deren Stamm ebenerdig eine Tür montiert war – eine stabile Holztür mit Buntglasfenstern.

Alle Vorsicht vergessend, eilte Klara auf den Baum zu und umrundete ihn. Ihre Verwunderung kannte keine Grenzen. War dies eine komfortablere Art von Baumhütte? Der Umfang der Eibe maß mindestens 10 bis 14 Meter. So etwas hatte Klara noch nie gesehen. Sie berührte den alten Stamm mit den Kuppen ihrer Fingerspitzen und roch an seiner herb duftenden Rinde, um sich davon zu überzeugen, dass der Baum echt war.

Fast ehrfürchtig näherte sie sich wieder der Tür und versuchte ins Innere zu spähen. Leider ließ das Buntglasfenster keinen Einblick zu. Als Klara wagte, die Klinke herunterzudrücken, ging die Tür mit einem unangenehm lauten Quietschen auf. Sie drückte die Tür weiter auf, um Licht ins Innere fallen zu lassen. Was sie dann sah, entsprach ganz und gar nicht ihren Erwartungen.

*

Sarah fuhr mit einem quietschenden, alten Kinderwagen an dem Renaissance-Torbogen vorbei. Ihr Gesicht war gerötet vor Anstrengung, ihr trauriger Blick war starr geradeaus gerichtet. Sie würdigte die Toreinfahrt keines Blickes. Deshalb fiel ihr der alte Golf mit dem deutschen Kennzeichen, der täglich an ihrem Fenster vorbeifuhr, nicht auf. Ihren dünnen Lippen entschlüpfte ein einschläferndes Summen, fast ein Wiegenlied, das so leise war, dass nur sie selbst es wahrnahm. Die Melodie besänftigte ihre Ängste und nach und nach glaubte sie, die Gespenster ihrer Gedankenwelt im Griff zu haben.

„Vielleicht ist es noch nicht zu spät", plapperte sie vor sich hin. Würde Gott ihre schlimme Tat verzeihen können und sie wieder in seinen Kreis aufnehmen? Es hieß, dass Gott dem Reuevollen alles verzeihe, selbst die schlimmste Sünde.

„Ich bereue, was ich getan habe", flüsterte sie und hoffte, dass der Allmächtige ihre Gebete erhörte. Gebete, die an einen großen Unbekannten gerichtet waren, an dessen Existenz sie oft zweifelte.

Für einen Augenblick blieb sie stehen und beugte sich über den Kinderwagen. Mit einer energischen Bewegung riss sie die rosa-geblümte Bettdecke weg und stopfte sie in das Einkaufsnetz. Sie beschleunigte ihre Schritte und stieß den Kinderwagen so heftig über den holprigen Asphalt, dass er gefährlich schwankte. Außer ihrem schnellen Atem und dem Quietschen der Räder war kein weiterer Laut zu hören.

*

Es sah aus wie in einer kleinen Kapelle. Überall Kerzenstummel. Ein paar vertrocknete Rosen standen in einer Vase und auf dem Altar aus weißem Marmor lehnte ein schlichtes, aber stabiles Eisenkreuz am ausgehöhlten Stamm der Eibe. Jugendstil, stellte Klara fest und konnte immer noch nicht glauben, was sie soeben hinter der Tür aus Buntglasfenstern entdeckt hatte. Eine verschnörkelte, eiserne Rose rankte zu beiden Seiten des Kreuzes nach oben und umrahmte eine Inschrift mit den Worten „Pour mon fils aimé", „Für meinen geliebten Sohn".

Klara erschauderte. War dies ein Grabmal oder eine Gedenkstätte für einen geliebten Verstorbenen? Ihr wurde auf einmal der Zweck dieser Kapelle bewusst, sie fühlte die Tränen, die hier vergossen, die Trauer und Wut, die an dieser Stätte empfunden wurden, die Ohnmacht vor einer höheren Gewalt, wenn Eltern ihren Sohn beerdigen müssen. Sie bemerkte, wie ihr eigener Schmerz aus ihrem Innersten kroch und ihr die Kehle zuschnürte. Sie wollte nicht schon wieder in Selbstmitleid versinken. Je länger sie an diesem seltsamen Ort verweilte, desto mehr empfand sie aber auch so etwas wie Trost. Sie war nicht die einzige auf dieser Welt, die trauerte. Sie spürte Trost und Zuversicht, dass es trotzdem weitergehen würde. Beim Anblick des liebevoll geschmückten Traueraltars schwirrten ihr immer mehr Fragen durch den Kopf. Wer trauerte so sehr, dass er diese wunderschöne, stille Kapelle eingerichtet hatte?

Klara streckte gerade ihre Hand aus, um das Eisenkreuz zu berühren, als eine barsche Stimme sie auffahren ließ.

„Was haben Sie hier zu suchen?" Instinktiv duckte sie sich. Eine

Gänsehaut kroch ihren Nacken hoch und sie erwartete fast, einen Mann mit erhobener Axt hinter sich zu sehen. Aber das war alles nur wieder ihre Einbildung. Beschämt drehte sie sich um und trat ins Freie. Ein alter Mann mit grauem Bart, wirrem Haar, in Gummistiefeln und mit einem schäbigen Hemd und einer alten Latzhose bekleidet, stand vor ihr und starrte sie misstrauisch an.

„Bitte entschuldigen Sie, dass ich einfach so bei Ihnen eingedrungen bin, aber ...", verzweifelt suchte sie nach einer plausiblen Erklärung. Dann schüttelte sie den Kopf. „Nein, es gibt keine Entschuldigung", sagte sie schließlich und schaute dem alten Mann direkt in die Augen, „ich war einfach neugierig und konnte nicht widerstehen. Bitte verzeihen Sie mein Eindringen!"

Das Gesicht des Alten entspannte sich etwas. Er sah direkt in Klaras azurblaue Augen und betrachtete sie eingehend.

„Eigenartig", meinte er schließlich, „Ihre blauen Augen passen gar nicht zu Ihren dunkelbraunen Haaren." Klara lachte erstaunt auf. Diese Reaktion hatte sie nicht erwartet.

„Ja, das höre ich oft! Die blauen Augen habe ich meiner Mutter zu verdanken", erwiderte sie. Eine eigenartige Melancholie erfasste sie. Klara konnte sich ihre Gefühle nicht erklären. Der Alte fixierte sie weiter mit seinem Röntgenblick und schien zu überlegen. Schließlich unterbrach er die Stille: „Sind Sie Deutsche?"

„Ja, Sie haben meinen Akzent richtig erkannt. Ich bin hier in Urlaub." Froh darüber, das unangenehme Schweigen zwischen ihnen unterbrochen zu haben, fügte sie schnell hinzu: „Darf ich Sie fragen, wem diese schöne Kapelle gewidmet ist?"

„Hier liegt der Sohn des Schlossbesitzers begraben. Er starb sehr früh. Eine tragische Geschichte."

„Ein Schloss?" Klara staunte.

„Ja, am Ende des Waldes, noch ein ganzes Stück den Hügel hinauf."

Wieder Schweigen. Der Alte war nicht sehr gesprächig und Klara wusste nichts mehr zu fragen.

„Ich bin nur der Gärtner und verwalte das Grundstück. Der Schlossherr war schon lange nicht mehr hier."

Der Mann konnte seinen Blick noch immer nicht von Klara wenden, sodass ihr zunehmend unbehaglich wurde. Warum starrte er sie so an? Klara konnte keinen vernünftigen Gedanken fassen, so viele Fragen schwirrten ihr gleichzeitig durch den Kopf. So sehr ihre

Vernunft zur Vorsicht riet, so vehement sträubte sich ihr Innerstes, sich an diese Warnung zu halten. Und dann platzte es auf einmal aus ihr heraus: „Ich habe eine ungewöhnliche Bitte an Sie! Ich male, das heißt, ich studiere es noch. Meinen Sie, dass der Besitzer ...! Dürfte ich vielleicht ..., also ich würde gerne morgen wiederkommen und die Lichtung und die alte Eibe skizzieren."

Sie hielt inne und wartete. Der alte Mann blieb stumm.

„Dieser Ort übt eine außerordentliche Anziehungskraft auf mich aus. Sie würden mir einen großen Gefallen tun, wenn ich hier einen Tag lang malen dürfte." Sie erschrak über ihren Mut, diese Bitte zu äußern.

Der alte Mann brummte etwas vor sich hin, das Klara nicht verstand, und schien mit sich zu ringen. Um ihn zu besänftigen, streckte ihm Klara ihre Hand hin und fügte hinzu: „Entschuldigen Sie, ich habe mich noch gar nicht vorgestellt. Mein Name ist Klara. Klara Seidel."

Die Hand des alten Mannes zitterte leicht, aber er rührte sich nicht. Klaras freundliche Geste blieb ohne Erwiderung.

Tag 5, erste Woche

Als Klara am nächsten Morgen aufwachte, dachte sie zuerst, dass sie die Begegnung vom Vortag nur geträumt hatte, so unwirklich erschien sie ihr. Außerdem war sie sich mit ihrem Entschluss in diesen Park zurückzukehren, nicht mehr ganz so sicher. Eigentlich sollte sie sich viel eher um die Angelegenheiten kümmern, derentwegen sie zu dieser Reise aufgebrochen war. Je mehr Gründe sie suchte, warum es besser für sie war, dem Grundstück fernzubleiben, desto größer wurde ihr Verlangen, den seltsamen, traurigen Ort und den verschrobenen Gärtner wiederzusehen.

Schließlich packte sie den Skizzenblock und die Schachtel mit den Pastellkreiden in ihren Rucksack und nahm den Fotoapparat und ihre kleine Feldstaffelei mit. Diesmal fuhr sie zielstrebig zum Renaissance-Torbogen, ohne sich zu verfahren. Sie wählte wieder den schmalen Waldpfad. Der Gärtner hatte ihr am Vortag unmissverständlich zu verstehen gegeben, dass sie auf dem Rest des Grundstücks nichts zu suchen hatte. Und dabei hätte Klara nur zu gerne das Schloss gesehen, von dem der Alte gesprochen hatte. Sie glaubte, dass er einiges zu verheimlichen hatte. Ein leichter Schauer lief ihr über den Rücken, als sie an seine bohrenden Blicke dachte und sie hoffte, ihm an diesem Morgen nicht zu begegnen.

Am Rand der Lichtung angekommen, wurde sie mit einem Anblick belohnt, der sie sofort auf andere Gedanken brachte: Der Platz lag still und friedlich vor ihr. Das Morgenlicht schien durch die Kronen der uralten Bäume und bildete das ideale Licht- und Schattenverhältnis für ein Bild.

Klara machte sich sofort an die Arbeit, weil sie fürchtete, den Mut zu verlieren. Zuerst hielt sie einige Ausschnitte fotografisch fest, dann machte sie es sich auf der alten Holzbank bequem und betrachtete ihr Objekt eingehend. Sie überlegte sich genau die passenden Farben, wie die Dimensionen sein sollten und welche Technik sie dabei anwenden würde. Sie kniff erst das rechte Auge zu, dann das linke, schätzte die Größenverhältnisse mit ihrem Daumen ab und legte endlich den Skizzenblock auf ihrem Schoß zurecht. Zuerst versuchte sie eine grobe Skizze anzufertigen, war aber schnell mit dem Ergebnis unzufrieden, zerknüllte das Papier und warf es in ihren geöffneten Rucksack. Beim nächsten Versuch stimmten die Dimensionen, aber das Bild wirkte leblos, die Schatten waren falsch gesetzt; es fing nicht die Stimmung ein, die Klara empfand. Auch dieses Blatt wurde Opfer ihrer Selbstkritik und landete zerknüllt im Rucksack, ebenso das dritte und das vierte Blatt. Langsam wurde Klara unruhig und Wut kroch in ihr hoch. Wo war ihr Gespür fürs Malen geblieben?

Schließlich legte sie Papier und Kreide neben sich auf die Bank und atmete tief durch: Sie betrachtete ihr Motiv lange und intensiv und ließ ihre Eindrücke auf sich wirken. Sie wusste nicht, wie lange sie so gesessen hatte, aber schließlich nahm ihre Hand wie von selbst das Malwerkzeug auf und ließ es über den Skizzenblock gleiten.

Und das Wunder geschah: Ihre zittrigen Hände wurden immer ruhiger; es schien, als ob jemand ihre Hand führte, so leicht glitt die Kreide über das Papier. Klara vergaß Raum und Zeit, hörte nicht mehr, wie die Vögel um sie herum zwitscherten, ihre ganze Trauer und ihre Sorgen fielen von ihr ab und zurück blieb einzig und allein die Faszination für die Kunst.

Erst als das Bild fertig war, hielt sie inne. Es zeigte die Lichtung mit den morgendlichen Sonnenstrahlen, die durch die Blätter der alten Eibe brachen. Das Bild wirkte auf den ersten Blick romantisch. Aber als sie es eingehender betrachtete, wurde sie von einer seltsamen Melancholie, beinahe Traurigkeit erfasst. Es spiegelte genau die Gefühle wider, die sie beim Betrachten dieses Ortes empfand.

Der Bann war gebrochen. Klara wechselte die Stellung und zeichnete zunächst das Innere der Kapelle, dann das Eisenkreuz, den Baum mit geschlossener Tür und die alte Bank, sodass das Papier förmlich unter ihren Bewegungen raschelte. Ihr Kunstprofessor wäre stolz auf sie, trotz des melancholischen Motivs, das sie gewählt hatte. Immerhin – es war ein Anfang.

„Nicht schlecht", riss sie eine kratzige Stimme aus ihrer Gedankenwelt. Klara fuhr herum. Musste sich dieser alte Kauz immer von hinten nähern?

„Ja, ich bin zufrieden", erwiderte sie. Der Alte musterte sie halb kritisch, halb belustigt.

„Aber es war wohl nicht Ihre Absicht, die Farben auch auf sich selbst zu verteilen, oder?"

Klara sah an sich herunter und musste über das wilde Farbenspiel auf ihren Händen und der Kleidung lächeln: Sie hatte richtig gewütet. Vermutlich sah ihr Gesicht nicht viel besser aus, da sie ab und an ihre widerspenstigen Haarsträhnen aus der Stirn gestrichen hatte. Entschuldigend zuckte sie mit den Schultern und musste schmunzeln.

„Na, kommen Sie schon, so kann ich Sie nicht gehen lassen." Mit diesen Worten stapfte der alte Gärtner davon und bedeutete Klara, ihm zu folgen. Sie packte schnell ihre Malsachen in die mitgebrachte Kartonmappe und eilte dem Alten hinterher. Schließlich lichtete sich der Wald wieder. Eine gewaltige, mit Kies ausgelegte Auffahrt wurde sichtbar. Dann fiel ihr Blick auf eine Anhöhe, auf dem stolz und unnahbar ein wunderschönes Renaissanceschloss stand. Klara blieb überwältigt stehen. Soviel Schönheit und Anmut hatte sie nicht erwartet. Sicherlich, das Schloss war schon sehr alt und nicht im besten Zustand, aber es erzählte ihr bereits beim ersten Anblick so viele romantische und erlebnisreiche Geschichten, dass sie dafür keine Worte fand.

Der alte Mann deutete auf ein kleines Nebengebäude: „Das Gesindehaus – hier wohne ich." Auch dieses Häuschen war im Renaissance-Stil erbaut. Als Klara eintrat, beschlich sie ein seltsam widersprüchliches Gefühl, das sie sich nicht erklären konnte. Einerseits hüpfte ihr Herz vor Freude, andererseits verkrampfte sich ihr Magen zu einem harten Klumpen. Was war nur los mit ihr?

Der Gärtner, der sich ihr knapp und schroff mit „Bertrand" vorgestellt hatte, zeigte ihr das Badezimmer. Nachdem sich Klara von den Überresten ihrer Malorgie befreit hatte, sah sie sich verstohlen um. Das Häuschen war mit antiken Möbeln ausgestattet und sehr wohnlich. Nur schade, dass die Fassade nicht besser in Schuss war. Hier könnte sie Monate mit Restaurierungsarbeiten verbringen! Zu gerne hätte sie sich etwas genauer umgesehen, aber Bertrand erwartete sie schon ungeduldig im dunklen Eingangsbereich. Ihr Blick fiel auf das Foto eines jungen Mannes, das gerahmt an der Wand hing.

„Ihr Sohn?", frage Klara neugierig. Der Gärtner bugsierte sie ohne eine Antwort mit einer energischen Geste nach draußen. Auf einmal schien er es sehr eilig zu haben, sie loszuwerden.

Klara verabschiedete sich dankend. Überraschenderweise rief ihr Bertrand noch ein „Bis zum nächsten Mal" hinterher.

*

Der Besuch bei Bertrand und ihre ersten gelungenen Malversuche nach so langer Zeit hatten Klara sehr aufgewühlt. Sie konnte jetzt unmöglich alleine in ihr stilles Häuschen zurückkehren. Kurzerhand beschloss sie, dem Café am Marktplatz von Gironde einen Besuch abzustatten.

Die bodenhohen Fenster des Cafés waren an diesem Nachmittag weit geöffnet, sodass die Plätze im Inneren fast zu Freiluftplätzen wurden.

Für einen Mittwochnachmittag war das Café gut besucht und Klara fand gerade noch einen kleinen Zweiertisch in der Nähe der Bar. François, der Inhaber, erkannte sie sofort wieder und brachte ihr ohne zu fragen und mit einem Lächeln einen Café au lait an den Tisch. Klara hätte ihren Erfolg lieber mit Alkohol begossen, aber irgendwie kam sie sich damit jetzt lächerlich vor. Außerdem war der Kellner so stolz darauf, dass er sich ihre Lieblingsbestellung gemerkt hatte, dass sie ihn nicht enttäuschen wollte. Beinahe hätte sie ihm von ihrem Erlebnis im Wald erzählt, aber sie vermutete, dass ihn das nicht interessierte.

„Sonst noch etwas?", riss François sie aus ihren Gedanken. Kurz zögerte Klara, dann unterdrückte sie ihr Mitteilungsbedürfnis und erwiderte nur lächelnd: „Non, merci!"

Nun saß sie hier inmitten von Menschen, aber trotzdem fühlte sie sich einsamer denn je. Sie holte den französischen Krimi hervor, aber sie konnte sich nicht richtig darauf konzentrieren. Währenddessen ging das geschäftige Treiben im Café ungerührt weiter. Ein junger Mann hatte sich inzwischen zu François gesellt und wurde auf Klara aufmerksam. Diese sah kurz hoch, als ob sie seine Blicke bemerkt hätte, allerdings ohne den jungen Mann wirklich wahrzunehmen. Sekunden später starrte sie wieder in das aufgeschlagene Buch auf ihrem Tisch. Ihre Gedanken flogen weit über das Café und Girondes Grenzen hinweg.

David Marell aber konnte seine Augen nicht von Klara lassen. Die Art und Weise, wie sie sich über ihre Kaffeetasse beugte und in einem Buch blätterte, faszinierte ihn und erweckte in ihm das unbändige Gefühl, sie in den Arm zu nehmen. Wer war sie? Wie löste sie solche Gefühle in ihm aus? Mit nur einem Augenaufschlag? Klaras ausdrucksvolle Augen hatten es ihm angetan. Er hatte sich auf den ersten Blick in die ahnungslose Klara verliebt.

*

Es war eigentlich eher Zufall, dass David an diesem schönen Sommertag dem Café „Au Vieux Moulin“ einen Besuch abstattete. Abends nach der Arbeit sah man ihn öfter hier, aber tagsüber war er normalerweise über seine Bücher gebeugt, in seine Tabellenkalkulationen auf dem Bildschirm vertieft oder auf dem Gut seines Vaters unterwegs, um zu sehen, ob alles in Ordnung war. Heute aber vertrat er seinen an Grippe erkrankten Vater auf dessen Tour durch die Restaurants und Bars, um die Bestellungen für Cidre und andere Spirituosen aufzunehmen.

Er hatte seinen Vater nur mit Mühe dazu überreden können, im Bett zu bleiben. Obwohl er es mit seinen 77 Jahren nicht mehr nötig gehabt hätte zu arbeiten, ließ er es sich nicht nehmen, durch seine Kneipentour unter die Leute zu kommen und hier ein Schwätzchen zu halten und dort einen Calvados zu trinken.

Davids Vater war der Gutsbesitzer Gustave Marell, der in zweiter Generation auf seinem Gut Cidre, Calvados, Pommeau und andere alkoholische und nichtalkoholische Getränke aus Obst herstellte. Davids Mutter, Josephine, war eine verarmte Adlige, die ihren Adelstitel abgelegt hatte, als sie den fast zehn Jahre älteren Gustave heiratete.

Der Gutshof der Marells machte mit seinen Erzeugnissen den größten Umsatz im ganzen Departement Calvados. David hatte frischen Wind in die Produktion gebracht und neue Zusammenstellungen und Verfahren ausprobiert. Der Diplom-Agraringenieur hatte seine Doktorarbeit über moderne Herstellungsverfahren von Cidre und Calvados geschrieben.

David Marell sah mit seinen 33 Jahren sehr jugendlich aus, was vermutlich weniger an seiner schlanken Gestalt und der imposanten Größe von 1,90 Metern lag, sondern vielmehr an seinen Grübchen, die sich bei einem verschmitzten Lächeln bildeten. Seine kleine Nickelbrille hingegen, die er hin und wieder trug, verlieh ihm eine gewisse Würde. Ansonsten wirkte er wie ein zu groß geratener Schuljunge, der immer etwas ausheckte.

Mit seinen braunen, kurz geschnittenen Haaren und den kastanienfarbenen Augen war er ein typischer Normanne. Er liebte diese oft raue Gegend von ganzem Herzen und obwohl er schon viel von der Welt gesehen hatte, hätte er es sich niemals vorstellen können, irgendwo anders zu wohnen als hier im Departement Calvados.

Zurzeit war David wieder Single, obwohl er, vor allem bei den Müttern der Gegend, ein sehr beliebter Heiratskandidat war. Aber er hatte sich eingeredet, dass er keine Zeit für eine feste Beziehung hatte und vielleicht war ihm die Richtige auch einfach noch nicht begegnet.

Genau in diesem Moment hatte David zum ersten Mal das Gefühl, der Liebe seines Lebens gegenüber zu stehen. Zu dumm nur, dass sie ihn überhaupt nicht bemerkte. Er hatte nie an den „Coup de foudre" geglaubt, „die Liebe auf den ersten Blick", aber Klara hatte ihn von Anfang an gefesselt und es schien ihm merkwürdigerweise, als ob er sie schon sehr lange kannte. Ihre blauen Augen hatten ihm wahrhaftig ein seltsames Déjà-vu-Erlebnis beschert.

„François, kennst du die hübsche, junge Dame an dem kleinen Ecktisch?", fragte er den Barkeeper.

„Nein, ich habe noch nicht viel mit ihr gesprochen", war François' Antwort.

„Ist sie öfters hier?", bohrte David weiter und beugte sich immer weiter über den Tresen.

„Seit ein paar Tagen kommt sie fast regelmäßig. Eine Touristin, nehme ich an! Französin, aber ich kann ihren Dialekt nicht einordnen."

„Kommt sie immer alleine?", hakte David nach, der Klara nicht aus den Augen ließ.

„Bis jetzt ja, aber das wird bestimmt nicht lange so bleiben!" François ließ David zappeln, aber dieser ließ sich nicht beirren.

Angestrengt überlegte er, wie er mit der schönen Fremden ins Gespräch kommen könnte. Er wollte es vermeiden, dass seine Annäherungsversuche als plumpe Zudringlichkeit verstanden würden. Normalerweise war er im Umgang mit Frauen durchaus geübt, aber Klara schien in keines seiner Muster zu passen. Und wenn er sie einfach auf einen Kaffee einlud und dabei auf seinen Charme vertraute?

Während er noch unschlüssig am Tresen stand, packte Klara das Buch in ihren Rucksack, legte einen Geldschein auf den Tisch und verließ das Café, mit einem kurzen, grüßenden Blick in Richtung François. Erst jetzt erwachte David aus seiner Erstarrung und verspürte auf einmal eine Angst, die Chance seines Lebens vertan zu haben. Er rang noch kurz mit sich, ob er ihr nachrennen sollte, da sah er sie schon in ihrem weinroten Golf mit Kölner Kennzeichen um die Ecke biegen.

„Sie kommt aus Deutschland“, grübelte David verwirrt.

„Erstaunlich!“, meinte François. „Ich hätte schwören können, dass sie Französin ist!“

Klaras Wagen verschwand mit einem letzten, durch die Sonne hervorgerufenen Aufblitzen aus Davids Sichtfeld, aber keineswegs aus seinen Gedanken.

*

Klara hatte, während sie im Café saß, einen Entschluss gefasst: Heute war der richtige Tag, um nach ihrem leiblichen Vater zu suchen. Heute war sie stark genug, sich auch dieser schmerzlichen Wahrheit zu stellen. Da er schon lange tot war, würde sie ihn auf dem Friedhof von Gironde finden. Sie war schon einige Male daran vorbeigefahren, aber die Angst vor der Gewissheit hatte sie immer wieder davon abgehalten anzuhalten. Entschlossen drückte Klara die Klinke der Friedhofspforte herunter, öffnete die Tür unter lautem Quietschen und schaute sich um. Sie befand sich auf einem dieser typischen alten, französischen Friedhöfe, die mit ihren großen Grabmälern und Grüften und den teilweise schiefstehenden Grabsteinen ganz anders aussahen als die ordentlichen deutschen Friedhöfe.

Das Bild, das sich vor ihr ausbreitete, war ziemlich chaotisch. Kein Grabstein stand neben dem anderen und viele hingen schief über der Erde oder versperrten den Weg. Einige waren fast bis zur Unkenntlichkeit zugewachsen. Andere Gräber trugen frische Blumen. Zum

Glück war der Friedhof überschaubar, sodass die Wahrscheinlichkeit groß war, innerhalb einer halben Stunde alle Gräber gesehen zu haben. Alles, was sie von ihrem leiblichen Vater wusste, war sein Name: Philippe Lacroix. Dieser Name war aus der Heiratsurkunde hervorgegangen, die sie im Schreibtisch ihrer Mutter gefunden hatte.

Voller Tatendrang machte sich Klara auf die Suche. Die stille, friedliche Atmosphäre des Friedhofs empfand sie als beruhigend. Während sie von Grab zu Grab schritt und versuchte, die teils verwitterten Inschriften zu entziffern, erinnerte sie sich an den Beginn eines alten französischen Kindergebetes. Wo ihr Gedächtnis das wohl all die Jahre vergraben hatte? Würde auch die Erinnerung an ihren Vater irgendwann zurückkehren? Klara hoffte, dass das Grab ihres Vaters gepflegt war. Lebende Verwandte und somit eine neue Familie zu finden, wäre ein großes Glück.

Sie suchte angestrengt und gründlich, aber alles, was sie fand, war eine große, beeindruckende Gruft mit dem Namen Lacroix. Auf ihr stand: „Meiner geliebten Frau, die bis zu ihrem Tode tapfer gegen ihre Krankheit angekämpft hat. Isabelle Lacroix – Comtesse von Tanquarville". Die Gruft war mit einer Glastür verschlossen, und Klara konnte durch das trübe Fenster eine Vase mit frischen, roten Rosen sehen. Aber mit ihrem Vater konnte diese Lacroix nichts zu tun haben, dessen war sich Klara sicher. Vermutlich war der Name Lacroix in Frankreich so verbreitet wie in Deutschland Maier oder Müller.

Es begann schon langsam zu dämmern, als Klara noch einmal die Reihen der Gräber abschritt, aber sie hatte keines übersehen: Das Grab ihres Vaters war definitiv nicht dabei. Nachdenklich verließ sie den Friedhof und überlegte, ob sie etwas falsch verstanden hatte. Aber ihr Geburtsort war Gironde und ihre Mutter hatte sie eindeutig gebeten, hierher zu fahren. Wieso war ihr Vater dann nicht hier begraben? Sie hatte im Ort keinen anderen Friedhof gesehen. Und plötzlich schaltete sich Klaras Fantasie ein: Vielleicht lebte ihr Vater ja noch! Vielleicht hatte er ihre Mutter wegen einer anderen Frau verlassen und ihre Mutter hatte den Verlust des geliebten Mannes mit seinem Tod gleichgesetzt, da ihr dieser Gedanke erträglicher schien. Dies wäre zumindest eine Erklärung. Hoffnung schlich sich in Klaras Herz und sie beschloss, erst an seinen Tod zu glauben, wenn sie seinen auf einem Grabstein eingemeißelten Namen vor Augen hatte.

Trotzdem aber musste sie Gewissheit haben, denn Hoffnung war ein trügerisches Gefühl. Wird die Hoffnung zerschlagen, ist die Trauer danach umso größer. Das hatte Klara in ihrem jungen Leben schon oft genug zu spüren bekommen. Deshalb beschloss sie, Nägel mit Köpfen zu machen und am nächsten Tag im Rathaus nach dem Verbleib ihres Vaters zu fragen.

Tag 6, erste Woche

Ein markerschütternder Schrei zerriss die Stille des Morgengrauens. Er wiederholte sich bald lauter, bald leiser, bis er in einem Krächzen erstarb. Die wärmenden Strahlen der Sonne blinzelten erst zaghaft hinter dem bewaldeten Hügel hervor und tauchten dann die Landschaft vor Klaras Augen in ein sanftes Rotgold. Blätter und Grashalme waren vom frühmorgendlichen Tau benetzt, der im ersten Sonnenlicht glänzte. Das erneute Geschrei entlud sich endlich in einer erlösenden, rhythmisch wiederkehrenden Tonfolge. Es war der stolze Lockruf eines Hahns.

Klara war bereits beim ersten Ton aufgewacht und auf die Terrasse gerannt. Ihre Verwirrung und Wut über die frühmorgendliche Störung waren sehr schnell dem Zauber des Augenblicks gewichen, als sie die Sonne über dem kleinen Berg aufgehen sah. Der benachbarte Bauernhof mit dem stolzen Gockel, die Wiesen, Felder und Wälder breiteten sich vor ihr aus und boten ihr ein unvergessliches Naturschauspiel. Leider ging dieser Augenblick viel zu schnell vorüber.

Inzwischen kündigte die Kirchturmuhr im Dorf den Sieben-Uhr-Schlag an und Klara merkte an ihrem knurrenden Magen, dass es höchste Zeit für ein ausgiebiges Frühstück war. Lange hielt sie es allerdings nicht bei Kaffee und Baguette aus. Es war Donnerstag und sie wusste, dass das Rathaus für die Öffentlichkeit heute erst um halb elf seine Pforten öffnen würde. Also hatte sie noch etwas Zeit, um vorher bei Bertrand vorbeizuschauen. Trotz seiner Schroffheit übte der Gärtner eine eigentümliche Anziehungskraft auf sie aus. Außerdem hatte sie das große Bedürfnis, ihm die fertigen Kreideskizzen zu zeigen, die sie abends noch nachgearbeitet und verbessert hatte. Eigenartigerweise legte sie auf sein Urteil besonderen Wert. Aber schließlich kannte er das Grundstück wie seine Westentasche und konnte am ehesten beurteilen, ob ihre Bilder die Wirklichkeit getroffen hatten. Vielleicht war ihr aber auch nur nach etwas Unterhaltung zumute. Ihre Vermieter waren heute schon früh in den Obstgarten aufgebrochen, während ihre Nachbarn auf der anderen Seite noch tief und fest zu schlummern schienen. Und außer Bertrand hatte sie in Gironde noch niemanden kennengelernt.

Dieses Mal benutzte Klara den Hauptweg zum Schloss und stellte fest, dass sie gut fünf Minuten durch den Wald ging, ehe das Schloss ganz plötzlich imposant vor ihr aufragte. Das Areal musste riesengroß sein. Wie konnte ein einziger Gärtner es einigermaßen in Schuss halten?

Der Zeiger ihrer Armbanduhr rückte gerade auf halb zehn, als Klara den schweren Messingring an die Holztür des Gesindehauses schlug. Sie hoffte, dass sie Bertrand nicht weckte und er ihr einen übellaunigen Empfang bereitete. Zumindest hatte er sie bei ihrer letzten Begegnung mit den Worten „Bis zum nächsten Mal!", verabschiedet. Das hatte er hoffentlich ernst gemeint!

Als sich im Haus nichts rührte, begann sie zu zweifeln. Aber dann hörte sie hinter sich seinen schleppenden Schritt auf dem Kies. Erstaunt drehte sie sich um. Der Alte kam geradewegs aus dem Wald und seiner schmutzigen Kleidung nach zu urteilen, hatte er bereits einiges an Arbeit geleistet. Er sah zumindest nicht unfreundlich aus.

„Sie kommen genau zum richtigen Zeitpunkt, um einen ‚petit noir' mit mir zu trinken", begrüßte er Klara. Klara wunderte sich sehr über die unverhoffte Einladung zum Espresso, nahm aber dankend an.

Bertrand führte sie hinter sein Haus, wo eine sonnenüberflutete Terrasse einen wunderschönen Blick auf Gironde freigab. Das schwarze Getränk löste auf einmal Bertrands Zunge: „Es gibt Aufzeichnungen vom ersten Schlossbesitzer vor über dreihundert Jahren. Zehn Kinder soll er gehabt haben – angeblich alle von der gleichen Frau. Da war noch Leben auf dem Areal!"

Bertrand erzählte auch ein wenig über die Gegend, die er seine Heimat nannte.

„Ja, wir Normannen sind nicht die einfachsten Menschen. Das weiß ich wohl. Aber ehrlich sind wir und bodenständig. Es gibt hier viele Gutshöfe und Produktionen, die seit Generationen von der gleichen Familie bewirtschaftet und betrieben werden. Nicht zuletzt ist dies das Geheimnis unseres hervorragenden Käses und des köstlichen Cidres. Das macht uns so leicht keiner nach." Klara hörte dem alten Mann gespannt zu. Er wusste viel. Vielleicht könnte er ihr auch bei ihrer Suche behilflich sein.

Während er sich in der Küche zu schaffen machte, um den Kaffee zuzubereiten, reifte in Klara ein Entschluss. Sie vergaß alle Vorsicht und die Warnungen ihrer Mutter, niemandem zu vertrauen, und schob alle Vorbehalte beiseite, die sie gegen den kauzigen Gärtner hatte. Gerade als sie sich gähnend in den Gartenstuhl sinken ließ, kam Bertrand mit zwei Kaffeetassen und einer Packung Gebäck.

„Bretonische Spezialität, Mademoiselle Klará, müssen Sie unbedingt probieren." Klara lächelte bei der ungewöhnlichen Aussprache ihres Namens und schlug Bertrand vor, die französische Version zu verwenden. So wurde aus Klara eine Claire. Eigentlich gefiel ihr dieser Name sogar viel besser als die deutsche Version und sie beschloss sich von nun an Claire nennen zu lassen.

Dieses kleine Stück Intimität, das sich soeben zwischen ihnen entwickelt hatte, bestärkte sie noch in ihrem Plan.

„Wohnen Sie eigentlich schon lange in Gironde?", setzte sie deshalb vorsichtig an.

„Mein ganzes Leben lang", antwortete er knapp.

„Dann kennen Sie sicherlich alle Einwohner?", war ihr nächster Vorstoß.

„Ich bin nicht so kontaktfreudig, aber worauf wollen Sie hinaus?"

„Nun", ließ sie die Katze aus dem Sack, „ich bin hier auf der Suche nach dem Grab meines Vaters. Vielleicht kannten Sie ihn ja."

Bertrand schaute sie skeptisch an und schwieg, doch Klara erzählte unbeirrt vom Tod ihrer Eltern und der Suche nach ihrem leiblichen Vater. Sein Blick war starr in die Ferne gerichtet. Als er sie schließlich wieder ansah, waren seine Augen erfüllt von Mitleid.

„Kannten Sie meinen Vater? Er hieß Philippe Lacroix", bohrte sie weiter. Da verdüsterte sich die Miene des Gärtners.

„Kindchen, ich bin wirklich der Letzte, der Ihnen hier weiterhelfen kann. Ich, ich muss mich jetzt wieder an meine Arbeit machen. Kommen Sie ein anderes Mal wieder. Ich werde hier nicht fürs Nichtstun bezahlt", brummte Bertrand unwirsch und stand abrupt auf. Klara blieb nichts anderes übrig als ihm zu folgen. Aber sie verstand die Welt nicht mehr. Verschwieg der alte Mann etwas vor ihr? Wenn ja, warum?

Verwirrt ging Klara zu ihrem Auto. Die Kreideskizzen lugten aus ihrer Tasche hervor. Sie hatte ganz vergessen, sie Bertrand zu zeigen.

In Gedanken versunken fuhr sie am Rathaus von Gironde vorbei, ohne es überhaupt zu bemerken. Erst als sie in die Einfahrt ihrer Gîte einbog, erwachte sie aus ihrer geistigen Abwesenheit.

*

David war schon den ganzen Tag nicht recht bei der Sache. Er saß in seinem geräumigen Büro mit Blick auf den Gutshof und starrte auf seinen PC, ohne jedoch die Zahlen und Buchstaben der soeben erstellten Datei wahrzunehmen. Er fühlte sich, als ob er krank würde, gleichzeitig aber war ihm zum Singen zumute. Sein Herz – irgendetwas war nicht in Ordnung! Schließlich legte er seinen Bleistift beiseite, klappte das Buch mit den Bestellungen zu und schaltete den PC ab. Arbeiten hatte keinen Zweck. Seine Gedanken kreisten nur um die schöne Fremde, die er gestern im Café gesehen hatte. Gedankenverloren sah er aus dem Fenster. Er beschloss, unter einem Vorwand ins Dorf zu fahren und dem Café „Au Vieux Moulin" einen Besuch abzustatten. Vielleicht hatte er Glück!

„Julie", rief er im Vorbeigehen seiner Sekretärin zu, „ich muss noch kurz bei Monsieur Leblanc eine Bestellung überprüfen und werde die Gelegenheit nutzen, um in Gironde einzukaufen. Soll ich Ihnen etwas mitbringen?" Julie schüttelte lächelnd den Kopf. Was war heute nur mit ihrem Chef los? So verwirrt hatte sie ihn schon lange nicht mehr gesehen. Es war ganz und gar nicht seine Art, schon morgens seine Arbeit zu unterbrechen.

David fuhr geradewegs zum Café „Au Vieux Moulin" und war sehr enttäuscht, dass er Klara dort nicht antraf.

„Tut mir leid, David! Sie war heute noch nicht hier", lächelte François ihn an.

David hoffte, dass die hübsche Deutsche nicht schon wieder abgereist war. Andererseits wusste er gar nicht, wie er sie ansprechen sollte. Denn nichts war ihm peinlicher als zurückgewiesen zu werden. Wenn er eine Frau ansprach, dann musste es Hand und Fuß haben, dann durfte es seine Wirkung nicht verfehlen, denn Niederlagen konnte David nur schlecht ertragen. Er war der geborene Siegertyp, ehrgeizig, fleißig und bisher sehr erfolgreich.

François grinste vor sich hin. Noch nie zuvor hatte er den sonst so beherrschten Unternehmersohn so aufgewühlt gesehen. Es war nicht zu übersehen, dass sich David Hals über Kopf in die junge Frau verliebt hatte.

„Na ja", dachte er, „vielleicht kann ich dem jungen Glück etwas auf die Sprünge helfen." Er hatte kein besonders gutes Verhältnis zu

David, eigentlich verstand er sich mit seinem Vater viel besser. Aber es konnte mit Sicherheit nicht schaden, ihm einen Gefallen zu tun.

*

Christine Marell stieg summend aus ihrem schicken BMW-Cabriolet. Sie war beim Einkaufsbummel in Caen sehr erfolgreich gewesen und holte beschwingt eine prall gefüllte Tasche aus dem Kofferraum. Was für ein schöner Tag! Die Gutsarbeiter drehten sich bewundernd nach ihr um, denn mit ihren fünfzig Jahren war sie immer noch sehr attraktiv –und das wusste sie auch. Sie war hochgewachsen wie ihr Bruder David, schlank, mit hellbraunen langen Haaren. Und sie legte sehr viel Wert auf ihr Äußeres. Nach einem langen Vormittag in Caens Boutiquen sehnte sie sich nach einem starken Kaffee und einer heißen Dusche. Ihr Blick fiel auf Davids kleinen Sportflitzer, der nach der Spritztour ins Dorf direkt neben ihrem Wagen geparkt war. Sie hatte ihren Bruder, das Nesthäkchen der Familie, schon seit Tagen nicht mehr gesehen und beschloss, bei ihm zu klingeln. Als David Christine die Türe öffnete, flachste er: „Na Schwesterlein, warst du groß einkaufen? Hast du tatsächlich ein Kleidungsstück entdeckt, das du noch nicht besitzt?“

„Ja, mach dich ruhig lustig über mich!“, konterte Christine, „als Frau kann ich eben nicht jeden Tag das gleiche Outfit tragen. Außerdem war die Sommerkollektion bereits heruntergesetzt.“

Nach einem kurzen Gespräch ging David wieder in sein Büro. Anerkennend dachte er bei sich, dass seine Schwester eine sehr attraktive Frau war. Wieso sie immer noch unverheiratet war, konnte keiner verstehen. Aber vielleicht war sie genauso anspruchsvoll wie er. Schließlich war er mit seinen 33 Jahren auch noch Junggeselle. Christine hatte immer viele Verehrer gehabt und auch einige Liebhaber. Aber das ging ihn nichts an. David und Christine waren die einzigen der fünf Geschwister, die noch unverheiratet waren und auf dem Gutshof ihrer Eltern wohnten.

Christine, die Erstgeborene, besaß eine schöne Penthousewohnung am Montmartre in Paris, war aber trotzdem die meiste Zeit in Gironde. Sie war gelernte Goldschmiedin und arbeitete in Paris für verschiedene große Modeschöpfer als Schmuck-Art-Designerin. Ihr Beruf machte ihr viel Freude und sie war häufig Gast auf exklusiven Partys,

Vernissagen und Modeschauen. Aber auch wenn sie den Glamour in Paris genoss, war sie nur dort, wenn ihre Arbeit es erforderte. Am liebsten lebte sie hier und wachte morgens mit dem süßlichen Duft der Calvados-Destillerie in der Nase auf.

Genauso, wie David sich um das Wohlergehen seiner Schwester sorgte, machte sich auch Christine viele Gedanken um ihren jüngeren Bruder. David war in der Familienplanung der Marells nicht mehr vorgesehen gewesen. Seine Mutter war bei der Geburt 36 Jahre alt und galt damals als „Spätgebärende". Der Schock über die ungeplante Schwangerschaft war sehr schnell der Freude über ihr quirliges Nesthäkchen gewichen. Auch Christine war er der Liebste ihrer Geschwister und zu gerne hätte sie eine ihn liebende Frau an seiner Seite gesehen.

„Ich sollte mich in nächster Zeit mal etwas mehr um meinen Bruder kümmern", dachte sie, als sie den ersten Schluck Kaffee nahm. „Vielleicht muss ich seinem Glück etwas auf die Sprünge helfen und mich nach einer netten Frau für ihn umsehen."

Tag 7, erste Woche

Heute würde sich Klara nicht mit ausweichenden Antworten zufrieden geben. Sie würde hartnäckig bleiben und so lange bohren, bis sich die vielen Fragezeichen in ihrem Kopf zu Ausrufezeichen geformt hätten. Bertrand sollte sie heute von ihrer listigen Seite kennenlernen. So einfach konnte er sie nicht abspeisen.

Diesmal fuhr Klara mit ihrem Golf direkt vors Schloss. Es war früher Nachmittag, als sie ausstieg, die Autotür zuschlug und ihre Nase herausfordernd in den Wind streckte, bereit zum Kampf. Sogleich ertönte hinter ihr ein Brummen, das sie aus dem Konzept brachte.

„Ich muss im Schloss nach dem Rechten sehen. Wollen Sie mich begleiten, Claire?", begrüßte sie Bertrand. Klara war von seiner Einladung ebenso überrumpelt wie begeistert. Nie hatte sie damit gerechnet, einen Blick auf diese Heiligtümer werfen zu dürfen. Sie nickte nur stumm und folgte Bertrand gespannt.

Was Klara im Inneren erwartete, sprengte ihr Vorstellungsvermögen. Bertrand führte sie durch die großzügig angelegten Räume; Klara wurde überwältigt von der Schönheit des alten Gemäuers. Ihr Blick glitt von den hohen Decken mit Stuck und beeindruckenden Kronleuchtern über die wunderschön bemalten Wände bis zu den glänzenden Marmorböden und edlen Teppichen. Von der Einrichtung sah sie nur wenig, denn die Möbel waren zum Schutz gegen Staub mit weißen Laken verhüllt. Auch die Luft war sehr trocken und ein eigenartiger Geruch, der ihr merkwürdigerweise bekannt vorkam, schwebte über allem.

Keiner sagte ein Wort und Klara ließ sich von der Atmosphäre treiben. Je mehr Eindrücke sie sammelte, desto bedrückter wurde sie allerdings. Erklären konnte sie sich ihre Gefühle nicht, denn normalerweise versetzten sie schöne alte Gemäuer immer in Hochstimmung. Fast meinte sie, das Geflüster der Menschen zu hören, die hier einmal gelebt hatten. Beim Anblick eines mit weißen Laken verhängten Kinderzimmers brach sie völlig unerwartet in Tränen aus.

„Was ist mit Ihnen, Claire?“, fragte Bertrand erschrocken.

„Nichts, nichts“, beschwichtigte sie, schnäuzte sich nochmals ausgiebig und versuchte den Gefühlsausbruch zu überspielen. Bertrand musterte sie noch längere Zeit mit skeptischem Blick. Beide schwiegen, irgendetwas stand zwischen ihnen. Klara war froh, als der Gang durchs Schloss beendet war und sie wieder an die frische Luft traten.

„Weshalb sind Sie eigentlich hergekommen?“, fragte Bertrand unvermittelt.

„Ich wollte Ihnen meine verbesserten Kreideskizzen zeigen, aber dummerweise habe ich sie nun Zuhause vergessen“, log Klara und flüchtete ohne Verabschiedung ins sichere Auto. Sie wusste, dass sie Bertrand damit nicht überzeugt hatte.

Verwirrt über ihre seltsame Reaktion im Schloss, suchte sie dringend Ablenkung. Auch ärgerte sie sich darüber, dass Bertrand ihre schöne Strategie einfach ausgehebelt hatte. Ein Kaffee mit Calvados würde ihr sicherlich gut tun.

Es herrschte reger Betrieb im Café und alle Plätze mit Tisch waren von lautstark gestikulierenden Franzosen belegt. Als ihr der Barkeeper aufmunternd zuzwinkerte, setzte sie sich zu ihm an den Tresen. Kaum stieg der köstliche Duft heißen Kaffees mit einem Schuss Alkohol in ihre Nase, war sie auch schon in ein Gespräch mit dem Barkeeper verwickelt, der sie behutsam ausfragte.

Am gleichen Abend schaute David noch auf ein Bier vorbei. Als François ihm beim Eintreten winkte, wusste er sofort, dass er Neuigkeiten für ihn hatte. Aber freitagabends war immer viel los im Café. David rutschte ungeduldig auf seinem Barhocker hin und her und konnte es kaum erwarten. Endlich setzte sich François zu ihm.

„Mein lieber David“, begann er fast theatralisch, „deinetwegen breche ich meine goldene Regel und frage meinen Gästen Löcher in den Bauch.“ Und dann erzählte er von seinem Gespräch mit der schönen und geheimnisvollen Fremden. Am meisten interessierte David natürlich, dass sie alleine hierhergekommen war und noch fast zwei Monate in der Gegend bleiben würde. Es gab allerdings auch einen Wermutstropfen. François hatte Klara auch gefragt, ob sie hier bereits jemanden kenne, und da habe sie eifrig genickt und von einem Bertrand erzählt, der irgendein Schloss verwalte. Aufgewühlt vor Eifersucht biss sich David auf die Lippen. Bisher hatte sich alles so gut angehört! Er kannte keinen Burschen im Dorf mit dem Namen Bertrand und alte Schlösser gab es hier wie Sand am Meer. Aber so schnell würde er nicht aufgeben. Er würde Klaras Vermietern, den Monods, mal wieder einen Besuch abstatten. Da sie auch zu seinen Kunden zählten, kannte er sie gut.

Wie immer, wenn er eine neue Idee ausbrütete oder einen Plan ausklügelte, arbeitete Davids Gehirn auf Hochtouren und wer ihn gut kannte, konnte an seinem Stirnrunzeln und den Fältchen um die Augen erkennen, dass sich momentan seine ganze Energie in den Gehirnströmen bündelte. Sein Annäherungsversuch durfte seine Wirkung nicht verfehlen, da er vermutlich nur eine einzige Chance bekäme. Es durfte nichts schiefgehen. Daher beschloss er einen zwar sehr aufwändigen und kostspieligen, aber sicheren Plan. Eigentlich war es schon lange mal wieder Zeit für ein Sommerfest auf seinem Gut! Dies war eine alte und im Dorf sehr beliebte Tradition der Marells. Sie konnten es sich leisten, große Feste zu feiern. Und da David eine neue Spirituosenkreation entwickelt hatte, gab es einen guten Grund für eine kleine Einführungsfeier. Sein Calvados mit Birnen- und Aprikosenextrakten würde der Renner dieses Sommers werden!

Der leichtere Teil des Plans würde es sein, die Monods davon zu überzeugen, dass sie unbedingt ihre einsame Mieterin zum Fest mitbringen mussten. Er fühlte sich auf einmal wieder wie ein frisch verliebter Pennäler, der zum ersten Mal Herzklopfen hat und dieses Kribbeln im Bauch verspürt. Eigentlich hatte er es schon gar nicht mehr für möglich gehalten, dass er sich jemals wieder richtig verlieben würde. Und dieses Gefühl beflügelte ihn so sehr, dass er vor Energie zu zerplatzen drohte. Es gab nur noch eine Hürde: Er musste so schnell wie möglich mit seinem Vater sprechen und ihn von der Notwendigkeit einer Feier überzeugen.

Tag 8, zweite Woche

Das Gewitter kam plötzlich, aber heftig. Ein Wetterleuchten über Girondes Hügel hatte es angekündigt. Es erhellte den Himmel und täuschte darüber hinweg, dass die Sonne den Horizont noch nicht erreicht hatte. Aber keiner sah den unheilvollen Vorboten zu dieser unchristlichen Zeit. Die Luft stand still und erstickte jedes Geräusch, bis sich die Nacht unter donnerndem Getöse zerriss. Kurz darauf stießen Blitze in rasender Geschwindigkeit aus dem Himmel. Die dunklen Wolken hingen bedrohlich über dem Meer und wurden von Windböen aufs Land gepeitscht. Wieder ohrenbetäubendes Krachen. Spätestens jetzt konnte in Gironde kein Mensch mehr schlafen.

Klara hatte schon immer Angst gehabt vor Gewittern, gleichzeitig zog sie diese ungeheure Naturgewalt magisch an. Nun stand sie im Nachthemd auf ihrer Terrasse, als der Himmel endlich seine Schleusen öffnete. Binnen Sekunden war sie klatschnass, aber der warme Sommerregen hielt sie nicht davon ab, dem frühmorgendlichen Schauspiel des Donnergottes und seiner Gegenspielerin gebannt zu folgen. Schließlich siegte ihre Angst über die Faszination. Sie flüchtete in das noch erhitzte Wohnzimmer und hüllte sich in ein flauschiges Badetuch. Auf einem bequemen Sessel verharrte sie so bis zum Morgengrauen.

Als der Hahn seine morgendlichen Übungen startete, merkte sie, dass sie nochmals eingenickt sein musste. Trotz des erheblichen Schlafdefizits war ihr Kopf so klar wie die kühle Luft nach dem unerwarteten Gewitterregen und sie beschloss, dass heute der geeignete Tag für einen Besuch im Rathaus war. Würde sie dort etwas über den Verbleib ihres Vaters erfahren? Allein beim Gedanken daran bekam sie feuchte Hände.

Sie wurde allerdings enttäuscht: Die Tür des Rathauses war verschlossen und sie konnte keinen Hinweis auf Öffnungszeiten entdecken. Dabei war sie sich sicher, irgendwo gelesen zu haben, dass das Rathaus auch am Samstagmorgen geöffnet war.

Hilfesuchend blickte sie sich um, aber außer ihr war niemand unterwegs. In einem Gebäude auf der gegenüberliegenden Straßenseite gab es ein Notarbüro, in dem Licht brannte. Sie klingelte. Eine selbstbewusst wirkende Frau mittleren Alters schaute sie freundlich an, und als Klara ihre Frage formulierte, rief sie sofort: „Sie sind die neue Gemeindesekretärin, nicht wahr? Sie werden schon sehnsüchtig erwartet. Ich bin Catherine Laval – wir werden sicherlich öfter miteinander zu tun haben. Freut mich sehr, Sie kennenzulernen."

Klara stellte das Missverständnis klar. Dies brachte die Dame aus dem Konzept: „Oh entschuldigen Sie bitte, aber Sie kamen mir so bekannt vor."

Schließlich erhielt Klara die gewünschte Auskunft und hinterließ eine Notarsassistentin, die ihr nachdenklich hinterherschaute und sich nicht mehr auf ihre Akten konzentrieren konnte.

*

Catherine Laval war trotz ihrer geringen Körpergröße eine imposante Erscheinung. Vielleicht lag dies an ihrer aufrechten Haltung mit stets hoch erhobenem Kopf. Auch sonst wirkte sie ziemlich selbstbewusst und kaschierte so manche Bildungslücke durch ein allwissendes Lächeln. Sie hatte allen Grund, stolz auf sich zu sein. Mit ihren 52 Jahren und trotz einer nicht abgeschlossenen und zudem mangelhaften Schulausbildung hatte sie einiges erreicht. Für sein Elternhaus konnte niemand etwas, aber für die eigene Entwicklung war jeder früher oder später selbst verantwortlich – so ihre Devise. Das Defizit ihrer Herkunft hatte sie durch Fleiß und Ehrgeiz ausgeglichen und sich einen festen Platz in der Gesellschaft erarbeitet.

Catherine arbeitete seit 29 Jahren in der Notarskanzlei Leclerc, hatte dort als einfache Schreibkraft angefangen und war mittlerweile die unersetzliche Assistentin und rechte Hand des Inhabers. Zugegebenermaßen waren die Umstände, unter denen Catherine damals ihren Job als Schreibkraft bekommen hatte, weniger erfreulich gewesen und sie dachte nur sehr ungern daran zurück. Aber Klaras Erscheinen erinnerte sie unwillkürlich an jenen Tag vor 29 Jahren, der ihr Leben entscheidend verändern sollte.

Der alte Leclerc, inzwischen weit in den Siebzigern, war als unverbesserlicher Frauenheld bekannt. Er betrog seine gutgläubige Frau bei jeder sich bietenden Gelegenheit. Mit seinen knapp 50 Jahren, einem ausgeprägten Doppelkinn und einem immer runder werdenden Wohlstandsbauch wurden die außerehelichen Gelegenheiten allerdings immer seltener. Er befand sich gerade mitten in einer sexuellen Midlife crisis, als eines Tages die attraktive, 23 Jahre alte Catherine Laval an seine Tür klopfte und um einen Job bat.

„Was können Sie vorweisen an Schulbildung, Qualifikationen und sonstigen Empfehlungen?", hatte er sie selbstherrlich gefragt und sich genüsslich in seinem hohen Ledersessel zurückgelehnt. Es war im Dorf nur allzu gut bekannt, dass Catherine die Schule abgebrochen hatte, um ihre kranke Mutter zu pflegen.

„Ich bringe Fleiß, Ehrgeiz und Enthusiasmus mit und ich verspreche Ihnen ..."

„Hören Sie, mein Fräulein, hier zählen nur Fakten, Fakten, Fakten. Ich kann Sie nicht einstellen, es sei denn, Sie zeigen sich mir auf eine andere Art und Weise erkenntlich."

„Was wollen Sie damit andeuten?" Catherine beugte sich nach vorne, die Stirn in Falten gelegt. Sie glaubte, sich verhört zu haben. Er wies auf ihr gut gefülltes Dekolleté: „Eine junge Frau wie Sie hat doch ganz andere Qualitäten."

Catherine sprang empört auf: „Sie glauben ja wohl nicht, dass ich mit Ihnen ins Bett gehe, Sie widerwärtiger Dickwanst."

Sie wollte mit hoch erhobenem Kopf hinausstürmen, als Monsieur Leclerc hinzufügte: „Ich erwarte nur sehr wenig von Ihnen. Lassen Sie mich einmal – hier und jetzt – in Ihren Genuss kommen und ich verspreche Ihnen, dass ich Sie in Zukunft in Ruhe lassen werde. Außerdem wird Ihr Einstiegsgehalt doppelt so hoch sein wie üblich. Das ist mein Angebot."

Catherine verabscheute in diesem Augenblick nichts so sehr wie diesen dicken, eingebildeten Mann, der sie durch seine Hornbrille herausfordernd ansah. Aber sie brauchte auf dieser Welt nichts so dringend wie einen Job. Ihre Eltern waren nicht nur arm, sondern durch die Krankheit ihrer Mutter auch hochverschuldet. Bei allen anderen Bewerbungen hatte sie stets eine Absage bekommen und hier saß nun ein Chef, der ihr eine Chance geben wollte – für eine einmalige, unmoralische Gegenleistung. Es würde schnell vorübergehen und dann bräuchte sie sich keine Sorgen mehr um ihre Zukunft zu machen. Wenn sie sich zu diesem Schritt entschloss, konnte sie mit diesem Job endlich ein neues Leben beginnen.

Widerwillig schluckte sie alles Selbstwertgefühl und allen Stolz hinunter, knöpfte sich ihre Bluse auf und sagte: „Dann lassen Sie es hinter uns bringen, denn es wird das einzige Mal sein, dass wir uns näherkommen."

Monsieur Leclerc grinste unverschämt, ließ die Jalousie herunter und verschloss seine Bürotür. Sein gieriger Blick verschlang die junge Frau. Er zögerte nicht lange. Lüstern griffen seine fleischigen Hände nach Catherines Brüsten. Er stöhnte auf. Catherine kniff die Augen zu und versuchte krampfhaft an etwas anderes zu denken. Aber als seine Hand unter ihren Rock fasste und ihre Schenkel hochglitt, konnte sie ihren Widerwillen kaum unterdrücken.

„Es wird dir auch Spaß machen, mein Mäuschen", stöhnte er und betastete sie ungeschickt. Als er schließlich seine Hose öffnete und mit seinem erigierten Glied in sie eindrang, wurde sie mit aller Wucht in den Sessel gedrückt. Später konnte sie sich nur noch an seinen stark nach Knoblauch stinkenden Atem erinnern, sodass sie bis heute einen Ekel vor den Knollen verspürte. Zum Glück dauerte die äußert unangenehme Prozedur nicht allzu lange. Monsieur Leclerc war aufgrund seiner Fettleibigkeit und mangelnder Übung nicht in allzu guter Kondition. Als Catherine wenig später ihren ersten Arbeitsvertrag unterschrieb, schwor sie sich, dass sie dieser Lüstling nie wieder anfassen würde. Ihr entschlossener Blick machte ihm unmissverständlich klar, dass ihre Gegenleistung damit abgegolten war.

Wenige Monate später erlitt er seinen ersten Herzinfarkt und als ein zweiter Infarkt, der einen Schlaganfall zur Folge hatte, ihn vorläufig halbseitig lähmte, musste er die Kanzlei seinem soeben erst aus der Universität entlassenen Sohn übergeben. Catherine war von ihren Ängsten befreit und ihrer Karriere stand nichts mehr im Wege. Sie machte sich bald durch eine unerschöpfliche Energie und viel Ehrgeiz unersetzlich. Ihre heutige Stellung hatte sie sich ehrlich erworben und verdient und darauf war sie stolz. Von den Mitarbeitern und ihrem Chef wurde sie geschätzt und geachtet und kaum einer fragte sich noch, warum der Seniorchef sie damals eingestellt hatte.

Catherine war mit ihren 52 Jahren immer noch eine schöne Frau, aber die ersten Falten und andere Spuren des Alters zeichneten sich in ihren entschlossenen Gesichtszügen ab und erzählten von den Sorgen und Geschehnissen der Vergangenheit. Selten dachte sie jedoch an das Gewesene, ihr Blick richtete sich immer nach vorn in die Zukunft. Seit einiger Zeit wohnte sie wieder alleine und war damit zufrieden. Ihr Ex-Mann, von dem sie sich vor vielen Jahren getrennt hatte, hatte sich als Taugenichts und Säufer erwiesen und da sich Catherine geschworen hatte, sich niemals mehr von einem Mann demütigen zu lassen, setzte sie ihn vor die Tür, nachdem er sie unter Alkoholeinfluss grün und blau geschlagen hatte. Und so richtete Catherine Tag für Tag ihren Blick ein bisschen weiter in die Zukunft und versuchte ihre Vergangenheit zu vergessen.

„Schluss damit!", schalt sie sich verärgert, „der Chef erwartet bis in einer Stunde seine Unterlagen." Und so beugte sie sich wieder über die Akten und hatte die Begegnung mit Klara bald vergessen.

Diese hatte noch ein paar Minuten Zeit, bis die Sprechzeit im Rathaus begann, und spazierte ziellos durchs Dorf. Als sie an der alten Dorfkirche vorbeikam, stand die Pforte zur Kirche weit offen. Das war ungewöhnlich und erregte sogleich Klaras Neugierde. Da die normannischen Dorfkirchen meistens nur zu den Gottesdiensten geöffnet waren und Klara sich sehr für ihre Ausstattung interessierte, packte sie diese Gelegenheit beim Schopf.

Neugierig betrat Klara die kalte, dunkle Kirche. Sie war in einer bezaubernden Schlichtheit gehalten. Klara konnte den bunten und mit Prunk überladenen Barockkirchen nichts abgewinnen. Sie stellte sich vor, dass Gott viel eher in einer kleinen, normannischen Dorfkirche zu finden sein würde. Eine angenehme, dunkle Stimme schreckte Klara aus ihren Gedanken. Der Dorfpfarrer gab ihr freundlich zu verstehen, dass er die Kirche in der nächsten Viertelstunde schließen wollte.

„Aber beenden Sie bitte in Ruhe Ihr Gebet, Mademoiselle."

„Ich habe nicht gebetet. Alles, worum ich bitten könnte, hat man mir bereits genommen." Klara sah den verdutzten Priester herausfordernd an.

„Niemand kommt ohne Grund in unsere Kirche, mein Fräulein", versuchte der alte Mann zu beschwichtigen, „wir sind immer auf der Suche nach der göttlichen Existenz, selbst wenn wir es nicht wissen."

„Ich befinde mich nur auf der Suche nach der Wahrheit, der Wahrheit über mich und meine Familie", entgegnete sie trotzig.

Da der Priester sie weiterhin freundlich anlächelte, nutzte sie die Gunst der Stunde und fragte, ob er einen Philippe Lacroix gekannt habe. Sie habe sein Grabmal nicht auf dem angrenzenden Friedhof gefunden. Überrascht, ja fast erschrocken entgegnete der Priester auf Klaras Frage: „Seit Jahren hat niemand mehr diesen Namen ausgesprochen. Darf ich Sie fragen, welches Interesse Sie an ihm haben?"

Als Klara antwortete, sie sei seine Tochter, riss er die Augen auf, bis die dunklen Augäpfel aus den Höhlen zu springen drohten. Einen Moment lang war er wie erstarrt, dann fasste er sich und sagte: „Kommen Sie mit, mein Kind! Wir sollten uns für einen Augenblick ins Pfarrhaus setzen."

*

Nach ihrem Gespräch mit dem Dorfpfarrer fuhr Klara ziellos durch die Gegend. Sie sehnte sich nach Einsamkeit und suchte einen Platz, an dem sie das über das eben Gehörte in Ruhe nachdenken und es vielleicht verstehen konnte.

Der Termin im Rathaus hatte sich erledigt. Klara wusste nun mehr, als ihr lieb war. Vielleicht würde ihr die kühle Brise am Meer einen klaren Kopf bescheren. In Gedanken versunken, passte Klara nicht auf, wohin sie fuhr. Nach vielen Kurven und vorbeihuschenden Landschaften erwachte sie endlich aus ihrer Trance. Da sie keine Ahnung hatte, wo sie sich befand, parkte sie ihren Golf am Straßenrand.

Vor ihrem Auge breiteten sich saftige Wiesen aus, bestückt mit unzählig vielen Apfelbäumen. Bäume, wohin sie auch sah. Die roten Flecken dazwischen entpuppten sich als Äpfel, sicherlich noch nicht reif, aber bereits verführerisch duftend. Durch die Apfelplantagen schlängelte sich eine schmale Straße. Wohin diese führte, würde sie nicht erfahren.

Hier war der perfekte Ort zum Nachdenken. Klara schnappte ihre Tasche und ließ sich unter einem der Schatten spendenden Apfelbäume nieder. Erschöpft lehnte sie sich an den Baumstamm und nach einigen Minuten, während derer sie in Stille verharrt war und verzweifelt versucht hatte, ihre Gedanken zu ordnen, tat sie das, was ihr in solchen Situationen immer am besten half: Sie holte ihr Tagebuch hervor und schrieb sich ihre ganzen verwirrten Gedanken von der Seele.

08. Juni

Er heißt Père Jacques und ist der Pfarrer von Gironde und was er mir soeben erzählt hat, klingt einfach unfassbar. Habe ich ihn richtig verstanden oder war er sich selbst nicht sicher? Denkt er tatsächlich, dass meine geliebte Mutter? Nein, das kann nicht sein! Hier muss es sich um einen schrecklichen Irrtum handeln.

Vielleicht gibt es zwei Philippe Lacroix. Er hat behauptet, dass das Grabmal im Schlosspark in der alten Eibe das Grab meines Vaters sein soll. Also habe ich es schon längst gefunden. Aber wieso hat Bertrand nichts gesagt? Ich habe ihm doch den Namen meines Vaters genannt! Und wenn der tote Sohn des Schlossbesitzers, dessen Asche in der kleinen Kapelle aufbewahrt wird, wirklich mein Vater ist, dann wäre ich eine geborene Claire, Comtesse de Tanquarville. Habe ich womöglich mit Bertrand mein eigenes altes Kinderzimmer besichtigt? Père Jacques kennt übrigens keinen Gärtner namens Bertrand. Seltsam! Er meinte, dass das Schloss seit Langem verlassen sei. Wohin der Schlossherr verschwunden sei, wenn er überhaupt noch lebe, wisse er auch nicht.

Wie mein Vater gestorben ist, kann ich nicht glauben. Er soll ein Selbstmörder sein, in Schande von der katholischen Kirche verstoßen, eine letzte Ruhestätte auf dem Dorffriedhof blieb ihm verwehrt. Sein liebender Vater hat ihm eine Gedenkstätte auf dem Schlossareal errichtet. Hier sollte seine Seele Ruhe finden. Der damalige und inzwischen verstorbene Pfarrer weigerte sich, einem Selbstmörder die letzte Ehre zu erweisen. Père Jacques kam damals neu in die Gemeinde, er hatte noch keinen Einfluss auf das Geschehen.

Der Pfarrer behauptet, dass meine Mutter am Selbstmord meines Vaters schuld war. Sie wollte ihn verlassen wegen eines anderen Mannes und mich, ihre zweijährige Tochter, mitnehmen. Ein anderer Mann? Meine Mutter hat erzählt, dass es in ihrem Leben nur eine große Liebe gab: Philippe!

Könnte es Klaus gewesen sein? Aber Mama hat ihn erst später kennengelernt. Wer dann? Was für ein schrecklicher Tod für meinen Vater! Von Tabletten und Alkohol benebelt ins Meer zu springen und jämmerlich zu ertrinken. Wie verzweifelt musste mein Vater gewesen sein, dass er so etwas getan hat! Oder war er tablettenabhängig, alkoholkrank?

Ich halte diese Fragen nicht mehr aus! Ich muss Gewissheit haben und wenn die Wahrheit noch so schrecklich sein sollte! Ich kann nicht mehr klar denken. Die Bilder drehen sich in meinem Kopf wie in einem Karussell!

*

Stunden später saß Klara in ihrer Gîte mit einer Tasse Tee in der Hand und fragte sich nach einer langen, eiskalten Dusche zum wiederholten Mal, wie sie heil zurück zu ihrem Häuschen gefunden hatte. Sie konnte sich nur noch daran erinnern, dass sie ihr Tagebuch zugeklappt hatte, dann setzte ihr Erinnerungsvermögen aus.

Erst unter den prasselnden Wassertropfen wachte sie aus ihrem tranceartigen Zustand wieder auf. Und so sehr sie sich auch bemühte, die Gedächtnislücke füllte sich nicht. Sie hatte ihr Zeitgefühl völlig verloren, wusste nicht mehr, wie lange sie unter diesem Baum gesessen hatte, wo dieser sich überhaupt befand und wie in Gottes Namen sie mit ihrem katastrophalen Orientierungssinn den Weg zurück gefunden hatte.

Nach der Beerdigung ihrer Eltern war sie häufiger in einer solchen Verfassung gewesen, aber schließlich hatte sie eine sehr schwere Zeit durchgemacht. Jetzt war ihr ziemlich mulmig zumute. War es nicht äußerst gefährlich, sich so sehr auf sein Inneres zu konzentrieren, dass man die Außenwelt nicht mehr wahrnahm?

Klara hatte so viele Fragen. Sie musste die Wahrheit herausfinden! Sie musste es für den Seelenfrieden ihrer Mutter, ihres leiblichen Vaters und nicht zuletzt auch für sich selbst tun und würde diese Suche bis zum bitteren Ende durchführen. Eine alte, schon längst verloren geglaubte Stärke durchströmte sie, bis ihr Herz und ihr Verstand nur noch von einem Gedanken erfüllt waren: der Suche nach der Wahrheit.

Entschlossen machte sich Klara auf den Weg ins Dorf, um die nächste Telefonzelle aufzusuchen.

*

Als Klara in der Telefonzelle stand, überlegte sie, wie sie das Gespräch mit ihren Großeltern, den Eltern von Klaus, beginnen sollte. Klara hatte ihnen nach dem schrecklichen Unfalltod nichts von den letzten Worten ihrer Mutter erzählt. Vielleicht weil sie sich das letzte Stückchen Sicherheit, die letzte schöne Erinnerung aus ihrer Kindheit, so bewahren wollte, wie sie es immer empfunden hatte. Sie konnte den Gedanken nicht ertragen, dass Klaus und sie nicht miteinander verwandt waren.

Ihre Großeltern mütterlicherseits waren beide vor ein paar Jahren gestorben. Ihr Großvater hatte Krebs gehabt und ihre Großmutter folgte ihm ein Jahr später aus Kummer über den schmerzlichen Verlust. Oma und Opa Seidel konnten nicht ahnen, dass Klara inzwischen über ihren wirklichen Vater Bescheid wusste, denn sie hatte dieses Thema nie von sich aus angeschnitten. Klara wählte die Nummer ihrer Großeltern; nach kurzem Läuten hörte sie die Stimme ihrer Großmutter: „Luise Seidel."

„Hallo, Oma Luise. Ich bin's Klara. Ich wollte mich nur mal melden. Wie geht es Opa Heinrich?"

Seit dem Tod ihrer Eltern war Klara noch besorgter um das Wohlergehen ihrer verbliebenen Familie. Sie war erleichtert, dass sich die Stimme ihrer Großmutter klar und frisch anhörte und dass sich ihr Großvater von seiner Sommergrippe erholt hatte. Wie gerne wäre sie in diesem Moment bei ihnen gewesen, hätte sich von Opa Heinrich über den Kopf streicheln lassen und sich wieder wie das kleine Mädchen gefühlt, dessen Welt noch in Ordnung war. Aber sie durfte nicht sentimental werden. Sie erhoffte sich von diesem Telefonat ein paar Informationen und diese musste sie geschickt erfragen, ohne dass sich ihre Großeltern Sorgen um sie machten.

„Liebe Oma", setzte sie an, „zuerst einmal muss ich euch unbedingt sagen, dass ich inzwischen die Wahrheit über Klaus und meinen leiblichen Vater erfahren habe. Mama hat es mir noch auf dem Sterbebett erzählt."

„Oh Gott, mein armes Kind!", begann Oma Luise, aber Klara unterbrach sie beruhigend.

„Was ist passiert?", rief Opa Heinrich dazwischen.

„Sie weiß Bescheid!", tuschelte, mehr schreiend als flüsternd, Oma Luise ihm zu.

„Oma, ich mache euch keine Vorwürfe, dass ihr mir nie ein Sterbenswörtchen darüber gesagt habt, aber ich muss verstehen können, warum Mama diesen Weg gewählt hat. Ich muss begreifen, warum sie mich nicht eingeweiht hat. Deshalb bin ich hier in Frankreich. Ich bin auf den Spuren meiner Vergangenheit und ich möchte meine wirklichen Wurzeln finden."

Ihre Großmutter fing leise an zu schluchzen. Klara hörte nun auf einmal die besorgte Stimme ihres Großvaters, der inzwischen ihr Gespräch über Lautsprecher mitverfolgte.

„Klara, weißt du auch wirklich, was du tust? Willst du nicht alles auf sich beruhen lassen, so, wie es deine Mutter getan hat? Schau in die Zukunft und nicht zurück!"

„Ihr braucht keine Angst um mich zu haben", versuchte Klara zu beruhigen, „ich fühle mich so stark wie schon lange nicht mehr. Und ich möchte endlich die ganze Wahrheit über mich erfahren. Ich habe es Mama auf dem Sterbebett versprochen."

Stille – und dann aufgeregtes und unverständliches Stimmengewirr.

Schließlich gelang es ihr, ein paar Fragen zu stellen.

„Oma, weißt du, wie mein Vater damals gestorben ist?"

„Nein, Klara, deine Mutter hat daraus immer ein Geheimnis gemacht. Ich denke, es war ein Unfall. Klaus wich uns auch immer aus, wenn wir genauer nachfragten. Wir wissen nicht einmal, ob er die Wahrheit kannte."

„Oma, kannst du dich noch daran erinnern, wann genau sich Mama und Papa damals kennenlernten und ob es zwischen Papa und meinem leiblichen Vater vielleicht noch einen anderen Mann gab?"

„Warum willst du das alles wissen?", schaltete sich ihr Großvater ein.

„Bitte Opa, stell jetzt keine Fragen. Ich habe selbst noch keinen Überblick. Wenn ich mehr weiß, werde ich euch bestimmt alles erzählen. Ich brauche noch ein paar Anhaltspunkte."

„Liebes Kind, du gibst ja doch keine Ruhe." Die Stimme ihrer Großmutter klang besorgt. „Maria und Klaus haben sich kennengelernt, nachdem deine Mutter wieder ein halbes Jahr in Deutschland gelebt hat. Du warst damals zweieinhalb Jahre alt und sehr schüchtern und verstört. Sie haben ziemlich schnell geheiratet. Wir fanden es etwas überstürzt, aber da sich die Leute den Mund über Maria zerrissen und dich als uneheliches Kind bezeichneten, war es wohl die beste Entscheidung. Und Klaus war so sehr in deine Mutter verliebt. Wir hatten dich bald alle in unser Herz geschlossen. Wir waren dem Allmächtigen so dankbar dafür, dass du Klaus als deinen Vater angenommen hast!"

„Oma", unterbrach Klara ungeduldig, „ich habe nicht mehr viel Kleingeld. Wir können uns ausführlich unterhalten, wenn ich wieder in Deutschland bin. Ich werde euch ganz bestimmt besuchen kommen. Aber was ich unbedingt wissen muss: Gab es noch einen anderen Mann im Leben meiner Mutter?"

Während ihre Großmutter noch überlegte, hatte Opa Heinrich bereits eine Antwort parat: „Das kann ich mir absolut nicht vorstellen. Deine Großeltern Schwarz haben damals bei der Hochzeit berichtet, dass Maria seit ihrer Rückkehr aus Frankreich kaum mehr das elterliche Haus verlassen hat und sie so unendlich froh waren, dass sie schließlich Klaus traf. Nein, dazwischen konnte niemand gewesen sein! Klaus hatte zuvor in Amerika gelebt, wo er ein Jahr lang für ein Projekt arbeitete. Er hat Maria kurz nach seiner Rückkehr kennengelernt. Sie hatte sich völlig zurückgezogen."

Endlich! Das waren die Worte, die Klara hören wollte. Sie beruhigten und beunruhigten sie gleichermaßen. Bevor sie sich verabschieden konnte, war ihr Geld aufgebraucht, und die Verbindung riss ab.

Tag 9, zweite Woche

Als Klara am anderen Morgen nach einem tiefen und traumlosen Schlaf ungewöhnlich spät aufwachte, war sie zunächst völlig verwirrt. Im ersten Moment glaubte sie, dass sie alles nur geträumt hatte. Aber dann fiel ihr Blick auf das offene Tagebuch und ihre mit Gras beschmutzten Sandalen. Sie roch auf einmal wieder den Duft des Apfelbaums, der ihr in einer schweren Stunde Schatten gespendet hatte, und ihr wurde jäh bewusst, wie real diese Erlebnisse gewesen waren. Unbarmherzig schob sich auch ihr Entschluss vom Vortag in ihre noch schläfrigen Gedanken.

Als ihr weinroter Golf vor dem Renaissance-Torbogen hielt, war Klara sehr aufgeregt. Ihr Herz klopfte wild. Trotz der spätmorgendlichen Hitze fröstelte sie und legte sich eine Strickjacke über die Schultern. Sie zog es vor, den Weg zum Schloss zu Fuß zu gehen. Schließlich wusste sie jetzt, dass sie hier zwei Jahre ihrer Kindheit verbracht hatte. Klara ging nun mit offenen Augen und Ohren durch den Wald und sah auf einmal alles aus einem ganz anderen Blickwinkel. Der Wald war nicht mehr unheimlich, sondern reich an guten Verstecken und Spielplätzen für ein kleines Mädchen. Die Luft roch frisch und angenehm und die Stille, die über dem Ganzen lag, war keineswegs bedrückend.

Auf der Lichtung hielt sie einen Moment inne. Hier lag die Asche ihres leiblichen Vaters, an den sie sich vergeblich zu erinnern versuchte. Klara hatte sich immer gewundert, dass es von ihr fast keine Kinderfotos gab. Ihre Mutter hatte das damit begründet, dass die Fotoalben bei ihrem Umzug von Heidelberg nach Köln verloren gegangen seien. Inzwischen war ihr klar, dass sie über ihre Vergangenheit nicht Bescheid wissen sollte.

Vorsichtig drückte sie die Türklinke im Stamm der alten Eibe herunter. Als sie eintrat, überkam sie ein Gefühl unendlicher Trauer. Sie schwor sich, dass sie nicht eher ruhen würde, bis sie die ganze Wahrheit wusste. Dann murmelte sie ein kurzes Gebet zu einem Gott, an den sie nicht mehr glaubte, wischte sich verstohlen eine Träne aus den Augen und machte sich entschlossen zu Bertrands Häuschen auf.

Bertrand war gerade in seiner Küche mit der Zubereitung des Mittagessens beschäftigt, als Klara anklopfte und eintrat. Sofort platzte sie mit ihrer Frage heraus: „Wer sind Sie und was machen Sie hier, dass man im Dorf unten von Ihrer Existenz nichts weiß? Und wieso haben Sie mir nicht erzählt, dass ich die Tochter des verstorbenen Sohns des Grafen bin?"

„Sie wissen es nun also", stellte er wenig erstaunt fest. „Es war klar, dass Sie die Wahrheit irgendwann herausfinden würden."

Klara war außer sich vor Wut: „Glauben Sie nicht, dass ich ein Recht auf die Wahrheit habe? Der Pfarrer unten im Dorf hat mir eine ungeheuerliche Geschichte erzählt, aber ich glaube nicht alles, was ich gehört habe. Vor allem was meine Mutter betrifft, kann das so nicht gewesen sein. Ich verspreche Ihnen, ich werde die Wahrheit herausfinden!"

Bertrand wies Klara nur mit einer stummen Handbewegung den Weg in sein Wohnzimmer. Sie setzte sich in einen der alten, weichen Ohrensessel. Bertrand tat es ihr gleich und machte es sich ihr gegenüber bequem. Klara fackelte nicht lange und wiederholte ihre erste Frage: „Wer sind Sie und warum weiß niemand im Dorf, dass hier ein Gärtner lebt?"

Bertrand starrte lange reglos vor sich hin, bis er schließlich sprach: „Ich sehe, Claire, du bist meinem Sohn sehr ähnlich. Er wollte auch mit dem Kopf durch die Wand, wenn ihm etwas verwehrt wurde." Klara starrte ihn mit offenem Mund an, so, als ob sie nicht richtig verstanden hätte. „Ja, du hast richtig gehört. Philippe Lacroix war mein Sohn. Ich bin der Comte de Tanquarville, der nicht mehr unter die Leute geht, weil er das Mitgefühl in ihren Augen nicht mehr ertragen kann. Und genauso wenig konnte ich es ertragen, in dem Schloss zu leben, in dem das von meinem Sohn so sehr herbeigesehnte Glück mit Füßen getreten und seinem ehrlichen Versprechen nur Lüge entgegengebracht wurde."

„Das müssen Sie mir erst einmal beweisen!", fuhr Klara wütend hoch, während Bertrand unbeirrt weiterredete: „Also zog ich in das

Gesindehaus, versorgte mich selbst und pflegte Wald und Garten, so gut es ging. Inzwischen fühle ich mich wirklich nur noch wie der Gärtner dieses Grundstücks. Meinen Stolz und mein Ehrgefühl habe ich mir in den Jahren mit den Händen im Dreck abgearbeitet und nun steht dein Großvater hier vor dir als ein gebrochener Mann."

„Seit wann wissen Sie, dass ich Ihre Enkelin bin?"

Bertrand räusperte sich.

„Du siehst deiner Mutter sehr ähnlich, vor allem deine blauen Augen waren mir gleich sehr vertraut. Bevor deine Mutter in mein Leben trat, habe ich noch nie so blaue Augen gesehen. Damit hat sie meinen Sohn verhext."

„Und wieso haben Sie sich mir dann nicht richtig vorgestellt?" Klara schaute Bertrand misstrauisch an und legte ihren Kopf schief.

„Ich wollte erst abwarten, was dich hier herführt, bevor ich meine wahre Identität preisgebe. Ich fürchtete, dass du auf das Erbe aus warst, bevor ich erkannte, dass du völlig ahnungslos warst. Und jetzt ist genau das passiert, was ich zu verhindern versuchte: Du willst dich der grausamen Wahrheit nicht stellen."

Klara sah Bertrand fassungslos an. Er klang nicht wie ein liebevoller Großvater, der sich freute, nach über zwanzig Jahren seine Enkeltochter wiedergefunden zu haben. Vor ihr saß ein vergrämter, alter Mann, der nicht mehr an das Gute im Menschen glaubte und sich von der Außenwelt abgeschottet hatte. Dieser Mann hatte um sein Herz viele Mauern gebaut.

So lange er sie nicht wie eine „verlorene Tochter" liebevoll in die Arme schloss, konnte sie in ihm auch nicht ihren Großvater sehen und musste ihn weiterhin wie einen Fremden behandeln.

„Zuerst einmal", begann sie, nachdem sie sich von den Nachrichten erholt hatte, „möchte ich klarstellen, dass ich weder auf Ihr Schloss aus bin, Bertrand, noch auf sonst irgendeinen Wertgegenstand aus Ihrem Besitz. Ich kann auch akzeptieren, dass Sie die Vergangenheit anders interpretieren als ich, aber ich werde es nicht zulassen, dass Sie schlecht über meine Mutter reden."

„Willst du die Vergangenheit nicht ruhen und den Toten ihren Frieden lassen? Zu viel Schlimmes ist damals passiert; ich möchte das nicht alles noch einmal durchmachen."

Klara ballte die Faust ihrer rechten Hand und schlug sie auf den Tisch. Lauter als zuvor sagte sie: „Wissen Sie, was ich alles erleiden musste? Fürchten Sie sich vor der Wahrheit? Sie können mich nicht daran hindern, ihr auf den Grund zu gehen. Und wenn Sie von Ihrer Wahrheit überzeugt sind, werden Sie mir auch keine Steine in den Weg legen, denn was könnte Ihnen schon passieren, außer dass ich am Ende feststellen müsste, dass Sie Recht hatten?

Ich lege die Ehre meiner Mutter in die Waagschale und sage, dass sie unschuldig ist. Ich kannte sie sehr viel besser als Sie und bin es ihr einfach schuldig, dass ich ihr beflecktes Kleid reinwasche, damit auch sie in Frieden ruhen kann. Denn in ihren letzten Worten bat sie mich darum, meine alte Heimat aufzusuchen und meine Verwandten zu finden. Ich sehe, welche große Schuld man ihr auferlegt hat, die sie vielleicht zu Unrecht trägt. Wenn Sie den Dickkopf Ihres Sohnes kannten, dann wissen Sie auch, was jetzt auf Sie zukommt. Ich werde nicht eher aufgeben, bis ich alle Zusammenhänge bis ins kleinste Detail kenne."

Klara hatte sich so richtig in Rage geredet und wandte sich zum Gehen, da sie glaubte, dass Bertrand nun das Gespräch verärgert beenden würde. Er aber schaute sie nur mit traurigen Augen an und gab ihr mit einer Handbewegung zu verstehen, dass sie sich wieder setzen solle.

Nach einer unendlich langen Stille, in der Klara nur das regelmäßige Ticken der Wanduhr vernahm, räusperte er sich schließlich und meinte: „Nun gut, Claire. Ich sehe, du bist von deinem Vorhaben nicht abzubringen. Du willst die Wahrheit wissen und du sollst sie erfahren. Ich werde dich nicht daran hindern." Dann setzte er noch eine Kanne Tee auf und erzählte Klara von seiner ersten Begegnung mit ihrer Mutter.

*

Während Docteur Jospin die Tür zum Wartezimmer hinter sich zuzog, atmete er erleichtert auf und freute sich nach einem anstrengenden Sonntagsdienst endlich auf den wohlverdienten Feierabend. Es war wieder einmal ein harter Tag gewesen: ein Blinddarm, etliche Grippeviren, mehrere Kreislaufkollapse, zwei Mittelohrentzündungen, acht noch nicht definierbare Krankheiten und mindestens fünf Simulanten. Trotz allem bereitete ihm sein Beruf sehr viel Freude – er war sein Lebensinhalt, denn sonst würde er mit seinen 65 Jahren bestimmt nicht mehr praktizieren, sondern wie seine Berufskollegen schon längst in einem chicen Häuschen an der Côte d'Azur von den Früchten seiner Arbeit leben.

Während er an diesem Sonntagabend pfeifend die Praxistür abschloss, um sich auf den Nachhauseweg zu machen, fielen ihm einige seiner skurrilsten Krankengeschichten ein. Und schließlich gingen seine Gedanken zu dem Tag zurück, an dem eine junge Comtesse schreiend vor seiner Tür stand und ihr Mann ihn wild gestikulierend und völlig hysterisch um Hilfe bat. Was war das für eine Nacht gewesen! Zum ersten und letzten Mal in seinem Leben durfte er als Geburtshelfer fungieren und einem kleinen Mädchen den Weg ins Licht der Welt erleichtern. Wehmütig dachte er daran zurück und noch wehmütiger, wie die Geschichte schließlich geendet hatte. Irritiert schüttelte er den Kopf. „Du wirst wirklich alt, mein Lieber, wenn du an diese längst vergangenen Zeiten denkst." Aber irgendwie ließ ihn das Schicksal dieser jungen Frau nicht mehr los. Ganz in Gedanken versunken, lenkte er seinen Wagen anstatt nach Hause zum Café „Au Vieux Moulin".

Wie immer bestellte er ein Glas Rotwein und setzte sich an seinen angestammten Eckplatz. Obwohl Dr. Jospin regelmäßiger Gast im Café war und beim Eintreten von allen Seiten begrüßt wurde, hätte niemals jemand gewagt, ihn in seinen wenigen Mußestunden hier zu stören. An jenem Abend grübelte er jedoch über ernste Dinge. François stellte ihm schließlich auf Kosten des Hauses einen Calvados auf den Tisch.

*

Als Klara das Haus ihres Großvaters verließ, war sie so sehr in Rage, dass sie glaubte, zerspringen zu müssen. Wütend stapfte sie durch den Wald in Richtung ihres Autos. Vor einem Baum blieb sie stehen und malträtierte diesen mit ihren Füßen. Als ihre Kräfte erschöpft waren, setzte sie ihren Weg fort.

Die Worte ihres Großvaters gingen ihr durch den Kopf. Sie war nicht zimperlich mit ihm umgegangen, aber auch seine Worte waren schonungslos gewesen. Wenigstens hatte sie ihn dazu gebracht, dass er nochmals mit ihr ins Schloss gegangen war, um einige alte Erinnerungsstücke herauszukramen. Es war ihm sichtlich schwergefallen. Die Stücke waren gut weggepackt gewesen. Klara aber war mit der Ausbeute zufrieden: Sie hatte einige Fotoalben erhalten, ein altes Adressbuch ihrer Mutter, ein paar Briefe, die Todesanzeige ihres Vaters, den Obduktionsbericht und sogar den Abschiedsbrief, den ihr Vater damals geschrieben hatte.

Bertrand übergab ihr alles mit einem Seufzer und es war offensichtlich, dass er über die Angelegenheit kein Wort mehr verlieren wollte. Zu gerne hätte Klara die Fotoalben zusammen mit ihm angeschaut und ihn nach den Personen auf den Bildern gefragt, aber das war wohl zu viel verlangt. Mit einem kurzen Blick in die Alben hatte Klara festgestellt, dass es zumindest einige Anmerkungen zu den Fotos gab. Endlich wusste sie auch, wie ihr leiblicher Vater ausgesehen hatte. Er war ein sehr attraktiver Mann gewesen.

Nachdenklich verstaute sie ihre Schätze im Kofferraum. Dann stieg sie ein. Lange saß sie regungslos in ihrem Wagen. Bereits die geringste Bewegung könnte sie vom Denken abhalten und sie konnte es sich nicht leisten, auch nur einen einzigen Gedanken zu verlieren.

Endlich durchbrach sie ihre Starre und startete die Zündung. Sie brauchte unbedingt mehr Informationen und dafür musste sie ihre Identität preisgeben. Wo könnte ein besserer Ort dafür sein als in dem kleinen Café von Gironde. Wie hilfreich, dass sich der Barkeeper sowieso für sie zu interessieren schien, da musste sie nur ihren Charme spielen lassen. Klara stellte auf dem Weg ins Dorf das Radio ab, nachdem die Nachrichten nichts Interessantes berichtet hatten. Sie brauchte etwas Ruhe zum Nachdenken. Bertrand hatte ihr so viel erzählt.

*

Ihre Mutter war vor 27 Jahren als Touristin zusammen mit einer Freundin in die Normandie gekommen. Die beiden wohnten in einer kleinen Pension in Cabourg und erkundeten zusammen die Gegend. Damals war Maria Schwarz noch nicht einmal 20 Jahre alt. Der Tourismus in der Normandie war vor allem von reichen Parisern geprägt. Klara wusste nicht, warum ihre Mutter damals dieses Urlaubsziel ausgesucht hatte.

Ihre Mutter traf Philippe Lacroix, den jungen Comte de Tanquarville, auf einem Pferderennen in Cabourg. Es war bei beiden Liebe auf den ersten Blick und die anfänglichen Sprachschwierigkeiten waren schon bald überwunden. Philippe war fasziniert von dieser hübschen und unkomplizierten, jungen Frau, die sich für Kleinigkeiten begeistern konnte und so zart und unschuldig wirkte. Maria fühlte sich sofort zu dem zehn Jahre älteren Philippe hingezogen, der so stark und selbstsicher, souverän und großzügig war. Als sie sich ineinander verliebten, wussten sie nichts von einander, und es war ihnen völlig gleichgültig, woher der andere kam und was er machte. Die beiden verbrachten drei himmlische Wochen miteinander und wussten, dass sie füreinander bestimmt waren. Als Maria von der noblen Herkunft ihres Verehrers erfuhr, hatte sie Bedenken, die hohen Erwartungen ihrer adligen Verwandten in spe nicht erfüllen zu können. Trotzdem brach sie in Deutschland alle Zelte ab und nach zwei Monaten heiratete das verliebte Paar. Es war eine Sensation für Gironde: Der junge Graf, der mit seinen 30 Jahren bereits als ewiger Junggeselle galt, heiratete eine Deutsche aus einfachen Verhältnissen. Es dauerte allerdings nicht lange, da hatte Maria mit ihrem herzlichen Wesen das ganze Dorf auf ihrer Seite. Nur mit ihren Schwiegereltern kam sie nicht zurecht.

Ihr Schwiegervater wollte sie gar nicht akzeptieren und ihre Schwiegermutter hielt sich diskret zurück. Bertrand unterstellte Maria, dass sie seinen Sohn nur wegen seines Geldes und Titels geheiratet hatte. Das Verhältnis war sehr gespannt und wurde auch dadurch erschwert, dass Alt und Jung unter einem Dach wohnten.

Als Maria ein Jahr später schwanger wurde, schien sich ihre Beziehung etwas zu bessern. Das konnte Klara deutlich aus den Worten ihres Großvaters heraushören. Der alte Comte hoffte auf einen Enkel, denn in der traditionellen Erbfolge der Tanquarvilles durfte nur ein männlicher Nachkomme das Erbe seines Großvaters übernehmen.

Die zwei älteren Geschwister von Philippe waren bereits verheiratet und aus Gironde weggezogen, aber keiner von ihnen war mit einem Sohn gesegnet worden. So war der alte Comte Großvater von drei süßen, kleinen Mädchen, die er zwar liebte, die aber nicht den Familienbesitz sichern konnten. Wenn seine Kinder keine Söhne bekamen, musste der Besitz nach seinem Tod an einen entfernten Vetter abgetreten werden, zu dem der Kontakt in den Jahren fast abgebrochen war. Aber dieser hatte zwei Söhne gezeugt und somit traditionell einen Anspruch auf den Familienbesitz.

Klaras Mutter kam in Bertrands Schilderungen nicht gut weg und Klara konnte sich die damalige Situation bestens vorstellen. Sie litt innerlich mit ihrer Mutter, die nie ein Sterbenswörtchen darüber verloren hatte, wie sie als Ehefrau eines Adligen gegen ihren Ruf als Aschenputtel, Erbschleicherin, ja sogar Ehebrecherin zu kämpfen hatte. Wie schlimm mussten diese Verdächtigungen für sie gewesen sein, die alles für ihre große Liebe opferte und gleichzeitig sehr glücklich, aber auch sehr traurig und enttäuscht gewesen sein musste. Vor allem an der Geschichte mit der Erbfolge erkannte Klara, wie viel Wert ihr Großvater auf Tradition, Rang und Namen legte. Dass nur ein Mann das Erbe der Tanquarvilles antreten konnte, stimmte sie gleichzeitig traurig und rebellisch.

Wo lebte ihr Großvater, dass er an solchen Traditionen festhielt und damit das Eheglück zweier verliebter Menschen bedroht hatte? Statt des männlichen Erben war sie, Klara, geboren worden. Hätte sie nicht genauso das Recht gehabt, von ihren Großeltern mit Liebe und Freude empfangen zu werden wie ein Junge?

Je mehr sie darüber nachdachte, desto größer wurde ihr Groll. Da sie nicht wie ihr Großvater verbittern wollte, verbot sie sich ihre Gedanken weiterzuverfolgen. Sie musste die ganze Sache so nüchtern wie möglich und frei von Schuldzuweisungen betrachten, denn sonst würde auch sie von ihren Gefühlen zerfressen werden.

Beim Bericht über den Tod seines Sohnes musste Bertrand sich immer wieder unterbrechen. Auch nach dieser langen Zeit konnte er nicht ohne Trauer und Wut darüber sprechen. Klara erfuhr, dass das furchtbare Unglück passierte, als sie gerade zwei Jahre alt war. Ihr Vater Philippe war an einem schönen Sommertag mit seiner Yacht aufs Meer hinausgefahren, was nichts Außergewöhnliches war, da er dort oft Ruhe und Entspannung suchte und Zeit zum Nachdenken hatte.

Dieses Mal aber kam er nicht zurück. Man fand seine Yacht verlassen und entdeckte einen Abschiedsbrief. Dieser handelte davon, dass Philippe von seiner großen Liebe so sehr enttäuscht worden sei, dass er nicht mehr weiterleben könne. Seine Leiche fanden Taucher zwei Tage später auf dem Meeresgrund. Wie die Obduktion ergab, hatte er sich vor seinem Selbstmord mit Tabletten und Alkohol vollgepumpt. Die Werkzeugkiste, die er mit einem Seil um seinen Körper gebunden hatte und die ihn ins kühle Grab hinabziehen sollte, war ihm beim Sprung ins Wasser auf den Kopf gefallen. Vermutlich war er sofort bewusstlos und ertrank.

Dies alles und noch weitere Einzelheiten hatte Klara am Nachmittag von ihrem Großvater erfahren. In ihrer Fantasie sah sie die Ereignisse so deutlich vor sich, als sei sie selbst dabei gewesen. Ihre arme Mutter musste nicht nur den grausamen Tod ihres geliebten Mannes verschmerzen, sondern wurde einen Tag nach dem Fund seiner Leiche unter Schimpf und Schande von ihrem Schwiegervater davongejagt.

Und sie ging mit der Gewissheit, dass ihre Tochter ohne Vater aufwachsen würde und dass alle glaubten, sie habe seinen Tod zu verantworten. Niemand stand mehr auf ihrer Seite. Alle waren geschockt von dem unglaublichen Ereignis. So packte Maria das Notwendigste ein und verschwand mit ihrer kleinen Tochter für immer aus dem Leben der Schloss- und Dorfbewohner. Keiner hatte mehr etwas von ihr gehört seit diesem Tag. Ihr Name wurde aus dem Gedächtnis gestrichen wie eine abgehakte Position auf einer Einkaufsliste und es war ein ungeschriebenes Gesetz, ihren Namen in der Öffentlichkeit nicht mehr zu erwähnen.

Maria, Comtesse de Tanquarville, geborene Schwarz, war in den Köpfen dieser Menschen schon lange gestorben, bevor sie viele Jahre später auf einem Kölner Friedhof in einem schweren Eichensarg beerdigt wurde.

*

Als Klara das Café betrat, stellte sie enttäuscht fest, dass es an diesem Sonntagabend geradezu überfüllt war. Gerne hätte sie sich zu François an die Bar gesellt, aber dort drängten sich die Gäste dicht an dicht. Sie hatte sich keinen guten Tag ausgesucht, um mit dem Barkeeper in Ruhe zu reden. Suchend glitt ihr Blick durch den Raum. Der einzige freie Platz, den sie sah, war an einem kleinen Tisch in der Ecke, an dem bereits ein älterer Herr alleine vor seinem Rotwein saß. Sollte sie sich zu ihm setzen? Sie schaute hilfesuchend in Richtung Tresen und endlich bemerkte François sie und winkte sie heran.

Ein älteres Ehepaar war gerade im Begriff zu zahlen und er schob sie einfach zur Seite, um für Klara einen freien Barhocker zu ergattern. Leider war er so beschäftigt, dass sie dort eine ganze Weile auf dem Trockenen saß.

Endlich brachte er ihre Bestellung. Ihr fiel ein, dass sie gar nicht wusste, wie sie ihn auf ihr Anliegen ansprechen sollte. Aber François machte ihr den Anfang leicht, weil er nach kurzem Smalltalk wieder zu seiner Fragestunde überging. Machte sich François womöglich Hoffnung auf ein Rendezvous mit ihr? Jedenfalls gab er Klara mit seiner Frage, ob sie denn hier das erste Mal Urlaub mache, einen guten Einstieg.

„Um ehrlich zu sein, bin ich hier aufgewachsen, aber ich war noch so klein, dass ich mich gar nicht mehr daran erinnern kann“, meinte sie mit einem unschuldigen Augenaufschlag und zwischen zwei Bissen in ihr Tomaten-Käse-Baguette.

„Nein, das ist ja interessant! Können Sie daher so gut französisch?“

„Vielleicht! Aber ich war nur bis zu meinem zweiten Lebensjahr in Gironde, da konnte ich vermutlich noch nicht sonderlich viel reden. Und in Deutschland habe ich erst wieder auf dem Gymnasium mit Französisch angefangen. Es ist mir dann zugegebenermaßen sehr leicht gefallen.“

Klara kaute genüsslich auf einem Stück Gurke und weil sie mit vollem Mund nicht reden konnte, zwang sie François zu einer kurzen Fragepause, die ihm sichtlich schwer fiel.

„Wenn Sie in Gironde gewohnt haben, dann müsste ich ja zumindest Ihre Eltern kennen. Ich wohne hier schon seit meiner Geburt. Und das ist schon ein paar Jahre her.“

François zwinkerte ihr verschmitzt zu und Klara überlegte, wie alt er wohl sein mochte. Vielleicht Ende 30? Er war schwer zu schätzen, denn mit seinem langen Pferdeschwanz und dem Dreitagebart sah er ziemlich jugendlich aus.

„Ja, meinen Vater kennen beziehungsweise kannten Sie bestimmt. Er lebt aber schon lange nicht mehr. Um genau zu sein, lebt er nicht mehr, seitdem ich aus Gironde weggezogen bin. Er war der junge Comte de Tanquarville.“

Jetzt biss sie ganz tief in ihr Baguette und schob den letzten Rest gleich hinterher, damit sie in aller Ruhe über den Rand ihrer Serviette hinweg die Wirkung ihrer Aussage abwarten konnte. Und tatsächlich starrte François sie mit weit aufgerissenen Augen und offenem Mund an.

Klara, die inzwischen den letzten Bissen hinuntergeschluckt hatte, bemerkte so beiläufig wie möglich: „Wenn ich Ihren Ausdruck richtig deute, dann kannten Sie ihn?“

Endlich fand er seine Fassung wieder, schloss den Mund und entschuldigte sich hastig für seine Reaktion.

„Ich glaube, es gibt niemanden hier im Dorf, der Philippe Lacroix de Tanquarville nicht kannte. Es ist nur so, dass seit seinem tragischen Tod vor über zwanzig Jahren kaum jemand seinen Namen ausgesprochen hat.“

„Er war mein Vater. Und nach dem Tod meiner Mutter bin ich hergekommen, um seine Erinnerung in mir wachzurufen.“

„Ihre Mutter ist auch gestorben? Das tut mir sehr leid!“ Klara sah in seinen Augen, dass er es ehrlich meinte. „Bis zu dem Selbstmord Ihres Vaters war sie sehr beliebt im Dorf und keiner konnte später verstehen, weshalb sie ihn verlassen wollte. Aber wir kannten die Umstände nicht. Es war sicherlich nicht leicht, mit dem alten, kauzigen Comte unter einem Dach zu leben."

So viel Verständnis hatte Klara gar nicht erwartet. Sie musste schlucken und etwas mit den Augen zwinkern, um eine einsame Träne daran zu hindern, sich ihren Weg ins Freie zu bahnen. François schaute diskret weg.

Als sich Klara wieder unter Kontrolle hatte, meinte sie: „Danke, dass Sie das sagen! Ich hatte schon Angst, dass mich alle meiden würden, wenn sie erfahren, wer ich bin."

„Aber Claire – ich darf Sie doch so nennen, wieso sollte man Sie für die Fehler Ihrer Mutter verantwortlich machen? Und außerdem", fügte er verschmitzt hinzu, „eine so reizende, junge Dame wie Sie ist bei uns immer herzlich willkommen. Ich bin übrigens François!" Und damit reichte er ihr die Hand und lächelte sie an. Klara drückte seine Hand kräftig. François strahlte sie an.

„Hey, das glaubt mir niemand, wenn ich erzähle, dass die wunderschöne Tochter von Philippe Lacroix Stammgast in meinem Café ist."

„Um die Wahrheit zu sagen, hoffe ich, dass Sie mir weiterhelfen können", riss ihn Klara aus seinen Gedanken, „mein Großvater ist nicht sehr redselig und ich weiß auch nicht, ob er sonderlich erfreut ist über meinen Besuch. Ich glaube, er hat Angst, dass ich auf sein Erbe aus bin, dabei habe ich erst gestern erfahren, wer mein Vater wirklich war." Klara senkte den Blick, damit François nicht merkte, wie schwer es ihr fiel, jemanden um einen Gefallen zu bitten.

„Ihr Großvater? Ich wusste nicht, dass er noch in Gironde lebt. Aber wenn ich Ihnen helfen kann, Claire, dann mache ich das sehr gerne. Ich stehe jederzeit zu Ihren Diensten!"

„Ich möchte alles über meinen Vater wissen. Ich habe nur ein paar Fotos von ihm und überhaupt keine Erinnerung mehr. Aber schließlich ist er ein Teil von mir. Seine Gene bestimmen mich ebenso wie die meiner Mutter. Ich möchte wissen, wer er war, und dazu würde ich gerne mit ein paar Personen sprechen, die ihn gut kannten. Mein Großvater hat mir ein altes Adressbuch meiner Mutter mitgegeben, das sie führte, als sie noch hier lebte. Vielleicht kennen Sie die Personen und können mir sagen, ob sie noch in Gironde wohnen und welche Verbindung sie zu meinen Eltern gehabt haben könnten."

François war gerührt von Klaras Wunsch, sich ihrer Vergangenheit zu stellen, zumal er ihre Geschichte besser zu kennen glaubte als sie selbst. Außerdem war er ein bisschen stolz darauf, dass sie sich ausgerechnet ihn ausgesucht hatte, um ihr zu helfen. Aber in der Tat, er kannte sie alle hier. Sie kamen alle mehr oder weniger häufig in sein Café und er wohnte seit seiner Geburt, seit genau 45 Jahren in Gironde. Seit 20 Jahren führte er das Café „Au Vieux Moulin", das zuvor sein Vater geführt hatte und davor sein Großvater – aber damals war es noch eine richtige alte Getreidemühle gewesen.

„Natürlich helfe ich Ihnen gerne", meinte François, „zeigen Sie mir Ihre Notizen. Ich muss ungefähr 18 Jahre alt gewesen sein, als Ihre Mutter zu uns kam und das Dorfleben durcheinanderwirbelte." Er zwinkerte ihr lächelnd zu, kam um den Tresen herum und setzte sich neben Klara auf einen Barhocker. Er blickte in das Adressbuch und tippte auf einen Namen.

„Ja, das ist Christine Marell. Wenn ich mich recht erinnere, war sie eine sehr gute, etwas ältere Freundin Ihrer Mutter. Sie waren damals fast unzertrennlich. Ihr jüngerer Bruder David kommt übrigens auch öfter hierher in mein Café." Sofort witterte er seine Chance, um den verliebten Romeo mit Klara bekannt zu machen. David würde mit ihm zufrieden sein und ihm bei der nächsten Spirituosenbestellung bestimmt einen Freundschaftsrabatt gewähren.

Er blätterte das Büchlein weiter durch. Die meisten Leute kannte er tatsächlich und sie wohnten auch fast alle noch in Gironde oder Umgebung.

„Ach, und da steht unser alter Docteur Jospin! Unglaublich, dass er damals schon praktiziert hat. Er arbeitet nämlich immer noch. Zufälligerweise sitzt er gerade dort in der Ecke, der graumelierte Herr im dunkelblauen Sakko. Er war auch der Hausarzt Ihrer Mutter. Schließlich hatten wir hier keine Auswahl!" Klara blickte neugierig hinüber.

„Ob ich ihn einmal darauf ansprechen soll?"

„Nein, das würde ich lieber nicht tun. Diese Stunde im Café ist ihm heilig. Keiner wagt es ihn hier zu belästigen." Und mit einem entschuldigenden Lächeln nahm er die nächste Bestellung auf und ließ Klara mit ihren Notizen und Gedanken allein.

*

Der ruhige Herr in der hinteren Ecke war also ihr Arzt gewesen. Vielleicht konnte er ihr etwas über den Geisteszustand ihrer Mutter oder auch ihres Vaters sagen. War einer von ihnen psychisch labil gewesen? Gab es Eheprobleme? Ein Arzt bekam so etwas häufig mit. Klaras

Wangen glühten und ihr Gehirn arbeitete auf Hochtouren. Und bevor sie François daran hindern konnte, schlenderte sie langsam zu dem sympathisch aussehenden Arzt hinüber. Kurzerhand ließ sie ihr Adressbuch aus der Hand gleiten, sodass es ganz zufällig unter den Tisch des Doktors fiel.

„Excusez-moi, Monsieur! Ich bin wirklich zu schusselig", entschuldigte sie sich und freute sich darüber, dass ihr tatsächlich das französische Wort für schusselig eingefallen war. Sie bückte sich, um das Adressbuch aufzuheben, aber Dr. Jospin kam ihr zuvor und reichte es ihr mit den Worten: „Ich bitte Sie, das ist doch nicht dramatisch."

Während er ihr das Büchlein in die Hand drückte und sie dabei das erste Mal direkt ansah, stutzte er in seiner Bewegung.

„Sie kommen mir irgendwie bekannt vor", meinte er nachdenklich. „Kann es sein, dass Sie meine Patientin sind?"

„Nein", erwiderte Klara lächelnd, „aber vermutlich haben Sie meine Mutter behandelt. Sie war mit dem jungen Comte verheiratet." Dieses Mal war sie gleich zum Angriff übergegangen.

„Nein, das ist nicht möglich! Sie sind ihre Tochter? Wollen Sie sich nicht zu mir setzen?" Mit einer einladenden Bewegung zeigte er auf den Stuhl neben sich und Klara warf kurz einen triumphierenden Blick über ihre Schulter in Richtung des verdutzten François.

„Nein, Zufälle gibt es! Ich bin derjenige, der Sie ans Licht der Welt geholt hat!" Bei diesen Worten streckte er sich und schien einen halben Meter zu wachsen.

Klara war überrascht über diese Neuigkeit und setzte sich zu ihm. Dr. Jospin winkte François mit einer leichten Handbewegung zu sich und fragte Klara lächelnd: „Sie trinken sicherlich ein Gläschen Rotwein mit mir, n'est-ce pas?"

Klara nahm dankend an. Bald waren die beiden in ein angeregtes Gespräch vertieft. Klara erfuhr, dass ihre Eltern eines schönen Sommertags von einem Ausflug zurückkamen und bei ihrer Mutter plötzlich die Wehen einsetzten, drei Wochen zu früh. Schließlich war die Fahrt ins Krankenhaus nicht mehr zu vermeiden. Im Auto wurden die Schmerzen so unerträglich, dass ihre Mutter vor Verzweiflung schrie. Ihrem Vater blieb nichts anderes übrig als umzukehren. Der Weg ins Krankenhaus nach Caen war zu weit. Also fuhr er direkt zur Praxis von Dr. Jospin, der gerade ins Café „Au Vieux Moulin" gehen wollte.

In aller Eile wurden die notwendigsten Geburtsvorbereitungen getroffen. Und dann kam auch schon das neugierige, kleine Mädchen, das es nicht erwarten konnte, seinen Kopf in diese Welt zu strecken und sie mit einem ersten Schrei zu begrüßen. Mutter und Kind waren gesund, der Vater erschöpft, aber glücklich und der Arzt nassgeschwitzt, müde und stolz auf sein erstes allein zur Welt gebrachtes Baby.

„Ich weiß nicht warum", beendete Dr. Jospin seine Erzählung, „aber gerade heute Abend, als ich die Praxistür zuschloss, ist mir diese alte Geschichte wieder eingefallen. Das Kuriose daran ist, dass Sie tatsächlich das erste und einzige Kind waren, das ich auf die Welt gebracht habe! Sie müssen wissen, ich bin Allgemeinmediziner und werde mit allem Möglichen konfrontiert, aber meistens sind es nur Erkältungen oder Grippeviren."

Klara schaute Dr. Jospin für eine Weile nachdenklich an und meinte dann: „So habe ich genau genommen Ihnen mein Leben zu verdanken und vielleicht sogar das Leben meiner Mutter." Sie zwinkerte ihm zu.

Da beugte sich Dr. Jospin leicht zu Klara hinüber und fragte fast im Flüsterton, so, als ob er Angst hätte, dass jemand seine Frage hören könnte: „Und wie geht es Ihrer Mutter heute?"

Da senkte Klara den Kopf und erzählte leise ihre traurige Geschichte. Dr. Jospin war sichtlich erschüttert, schnäuzte sich zwischendurch und rieb sich unauffällig seine Augen. Schließlich landete seine Hand auf ihrem Arm und er bedauerte das Geschehen mit gebrochener Stimme und geröteten Augen. So schlecht konnte ihr Ruf im Dorf also nicht gewesen sein.

„Ja, und nun bin ich ganz allein auf der Welt. Nur meine Großeltern in Hamburg, die eigentlich gar nicht meine richtigen Großeltern sind, und mein richtiger Großvater hier in Gironde, bei dem ich mir nicht sicher bin, ob er überhaupt mein Großvater sein möchte, sind mir geblieben. Sonst habe ich niemanden mehr." Nichts hasste Klara mehr als Mitleid, aber nach dem zweiten Gläschen Wein fühlte sie sich auf einmal so unendlich einsam, dass sie ihren Gefühlen freien Lauf ließ.

„Aber haben Sie nicht noch einen jüngeren Bruder?", wollte der Doktor wissen.

„Einen Bruder? Nein, meine Mutter und Klaus bekamen keine Kinder mehr."

„Nein, ich meine keinen Halbbruder! Ihre Mutter war doch im dritten Monat schwanger, als Ihr Vater Selbstmord beging."

„Meine Mutter? Nein, das müssen Sie verwechseln."

„Auf keinen Fall." Mit Bestimmtheit streckte der Doktor seinen Zeigefinger in die Luft, „Ich weiß es ganz sicher. Ich habe die Schwangerschaft selbst diagnostiziert. Außerdem war Ihre Mutter noch kurz vor dem tragischen Ereignis wegen eines Mittels gegen Brechreiz zu mir gekommen. Sie erzählte mir, dass sie sich ziemlich sicher war, einen Jungen zu bekommen, und dass Philippe sehr stolz und überglücklich wäre. Sie wollten dem alten Comte noch nichts verraten, solange die kritischen drei Monate nicht überwunden waren. Es sollte eine Überraschung für ihn werden. Ich habe kurz darauf Philippe getroffen und auch er berichtete mir stolz darüber." Klara überlegte fieberhaft.

„Meine Mutter hat mir nie etwas von einer weiteren Schwangerschaft erzählt." Der Doktor hob die Hände.

„Vielleicht gab es eine Fehl- oder Totgeburt. Wie tragisch! Ich habe mich damals so darüber gefreut und war mir ganz sicher, dass sie bald alle eine richtig glückliche Familie sein würden. Als ich dann vom Selbstmord Ihres Vaters hörte, nahm ich an, dass das Kind vielleicht vom Liebhaber Ihrer Mutter sei, dessentwegen sie Ihren Vater verlassen wollte. Ich habe selbstverständlich weiterhin meine ärztliche Schweigepflicht erfüllt und keiner Menschenseele etwas davon erzählt. Es wurde auch so schon genug geredet." Klara schaute ihn lange an.

„Das Eigenartige ist, dass ich mir nicht vorstellen kann, dass meine Mutter meinen Vater wegen eines anderen Mannes verlassen wollte. Sie nannte meinen leiblichen Vater noch im Tod die Liebe ihres Lebens." Der Doktor hob kurz seine Schultern.

„Das Leben ist nicht immer so einfach zu verstehen. Es gibt viele Irrungen und Wirrungen, tiefe menschliche Abgründe und verborgene Sehnsüchte. Vielleicht hätten wir damals Ihre Mutter nicht sofort verurteilen sollen. Der Schock über den Selbstmord Ihres Vaters saß so tief – wir waren unfähig zu denken und zu handeln." Dr. Jospin nippte langsam an seinem Glas Rotwein. Fast tat er Klara leid. Dann besann sie sich wieder auf ihre Fragen: „Wenn ich Ihre Bemerkungen richtig deute, wird es für mich sicherlich schwer werden, im Dorf etwas über meinen Vater zu erfahren."

„Nun, ich denke, es ist an der Zeit, über die Schatten der Vergangenheit zu springen. Vielleicht ist es für einige auch wie eine Erlösung, sich endlich öffentlich mit der alten Geschichte auseinanderzusetzen. Auf mich jedenfalls können Sie zählen. Sie können mich jederzeit um Hilfe bitten."

Mit diesen Worten nahm er Klaras Hand und drückte sie fest und fast väterlich. Als sich ihre Blicke trafen, wusste Klara, dass sie einen neuen Freund gewonnen hatte. Erst im Auto merkte sie, dass sie Dr. Jospin nicht wie beabsichtigt auf die psychische Verfassung ihrer Eltern angesprochen hatte, aber die soeben erfahrene Neuigkeit stellte alles andere in den Schatten.

Die Notarsassistentin Catherine Laval wäre fast mit Klara zusammengestoßen, als sie ins Café hereintrat. Sie erkannte sie sofort wieder und nickte ihr im Vorbeigehen zu.

Catherine merkte im Laufe des Abends bald, dass irgendetwas anders war als sonst. Die Leute unterhielten sich hitziger und eine unerklärliche Spannung lag in der Luft. Es hatte nicht lange gedauert, bis François und Docteur Jospin die Neuigkeiten über Klaras Rückkehr verbreitet hatten. Auch Catherine wurde eingeweiht.

„Ich wusste, dass sie mir bekannt vorkam", dachte diese und sah im Geiste Klaras Mutter vor sich.

*

Klara saß in ihrem gemütlichen Wohnzimmer und starrte in den rußgeschwärzten Kamin. Sie musste Dr. Jospins Neuigkeiten erst verdauen und überdenken, bevor sie einen Entschluss fassen konnte. Dann zog sie wieder ihre leichte Jacke über und ging zu Fuß die zehn Minuten ins Dorf hinunter.

Die frische Luft und die Bewegung taten ihr gut und halfen ihre Gedanken zu ordnen. Sie gelangte unerkannt zum Dorfplatz. Die hereinbrechende Nacht schützte sie vor neugierigen Blicken. Ziel ihres abendlichen Spaziergangs war die Telefonzelle: Klara musste unbedingt mit ihrer Großmutter sprechen.

Als ihre Großmutter den Hörer abnahm, überfiel Klara sie sogleich mit Fragen: „Oma, wusstest du, dass Mama im dritten Monat schwanger war, als sie Frankreich verließ? Was ist aus dem Kind geworden?"

„Oh Klara", tönte zittrig die Stimme ihrer Großmutter, „es gefällt mir gar nicht, wie du in der Vergangenheit herumstocherst. Ich weiß nicht, wozu das gut sein soll. Aber da du davon sprichst: Ich kann mich schwach daran erinnern, dass Klaus einmal etwas erzählt hat. Deine Mutter konnte deshalb nicht mehr schwanger werden. Es hatte wohl Komplikationen gegeben und sie verlor das Kind recht früh. Die Ärzte schoben es auf ihre sehr schlechte psychische Verfassung nach dem Tod deines Vaters. Deine Mutter muss wirklich Schreckliches durchgemacht haben. Aber Klara, versprich mir eines: Rühr nicht länger an den alten Geschichten. Auch du musst nach vorne schauen, mein Kind. Das Leben geht weiter, so schlimm das auch klingen mag.“

Klara versprach, auf sich aufzupassen, und legte schließlich erschöpft den Hörer auf die Gabel. Je mehr sie über die Vergangenheit ihrer Mutter erfuhr, desto weniger verstand sie. Und irgendwo schien ihr ein Denkfehler zu unterlaufen. Die Fäden der Vergangenheit verwoben sich in ihren Gedanken zu einem undurchdringlichen Knoten. Die einzelnen Fäden passten ganz und gar nicht zusammen. Aber wo lag die Ursache dafür? An welchem Fädchen musste sie ziehen, um das Gedankenknäuel aufzulösen?

DIE SUCHE

Tag 10, zweite Woche

Am 10. Juni um sieben Uhr morgens lugte der erste Sonnenstrahl durch die schweren Damastvorhänge der Gîte Nr. 2 und kitzelte eine kleine Fliege, die sich im Blumenmuster der Tapete versteckt hatte. Nach einigen Runden und Pirouetten um das schwere Eichenbett landete sie schließlich auf Klaras Nase. Klara zog im Schlaf die Nase kraus, bis sie schließlich mit einem lauten Niesen erwachte und so die Fliege und auch den letzten Schlaf vertrieb. Sie beobachtete, wie die kleine Fliege ihren Kopf umrundete und immer engere Kreise um sie zog. Da dämmerte es Klara, das Unglaubliche!

Den Abend zuvor hatte sie in Fotoalben vertieft verbracht und schwere Träume gehabt. Während sie wie in Trance dem Flug der Fliege mit ihrem Blick folgte, kam ihr die Auflösung für ihre nächtlichen Grübeleien. Ihr wurde genau in dieser Sekunde bewusst, was sie die ganze Zeit an der Selbstmordgeschichte ihres Vater gestört hatte: Diese Ungereimtheit, die wie ein verkehrtes Teil nicht in die noch verbleibende Lücke eines Puzzlespiels passte. Es war so einfach und offensichtlich. Sie konnte kaum glauben, dass sie nicht schon früher darauf gekommen war.

Schnell sprang sie aus dem Bett und registrierte im Vorbeigehen, dass der Zeiger ihres Weckers erst auf sieben Uhr stand. Sie nahm die alte Eichentreppe hinunter in den Salon mit großen Schritten, immer gleich zwei Stufen überspringend und sich am knarrenden Treppengeländer hinunterhangelnd. Sie kniete sich vor die Kiste, die ihr Bertrand mitgegeben hatte und wühlte darin. Unter den Fotoalben fand sie schließlich, wonach sie suchte: den Abschiedsbrief ihres Vaters. Sie hatte ihn erst einmal gelesen, weil sie den Gedanken nicht ertragen konnte, dass sich ihr Vater kurz danach umgebracht haben sollte. Es ließ sich jetzt aber nicht mehr vermeiden, sich mit diesem traurigen Schriftstück näher zu befassen. Klara setzte sich im Schneidersitz auf den kühlen Steinboden und las den Brief laut vor:

„Meine geliebte Mutter,
mein geliebter Vater,
ich schreibe Euch diesen Brief, um Abschied von Euch zu nehmen. Ich kann auf dieser Welt nicht mehr weiterleben. Zu groß ist mein Schmerz. Meine einzige Liebe, Maria, wird mich wegen eines anderen Mannes

verlassen und unsere Tochter Claire mit sich nehmen. Ich kenne ihren neuen Liebhaber nicht und will auch gar nicht wissen, wer er ist. Sie werden weit wegziehen und ich werde keine Möglichkeit mehr haben, meine Tochter zu sehen. Dieses schwarze Loch kann niemand füllen. Ich hasse Maria für diese Täuschung und weiß nicht mehr, ob sie mich überhaupt jemals geliebt hat. Ich bedauere sehr, dass ich Euch nicht den gewünschten Erben schenken konnte. Bitte verzeiht mir!
Euer zutiefst getroffener Sohn Philippe.“

Klara fasste ihre Vermutung nochmals gedanklich zusammen: Er bat also seine Eltern um Verzeihung, weil er ihnen nicht den gewünschten Erben schenken konnte. Aber hätte er dabei nicht auch das ungeborene Kind erwähnen müssen – ob es nun von ihm war oder nicht? Wäre das Kind von ihm gewesen, dann hätte es seinen Schmerz noch erhöht, weil er nicht mehr die Gelegenheit gehabt hätte, den so sehr herbeigesehnten Sohn aufwachsen zu sehen. Wäre das Kind von einem Liebhaber gewesen, hätte es seine Wut auf die untreue Ehefrau noch verschärft. Aber seltsamerweise wurde es mit keinem Wort erwähnt.

Dies konnte nur daran liegen, dass der Schreiber des Abschiedsbriefs nichts von der Existenz des Kindes wusste, was wiederum bedeutete, dass der Schreiber und ihr Vater nicht identisch sein konnten. Wenn aber ein anderer als ihr Vater den Abschiedsbrief geschrieben hatte, dann nur deshalb, weil dieser einen Selbstmord vortäuschen wollte. Es konnte somit nur Mord gewesen sein!

Bei diesem Gedanken erschauderte Klara. Mord!

Für sie gab es keine andere Lösung. Mit einem Mord passte alles zusammen: das Bild ihrer Mutter, die nur einen einzigen Mann in ihrem Leben richtig lieben konnte, das Bild ihres unbekannten Vaters, der ein selbstbewusster und starker Mann gewesen war, und das ungeborene Kind, das darauf wartete, in eine geschützte Welt geboren zu werden, wo es über alles geliebt werden würde. Je intensiver Klara darüber nachdachte, desto unheimlicher wurde ihr einerseits bei diesen Gedanken, aber desto sicherer war sie sich andererseits, dass sie die richtige Spur verfolgte.

Jetzt gab es erst recht neue, gefährliche Fragen zu klären: Wer hatte ihren Vater umgebracht und warum? Was konnte das Motiv für diese abscheuliche Tat gewesen sein?

Dann tauchte ein weiterer dunkler Gedanke in Klaras Kopf auf. Als Klara ihn zögernd zuließ, zitterte sie am ganzen Körper und kleine

Schweißperlen bildeten sich auf ihrer Stirn. Der Gedanke war so erschreckend, dass ihr Kopf zu zerplatzen drohte.

Was wäre, wenn ihre geliebte Mutter den Mord begangen hatte? Was wäre, wenn ihr Vater gedroht hatte, ihre Mutter zu verlassen? Vielleicht hatten sie sich gestritten und er wollte sie mit Schimpf und Schande davonjagen und seine Tochter bei sich behalten. Hätte ihre Mutter das kampflos ertragen oder vielleicht in einer Kurzschlussreaktion diesen Selbstmord vorgetäuscht? Passte dies mit dem nicht erwähnten, ungeborenen Baby zusammen? Eigentlich nicht!

Aber noch wusste ja außer den beiden und dem Arzt niemand davon. Traute sie ihrer Mutter so etwas zu? Bestimmt nicht! Aber dennoch gab es diese eine, klitzekleine Möglichkeit, und wenn Klara versuchen würde, die mysteriösen Umstände des Mordes aufzuklären, könnte sie Gefahr laufen, etwas noch viel Unerfreulicheres ans Licht zu bringen. Sollte sie ihre Erkundigungen fortsetzen oder die alte Geschichte auf sich beruhen lassen?

Kaum stand dieser Gedanke im Raum, hatte Klara ihn auch schon verworfen. Egal was sie herausfinden würde, sie musste wissen, was damals wirklich passiert war. Gleichgültig, ob sie Erfolg haben würde oder nicht, sie wollte sich später nicht vorwerfen müssen, sie habe nicht alles dafür getan, die Wahrheit zu erfahren.

Aber gab es überhaupt eine reelle Chance, nach so langer Zeit noch etwas über diesen einen verhängnisvollen Tag zu erfahren? Als erstes musste sie unbedingt herausfinden, ob es zum angeblichen Selbstmord ihres Vaters noch Aufzeichnungen gab und wer den Vorfall damals untersucht hatte. Sie wusste, dass in Deutschland die Polizei immer zu einem Selbstmord gerufen wurde, und hoffte nun, dass es in Frankreich die gleiche Regelung gab. Das Problematische an der ganzen Angelegenheit war allerdings: Es war bereits vor 24 Jahren geschehen.

*

Die kleine Polizeistation in Gironde war nicht schwer zu finden: Sie befand sich direkt neben dem Rathaus. Es war ein altes Gebäude, aber in relativ gutem Zustand. Am Eingang wehte die französische Flagge. Klara umklammerte nervös ein paar Unterlagen, als sie die schwere Eingangstür aufdrückte. Ihr Blick fiel zuerst auf eine verglaste Theke, hinter der eine ältere Polizistin ihren Dienst versah. Außerdem entdeckte sie eine gut besetzte Warteecke mit Tisch und ein paar alten Ledersesseln sowie eine weitere Tür, deren Glasscheibe Einblick in ein kleines Büro gewährte, in dem ein jüngerer Polizeibeamter wie wild seine Computertastatur malträtierte. Klara trat an die Theke und wartete, bis der Herr vor ihr seine gewünschte Auskunft erhielt. Keine zwei Stunden war es her, dass Klara ganz neue Rückschlüsse auf den Tod ihres Vaters gezogen hatte.

„Bonjour, Madame", grüßte Klara. Am besten sie kam gleich zur Sache. „Ich möchte gerne Einblick in eine alte Akte bekommen. Bin ich hier richtig?" Die Polizistin erklärte ihr freundlich, aber knapp, dass hierfür ihr Kollege zuständig sei und deutete mit einer Handbewegung auf die Glastür.

„Bitte nehmen Sie solange Platz. Ich werde meinen Kollegen informieren, damit er sich um Sie kümmert."

Klara nahm auf einem der zerschlissenen, braunen Ledersessel Platz, die schon bessere Tage gesehen hatten, aber erstaunlich bequem waren. Sie beobachtete, wie die Polizistin zum Hörer eines veralteten beigen Telefons mit Wählscheibe griff und ihren Kollegen im Nebenzimmer benachrichtigte, ohne ihren Platz zu verlassen. Gleichzeitig warf der von seiner Computereingabe gestörte Kollege einen kurzen Blick durch die Glasscheibe auf Klara und nickte. Dies bedeutete wohl, dass er noch etwas Zeit brauchte, bevor er sie herein bat.

Klara ging in der Zwischenzeit in Gedanken nochmals ihre vorformulierten Sätze auf Französisch durch. Immer wenn sie aufgeregt war, hatte sie Probleme, die richtigen Worte zu finden. So sehr sie sich auch auf ihre inneren Dialoge zu konzentrieren versuchte, es wollte ihr nicht recht gelingen und sie blickte immer wieder unsicher in die Runde, weil sie sich beobachtet fühlte. Der neben ihr sitzende, wegen seines penetranten Geruchs und seiner schäbigen Kleidung als Clochard identifizierte Alte holte mit lauten Grunzgeräuschen sein nächtliches Schlafdefizit nach. Auch alle anderen im Raum befindlichen Personen waren offensichtlich beschäftigt oder schauten nicht in ihre Richtung. Dennoch spürte sie, dass sie beobachtet wurde. Langsam drehte sie sich um und schaute intuitiv in die linke obere Ecke des Raums. Und da war sie: Eine ekelhaft fette und tiefschwarze Spinne saß in ihrem Netz und schien sie mit ihren Augen anzustarren. Klara konnte gerade noch einen Schrei unterdrücken und setzte sich rasch auf den gegenüberliegenden Sessel, um die Spinne nicht im Nacken haben zu müssen und den Abstand zu ihr zu vergrößern. Der Alte hob kurz ein Augenlid, bemerkte ihren Platzwechsel und grunzte verächtlich.

Klara litt an einer Spinnenphobie, dagegen war sie machtlos. Ihre Fingernägel hatten sich tief in das Leder ihrer Handtasche gegraben. Als sich eine junge Frau in den Sessel setzte, den sie gerade fluchtartig verlassen hatte, musste sie sich sehr zurückhalten, um sie nicht auf die Gefahr in ihrem Rücken hinzuweisen. Ihr fiel gerade noch rechtzeitig ein, dass nicht jeder eine Spinne in die Gefahrenzone Nr. 1 einordnete. Stumm betrachtete sie stattdessen ihr neues Gegenüber, nicht ohne hin und wieder einen prüfenden Blick in die linke obere Ecke des Raums zu werfen. Ja, sie saß noch dort!

Die blasse, junge Frau saß mit gesenktem Blick und hängenden Schultern zusammengesunken in ihrem Sessel. Klara erkannte sie wieder. „Das Mädchen am Strand mit dem Kinderwagen", dachte sie erstaunt, „irgendwie verfolgt sie mich. Was sie wohl hierher führt?"

Aus den Augenwinkeln hatte sie mitbekommen, wie das Mädchen von einem Polizeibeamten hereingeführt und auf diesen Sessel verwiesen worden war. Was war ihr Vergehen? Eine Verkehrssünde, Diebstahl, Alkohol, Drogen, Prostitution? Langsam kam sich Klara zwischen dem nach Urin stinkenden Obdachlosen und der schuldbewussten, jungen Frau selbst wie eine Verbrecherin vor. Wie kam es eigentlich, dass der Polizeibeamte sie hier so lange warten ließ? Ihr Blick fiel wieder auf das Mädchen. Ihre Hände waren ungepflegt, die abgekauten Nägel schwarz umrandet und krampfhaft in ein zerschlissenes, blassgrünes Stofftäschchen gekrallt. Schließlich merkte die junge Frau, dass sie beobachtet wurde, und schaute auf. Ihre Blicke trafen sich.

„Und warum bist du hier?", fragte die Unbekannte schließlich Klara.

„Mord!" Klara verspürte nicht viel Lust, über ihre eigenen Probleme zu reden, aber das Wörtchen war ihr einfach so herausgerutscht und alleine der Klang ängstigte sie ungemein.

„Hast du jemanden umgebracht?", fragte die Fremde nicht sonderlich überrascht.

„Nein, ich bin nur hier zur Aufklärung eines Mordes." Klara fand, das hörte sich gut an.

„Wer ist denn ermordet worden?" So langsam wurde das Mädchen neugierig und in ihren stumpfen Augen blitzte etwas auf.

„Mein Vater."

„Das tut mir leid!", und dann nach einer kurzen Pause, „ich wünschte, ich hätte auch den Mut gehabt, meinen Vater zu ermorden." Sie hatte anscheinend nicht bemerkt, dass Klara ihr gar keinen Mord gestanden hatte. Jedenfalls schien Klara mit dieser imaginären

Tat in ihrer Gunst gestiegen zu sein. Sie lächelte sie an und streckte ihr eine Hand entgegen: „Ich bin Sarah."

„Claire", antwortete Klara und reichte ihr zögernd die Hand.

„Mein Vater hat mich immer grün und blau geschlagen. Ich habe mir oft überlegt, wie ich ihn umbringen könnte."

„Was?" Dieses intime Geständnis kam so unverhofft, dass Klara sichtlich erschrak.

„Schließlich hatte er einen Herzinfarkt, vielleicht hat er sich auch nur zu Tode gesoffen. Aber ich fand immer, dass er einen schlimmeren Tod verdient hätte."

„Wieso bist du denn hier?" So langsam begann sie das Schicksal des blassen Mädchens zu interessieren.

„Sie haben mich dabei erwischt, wie ich Babyklamotten für meine Kleine geklaut habe."

„Hast du kein Geld für Babykleider?" Klaras Mitleid regte sich und sie sah das Mädchen mit echter Besorgnis an.

„Nein – ich habe keine Arbeit und es ist alles so fürchterlich teuer."

Klara überlegte nicht lange. Sie hatte zwar nicht viel Geld dabei, aber vielleicht konnte sie der jungen Frau den nächsten Diebstahl ersparen. Sie kramte in ihrer Geldbörse, nahm einen 20-Euro-Schein heraus und sagte: „Hier! Und lass dich das nächste Mal nicht mehr dabei erwischen." Sie grinste sie komplizenhaft an, um ihr die Annahme des Geldscheins zu erleichtern, und schließlich griff das Mädchen zögernd zu.

„Danke." Blitzschnell verschwand der Schein in ihrer Hosentasche. Ein Räuspern hinter ihr zeigte, dass der Polizeibeamte nun bereit war, sie zu empfangen.

„Bitte entschuldigen Sie, dass ich Sie so lange warten ließ. Ich musste noch einen Bericht zu Ende schreiben, der dringend auf dem Kommissariat in Caen erwartet wurde."

„Kein Problem", erwiderte Klara, die froh war, der bedrückenden Stimmung im Wartesaal entronnen zu sein.

„Sind Sie zugezogen oder nur auf Urlaub in unserer Gegend?" Eine sehr direkte Frage, wie Klara fand.

„Ich mache hier für zwei Monate Urlaub, aber ich bin in Gironde geboren."

„Was Sie nicht sagen! Unglaublich!", und nach einer kurzen Pause fügte er hinzu: „Wie heißen Sie denn?"

Versuchte dieser junge Mann etwa mit ihr zu flirten?

Klara legte ihm ihren Personalausweis, die Geburtsurkunde und den Mietvertrag ihrer Gîte auf den Tisch. Sie musste das alles zeigen, wenn sie ihr Anliegen erläuterte – falls sie jemals dazu kommen sollte. Der Beamte schien sich mehr für sie als für den Grund ihres Kommens zu interessieren.

„Was führt Sie zu mir? Meine Kollegin meinte, Sie wollen eine alte Akte einsehen?"

„Ja, ich nehme an, Sie wohnen noch nicht lange in Gironde?"

„Nein, ich lebe hier erst seit zehn Jahren", gab er bereitwillig Auskunft, sichtlich erfreut, dass sie sich auch für ihn zu interessieren schien.

Klara lehnte sich zurück und meinte: „Dann muss ich wohl ganz von vorne anfangen."

Und so erzählte sie ihm die ganze Geschichte bis zu ihren Zweifeln am Freitod ihres Vaters.

„Ich wüsste nun gerne", beendete sie ihre Erläuterungen, „ob damals der Fall untersucht wurde und ob es eine Akte davon gibt. Es ist allerdings schon 24 Jahre her." Der Beamte pfiff durch die Zähne.

„Das wird schwierig. Haben Sie ein wenig Zeit?"

Er zwinkerte ihr verschwörerisch zu und ohne ihre Antwort abzuwarten, rief er einen blassen Jungen zu sich, der offenbar gerade ein Praktikum absolvierte. Der verschüchterte Junge wurde ins Archiv in den Keller geschickt und Klara fragte sich insgeheim, wie viele Spinnen dort auf ihn lauerten.

Sie schaute mitfühlend durch die Glasscheibe in der Tür auf die junge Diebin im Vorzimmer. Der Polizist folgte ihrem Blick und sagte, wohl um ihre Aufmerksamkeit wieder auf sich zu lenken: „Ja, eine traurige Geschichte!"

„Glauben Sie nicht, es ist besser, ihr finanzielle Hilfe für den Unterhalt ihres Babys anzubieten, als sie wegen Diebstahls festzunehmen?"

„Pardon?" Der Beamte musste offensichtlich erst realisieren, von wem Klara sprach. „Welches Baby?", schob er hinterher.

„Na, ihr Baby! Sie hat mir gerade erzählt, dass sie dabei erwischt wurde, wie sie für ihr Baby etwas zum Anziehen gestohlen hat."

„Sie hat kein Baby mehr. Sie hat es vor einigen Jahren ertränkt." Die Stimme des Polizeibeamten klang jetzt kalt und nüchtern.

„Bitte?" Klara glaubte, sich verhört zu haben.

„Ja, es war von ihrem Vater." Auch hier zeigte er keine Gefühlsregung; fast wirkte er etwas gelangweilt.

„Oh mein Gott! Wie alt war sie damals?"

„Fünfzehn. Ihr Baby war erst sechs Monate alt. Sie konnte sein Schreien nicht mehr aushalten und hielt es einfach so lange in der Badewanne unter Wasser, bis es nicht mehr schreien konnte."

„Wie schrecklich!" Klara starrte ihr Gegenüber fassungslos an. Es gab tatsächlich noch viel schlimmere Schicksalsschläge als den ihren.

„Aber ich sollte Ihnen eigentlich nicht davon erzählen", wollte der Beamte das Thema beenden. Ungerührt bohrte Klara weiter: „Kann es sein, dass sie wieder ein Baby hat?"

„Nein – aber sie bildet sich ein, dass ihr Baby noch lebt. Wir müssen sie mindestens einmal pro Monat auf die Wache rufen, weil sie irgendetwas unbezahlt mitgenommen hat: Babypuder, Windeln, Klamotten." Mit einer fahrigen Handbewegung zeigte der Polizeibeamte an, dass er sich mit Klara liebend gerne über erfreulichere Dinge unterhalten hätte.

„Aber dann muss sie in psychologische Behandlung", beharrte Klara.

„Haben wir alles schon versucht. Sie war während ihrer Zeit in der Jugendstrafanstalt in dauerhafter psychologischer Betreuung und ist als geheilt entlassen worden." Genervt zog der Beamte seine Stirn in Falten.

„Sie können sie doch nicht einfach so aufgeben. Diese junge Frau braucht Hilfe! Vom eigenen Vater ein Kind – was glauben Sie, was sie schon alles durchgemacht hat." Klaras Stimme wurde immer lauter und klang leicht hysterisch.

Nun hatte der Polizist offensichtlich genug. Streng blickte er Klara an und verschränkte seine Arme vor der Brust.

„Hören Sie, das geht Sie eigentlich überhaupt nichts an. Sie sollten sich auf Ihre eigene Vergangenheit konzentrieren. Offensichtlich sind da auch einige Leichen vergraben."

„Besten Dank für den Hinweis", meinte Klara schroff und wandte sich wütend ab.

„Junge Frau, vergessen Sie nicht, weshalb Sie hier sind. Ich tue Ihnen gerade einen Gefallen und lasse meinen Praktikanten nach Ihrer alten Akte suchen."

Das war zu viel des Guten! Klara sprang wütend auf: „Falls Sie es vergessen haben sollten: Dies ist verdammt noch mal Ihre Pflicht. Genauso, wie es Ihre Pflicht wäre, sich um das arme Mädchen da draußen zu kümmern." Klara spürte, wie eine Welle von Energie sie durchlief. Der Polizist blickte sie aus großen Augen an, offensichtlich beeindruckt von der energischen Frau, die ihm gegenüberstand.

„Beruhigen Sie sich, Mademoiselle, und setzen Sie sich wieder." Klara setzte sich und sah ihn erwartungsvoll an. Der Beamte setzte ein Lächeln auf.

„Ich gebe zu, dass Sie nicht ganz unrecht haben. Vielleicht sollte ich der jungen Frau noch eine zweite Chance geben. Ich werde gleich nachher in der Psychiatrie anrufen."

Klara nahm den Hörer ab, reichte ihn dem Polizeibeamten und sagte: „Nicht nachher! Rufen Sie jetzt an! Wir haben Zeit!"

Er konnte nicht mehr zurück. Erst als der Termin für die Untersuchung vereinbart war und Klara wusste, dass die junge Frau gleich von einem Experten abgeholt werden würde, lehnte sie sich beruhigt auf ihrem Stuhl zurück. Jetzt erst fiel ihr auf, mit welch ungewöhnlicher Methode sie diesem jungen Polizeibeamten seinen Job erklärt hatte. Sicherlich war sie zu weit gegangen, auch wenn das Ergebnis nun zufriedenstellend war. Beschämt senkte sie die Augenlider und murmelte ein „Pardonnez-moi und merci beaucoup."

„De rien – gern geschehen. Wer kann schon einer so schönen Frau einen Wunsch abschlagen?" Der Polizist schmunzelte.

Inzwischen war auch der blasse Praktikant wieder aufgetaucht. Triumphierend streckte er eine Akte in die Höhe.

„Wollen Sie sich dort an den leeren Schreibtisch setzen und die Akte in Ruhe durchlesen?", fragte der Polizist.

Klara erkannte enttäuscht, dass die Unterlage sehr mager war, und fragte auf einmal ganz ehrfürchtig und schüchtern: „Am liebsten würde ich mir eine Kopie mit nach Hause nehmen und sie dort ungestört studieren. Ist das wohl möglich?"

Statt einer Antwort ließ er den Praktikanten nochmals springen, der bald darauf mit einer ordentlich einkuvertierten Kopie zurückkam. Klara war sehr wohl bewusst, dass sie darauf keinen Anspruch gehabt hätte.

„Herzlichen Dank! Und bitte entschuldigen Sie nochmals meine Dreistigkeit. Das ist sonst wirklich nicht meine Art. Wenn ich Sie mal im Vieux Moulin treffe, lade ich Sie zur Entschädigung gerne auf ein Glas Rotwein ein."

Der Polizeibeamte war allem Anschein nach sehr geschmeichelt. Er reichte ihr zum Abschied die Hand, nannte ihr noch seinen Namen, Marcel Dupont, und erwiderte mit einem Zwinkern, dass er selbstverständlich sie einladen würde.

Klara war froh, dass sie das Büro des übereifrigen Polizisten wieder verlassen konnte, presste ganz in Gedanken ihre Akte an die Brust und war schon fast wieder an der frischen Luft, als sie sich nochmals umdrehte und auf die junge Frau zuging, die immer noch wie ein Häufchen Elend in ihrem Sessel saß.

„Kauf dir etwas Nettes von dem Geld, das wird dir gut tun.“ Von Sarahs fragendem Blick begleitet, verließ Klara die Polizeistation.

*

Der alte Comte de Tanquarville reckte sich in seinem Ohrensessel. Er hatte den ganzen Tag noch nicht das Haus verlassen, und das, obwohl draußen das herrlichste Wetter auf ihn wartete, welches Frankreichs Norden zu bieten hatte. Aber ihm war heute nicht nach Sonnenschein. Sein Herz war getrübt von dunklen und traurigen Gedanken und auch wenn er sich mit Hausarbeit davon abzulenken versuchte, so kehrte er doch immer wieder zu den alten Fragen zurück. Fahrig wühlte er in Schubladen, um alte Briefe oder Fotos herauszukramen, hielt dann inne und kehrte, verärgert über die wiederholte Störung, an seine Arbeit zurück. Doch im nächsten Augenblick verharrte er wieder vor dem Foto seines Sohnes auf dem Wohnzimmerbuffet und grübelte vor sich hin. Schließlich gab er seinem inneren Kampf nach, setzte sich in seinen Lieblingsohrensessel und gestattete sich endlich die Gedanken, die er so lange erfolgreich verdrängt hatte.

Seitdem er vor ein paar Tagen seine Enkelin wiedergesehen hatte, hatte sich seine kleine, scheinbar geordnete Welt völlig verändert. Er dachte wieder mehr an die Vergangenheit als an die Zukunft und dies war seiner Meinung nach nicht ratsam. Vor allem für einen so alten Mann wie ihn – er war immerhin 77 Jahre alt – war dies sicherlich nicht die beste Medizin zum Älterwerden. Aber er hatte sich am Grabmal seines Sohnes dazu entschlossen, Klara zu vertrauen. Und wenn sich der alte Comte einmal eine Entscheidung abgerungen hatte, dann hielt er daran fest – komme was da wolle. Mehr als einmal hatte er mit dieser sturen Haltung allerdings auch falsche Entscheidungen bis zum bitteren Ende durchgezogen.

Seine Enkelin verwirrte ihn ziemlich: Sie hatte zwar die blauen Augen und die zierliche Figur ihrer Mutter, aber in ihren Zügen erkannte er eindeutig seinen geliebten Sohn. Es gab keinen Zweifel daran, dass sie eine gute Mischung ihrer Eltern war. Doch Klara würde nicht aufhören, in den alten Wunden zu bohren. Ja, sie hatte den starken Willen seiner Familie geerbt. Klaras Mutter war nie so energisch und fest entschlossen aufgetreten. Man konnte sie leicht verunsichern. Er ertappte sich dabei, dass er tatsächlich stolz auf dieses starke Erbgut Klaras war, obwohl es ihm selbst nur Unannehmlichkeiten bereitete, und dies wiederum ärgerte ihn maßlos. Was würde sie alles zutage bringen, wenn sie weiter in der Vergangenheit wühlte, und wie würde er dabei abschneiden?

Wenn nur seine Frau noch lebte. Sie hätte ihm bestimmt den richtigen Weg gezeigt. Seine Frau war vor elf Jahren an Leukämie gestorben, nachdem sie viele Jahre gekämpft, die Krankheit schon fast überwunden und dann durch den Tod ihres Sohnes, das Leiden und den Rückzug ihres Mannes wieder einen Rückschlag erlitten hatte. Tapfer kämpfte sie noch einige Jahre lang, da ihr Überlebenswille unendlich groß war und sie ihren Mann, ihre einzige große Liebe, nicht alleine auf dieser Welt zurücklassen wollte. Am Ende aber siegte die Krankheit und ließ einen gebrochenen, alten Mann zurück.

Bertrand ergraute fast von einem Tag auf den anderen vollständig. Sein Leben war endgültig zerstört. Er vergrub sich auf seinem Anwesen und wollte keine Menschenseele mehr sehen, selbst seine beiden Kinder hielten sich weitgehend von ihm fern. Einige Dorfbewohner glaubten vermutlich, dass er schon lange nicht mehr unter den Lebenden weilte. Nur einige wenige Bekannte von früher wussten von seiner Zurückgezogenheit, aber auch sie hatten es inzwischen aufgegeben, ihn davon zu erretten.

„Denk an die Zukunft und nicht mehr an die Vergangenheit, alter Mann!“, schalt er sich selbst, „und spring endlich über deinen Schatten.“

*

Der schwere, messingeiserne Türklopfer erschütterte das Eichenholz der Eingangstür und hallte dumpf durchs Gesindehaus. Das konnte nur zweierlei bedeuten: Entweder kam der Kurier mit den Einkäufen oder jene junge Dame, die sich von ihm nicht unterkriegen ließ. Ein Blick auf den Kalender sagte ihm, dass es sich um Letztere handeln musste. Es war Montag. Schweren Herzens schlurfte Bertrand zur Tür und atmete tief durch, bevor er den Türknauf hinunterdrückte.

Klara hatte einen verwirrten Gesichtsausdruck, als sie ihrem Großvater gegenübertrat. Sie winkte mit einem großen, braunen Umschlag und bat mit einer stummen Geste um Einlass. Bertrand wies sie ins Wohnzimmer. Dort saßen sie sich eine Weile schweigend gegenüber, bis beide gleichzeitig die unangenehme Stille brechen wollten.

Schließlich öffnete Klara den mitgebrachten Umschlag und begann: „Ich weiß, Sie sehen es nicht gerne, wenn ich in der Vergangenheit wühle, aber ich habe versprochen, den letzten Wunsch meiner Mutter zu erfüllen!"

Dann erzählte sie ihm, dass sie bei der Polizei um die alte Akte gebeten hatte, weil ihr im Abschiedsbrief ihres Vaters eine Ungereimtheit aufgefallen war. Den verdutzten Bertrand ließ sie erst gar nicht zu Wort kommen.

„Wussten Sie, dass meine Mutter im dritten Monat schwanger war, als mein Vater angeblich Selbstmord beging? Wussten Sie auch, dass meine Mutter nach dem Schock das Kind verloren hat und danach nie wieder Kinder bekommen konnte? Wussten Sie ..."

Doch sie hielt befremdet inne, als sich ihr Großvater wie von Schmerzen geplagt zusammenkrümmte. Als er sich wieder aufrichtete, bemerkte sie, dass er mit den Tränen kämpfte.

„Das wollte ich nicht!", presste er hervor und Klara schämte sich über die direkte und fast vorwurfsvolle Art, mit der sie ihren Großvater mit den neuen Tatsachen konfrontiert hatte.

Sie kramte in ihrem Rucksack nach einem Taschentuch, als er sich aus seinem Sessel quälte, seine Arme ausbreitete und so leise sprach, dass Klara ihn kaum verstand: „Kleine, eigenwillige Comtesse de Tanquarville, nun komm schon her und nimm mich in die Arme. Und hör endlich auf, mich zu siezen. Ich bin schließlich, verdammt noch mal, dein Großvater und kein Untier."

Als Klara in die Arme ihres Großvaters sank, brachen beide in Tränen aus und eine Weile weinten sie still vor sich hin. Schließlich sprach Bertrand ein Machtwort: „So, jetzt ist es aber genug mit der Heulerei!"

Er reichte ihr eines seiner edlen Stofftaschentücher mit eingesticktem Monogramm und Adelswappen und sie schnäuzte sich ungeniert hinein. Dann steckte sie es verstohlen ein.

Klara erzählte nun der Reihe nach, was ihr aufgefallen war, was sie vermutete und vor allem, was sie in dem Polizeibericht gelesen hatte. Ihr Großvater, der die ganze Zeit wie gebannt an ihren Lippen hing, willigte schließlich ein, sie in ihrem Vorhaben zu unterstützen, auch wenn er – wie er ausdrücklich betonte – nicht daran glaubte, dass sie Erfolg haben würde oder der Geschichte von damals ein anderes Ende zuschreiben könnte. Immerhin gab er zu, dass auch er damals Fehler gemacht hatte.

Gemeinsam schauten sie das von Klara mitgebrachte, alte Fotoalbum an und Bertrand erzählte ihr zu jeder Person eine Geschichte, sodass Klara am Ende ungefähr wusste, wer mit wem und wieso verheiratet, befreundet, geschieden oder verfeindet war.

Nun konnte sie sich ein vages Bild von der Dorfgemeinschaft machen. Leider hatte ihr Großvater zu niemandem mehr Kontakt, sodass sie sich ganz alleine auf die Suche nach den Abgebildeten und ihrer Geschichte machen musste. Immerhin hatte sie das Adressbuch ihrer Mutter mit François' Hinweisen versehen und wusste somit, dass viele der ehemaligen Freunde ihrer Eltern noch in Gironde wohnten. Doch sie konnte schließlich nicht einfach an der Haustür ihr völlig fremder Menschen klingeln und sie über einen 24 Jahre zurückliegenden Vorfall ausfragen, und das mit der Vermutung, dass einer der Befragten ein Mörder sein könnte. Oder vielleicht doch?

Bevor sich Klara diesem schwerwiegenden Problem widmen wollte, lag ihr noch eine andere wichtige Frage auf dem Herzen: „Warum lässt du das Schloss so verkommen? Ist es nicht traurig, dass das Gebäude schutzlos den Naturgewalten ausgeliefert ist? Wenn du es nicht bewohnen willst, dann vermiete es doch einfach oder schenke es irgendeiner gemeinnützigen Stiftung. Ich hätte so gerne, dass es wieder einen Sinn bekommt." Ihr Großvater nickte nachdenklich und versprach, sich Gedanken darüber zu machen.

Bertrand wusste sehr wohl, dass sich seine Enkelin in das Schloss verliebt hatte, und schließlich hatte sie in diesem Gebäude auch zwei schöne und unbeschwerte Kindheitsjahre verbracht, vielleicht sogar die schönsten Jahre ihres Lebens. Als er die Tür hinter ihr schloss und sich die Stille im Raum ausbreitete, war es eine wohltuende Stille und Bertrand stellte zufrieden fest, dass er die richtige Entscheidung getroffen hatte.

*

Als Klara die Tür zum Café „Au Vieux Moulin" aufstieß, war sie in einem fast euphorischen Gefühlszustand. Was für ein Tag! Klara konnte es immer noch nicht fassen, wie viel sich innerhalb so kurzer Zeit verändern konnte. Und dabei war es erst sieben Uhr abends und der Tag noch lange nicht vorbei.

Ganz in Gedanken trat sie auf den Tresen zu, um François zu begrüßen. Erst als sie bemerkte, wie die anderen Gäste sich nach ihr umdrehten und sie unverhohlen anstarrten, wurde ihr wieder bewusst, dass sie ja inzwischen ihre Identität preisgegeben und sich die Nachricht über die zurückgekehrte, junge Comtesse vermutlich schon überall herumgesprochen hatte. Wehmütig dachte sie an die Tage zurück, an denen sie unbeobachtet ihrer Wege hatte gehen können. Diese Zeit war nun endgültig vorbei. François und Docteur Jospin hatten ganze Arbeit geleistet.

François begrüßte sie herzlich mit zwei Küsschen rechts und links auf die Wange. Diese freundschaftliche Geste stimmte Klara zuversichtlicher. Sie duzten sich inzwischen und Klara war froh über die kleine Vertrautheit in dieser fremden Umgebung. François hingegen genoss es, dass er als offensichtlich guter Freund der jungen Comtesse im Mittelpunkt des Interesses stand.

Klara störte sich nicht weiter daran, schließlich war er ihr eine große Hilfe und bis jetzt ihr fast einziger verlässlicher Ansprechpartner. Sie versuchte in unverfänglichem Plauderton so viel wie möglich über die Dorfgemeinschaft zu erfahren. François zeigte eine naive Offenheit, wenn man sich für ihn interessierte.

„Dort drüben am kleinen Tisch direkt neben dem Zeitungsständer sitzt eine ehemalige Klassenkameradin deines Vaters. Sie hat kurz nach seinem Tod geheiratet und inzwischen fünf Kinder großgezogen. Böse Zungen behaupten, dass sie ihren langjährig Verlobten erst geheiratet hat, als der Erbe von Tanquarville nicht mehr lebte und ihr somit jede Möglichkeit einer adligen Heirat genommen war. Aber irgendwie hatten alle heiratsfähigen, jungen Damen im Ort in ihren geheimsten Träumen diese Hoffnung. Dein Vater war ein begehrter Heiratskandidat. Dass er letztendlich eine blutjunge Fremde geheiratet hat, haben einige vielleicht nie ganz überwunden."

Das erhöhte Klaras Chancen, alles aufzuklären, ungemein, wenn die gesamte Töchter- und Müttergemeinschaft ein Motiv hatte!

Klara seufzte laut: „Ich gäbe wirklich viel darum, wenn ich mich wenigstens ein bisschen an meinen Vater erinnern könnte, aber ich fürchte, meine Mutter hat alles dafür getan, dass ich ihn vergesse."

„Abwarten, ma chère, wenn du die Leute über ihn erzählen hörst und an den Orten deiner Kindheit warst, wird die Erinnerung sicherlich zurückkehren."

Klara lächelte gequält, aber dankbar und legte als Ausdruck ihrer Sympathie kurz ihre Hand auf die seinige.

Genau in diesem Moment kündigte ein warmer Luftstrom einen weiteren abendlichen Gast an, dessen irritierter Blick die Szene aufnahm und der daraufhin kurz auf der Türschwelle verharrte. François blickte auf, zog fast schuldbewusst seine Hand zurück und flüsterte Klara verschwörerisch zu: „Du glaubst nicht, wer gerade das Café betritt."

Klara schaute ihn fragend an. Sie hasste es, sich nach jemandem umzudrehen, der offensichtlich gerade Gesprächsthema war. François fuhr fort: „David Marell, der Bruder der damals besten Freundin deiner Eltern. Er kann dich sicherlich mit vielen anderen wichtigen Personen bekannt machen. Ich muss dich ihm unbedingt vorstellen."

Ohne Klaras Antwort abzuwarten, winkte er den Neuangekommenen zu sich an den Tresen. Klara verstand zwar nicht ganz, wieso dieser David für sie so wichtig sein sollte, doch sie drehte sich artig, wenn auch ein wenig gelangweilt, zu ihm hin und stockte. Mit allem hatte sie gerechnet, aber nicht damit, dass ein äußerst gut aussehender, junger Mann mit einem bezaubernden Lächeln auf sie zutrat.

David hatte den ganzen Sonntag gearbeitet und war dem gleichmäßigen Flimmern seines 30-Zoll-Bildschirms erst an diesem Montagabend entkommen. Eher war ein Besuch im Café, um sich über die geheimnisvolle Fremde zu erkundigen, nicht möglich gewesen – so sehr er es sich auch gewünscht hatte. Daher wusste er noch nichts über Klaras Identität und war sichtlich erstaunt darüber, als François in Klaras Richtung wies und meinte: „Das ist Claire Seidel, die junge Comtesse de Tanquarville, verschollene und wieder zurückgekehrte Tochter unseres viel zu früh verstorbenen Grafen Philippe."

David verschlug es im wahrsten Sinne des Wortes die Sprache und François musste den Armen erst einmal durch kräftiges Klopfen auf seinen Rücken von einem heftigen Hustenanfall erlösen, bevor er mit einer leichten Verbeugung und einem „Enchanté, Mademoiselle!" François' theatralischen Stil nachahmte.

Klara musste lächeln. Während David seine Augen nicht von ihr lassen konnte und ihren Anblick förmlich in sich aufsog, musterte ihn Klara eher skeptisch: Er war ein schöner Mann und vor schönen Männern musste man sich in Acht nehmen. Das hatte sie die Erfahrung gelehrt.

„Sieh dich vor, Klara", dachte sie bei sich, „und lass dich von diesem Lächeln nicht um den Finger wickeln."

*

10. Juni

Ich kann nicht einschlafen – der Gedankenstrom in meinem Kopf reißt einfach nicht ab. Seltsam, dass es manchmal Tage gibt, an denen so viel passiert, als wären sie ein halbes Leben. Und dann gibt es Jahre, die vergehen, ohne dass man auch nur eine einzige Veränderung bemerkt.

Seit ich mich dazu entschlossen habe, mich meiner Vergangenheit zu stellen, habe ich eine Lawine von Geschehnissen losgetreten, die ich noch gar nicht alle begreifen kann. Ich fühle mich wie eine Zuschauerin in meinem eigenen Film.

Die alte Akte über den Tod meines Vaters – Daddy kann ich ihn nicht nennen, denn das ist immer noch Klaus – hat mir einige neue Erkenntnisse gebracht. Leider wurde damals alles sehr schnell und nüchtern abgehandelt, aber man muss zwischen den Zeilen lesen. Der untersuchende Polizist protokollierte, dass auf dem Boot keine Spuren eines Fremden gefunden wurden. Das leere Whiskyglas auf dem Tisch wies nur die Fingerabdrücke meines Vaters auf und der Abschiedsbrief stammte eindeutig von ihm und war der Schrift nach zu urteilen in alkoholisiertem oder durch Tabletten getrübtem Zustand geschrieben worden. Der Werkzeugkasten, an den er sich gebunden hatte – wohl um sein Gewicht zu erschweren – fiel ihm beim Sprung ins Meer auf den Kopf.

Seine Leiche wurde erst zwei Tage später von Tauchern 1,5 Kilometer von der Yacht entfernt entdeckt. Die Todesursache war Tod durch Ertrinken, vermutlich hatte ihm aber schon der Schlag auf den Kopf das Bewusstsein genommen. Außer der Kopfwunde, die durch den Werkzeugkasten verursacht wurde, konnte man bei ihm keine Fremdeinwirkung feststellen. Punkt! Klappe zu – Fall abgeschlossen!

Kein Wort über eine richtige Spurensuche auf dem Boot. Keine Suche nach Zeugen, die ihn auf der Yacht noch lebend gesehen hatten, oder vielleicht eine Person in der Nähe der Yacht. Für einen potentiellen Mörder musste es ein Leichtes gewesen sein, seine Spuren zu verwischen.

Moment mal! Da kann doch etwas nicht stimmen. Wie kann man sich eigentlich alleine an eine Werkzeugkiste binden und dann die schwere Kiste mit gebundenen Händen hochheben, um mit ihr über die Reling zu springen? Und das auch noch in alkoholisiertem Zustand! Unglaublich, dass sich die Polizei diese Frage nicht gestellt hat. Kein Mensch, wenn er nicht akrobatische Fähigkeiten besitzt, würde so etwas zustande bringen …

Dies ist für mich ein weiteres Indiz, dass hier nicht alles mit rechten Dingen zuging. Zu gerne würde ich den Polizisten, der damals den Fall untersucht hat, persönlich befragen. Marcel Dupont erzählte mir allerdings, dass er inzwischen in einem Pflegeheim wohne und schwer demenzkrank sei.

Wenigstens habe ich heute wieder ein Mitglied meiner Verwandtschaft zurück gewonnen. Großvater hat endlich seine Blockade gegen mich aufgegeben und mich als seine Enkelin akzeptiert. Er ist ein alter, gebrochener Mann. Ich bin ihm nicht mehr böse, dass er sich mir gegenüber unfair verhalten hat. Er hat auch Schreckliches erlebt! Wütend bin ich nur auf sein Verhalten gegenüber Ma. Aber daran ist nun nichts mehr zu ändern und ich glaube, er bereut es inzwischen.

Und ich wurde heute noch jemandem vorgestellt, der mir weiterhelfen könnte: Er heißt David Marell und – ja, er ist ein schöner Mann. Er veranstaltet demnächst ein großes Fest, zu dem viele der Dorfbewohner eingeladen sind. Diese Feier ist natürlich die beste Gelegenheit, um Bekanntschaften zu schließen und mehr zu erfahren. Finde ich ja echt nett von diesem David, dass er mich dazu eingeladen hat, obwohl er mich doch gar nicht richtig kennt. Die Leute hier scheinen wirklich alle sehr offen zu sein. Aber das darf mich nicht täuschen, denn mindestens einer von ihnen birgt ein tödliches Geheimnis!

Erst spät in der Nacht, als Klara nach einem Gläschen trockenen, französischen Landweins endlich zur Ruhe gekommen war und die Ereignisse des Tages richtig begriff, fiel die Nüchternheit von ihr ab und eine Welle von Traurigkeit erfasste sie mit solch unvorhersehbarer Wucht, dass sie von einem langen und heftigen Weinkrampf geschüttelt wurde.

Als sie sich wieder etwas beruhigt und ihr hysterisches Schluchzen sie in eine Art Dämmerzustand versetzt hatte, nahm sie nochmals ihr Tagebuch zur Hand und schrieb:

Man sagt: Die Zeit heilt alle Wunden.
Ich aber weiß:
Auch die kleinste Wunde hinterlässt eine Narbe.
Und manche Narben behält man Zeit seines Lebens!

Tag 11, zweite Woche

Als Klara am nächsten Morgen am Frühstückstisch saß, war nichts mehr von der Wehmut des Vortags zu spüren. Sie wollte heute sachlich und konsequent einige Dinge auf ihrer To-do-Liste abhaken, die sie angefertigt hatte, um den Überblick nicht zu verlieren. Zuerst stand ein weiterer Besuch bei ihrem Großvater auf dem Programm. Sie hatte eine große Bitte an ihn und hoffte, dass er sie ihr nicht abschlagen würde. Ihre Bitte würde ihm gewiss nicht gefallen, aber darauf konnte sie keine Rücksicht nehmen.

Während Klara ihr spärliches französisches Frühstück, bestehend aus einem Milchkaffee und einem Croissant, das sie in ihre große Café-au-lait-Tasse tunkte, genoss, erwachte auch langsam das Häuschen nebenan zu geschäftigem Leben. Klara nahm es interessiert zur Kenntnis, denn inzwischen hatte sie mit ihren Nachbarn Olivier und Karine Gilloire ein paar Worte mehr gewechselt.

Das Ehepaar lebte seit einem Jahr in Gironde. Die Ruhe und Beschaulichkeit des Ortes hatten es beiden angetan. Unter der Woche hatten die beiden allerdings nicht viel von diesen Annehmlichkeiten, da sie einer Arbeit nachgingen, die sie voll und ganz in Beschlag nahm. Olivier arbeitete als Architekt mit Projekten in der ganzen Welt bei einer großen Firma in Caen und Karine leitete als Marketing-Assistentin die Abteilung einer Kosmetikfirma, ebenfalls in Caen. Umso mehr genossen sie die freien Tage und an diesem Dienstagmorgen standen beide am Beginn ihres Sommerurlaubs.

Als Klara auf die Terrasse trat, winkten sich die beiden Frauen kurz zu. „Vielleicht sollte ich meine Nachbarn mal zu mir einladen“, überlegte Klara, „ich würde sie gerne näher kennenlernen.“ Je länger sie auf ihren Garten blickte, desto einsamer fühlte sie sich und desto größer wurde ihr Wunsch nach gleichaltriger Gesellschaft. „Komm, spring schon über deinen Schatten“, mahnte sie sich selbst, „dein Großvater läuft dir nicht davon.“

Als sie endlich zum Gartentor lief, um bei ihren Nachbarn zu klingeln und sie für den Abend zu sich einzuladen, hörte sie, wie der Motor eines Rovers auf der anderen Seite des Hauses aufheulte. Ein paar Sekunden später fuhr das Ehepaar Gilloire aus der Einfahrt und rauschte davon. Mit großem Bedauern ging Klara zurück in ihre Küche.

*

„Auf keinen Fall“, rief Bertrand aufgebracht, „das kannst du nicht ernsthaft von mir verlangen.“ Wie Klara bereits vermutet hatte, war er von ihrem Vorschlag nicht sonderlich angetan. Doch so schnell würde sie nicht aufgeben. Sie schaute ihn mit so flehendem Blick an und ließ einfach nicht locker, bis er ihr nicht mehr widerstehen konnte.

Wenig später fuhren sie schweigend in Klaras Auto zum kleinen Hafen von Dives-sur-Mer, wo die Yacht ihres Vaters lag. Bertrand saß mit verkrampften Händen auf dem Beifahrersitz, drehte den Kopf immer wieder ruckartig hin und her, weil er sich über irgendetwas erschreckt hatte, und machte Klara das Fahren dadurch nicht gerade einfach. Aber sie hielt sich zurück. Schließlich war er den täglichen Stress des Lebens nicht mehr gewohnt. Es beängstigte ihn, wie hektisch es inzwischen auf den Straßen zuging, wie viele Autos unterwegs waren und was für ein Lärm und Gestank in der Luft lag. In all den Jahren der Einsamkeit hatte er nicht viel verpasst.

Die Yacht, die früher Klaras Vater gehört hatte, schlummerte friedlich am Kai. Sie hatte noch nicht viel vom weiten Meer gesehen und war fast jungfräulich, denn Philippe hatte sie im gleichen Jahr erworben, in dem er Klaras Mutter kennengelernt hatte. Wann immer er Zeit gehabt hatte oder in Ruhe nachdenken wollte, war Philippe mit seiner kleinen Yacht aufs Meer hinausgefahren, hatte ihr Bertrand erzählt.

Bertrand hatte die Yacht damals nach Philippes Tod nicht verkauft, weil er es einfach nicht übers Herz bringen konnte, das Boot, an dem sein Sohn so sehr hing, jemand anderem anzuvertrauen. Sein Schmerz war aber auch so groß, dass er die Yacht nicht nutzen wollte, und deshalb lag sie brach.

Um das Deck vor den kalten und verregneten Herbst- und Wintermonaten und vor Salzwasserspritzern zu schützen, hatte Bertrand eine feste Plane von der Kajüte bis zum Schiffsbug spannen lassen. Das Vorhängeschloss, das die Ösen zum Öffnen des Zelts miteinander verband, war schon ziemlich durchgerostet und Bertrand konnte den kleinen Schlüssel nur mit Mühe umdrehen.

Klaras Stimmung sank gegen null und ihr Mut schien sie zu verlassen. Wieso wollte sie unbedingt den Tatort besichtigen? Sie hatte weder detektivischen Spürsinn noch lag ihr etwas an Kriminalromanen.

Mitverantwortlich für ihre mulmigen Gefühle war auch das Wetter. Um neun Uhr morgens hing immer noch tiefer, dichter Nebel über dem Hafen und die Luft war eigenartig feucht und doch gleichzeitig warm. Am Himmel versuchte sich die Sonne durchzukämpfen. Aber noch unterlag sie und warf nur ein fahles Licht auf den kleinen Hafen.

Es war an diesem Dienstagmorgen fast gespenstig ruhig am Kai von Dives-sur-Mer. Das lag vermutlich daran, dass in der Innenstadt ein Markt abgehalten wurde, der Jung und Alt anlockte. Klara aber schien es, als ob das ganze Naturspektakel nur inszeniert war, um sie das Fürchten zu lehren und von ihrem Vorhaben abzubringen. Doch dafür war es nun zu spät: Mit einem markerschütternden Quietschen gab das Vorhängeschloss schließlich nach und ließ die beiden Eindringlinge ein.

Klara schlug ein Geruch entgegen, der so unangenehm war, dass sie für einen Moment das Gefühl hatte, sich übergeben zu müssen. „Riecht wie vermoderte Leichenteile“, dachte sie und es lief ihr eiskalt über den Rücken bei diesem Gedanken – ganz abgesehen von deren Unlogik: Woher glaubte sie zu wissen, wie vermoderte Leichenteile rochen?

Bertrand öffnete die Plane schließlich so weit, dass genügend frische Luft und Sonnenlicht an Deck drangen. Er bewegte sich nur mühsam auf die Kajüte zu, die er mit einem weiteren Schloss gesichert hatte. Als er die Tür ins Innere aufstieß, atmete er ein paar Mal tief durch und stieg schließlich mit gebücktem Rücken die paar Stufen ins Herzstück der Yacht hinunter, um vor Klaras Inspektion alle Bullaugen zu öffnen und frische Luft in die Räume zu lassen. Er kam mit einem Klappstuhl zurück an Deck, setzte sich schwerfällig darauf und rührte sich nicht mehr.

Klara ging zuerst schweigend an Deck auf und ab und versuchte ihre verwirrten Gedanken zu ordnen. Als ein gellender Schrei die Stille durchbrach, duckte sie sich erschrocken. Aber es war nur eine Seemöwe, die über ihre Köpfe geflogen war. Immerhin riss sie der Schreck aus ihrer Erstarrung. Es gab überhaupt keinen Grund, sich zu fürchten. Die dunklen Gespenster bewohnten einzig und alleine ihre Fantasie. Was hatte sie erwartet hier vorzufinden? Blutflecken von einem heftigen Kampf, Geisterstimmen von nicht zur Ruhe gekommenen Seelen? Ja, sie glaubte, dass hier ein Mord verübt worden war, aber niemand hatte ihn als einen Mord identifiziert. Wonach suchte sie also?

„Bertrand?“ Sie hatte beschlossen, ihren Großvater so anzureden, wie er sich ihr am ersten Tag im Wald vorgestellt hatte. Die Anrede „Großvater“ schien ihr zu förmlich und mit „Opa“ verband sie glückliche Kinderaugen. Bertrand schien mit diesem Arrangement zufrieden zu sein. Er drehte nur leicht den Kopf bei ihrer Anrede. „Und du hast hier in all den Jahren nichts verändert?“ Das Reden beruhigte Klara etwas und allmählich hörte ihr Herz auf, wie wild zu pochen.

„Nicht einen Kieselstein!“, sagte Bertrand. „Selbst die Minibar müsste noch gefüllt sein. Ich habe nur ein paar Handgriffe verrichtet, um das Boot vor dem Vergammeln zu bewahren.“

„Seltsames Verhalten!“, grübelte sie laut, und nach einer Pause. „Was erwartet mich unter Deck?“

„Sieh’s dir an!“

Nach einem kurzen Zögern wagte sich Klara schließlich die mit rotem Teppich ausgelegten Stufen in die Kajüte hinunter. Was ihr da entgegenstrahlte, hatte sie nicht erwartet. Obwohl die Yacht von außen schäbig aussah, die Farbe abblätterte und ein grünlicher Algenfilm mehr und mehr von ihr Besitz ergriff, hatte sie sich im Inneren ihren ganzen Luxus bewahrt. Sie sah sofort, dass diese Räumlichkeiten nicht oft benutzt worden waren. Es gab eine kleine, wie es schien komplett ausgestattete Miniküche, eine Schlafkoje mit einem sehr gemütlich wirkenden großen Bett und einen Salon, in dem teure Eichenmöbel und ein kleiner Kronleuchter glänzten.

Klara konnte durchaus verstehen, dass ihr Vater sich in diese Yacht verliebt hatte. Sie stellte sich vor, wie ihre Eltern hier morgens aufgewacht waren und durch das Bullauge die Sonne über dem Meer aufgehen sahen. Das Bett in der Schlafkoje war mit einer champagnerfarbenen Tagesdecke verhüllt. Klara zog sie vorsichtig beiseite und wunderte sich nicht, darunter ein komplett bezogenes Bett vorzufinden. Die Luft war zum Zerschneiden trocken, aber ansonsten wirkte das kleine Schlafzimmer fast so, als ob es regelmäßig Gäste beherbergte.

Klara entdeckte einen eingebauten Schrank und schob langsam die Schiebetür auf. Auch hier sah es so aus, als ob seine Besitzer jeden

Augenblick wieder zurückkehren würden. Im Innern hingen ein paar Kleidungsstücke ihres Vaters und ein paar wenige Habseligkeiten ihrer Mutter. Ein kurzes, bunt-geblümtes Sommerkleid fiel ihr auf, weil sie es auf einem der Fotos von Bertrand gesehen hatte. Es hatte ihrer Mutter hervorragend gestanden.

Schließlich ging sie wieder in den Salon zurück. Auf einem der vier mit edlem Brokat bezogenen und um einen runden Tisch arrangierten Eichenstühle lag eine vergilbte, zusammengefaltete Zeitung. Klara beugte sich tief darüber, ohne sie zu berühren. Sie trug das Datum des Todestages.

Hätte ihr Großvater nicht wenigstens diese offensichtlichen Zeichen der Zeit entfernen können? Verstohlen wischte sie eine Träne aus ihrem Gesicht – ihr Großvater schien etwas masochistisch veranlagt zu sein. Er quälte sich gerne mit schmerzenden Erinnerungen.

Über einem anderen Stuhl hing eine marineblaue Strickjacke – sie musste ihrem Vater gehört haben – und erweckte den Anschein, als ob ihr Besitzer sie gerade eben ausgezogen hatte, um an Deck etwas Sonne zu tanken oder ein erfrischendes Morgenbad zu nehmen.

Mit Blick auf die Zeitung fragte sich Klara, ob man wirklich noch in Ruhe die neuesten Nachrichten las, wenn man sich in Gedanken bereits auf einen Freitod vorbereitete. Für sie war dies ein weiteres Indiz, dass ihre Theorie stimmte.

Nachdenklich ging sie weiter zu dem antiken Eichenbuffet mit Buntglasfenstern und staunte über die Leichtigkeit, mit der sich Türen und Schubladen öffnen ließen. Es war alles da, um das Leben auf einer Yacht angenehm zu gestalten. Die Vitrine war gefüllt mit einer Vielzahl verschiedener Gläser.

Klara erschauderte bei dem Gedanken, dass ihr Vater aus einem dieser Gläser seinen letzen Drink genossen hatte. Dann fiel ihr auf, dass von allen Gläsern sechs vorhanden waren, außer von den schweren Whiskygläsern mit dem blauen Emblem im Boden. Hier gab es nur fünf Stück. Sie wollte gerade zu ihrem Großvater zurückkehren, als er sich hinter ihr räusperte.

„Hat mein Vater am Todestag aus einem dieser Whiskygläser getrunken?“

„So ist es“, erwiderte Bertrand mit gesenktem Blick.

„Warum hat die Polizei das Glas dann nicht zurückgebracht, nachdem es auf Fingerabdrücke untersucht worden war?“

„Sie hat es zurückgebracht, es steht geputzt und desinfiziert im

Schrank." Ihr Großvater trat noch einen Schritt näher und legte ihr seine Hand auf die Schulter.

„Aber ein Glas fehlt. Hast du ...?"

„Nein, ich habe hier nichts angerührt."

„Komisch ist das trotzdem", überlegte Klara weiter.

Bertrand schüttelte den Kopf. Er schob eine Schranktür auf und gab die Minibar preis. Sie war gut gefüllt mit verschiedenen alkoholischen Getränken. Ganz vorne stand eine fast leere Flasche Whisky.

„Das war sein letztes Getränk", sagte Bertrand.

„Die ganze Flasche? Hat er immer so viel getrunken?", fragte Klara.

„Offensichtlich hatte er an diesem Tag einen Grund", konterte Bertrand. „Diese Flasche hat er zur Hochzeit geschenkt bekommen. Ein 20 Jahre alter schottischer Whisky. Ich bin mir ziemlich sicher, dass die Flasche noch unangebrochen war, weil wir kurz vor seinem Tod darüber gesprochen hatten. Er wollte den teuren Whisky erst bei einer besonderen Gelegenheit öffnen. Vielleicht hat er sich Mut angetrunken."

Klara runzelte nachdenklich die Stirn.

„Denkst du nicht, dass es ziemlich schwierig gewesen sein musste, sich nach dem Genuss einer Flasche Whisky und einigen Schlaftabletten alleine an eine Werkzeugkiste zu binden und ins Meer zu springen?"

„Ich habe nie versucht mir vorzustellen, wie er seinen Tod geplant hat", meinte Bertrand nun doch etwas kleinlaut.

„Siehst du, und deshalb bin ich hier. Deshalb bin ich den ganzen Weg aus Köln hergefahren, um alles, was ihr jahrelang als selbstverständlich angesehen habt, in Frage zu stellen. Als ich hierher kam, wusste ich zwar noch nicht, was auf mich zukommen würde, aber ich glaube, inzwischen habe ich begriffen, was meine Mutter auf dem Sterbebett von mir wollte. Meine Ma wird mir schon den richtigen Weg weisen."

Mit diesen Worten drehte sich Klara zu einem Foto ihrer Mutter um, dass sie an der Wand entdeckt hatte. Es war ein wunderschönes Bild. Ihre Mutter war damals vielleicht gerade mal zwanzig Jahre alt. Sie trug ein hinreißendes bordeauxrotes Etuikleid aus Spitze, unterlegt mit einem glänzenden Seidenstoff. Bei genauerem Hinsehen erkannte Klara Rosen im Spitzenmuster.

„Sie trug es bei ihrer Verlobung", meinte Bertrand.

„Ich wusste nicht, dass meine Mutter so schön war."

„Ja, sie war unbestritten eine Schönheit. Sie hat Philippe auf den ersten Blick verzaubert – und ich kann es ihm nicht verübeln." Bertrands Stimme klang traurig und müde.

„Ich habe meine Mutter nie in einem solchen Kleid gesehen."

„Das wundert mich nicht. Sie hat bei ihrer überstürzten Abreise fast alle Kleider zurückgelassen."

„Du meinst wohl, sie hatte keine Zeit mehr alles einzupacken, nachdem du sie vom Hof gejagt hast?"

Bertrand überging Klaras spitze Bemerkung, die ihr – kaum ausgesprochen – schon leid tat.

Erleichtert lächelte sie, als er die bedrückende Stille zwischen ihnen schließlich brach: „Was wirst du morgen auf der Party von David Marell anziehen? Dort ging es früher immer sehr elegant zu."

„Darüber habe ich mir noch keine Gedanken gemacht." Bertrand schmunzelte.

„Wenn du willst, können wir mal im Schloss nach den Sachen deiner Mutter schauen. Sie müsste die gleiche Größe wie du gehabt haben."

Klara wunderte sich sehr, dass dieser alte und knöchrige Mann sich Sorgen um ihre Garderobe machte, doch dann glaubte sie, dass er ihr einen Wink geben wollte. Sie sah das Foto ihrer Mutter nochmals genauer an. Ja, sie sah ihr ziemlich ähnlich.

„Gute Idee! Lass uns mal einen Blick in ihren Kleiderschrank werfen", meinte Klara nachdenklich und sah dabei aus wie Miss Marple, die gerade einen raffinierten Plan ausheckte.

*

Klara hatte ganz eindeutig einen Kloß im Hals, als sie um zwei Uhr nachmittags in der Rue de la Mairie 12 bei Madame und Monsieur Dumas klingelte. Vermutlich würde sie gleich eine Person kennen lernen, die ihrem Vater viel bedeutet hatte. Das jedenfalls hatte ihr Großvater erzählt. Er hatte sie nach einem einfachen Mittagessen in seinem Gesindehaus mit den Worten entlassen: „Dumas und dein Vater waren völlig unterschiedlich – er der aus kleinen Verhältnissen stammende einfache Mann und dein Vater der welterfahrene Lebemann. Ich habe nie wirklich verstanden, was die beiden miteinander verband." Jetzt war sie neugierig, was sie erwarten würde.

Klara war von Natur aus eher introvertiert; sie konnte nicht so einfach auf Menschen zugehen, die sie nicht kannte. Im Laufe der Jahre hatte sie sich in dieser Hinsicht zwar entscheidend entwickelt, aber jedes Stückchen Selbstbewusstsein hatte sie hart erarbeitet. So war es nicht verwunderlich, dass ihr das Herz in ihrer Brust vor Aufregung hüpfte, als die Eingangstür des mit einem bunten Vorgarten geschmückten Häuschens aufging und der Rentner Bruno Dumas vor ihr stand.

Seiner Verwunderung nach zu urteilen, hatte er noch nichts von Klaras Wiederauftauchen in Gironde gehört. Doch nach dem ersten Schock fand er schnell zu einer behäbigen Liebenswürdigkeit und bat Klara mit einer einladenden Geste einzutreten.

Das kleine Häuschen war innen genauso liebevoll gestaltet wie der Vorgarten. Wie Bruno ihr schüchtern lächelnd mitteilte, wandte seine Frau die Energie, die er in sein Gärtchen steckte, bei der Raumgestaltung an. Überall standen kleine, kreative Schmuckstücke, getrocknete Blumen, Figuren aus Salzteig, in Seidenmalerei gestaltete Sofakissen, bestickte Tischdecken, Bilder aus Blättern und Gewürzen und Unzähliges mehr. Klara wusste gar nicht, wohin sie zuerst schauen sollte. Im Ganzen fand sie die Einrichtung zwar viel zu überladen und hätte sich vermutlich erschlagen gefühlt inmitten dieser Fülle schöpferischer Werke, aber als Künstlerin achtete sie sehr wohl ihren Wert und konnte sich gut vorstellen, wie jedes einzelne Stück mit liebevoller Sorgfalt und Ehrgeiz hergestellt worden war.

„Meine Frau gibt in der Schule einige Freizeitkurse, für die sie all diese Dinge herstellt und den Kindern beibringt. Wir wissen bald nicht mehr wohin mit dem ganzen Plunder“, meinte Bruno entschuldigend, aber trotzdem nicht ohne Stolz in der Stimme.

„Nein, nein, ich finde es wundervoll!“, protestierte Klara. „Es gibt doch nichts Schöneres als Kreativität.“ Im Stillen setzte sie hinzu: „Und wenn Sie sich hier wohlfühlen ... – warum nicht.“

Klara nahm auf dem mit Makramee-Eulen umrahmten Sofa Platz und sah sofort, dass selbst der Couchtisch von Stephanie Dumas’ kreativen Künsten nicht verschont geblieben war. Der Tisch war aus bunten Fliesenscherben zu einem Mosaikbild gestaltet worden. Als Klara sich in die weichen Sofakissen fallen ließ, fühlte sie sich selbst fast wie der Teil eines lebendigen Kunstwerks und genoss für einen Augenblick den wohltuenden Gedanken, nur noch ein Schmuckstück sein zu müssen, dessen einziger Sinn und Zweck darin bestand zu gefallen. Doch als Bruno sie nach Tee oder Kaffee fragte, verschwand diese verlockende Illusion und Klara wurde in die Wirklichkeit zurückgerissen.

Als schließlich eine dampfende Tasse Tee vor ihr stand, erinnerte sie sich an den eigentlichen Grund ihres unerwarteten Besuchs. Bruno schien sich vom ersten Schrecken erholt zu haben und war neugierig, was die Tochter seines Jugendfreundes nach so langer Zeit dazu veranlasst hatte, an ihre Geburtsstätte zurückzukehren.

Klara spulte ihre inzwischen schon einige Male erzählte Geschichte herunter und bemerkte überrascht, wie sich ihre Erzählung allmählich verselbständigte. Sie ließ unbewusst einige Passagen aus, schmückte dafür andere mit umso treffenderen Worten und ging, je nachdem, welche Reaktion ihre Worte bei Bruno auslösten, genauer auf ein Detail ein oder nicht. Und während sie erzählte, wunderte sie sich, wie unbeteiligt sie sich inzwischen bei ihrer eigenen, traurigen Lebensgeschichte zuhörte. Sie hatte einen Schutzwall um ihre Vergangenheit errichtet und präsentierte sie fast wie ein Theaterstück: mal laut und schnell sprechend, dann wieder den Rhythmus ändernd leise und gebrochen, mal mit weit aufgerissenen Augen oder mit schüchternem Augenaufschlag. Ob mit Gesten unterlegt oder verlegen an den Fingern spielend, Klara trug gekonnt vor und verfehlte ihre Wirkung nicht.

Vielleicht war dieser Auftritt ihre einzige Chance, um mit ihrer Vergangenheit zurechtzukommen. Viel zu lange hatte sie überhaupt nicht darüber reden können und nun sprudelten die Worte nur so aus ihr heraus und bildeten ihre eigene Geschichte.

Nur ein Detail erwähnte Klara nicht. Sie sagte nicht, dass sie dem Selbstmord ihres Vaters keinen Glauben schenkte. Sie blieb bei der Version, ihren kaum gekannten Vater in den Gesichtern und Erzählungen seiner Freunde wiederfinden zu wollen.

Bruno wirkte sehr betroffen nach Klaras Erzählung. Er begann mit den Worten: „Seltsam, wie einen manchmal die Vergangenheit einholt …“, brach dann jedoch ab, räusperte sich und versuchte einen neuen Ansatz: „Ich habe seit vielen Jahren nicht mehr an Ihren Vater gedacht. Nach seinem schrecklichen Tod wollte niemand mehr über ihn sprechen. Aber ich glaube, ich habe nichts von damals vergessen. Ich sehe ihn noch lachen, als ob es gestern gewesen wäre.“

Er sah bei diesen Worten sehr bedrückt aus. Klara musterte Bruno genauer und konnte auf ihre brennende Frage, was diesen Mann mit ihrem Vater verbunden haben könnte, keine plausible Antwort finden.

Bruno trug an diesem heißen Freitagnachmittag ein nicht mehr ganz weißes T-Shirt und eine graue, dünne Stoffhose, die von Hosenträgern gehalten wurde und darüber hinwegtäuschen sollte, dass sie nicht ganz seiner Größe entsprach. Er war eine blasse Erscheinung in den Sechzigern. Erst als er von seinem Hobby, der Gärtnerei, erzählte, blühte er etwas auf und schien aus seiner Erstarrung zu erwachen. Er sprach in kargen Worten, ohne zu beschönigen, aber auf eine gutmütige und herzliche Art. Seine einfachen Worte führte Klara, ohne dabei ein negatives oder abwertendes Urteil fällen zu wollen, auf mangelnden Intellekt zurück und sie überlegte, über welche Themen er mit ihrem Vater gesprochen haben könnte. Gab es tatsächlich Gemeinsamkeiten?

„Ihrem Vater habe ich sehr viel zu verdanken. Er hat mich damals als seinen Verwalter eingestellt, als ich keine Arbeit und drei hungrige Mäuler zu stopfen hatte“, riss er Klara aus ihren Gedanken.

Bertrand hatte ihr davon erzählt. Er hatte nie verstanden, wieso sein Sohn den gelernten Bankkaufmann als Gutsverwalter eingestellt hatte, als dieser arbeitslos geworden war. Zuvor hatte Philippe diese Tätigkeit sehr gut alleine bewältigt. Er hatte nie große Worte darüber verloren und verbot jedem, diese Entscheidung in Frage zu stellen. Als Bruno zwei Jahre später Arbeit fand, nahm Philippe seine Tätigkeit wieder alleine auf – es schien, als ob er das Fehlen seines Verwalters überhaupt nicht bemerkte. Am Ende des Monats wurde einfach ein Lohnzettel weniger ausgestellt. Im Dorf wurde viel darüber geredet.

„Was hat meinen Vater damals veranlasst, Sie mit der Stelle des Verwalters zu betrauen? Sie hatten für diese Aufgabe nicht die richtige Qualifikation.“

Das war Klara einfach herausgerutscht. Sie hatte laut gedacht und erschrak selbst über ihre direkte Frage.

Bruno zuckte zusammen und antwortete dann kurz angebunden: „Ihr Vater war ein sehr netter Mensch.“

„Schuldete er Ihnen einen Gefallen?“ Klara quälten so viele unbeantwortete Fragen, dass sie nicht verhindern konnte, dass die eine oder andere über ihre Lippen kam und sich im Raum unwiderruflich zu einem Fragezeichen formte.

„Vielleicht können Sie es sich nicht vorstellen, aber Ihr Vater und ich waren einfach gute Freunde“, antwortete Bruno fast schroff und in seiner Stimme lag eine Entschlossenheit, die Klara bei diesem lethargisch wirkenden Mann nicht vermutet hätte.

„Natürlich!“, beschwichtigte Klara, „deshalb bin ich ja hier. Erzählen Sie mir: Was hatten Sie mit meinem Vater gemeinsam? Was hat Sie bewegt, worüber sprachen Sie?“

„Wir waren beide Pferdenarren“, begann Bruno und bei der weiteren Ausführung dieses Erklärungsversuchs war sich Klara sicher, dass es eine Lüge war oder zumindest nicht ganz der Wahrheit entsprach. Auf Brunos Stirn hatte sich ganz oben am Haaransatz ein kleiner rötlicher Fleck gebildet, den Klara bei seinen Ausführungen verstohlen beobachtete. Er war erst kaum zu sehen, breitete sich dann immer mehr über seine Schläfen aus und schließlich auch auf seinen Wangenknochen.

Als sich Klara nach zwei Stunden vom Freund ihres Vaters verabschiedete, war sie sich sicher, dass Bruno ihr etwas verheimlichte. Im Großen und Ganzen war es ganz gut gelaufen. Klara war etwas zu forsch gewesen, aber die Unsicherheit in Brunos Verhalten hatte sie dazu gereizt. Wirklich Neues hatte sie zwar nicht erfahren, doch sie konnte sich inzwischen ein ganz gutes Bild vom Freund ihres Vaters machen. Er wirkte fast erleichtert, als er endlich die Wohnungstür hinter ihr schließen wollte. Doch noch auf der Treppe fiel Klara eine allerletzte Frage ein. Sie drehte sich ruckartig um und schaute Bruno direkt in die Augen: „Hätten Sie meinem Vater eigentlich einen Selbstmord zugetraut?“

„Nein, auf keinen Fall!“, kam die prompte Antwort.

*

Zweifel nagten an ihr. Zweifel, ob sie auf dem richtigen Weg war, ob es gut war, was sie vorhatte, und was es ihr bringen würde. Es war nicht einfach, Entscheidungen zu treffen, wenn man niemanden um Rat fragen konnte und alles alleine beschließen musste. Und die Einsamkeit zerfraß sie heute innerlich. Doch sie brachte an diesem späten Nachmittag nicht die Energie auf, zu ihrem Großvater zu fahren oder ins Café zu gehen. Sie musste in Ruhe nachdenken und die Erlebnisse des heutigen Tages auf sich wirken lassen.

Welches Recht nahm sie sich heraus, Menschen, die ihren Eltern lieb gewesen waren, wie in einem Verhör auszufragen und ihre Antworten anzuzweifeln? Freunde würde sie sich mit diesem Vorgehen in Gironde sicherlich nicht machen. Und doch spürte sie, dass irgendetwas faul war an den Schilderungen von Bruno Dumas. Dass sie sich nicht von seinen naiven Äußerungen täuschen lassen sollte. Andererseits wollte sie den einfachen Mann sympathisch finden, ebenso wie seine geschäftige Frau, die am Ende ihres Besuchs kurz hereingeschneit war.

Um ihre Gedanken zu ordnen, griff Klara zu ihrem Tagebuch. Sie hatte eine Art Falldatei angelegt, in der sie alle in Frage kommenden Personen genau beschrieb und vor allem offene Fragen notierte. Geschickt, wie eine Schlange, hatte sie den armen Bruno Dumas umgarnt, ihn listig eingelullt in ihre traurige Geschichte und ihm damit so manche Enthüllung entrissen. So schrieb sie in ihr Tagebuch, dass Bruno am Todestag ihres Vaters in Caen einkaufen war, anscheinend den ganzen Nachmittag und außerdem ohne Zeugen.

Die Liste mit den offenen Fragen wurde immer länger, doch es war mühsam, ganz alleine Detektiv zu spielen und sich nur auf sein eigenes Empfinden zu verlassen. Aber ihrem Großvater konnte sie diese Gedankenspiele nicht zumuten. Außerdem blieb ein Rest Zweifel zurück, der sie daran hinderte, sich ihm völlig zu öffnen. Müde klappte Klara schließlich ihr Tagebuch zu.

Ihre Aufschriebe enthielten nun den ersten konkreten Fall. Sie hatte sich entschlossen zu kämpfen, also durfte sie nicht bei der erstbesten Gelegenheit schwach werden und ihr Ziel aus den Augen verlieren. Sie hatte es ihrer Mutter geschworen.

Tag 12, zweite Woche

Der Wald wirkte an diesem noch jungen Morgen hell und freundlich. Fast einladend bogen sich die schweren Äste bis auf den erdigen Untergrund und die Blätter schaukelten fröhlich im Wind. Wenn man sie zwischen zwei Fingern rieb, dann stieg einem ein würzig-herber Duft in die Nase, welche bald vom Kitzeln der Sonnenstrahlen, bald durch die ungewohnten Naturgerüche kribbelte.

Klara hatte dem lockenden Ruf der Natur nicht widerstehen können und ihren Golf einfach auf der Hälfte des Weges geparkt, um barfüßig ihrem Ziel entgegenzusteuern. Dies war einer der seltenen Momente, in denen sie sich glücklich fühlte, weil sie mit sich selbst im Reinen war. Vergangenheit und Zukunft schienen nicht mehr wichtig – allein die Gegenwart, der jetzige Moment, zählte. Und so bog sie mit einer Melodie im Kopf um die letzte Kurve und sah einen alten Renault in der Einfahrt ihres Großvaters stehen. Bertrand war an diesem Morgen also nicht alleine.

Überrascht betätigte sie den Türklopfer und rief statt einer Begrüßung ein „Stör ich?“

Ihr Großvater antwortete mit einem verschmitzten Grinsen: „Nein, ganz und gar nicht! Mein Frisör ist gerade bei mir, damit ich wenigstens wieder einigermaßen wie ein zivilisierter Mensch aussehe. Hin und wieder gönne ich mir den Luxus – und jetzt, wo ich in so reizender Gesellschaft bin!" Klara quittierte das Kompliment ihres Großvaters mit einem Lächeln. Er konnte ja richtig charmant sein! Bisher kannte sie ihn nur bärbeißig und meistens einsilbig.

„Ich bin eigentlich nur wegen der Garderobe meiner Mutter gekommen", meinte sie, als Bertrand sie ins Wohnzimmer führen wollte.

„Ja, natürlich! Ich habe das Château schon für dich aufgeschlossen. Das Schlafzimmer deiner Mutter ist im ersten Stock, das vierte Zimmer auf der linken Seite."

„Es ist durchgelüftet", fügte er in Erinnerung an ihre gemeinsame Bootsbesichtigung und die Geruchsempfindlichkeit seiner Enkelin hinzu.

„Danke, Bertrand!" Klara beugte sich vor, hauchte ihrem Großvater einen Kuss auf die Wange, drehte sich auf dem Absatz um und hastete über den knirschenden Kies auf das Hauptgebäude zu, während Bertrand ihr, verblüfft von dieser unerwarteten Zuwendung, nachsah und zum x-ten Male seine Brille zurechtrückte, bis sie schließlich richtig schief saß.

Klara öffnete das schwere Eingangsportal mit gemischten Gefühlen. Dass sie das Schloss heute alleine betreten sollte, war ihr sehr unangenehm. Nur zu gut war ihr noch der Gefühlsausbruch im Kinderzimmer in Erinnerung. Heute konnte sie niemand davon abhalten, sich ihren Gefühlen zu überlassen. Sie war ihren Gedanken und Erinnerungen schutzlos ausgeliefert. Auf leisen Sohlen schlich sie ins erste Stockwerk, so als ob sie Angst hätte, schlafende Geister zu wecken. Gemeinsam mit Bertrand war sie bereits im Schlafzimmer ihrer Mutter gewesen, aber damals hatte sie noch nicht die leiseste Ahnung davon gehabt, dass das Schloss in irgendeiner Weise mit ihr in Verbindung stehen könnte.

Sie betrachtete alles nun in einem völlig anderen Licht. Die blassbraunen Fensterläden waren zurückgeklappt und ließen die Morgensonne neugierig durch die geöffneten Fenster linsen. Auf den weißen Laken, die die Möbel vor Staub bewahren sollten, brach sich das weiche Licht des Sommers. Klara trat an ein marmornes Fenstersims und ihr Blick erfasste die Ausläufer des Waldes bis nach Gironde. Nichts hätte in diesem Augenblick schöner sein können, aber Klara hatte keine Augen mehr für die Natur. Als sie sich schließlich vor den enormen Kleiderschrank stellte, drang zwar immer noch leises Vogelgezwitscher an ihr Ohr, aber ihre Gedanken hatten die Wipfel der Bäume schon längst verlassen und schwebten in höheren Sphären. Lange sah sie ihr Spiegelbild im alten Kleiderschrank ihrer Mutter an ohne sich überhaupt wahrzunehmen.

Eine ungeheure Traurigkeit erfasste sie, als sie sich endlich dazu entschloss, den Schrank zu öffnen.

„Mama, meine liebe Mama. Wie schön wäre es gewesen, wenn ich all dies mit dir zusammen hätte wiederentdecken können. Wie viel hättest du mir erzählen und wir gemeinsam über alte Dummheiten lachen können!"

Als Licht in den alten Eichenschrank fiel und Klara die überwältigende Fülle an Farben, Formen und edlen Stoffen entgegenquoll, stockten ihr für einen kurzen Moment die Gedanken. Sie hatte in Plastiksäcke verpackte Kleider erwartet und sicherlich nicht in dieser Größenordnung. Der Geruch von Mottenkugeln stieg ihr in die Nase, sodass sie einen Schritt zurücktrat und das Sammelsurium aus sicherer Entfernung betrachtete. Schließlich überwand sie sich und durchfächerte mit zitternden Händen die verschiedenartigen Kleidungsstücke. Nur das Hochzeitskleid ihrer Mutter, ein Traum aus champagnerfarbener, weicher Seide, war in einen Schutzmantel aus Plastik verbannt worden. Klara kam aus dem Staunen nicht mehr heraus. Und alle diese Kleider sollte einmal ihre Mutter getragen haben? Ihr Vater musste sehr großzügig und sehr reich gewesen sein!

Schließlich fand sie, wonach sie gesucht hatte: Das bordeauxrote Kleid, das ihre Mutter auf dem Foto in der Yacht getragen hatte. Es hatte nichts von seiner Schönheit und Eleganz eingebüßt und in Gedanken umhüllte der rote Stoff die Gestalt ihrer Mutter mit den blassen, schlanken Armen, ihrem makellosen Hals und den wohlgeformten Beinen. In all den Jahren hatten sich die Motten nicht in die Dunkelheit des schweren Eichenschranks gewagt. Aufgeregt hielt Klara sich das Kleid an. Könnte passen! Kurzentschlossen streifte sie ihr Sommerkleid ab und schlüpfte in das rote Etuikleid. Sie löste die Haarspange und trat vor den Spiegel.

Unglaublich, diese Ähnlichkeit mit dem Foto! Klara fühlte sich wie Aschenputtel auf dem Weg ins Schloss ihres Prinzen. Ihr Entschluss stand fest. Sie zog die anderen Schubladen des Schranks auf und entdeckte edle Pyjamas, Seidenwäsche, Strumpfhalter und andere Accessoires ihrer Mutter. Unter anderem stieß sie auch auf ein Schmuckkästchen, das sich zur Melodie von Mozarts „Kleiner Nachtmusik“ öffnen ließ. Auch diese Schatulle war gut gefüllt. Klara wählte eine schlichte Silberkette, die einen einzigen, eingefassten, glitzernden Stein trug. Sie wagte nicht daran zu denken, ob es sich dabei um einen echten Diamanten handelte. Als sie schließlich noch die passenden Schuhe anprobierte, stellte Klara erstaunt fest, dass die Mode von damals tatsächlich wieder topmodern war.

Mit sich und ihrer Ausstattung zufrieden, machte sie sich auf die Suche nach Bertrand, um seine Meinung einzuholen.

*

Während Klara durch die hohen Gänge des Schlosses eilte und ihre Schritte auf dem harten Marmorboden widerhallten, saß Sarah einsam und allein in ihrem kleinen Zimmer in der psychiatrischen Anstalt von Caen und beobachtete aus dem vergitterten Fenster heraus eine kleine Kinderschar. Sie tobten über den Hof und kreischten so laut vor Vergnügen, dass sich jeder einzelne Freudenschrei schmerzhaft in Sarahs Herz fraß und es noch einsamer werden ließ.

„Was mache ich überhaupt hier? Wieso lässt man mich nicht nach Hause?“, dachte sie bekümmert.

Nach Hause! Ja, wo war denn ihr Zuhause? Gab es überhaupt noch irgendjemanden auf dieser Welt, der sich um sie sorgte? Der Vater tot, die Mutter tot, die ältere Schwester auf und davon. Sie war nie wieder aufgetaucht. Wie lange hatte sie auf ein Lebenszeichen von ihr gewartet! Wenigstens sie hatte es geschafft, ihre Vergangenheit hinter sich zu lassen.

Das zumindest hoffte Sarah. Denn obwohl sie einerseits auf ihre Schwester wütend war, weil sie sie im Stich gelassen hatte, wünschte sie ihr doch, dass sie nun ein besseres Leben führte. Von weiterer Verwandtschaft wusste sie nichts, und wenn es welche geben sollte, dann hielten sie sich fern von ihr, denn man wollte nichts mehr mit ihr zu tun haben. Man mied sie spätestens seit dem Tag, an dem sie die Tochter ihres eigenen Vaters zur Welt gebracht hatte. Jeder ekelte sich vor ihr; sie war ein Schandfleck, mit dem man sich nicht beschmutzen wollte. Als ob sie freiwillig in das Bett ihres Vaters gestiegen wäre!

Wie viele schreckliche Stunden hatte sie nachts unter ihrer Bettdecke verbracht und gehofft, dass der betrunkene Vater an ihrer Tür vorbeiwanken würde. Anfangs hatte sie versucht sich zu wehren, aber irgendwann begriff sie, dass dann alles nur noch schlimmer wurde. Ihr Vater schlug sie grün und blau, bis sie sich nicht mehr rührte, und schließlich verging er sich doch an ihr. In der Schule musste sie erzählen, sie sei die Treppe heruntergefallen oder vom Rad gestürzt. Im Erfinden von Lügenmärchen entwickelte sie frühzeitig eine außergewöhnliche Begabung.

Ihre Mutter konnte sie nicht um Hilfe bitten. Sie wusste von den nächtlichen Übergriffen, aber sie unternahm nichts. Der Vater hatte ihr eingeredet, dass das kleine, frühreife Luder ihn verführt habe und wenn er nachts nach der Mutter griff und sie nichts von ihm wissen wollte, dann schrie sie ihn an: „Nimm dir doch deine kleine Hure!“

Sarah war an allem schuld. So hatte man es ihr immer und immer wieder eingeredet – bis sie es fast selbst glaubte. Wie oft hatte sie sich vorgestellt, ihren Vater mit ihren eigenen Händen zu erwürgen. Ihr Hass auf ihn war grenzenlos. Er war ein Untier! Oft ließ er seinen Frust an Frau und Kindern aus.

Wie war die Aufregung groß, als sie schwanger wurde! Sarah war fast froh darüber, denn endlich würde die Welt die Augen vor ihrem Unglück nicht mehr verschließen können. Doch wieder und wieder musste sie sich in Lügenmärchen verstricken. Dem zuständigen Arzt erzählte sie, dass sie ein Fremder vergewaltigt hatte. Erst bei der Geburt des Kindes wurde ihre Geschichte unglaubwürdig, sie verriet sich und endlich wurde ihr Vater befragt, verhaftet und schließlich verurteilt.

Leider bekam der Hass, den sie für ihren Vater empfand, irgendwann ihre kleine Tochter zu spüren, als sie ihr Schreien nicht mehr aushielt und sie in das Badewasser tauchte, bis sie sich nicht mehr rührte. Als Sarah realisierte, was sie getan hatte, war es zu spät. Natürlich wusste sie, dass ihre Tochter tot war, auch dass sie für ihren Tod verantwortlich war, aber an manchen Tagen wollte sie sich einfach einreden, dass sie eine glückliche, kleine Familie waren.

Die Leute hielten sie für verrückt, für anormal, aber was war schon normal? War es normal, dass alle zusahen, wie ihr Vater sie misshandelte und missbrauchte? War es normal, ein Kind von fünfzehn Jahren mit ihrem Baby im Hause des Verbrechens und bei einer Mutter voller Hass aufwachsen zu lassen? Sollten die Leute doch ruhig über sie reden – Sarah hatte sich schon längst daran gewöhnt.

Was aber hatte sie in diesem kleinen, engen Zimmer der Psychiatrie zu suchen? Gab es hier die Lösung für ihre Probleme? Sarah hatte sehr wohl mitbekommen, dass Klara für ihre Einlieferung unter ärztliche Obhut mitverantwortlich war. Zuerst war sie ganz dankbar darüber, dass sie wegen ihres Diebstahls nicht wieder vernommen wurde, aber dann fragte sie sich, mit welchem Recht sich diese junge Frau in ihr Leben einzumischen versuchte. War sie nicht wegen des Mordes an ihrem Vater hergekommen oder suchte nach seinem Mörder? Und hatte ihr der nette Polizist nicht versprochen, dass er sich um sie kümmern und ihr die hilfsbereite junge Frau vorbeischicken würde? Also wo war sie, bitte schön? Wo war ihre Retterin?

Sarah konnte den Anblick der spielenden Kinder nicht länger ertragen. Ihre Augen füllten sich mit Tränen, als sie an ihr süßes, unschuldiges Baby dachte, dessen Leben sie so früh beendet hatte. Doch was für ein Leben hätte sie ihm bieten können?

„Alles sinnlose Fragen", schalt sie sich. „Du kannst die Vergangenheit nicht mehr ändern." Und um nicht völlig durchzudrehen, beschloss sie, wieder in ihre eigene Welt abzutauchen. In eine Welt, in der man sie schätzte und gut behandelte, in der es nur freundliche Menschen gab. Dort fühlte sie sich wohl und nur so konnte sie durchhalten. Denn eines stand fest: Sie würde ihrem Vater in der Hölle nicht die Genugtuung verschaffen, dass er auch aus dem Jenseits noch negativen Einfluss auf ihr Leben nehmen könnte. Einzig und allein dieser Gedanke stärkte ihren Willen zu überleben.

*

Als Klara wieder vor Bertrands Tür stand, war der „Hairdesigner", so der Werbeschriftzug seines Autos, offensichtlich immer noch da.

„Mein Gott, Marie, äh, Claire, wie hübsch du bist, ja wirklich sehr schön!", stammelte ihr Großvater, als er sie in dem bordeauxroten Kleid auf dem Treppenabsatz stehen sah. „Unglaublich, diese Ähnlichkeit mit deiner Mutter", fügte er hinzu, als er sich wieder unter Kontrolle hatte. Aber irgendwie war er auf einmal vorsichtig, schlich um sie herum wie eine Katze und wand sich.

Was nur verwirrte ihn so sehr? Bertrand wusste es selbst nicht. Doch dann erinnerte er sich an ein Foto, das noch irgendwo in einem Schrank zu finden sein musste. Es zeigte die zweite und letzte Gelegenheit, bei der ihre Mutter das Kleid getragen hatte: zu Klaras Taufe. Das halbe Dorf war eingeladen gewesen, um an der Freude der Familie Lacroix teilzuhaben. Auf dem Foto hielt ihre Mutter lachend eine schreiende Klara in die Kamera. Seltsamerweise hatte Klara intuitiv die gleiche Kette gewählt, die ihre Mutter zu diesem Anlass getragen hatte.

Auch der Frisör war begeistert von Klaras Outfit.

„Das Kleid riecht etwas nach Mottenpulver, aber das ist schnell behoben. Diese Frisur könnte ich Ihnen in einer Stunde richten." Er wies auf das Foto, auf dem die langen, blonden Haare ihrer Mutter kunstvoll hochgesteckt waren.

Überrascht stimmte Klara zu. Das würde perfekt zu ihrem Vorhaben passen. Der Frisör ihres Großvaters würde abends mit einem frisch gereinigten Kleid, Schmink- und Friseurutensilien bei ihr vorbeikommen.

Als Klara schließlich mit ihrem Großvater alleine war, bat er sie mit einem Blick, der keinen Widerspruch zuließ, auf die Terrasse. Nachdem sich beide gesetzt hatten, sah er Klara lang und ernst mit seinen blaugrauen Augen an. Was dann kam, traf sie völlig unerwartet.

„Claire, ich habe beschlossen, das Testament zu deinen Gunsten zu ändern. Warum soll nur ein männlicher Nachkomme das Schloss erben, wenn ich eine weibliche Enkelin habe. Das macht alles keinen Sinn. Endlich habe ich das kapiert! Es hat lange genug gedauert."

„Aber Bertrand, du bist doch erst 77 Jahre alt. Warum denkst du denn schon über dein Erbe nach? Du wirst mir doch bestimmt noch lange erhalten bleiben. Oder gibt es etwas, das du mir sagen solltest?" Klara war beunruhigt.

„Nein, Claire, ich bin kerngesund! Aber es wird höchste Zeit, mich um mein Erbe zu kümmern. Ich möchte gleich nächste Woche mit dir zum Notar gehen und die Angelegenheit regeln."

Klara konnte sich nur wundern über die Geschwindigkeit, mit der ihr Großvater sie zur Alleinerbin machen wollte. Seine anderen Enkelkinder – inzwischen drei an der Zahl – sollten nur ihren Pflichtteil erhalten. Der Kontakt zu ihnen war schon seit längerer Zeit abgebrochen. Bertrand hatte sich entschieden. Klara würde nächste Woche mit ihm zum Notar Leclerc gehen, der schon seit zwei Generationen die Angelegenheiten der Lacroix' regelte.

Als Klara wieder in ihrer Gîte war und in Ruhe nachdenken konnte, schlich sich eine bedrückende Unruhe in ihr Herz. Sie konnte nicht verstehen, was den alten Mann auf einmal dazu bewog, sie als Alleinerbin einzusetzen. War er wirklich ganz ehrlich zu ihr? Klara würde so gerne an seine guten Absichten glauben, denn in der Zwischenzeit hatte sie ihren Großvater lieb gewonnen. Aber die Zweifel nagten an ihrem Herzen.

*

Einige Stunden später lehnte sich Klara nachdenklich in ihrem Liegestuhl zurück, vor ihr eine Kiste mit Erinnerungsstücken ihrer Mutter. Eigentlich wollte sie die enthaltenen Schriftstücke etwas genauer durchsehen, doch ihre Gedanken schweiften ab. Fast wäre sie in der Nachmittagssonne eingeschlafen, wenn nicht plötzlich jemand ihren Namen gerufen hätte.

„Salut, Claire! Darf ich dich stören?" Ihr Nachbar winkte ihr zu. „Karine und ich, wir würden dich gerne zum Essen einladen. Jetzt, im Urlaub, haben wir endlich mehr Zeit. Und um ehrlich zu sein, brauchen wir deine Hilfe. Wir planen im Herbst eine Kurzreise nach Deutschland. Hättest du Lust? Am Samstag?"

Und ob sie Lust hatte! Klara musste dringend noch andere Gesprächspartner finden als ihren verschrobenen Großvater und den verschmitzten Barkeeper. Sie sagte erfreut zu. Karine und Olivier konnte sie zumindest hinsichtlich der Erkundigungen über ihren Vater vertrauen, da sie erst seit einem Jahr hier wohnten und noch zu jung waren, um mit dem angeblichen Selbstmord ihres Vaters in Verbindung zu stehen. Sie würde sich also völlig entspannen können.

Zufrieden kuschelte sich Klara wieder in die weichen Polster ihres Liegestuhls. Wenn das mal kein Lichtblick für Samstag war! Ihre Nachbarn waren ihr schon vom ersten Augenblick an sympathisch gewesen. Ihre kleine Katze schaute hin und wieder neugierig bei Klara vorbei und wurde jedes Mal mit etwas Milch oder Wurst belohnt. Wenn dann Romeo abends von seinem Herrchen zum heimischen Futternapf gerufen wurde, gab es zuweilen kurze Zaungespräche. Zu mehr war es aber zu Klaras Bedauern bisher noch nicht gekommen.

Ein weiches, pelziges Etwas streifte schnurrend um Klaras Beine und lenkte ihre Aufmerksamkeit wieder auf die Bananenkiste vor ihr.

„Du meinst, dass ich mich meiner Vergangenheit widmen sollte, anstatt hier in der Sonne zu träumen?", fragte sie Romeo.

Sie beugte sich seufzend über die Kiste mit den Habseligkeiten ihrer Mutter, die sie im Haus ihrer Eltern gefunden und hierher gebracht hatte. Da waren ein paar Briefe, einige wenige Bilder, französische Romane, Klaras Geburtsurkunde, Behördenkram zur Aufenthaltsgenehmigung, die Heiratsurkunde und ein alter Reiseführer über die Normandie. Diesen nahm sie nun zur Hand. Sie hatte für ihren Aufenthalt in Frankreich von ihrem Kunstprofessor einen aktuellen Führer geschenkt bekommen. Aber Klara war neugierig, was sich in der Zwischenzeit alles verändert hatte.

Als sie den Reiseführer durchblätterte, fiel ihr ein Brief in den Schoß. Der Umschlag war adressiert an ihre Mutter und trug den Absender Lotte Weißhaupt, wohnhaft in Heidelberg. Neugierig öffnete sie den Brief, geschrieben zum Weihnachtsfest, ungefähr ein halbes Jahr nach dem Tod ihres Vaters. Interessiert überflog sie die Zeilen:

„Liebe Maria, ich kann es immer noch nicht fassen, was du mir geschrieben hast. Was für eine unglaubliche Tragödie. Wenn du darüber reden willst, ich bin jederzeit für dich da! Du hast von einem neuen Mann in deinem Leben geschrieben, den du erst seit zwei Monaten kennst. Bist du dir mit der Heirat wirklich sicher? Nur um des Kindes Willen? Ja, sicher, es braucht einen Vater, aber du musst auch an dich denken. Warum hast du so lange geschwiegen und dich nicht bei mir gemeldet? Wann sehen wir uns wieder? Küsschen an deine Kleine! In tiefer Verbundenheit und Freundschaft, Lotte“

Klaras Gehirn arbeitete auf Hochtouren. Lotte Weißhaupt? Lotte aus Heidelberg? Hatte sie ihre Mutter jemals von einer Lotte erzählen hören? Und doch schien es eine enge Freundin zu sein. Sie schrieb sehr offen und persönlich, machte sich große Sorgen um ihre Mutter. Konnte diese Lotte vielleicht mehr über den Tod ihres Vaters wissen? Dunkel glaubte sie sich daran zu erinnern, dass sie den Namen doch schon einmal gelesen hatte. Gab es noch weitere Briefe von ihr? Klara wühlte in der Kiste und blätterte nun auch die alten französischen Romane durch, die sie eigentlich nur zum Sprachtraining mitgenommen hatte. Natürlich! Klara fiel es ein: Sie hatte den Namen auf der Heiratsurkunde gesehen.

Lotte Weißhaupt war die Trauzeugin ihrer Mutter gewesen. Sie hatte sie also schon einmal hier in Gironde im Schloss besucht, war ihrem Vater begegnet, ihrem Großvater, vielleicht auch Verwandten und Freunden. Sie könnte ihr sicherlich wertvolle Informationen geben. Sie musste unbedingt versuchen sie ausfindig zu machen.

Doch das musste warten, denn Jean-Marc, der Frisör ihres Großvaters, fuhr soeben vor. Natürlich! Sie war heute Abend bei David eingeladen! Das hatte sie doch tatsächlich ganz vergessen!

*

Als Klara das frisch gereinigte Kleid überstreifte, bedauerte sie fast, dass nun die letzten Spuren ihrer Mutter aus diesem edlen Stück entfernt worden waren. Aber es roch wieder angenehm frisch und umgab sie wie eine zweite Haut. Nun musste Klara eine Stunde lang auf ihrem Küchenhocker stillhalten, während Jean-Marc unaufhörlich plappernd zuerst ihre langen, braunen Haare kunstvoll aufsteckte und dann ein Make-up zauberte, mit dem sie ihrer Mutter noch ähnlicher sah. Jean-Marc war ein begnadeter Künstler. Und Klara war ihm dankbar für seine angenehme Unterhaltung, zu der sie nur hin und wieder ein paar Worte beitrug, während sie ansonsten ihren Gedanken nachhängen konnte.

Sie hatte sich lange überlegt, was sie David zu seiner Party mitbringen könnte. Dann erinnerte sich Klara an ihr Talent und die wiedergefundene Fähigkeit, Bilder und Eindrücke aufs Papier zu zaubern. Kurzentschlossen fertigte sie eine Ölkreideskizze vom Kölner Domplatz an. Sie hatte diesen Platz jahrelang beinahe täglich besucht. Dort befanden sich so unterschiedliche Gebäude wie der Dom, der moderne Komplex des römisch-germanischen Museums und urige Häuser wie das Brauhaus Alt-Köln auf einem Raum beieinander. Auch die Menschen, die diesen Platz füllten, konnten unterschiedlicher nicht sein. Neben zahlreichen Touristen aus aller Welt, vielen Schülern und Studenten, die die Bänke beim alten, steinernen Torbogen belagerten, gab es Künstler, Gaukler, aber auch Taschendiebe und Bettler ließen sich auf den Steinstufen zum Dom nieder. Klara war mit dem Ergebnis zufrieden.

Ihr Hairdesigner ließ sich alle Zeit der Welt und auch Klara hatte es überhaupt nicht eilig, zur bereits begonnenen Party zu gehen. Mit jeder Sekunde sank ihr Mut etwas mehr. Was würde dieser Abend bringen? Wen würde sie alles kennenlernen? Beim Gedanken an all die vielen, fremden Menschen wurde ihr eher unbehaglich zumute. Sie war noch nie gerne allein zu Veranstaltungen gegangen, bei denen sie niemanden kannte. Klara seufzte unbewusst. Würde es überhaupt auffallen, wenn sie nicht kam? Wer würde sie vermissen?

Schließlich riss sie sich aber doch zusammen und so stand sie ziemlich genau eine Stunde verspätet vor dem Eingangstor zum Hofgut der Marells. Den Stimmen aus dem Garten hinter dem Haus nach zu urteilen, war die Party in vollem Gange. Sie würde sich ganz unauffällig unter die Gäste mischen und nach den Menschen suchen, die ihre Eltern gut gekannt hatten. Sie holte tief Luft, dann drückte sie den Klingelknopf.

Eine Hausangestellte führte sie in einen Garten, der geschmückt und von zahlreichen Gästen bevölkert war und in seinen Dimensionen eher einer Parkanlage glich. Die Sonne war gerade im Begriff unterzugehen und hüllte die Szenerie in ein bezauberndes, fast unwirkliches Licht.

Sie wurde direkt zu David geführt, der sich bei ihrem Anblick fast an seinem Champagner und dem Lachsschnittchen verschluckte und sie, seine Verlegenheit lässig überspielend, mit Küsschen rechts und links auf die Wange begrüßte. Klara triumphierte – ihr Auftritt machte Eindruck. Schon hielt auch sie ein Champagnerglas in der Hand. David lobte überschwänglich ihr Geschenk und ihre Künste.

Kurze Zeit später bat er seine Gäste um ihre Aufmerksamkeit. Überrascht stellte Klara fest, dass sie als ganz besonderer Gast, gewissermaßen als Höhepunkt des Abends, präsentiert wurde. Warum wurde ihr so viel Aufmerksamkeit zuteil? Beschämt dachte sie daran, dass sie noch vor wenigen Minuten mit dem Gedanken gespielt hatte, das Fest gar nicht zu besuchen. Die Gäste starrten sie teils ungläubig, teils entsetzt, fasziniert oder einfach nur sprachlos an.

Ein Raunen und Flüstern ging durch die Reihen und Klara hörte mehrfach den Namen ihrer Mutter. Unter anderen Umständen wäre sie vermutlich vor Aufregung im Boden versunken, doch heute hatte sie diese Situation bewusst provoziert. Sie trank einen Schluck Champagner, warf entschlossen den Kopf zurück und stürzte sich ins Getümmel. Ihr war bewusst, dass sie an diesem Abend eine Rolle spielte. Gekonnt gewann sie die Leute mit ihrem Smalltalk für sich und lenkte das Gespräch immer wieder geschickt in die gewünschte Richtung. Sie musste ihre Chance nutzen!

David wich die ganze Zeit über kaum von Klaras Seite, was sie ziemlich verwirrte, denn schließlich kannten sie sich gar nicht. Und es gab genügend Damen auf der Party, die sich sicherlich nur für ihn so in Schale geworfen hatten. Klara registrierte manchen neidischen oder missgünstigen Blick, wenn David sich angeregt mit ihr unterhielt oder wie zufällig seine Hand auf ihre Schulter legte. Doch je mehr sie versuchte ihn auf Distanz zu halten, umso größer wurden seine Bemühungen um sie.

Während David ihr alle Gäste nach und nach vorstellte, konnte sie ganz unverfänglich ihre Fragen stellen. Irgendwann akzeptierte sie, dass sie an diesem Abend im Mittelpunkt stand und stellte fest, dass sie es sogar genoss. Die Zeit verging wie im Flug und sie fühlte sich so unwirklich und von sich selbst entrückt wie in einem Film. Der Alkohol tat sein Übriges.

David hatte viele Gäste eingeladen, die etwas mit Klaras Vater zu tun gehabt hatten. Und sie waren alle gekommen: Davids Eltern und seine Schwester Christine, Bruno und Stephanie Dumas, ehemalige Angestellte des Schlosses, Klaras Kindermädchen Jacqueline, der Pfarrer Père Jacques, die Monods, François, der Barmann und selbstverständlich die gesamte High Society von Cabourg und Umgebung, oder die, die sich dafür hielten. Klara schätzte die Anzahl der Gäste auf mindestens 150.

Als sie sich – David wurde gerade von einem wichtig aussehenden älteren Ehepaar in Beschlag genommen – alleine mit einem Glas Orangensaft in den hinteren Teil des Parks zurückziehen wollte, um ihre Gedanken zu ordnen, kam ihr eine quirlige, kleine Person entgegen. Sie erkannte sie sofort: Es war die Notarsassistentin Catherine Laval. Diese legte Klara freundschaftlich eine Hand auf den Rücken und bot ihr ganz unkonventionell das Du an.

„Dein Großvater hat schon einen Termin mit mir vereinbart. Wir sehen uns nächste Woche zur Änderung des Testaments. Es freut mich wirklich sehr, dass er endlich zur Vernunft gekommen ist."

Catherine Laval war in Begleitung ihres Juniorchefs Monsieur Leclerc erschienen. Es war offensichtlich, dass sie das gesellschaftliche Ereignis genoss. Angeregt plauderte sie mit Klara, machte ihr Komplimente. Bald entschwand sie wieder ins Getümmel der sich amüsierenden Gäste.

Beinahe stieß Klara, während sie Catherine Laval hinterher schaute, mit einer anderen Frau zusammen.

„Excusé-moi, Madame", entschuldigte sich Klara, die gerade noch verhindern konnte, dass sich der Inhalt ihres Glases über das Kleid ihres Gegenübers ergoss. Mitten in dieser schwungvollen Bewegung hielt sie inne und starrte die Frau unverhohlen an.

„Wir haben uns schon mal gesehen, nicht wahr?"

In Jacqueline Gabrol, so stellte sich die quirlige, kleine Frau vor, erkannte sie die Frau aus Beuvron-en-Auge wieder, die so eilig vor ihr davongelaufen war. Madame Gabrol offenbarte ihr, dass sie Klara schon lange kannte. Sie war ihr Kindermädchen gewesen. Leider gelang es Klara an diesem Abend nicht sich länger mit ihr zu unterhalten. Doch sie gab Klara ihre Telefonnummer und sie vereinbarten, dass sie sich bald treffen würden.

Als sich die Zahl der Gäste schließlich lichtete und Klara erschöpft in einen Korbsessel auf der Terrasse sank, stellte sie verwundert fest, dass zwei Uhr nachts schon lange verstrichen war. Sie hatte so viel Neues gehört und erfahren, dass ihr der Kopf schwirrte. Sie war nicht mehr imstande, auch nur einen einzigen klaren Gedanken zu fassen. Glücklicherweise übernahm David die Konversation.

„Du siehst müde aus, Claire. Soll ich dir noch einen Kaffee bringen lassen?" Wie zufällig streifte er sanft ihre Hand, doch Klara bemerkte es nicht einmal.

„Danke, das ist sehr nett, aber ich denke, dass es auch langsam Zeit wird zu gehen."

„Aber es ist doch eine so angenehme, laue Sommernacht – viel zu schön zum Schlafengehen! Darf ich dir wenigstens noch einen letzten Drink bringen?"

Davids Aufmerksamkeit schmeichelte ihr und sie war zu müde, um auf ihre inneren Alarmglocken zu hören. Sie nickte. David strahlte sie an.

„Vielen Dank auch nochmals für die schöne Skizze von deiner Heimatstadt. Ich werde sie in Ehren halten, und wenn du irgendwann einmal eine berühmte Künstlerin geworden bist und sich jeder um deine Bilder reißt, dann kann ich erzählen, dass ein Original von dir schon lange über meinem Kamin hängt."

„Und was machst du damit, wenn die Kritiker meine Bilder nach der ersten Ausstellung zerreißen?", fragte Klara amüsiert und unterdrückte ein Gähnen.

„Das kann ich mir nicht vorstellen. Ich bin mir sicher, du wirst deinen Weg gehen. Du hast die Entschlossenheit deines Vaters und die Schönheit deiner Mutter geerbt. Da habe ich heute mehrfach gehört."

„Wir werden sehen." Klaras Blick verlor sich in der Weite.

Schließlich beugte sich David noch näher zu ihr hin, legte eine Hand auf die ihre und fragte fast zögernd: „Was hast du denn eigentlich schon von unserer herrlichen Gegend gesehen? Wenn du möchtest, zeige ich dir gerne die schönsten Orte. Ein paar Tage Urlaub würden mir auch sehr gut tun. Ich denke, dass mich mein Vater für ein paar Tage entbehren könnte."

Klara war überrascht von diesem Angebot und hätte gerne gesagt, dass sie in einer wichtigeren Mission unterwegs war. Aber sie durfte ihre Tarnung nicht auffliegen lassen und außerdem konnte sie von David, der das ganze Dorf gut zu kennen schien, sicherlich noch sehr viel erfahren. Wieder ignorierte sie das Alarmglockenläuten in ihrem Kopf.

„Ich würde gerne die Gegend aus dem Blick eines Einheimischen kennenlernen, aber ich weiß nicht, ob ich deine wertvolle Zeit dafür in Anspruch nehmen darf", antwortete sie deshalb.

„Du würdest mir damit sogar einen großen Gefallen tun. In so angenehmer Gesellschaft bin ich schon lange nicht mehr gewesen." Darauf fand Klara keine Erwiderung und sie nickte.

Sie war die Königin des Abends – die ihr heute entgegengebrachte Bewunderung war Balsam für ihre zerbrochene Seele. Es war eine gelungene Party gewesen, die Gäste hatten sich nach dem anfänglichen Schock wegen Klaras Erscheinen wunderbar vergnügt, Klara hatte viel mehr erfahren, als sie sich hatte merken können, und fast alle hatten sie mit einer die reine Höflichkeit übersteigenden, außergewöhnlichen Liebenswürdigkeit behandelt.

„Störe ich euch beide?" Christine, Davids ältere Schwester – David hatte sie Klara bereits am Anfang des Abends vorgestellt –, schlenderte mit einem Glas Calvados auf die Terrasse.

„Aber nein, Schwesterherz, setz dich zu uns. Ich habe soeben beschlossen, ein paar Tage frei zu nehmen, um Claire die Gegend zu zeigen." Christine nickte.

„Eine wunderbare Idee, David! Und ihr müsst nächste Woche unbedingt mal bei mir zum Abendessen vorbeischauen. Ich kann es immer noch nicht glauben, dass Marias Tochter wieder da ist."

„Sie müssen mir noch alles über meine Mutter erzählen!", sagte Klara. „Sie hat hier in einer Welt gelebt, an die ich mich leider nicht mehr erinnern kann."

„Gerne, Claire." Christine grinste. „Aber ich schlage vor, dass wir uns duzen. Schließlich habe ich mehr als einmal deine Windeln gewechselt." Mit diesen Worten hob sie ihr Glas, trank einen Schluck und beugte sich zu Klara hinüber, um sie rechts und links auf die Wange zu küssen.

In diesem Moment fragte sich Klara, warum diese liebenswürdige Frau ihre Mutter in der schwierigsten Zeit ihres Lebens im Stich gelassen hatte, weshalb sie als ihre angeblich beste Freundin an ihrer Unschuld gezweifelt hatte und warum sie den Kontakt von einem Tag auf den anderen abgebrochen hatte. So leid es ihr tat, aber sie musste Christine ebenfalls in ihre Verdächtigenliste aufnehmen.

Tag 13, zweite Woche

Als Klara an diesem Morgen erwachte, wusste sie zuerst nicht, wo sie war. Sie hatte von Köln geträumt, von alten Bekannten, von Kai und ihren Eltern – zu einer Zeit, als ihre Welt noch in Ordnung gewesen war. Ihre Empfindungen waren so real gewesen, dass sie glaubte, mit dem ersten Augenaufschlag in einen tiefen Traum gefallen zu sein. Erst als ihre Sinne nach und nach zurückkehrten, wurde ihr bewusst, dass sie soeben den perfekten Traum geträumt hatte. Alles würde wie eine Seifenblase zerplatzen, sobald sie ihre Lider aufschlug. Ihr erster Blick fiel auf eine alte Holztruhe, auf der noch das aufgeschlagene und bis früh in den Morgen hinein beschriebene Tagebuch lag.

Der gestrige Abend glitt noch einmal in Sekundenschnelle an ihr vorüber und sie setzte sich mit einem Ruck auf. Verdammt, wie spät war es? War sie heute nicht mit David zum Brunch im Grand Hotel in Cabourg verabredet? Ihr Wecker war im Laufe der Nacht unter dem Bettgestell gelandet. Sie fischte ihn mühsam hervor. Es war zwölf Uhr mittags! Noch genau eine Stunde, um sich fertig zu machen und nach Cabourg zu fahren.

Klaras Kopf dröhnte, und sie huschte schnell unter eine kalte Dusche, die ihren Kreislauf wieder etwas in Schwung brachte. Alkohol, zu wenig Schlaf und die vielen Gespräche des Abends, die in ihrem Kopf herumschwirrten, machten ihr zu schaffen. Dass sie zu alledem noch von ihren Eltern geträumt hatte, verbesserte ihre Stimmung keineswegs.

Die Morgentoilette fiel spärlich aus. Klara wählte ein schickes, wenn auch schlichtes Outfit. Eigentlich lag ihr aber gar nicht soviel daran, David zu beeindrucken, denn irgendwie wurde sie den Verdacht nicht los, dass er mehr von ihr erwartete, als sie ihm zu geben bereit war. Vermutlich war sie nicht ganz unschuldig an dieser Situation. Sie hatte es am vergangenen Abend sehr genossen, im Mittelpunkt zu stehen und bestimmt hatte sie mit David geflirtet. Sie musste zugeben, sie mochte ihn. Aber irgendwo musste es doch einen Haken an diesem Mann geben! Sie durfte ihm keine Hoffnungen machen. Eine Beziehung kam für sie zurzeit nicht in Frage. Ein Mann war das Letzte, was ihr fehlte.

Vielmehr war sie aber auf David angewiesen, um mehr über seine Schwester zu erfahren. Es gab noch sehr viele unbeantwortete Fragen, für deren Lösung sie auf David baute. Aber wenn sie es recht bedachte, dann hatte sie heute überhaupt keine Lust auf ein ausgiebiges Frühstück und anstrengende Gespräche. Viel lieber hätte sie sich wieder in ihr Bett gekuschelt und die Welt da draußen ausgesperrt. Warum nur hatte sie sich zu dieser Verabredung hinreißen lassen?

Klara musste schließlich doch das Gaspedal ihres Autos ganz durchdrücken, um wenigstens nur dreißig Minuten zu spät zu ihrer Verabredung zu kommen. Sie hoffte auf die sprichwörtliche Unpünktlichkeit der Franzosen, musste aber beschämt feststellen, dass es auch Ausnahmen gab.

*

David saß an einem abseits gelegenen Tisch auf der Terrasse des Grand Hotel mit Blick auf die Strandpromenade von Cabourg, vor sich eine Tasse Kaffee und die Tageszeitung. Er sah erstaunlich gut aus, als könne ihm eine kurze, alkoholreiche Nacht nichts anhaben. Aber vielleicht hatte auch nur sie so viel getrunken – sie konnte sich nicht mehr so genau daran erinnern.

Als Klara ihn so sitzen sah, fragte sie sich, warum er nicht schon längst einen Ring am Finger trug und zwei kleine Schreihälse auf seinem Schoß herumkletterten. Sie begrüßte ihn mit „Bonjour" und einem festen Händedruck, doch er zog sie für die typische französische Begrüßungszeremonie mit Küsschen rechts und links an sich. Bei allen anderen hatte sie sich inzwischen daran gewöhnen können, sogar bei ihrem Großvater – einzig und allein mit David war ihr etwas unbehaglich zumute.

Sie bestellten ein ausgiebiges Frühstück zu zweit, ließen den gestrigen Abend Revue passieren und plauderten über unverfängliche Themen. Klara wollte die Gelegenheit, mehr über Christine zu erfahren, nicht ungenutzt verstreichen lassen. Schließlich wagte sie einen Vorstoß: „Kannst du dich eigentlich noch an meinen Vater erinnern? Ich meine, so richtig – du weißt schon. Erinnerst du dich noch an seine

Vorlieben, Charaktereigenschaften, an die Art, wie er dich begrüßte oder an den Laut seiner Stimme, wenn er deinen Namen rief?“

„Ich war ja erst neun Jahre alt, als dein Vater starb“, sagte David. „Ich habe kaum noch Erinnerungen an ihn. Aber seit du hier bist, kehrt mein Gedächtnis zurück. Manchmal glaube ich fast, dass erst ein paar Jahre vergangen sind, seitdem dein Vater diese Welt freiwillig verließ. Ich erinnere mich an Szenen, die längst vergessen waren und die auf einmal wieder lebendig sind.“

„Erinnerst du dich auch noch an den Tag seines Selbstmords?“, fragte Klara. „Weißt du noch, wie du davon erfahren und wie du dich danach gefühlt hast, und …“, fügte sie zögernd hinzu, „was mit deiner Schwester war?“ David schloss für einen Moment die Augen.

„Ja, dieser Tag hat sich in mir eingeprägt, weil es das erste verstörende Ereignis meiner Kindheit war. Meine Schwester lief wochenlang mit von Tränen gequollenen Augen durchs Haus und war nicht ansprechbar. Keiner durfte das Ereignis in ihrer Anwesenheit erwähnen, auf Anweisung meiner Mutter, um sie nicht noch mehr aus dem Gleichgewicht zu bringen. Nur flüsternd und hinter verschlossenen Türen wurde über den Selbstmord geredet und allerhand Vermutungen angestellt. Niemand ahnte, dass ich oft an der Küchentür lauschte.“

„Wie alt war deine Schwester damals?“, fragte Klara.

„Lass mich mal rechnen ...! Ja, sie war gerade 26.“

Wie süß David aussah, wenn er seine Stirn nachdenklich in Falten legte! Verschämt und in ihren Gedanken ertappt, senkte Klara den Blick, als David ihr direkt in die Augen sah.

„Wieso hat sie der Tod meines Vaters so sehr mitgenommen?“ Klara versuchte, ihre Fragen nicht wie ein Verhör klingen zu lassen.

„Sie kannten sich seit ihrer Kindheit, hatten viel Zeit miteinander verbracht und waren sehr gut befreundet. Bevor deine Mutter das Herz deines Vaters im Sturm eroberte, war Christine der Mittelpunkt seines Lebens gewesen. Die beiden liebten das Reiten und waren oft stundenlang mit ihren Pferden am Strand unterwegs. Wir alle haben damals damit gerechnet, dass die beiden eines Tages ein Paar werden würden. Aber es war wohl nur eine tiefe Freundschaft, die sie miteinander verband. Liebe lässt sich eben nicht programmieren. Es war ganz natürlich, dass Christine auch für die große Liebe deines Vaters eine ungewöhnliche Zuneigung empfand. Deine Mutter und sie wurden enge Freundinnen. Ich glaube, es gab keine Frau im Dorf, die deiner Mutter näher stand.“

„Hast du meine Mutter nach dem tragischen Tod meines Vaters noch einmal gesehen?“

„Nein, sie ist dann ziemlich schnell mit dir verschwunden, und wenn ich ehrlich sein soll, wusste ich auch gar nicht, ob ich ihr noch einmal begegnen wollte.“ David zögerte. „Ich hatte sehr gemischte Gefühle ihr gegenüber. Zum Einen verstand ich sehr wohl, dass ihr die Erwachsenen die Schuld am Tod deines Vaters gaben. Zum Anderen wusste ich aber nicht, warum meine Sympathie ihr gegenüber von einem Tag auf den anderen in Hass und Abneigung umschlagen sollte. Deshalb war ich froh, dass sie mich nicht vor diese Entscheidung stellte. Ich habe sie als eine liebe, verständnisvolle, junge Frau in Erinnerung, die ich sehr mochte, und umso mehr traf mich ihre Schuld.“

Klara hatte bei diesen Worten die Augen gesenkt. Sie spürte, wie Wut in ihr hochkroch, und konnte ihr tiefes Verlangen, ihre Mutter in Schutz zu nehmen, nur mit Mühe unterdrücken. David bemerkte ihre Gefühlswandlung sofort.

„Claire, ich habe das Gefühl, dass dich noch etwas anderes bedrückt, was du mir noch nicht anvertraut hast.“

„Wir haben uns gerade erst kennengelernt. Ist es da verwunderlich, wenn du noch nicht meine ganze Lebensgeschichte kennst?“, erwiderte Klara etwas zu schroff. Im gleichen Moment wünschte sie sich, diese Worte nie ausgesprochen zu haben. Sie merkte sofort, dass sie David verletzt hatte.

„Pardonne-moi, David! Ich reagiere auf dieses Thema immer zu emotional. Ich kenne meine Mutter eben nur als die liebenswürdigste Person auf dieser Welt, die ihren Mann und ihre Tochter mehr liebte als sich selbst.“ David berührte leicht ihre Hand.

„Du musst dich nicht entschuldigen, Claire. Es ist doch selbstverständlich, dass du auf der Seite deiner Mutter stehst.“

Das Gespräch lief in eine Richtung, die Klara ganz und gar nicht gefiel. Daher versuchte sie, die Sprache auf andere Dinge zu bringen. Auch David schien erleichtert, dass er wieder angenehmere Konversation betreiben konnte, und so planten sie ihren Ausflug durch die Normandie.

Die beiden beendeten den gemeinsamen Brunch am frühen Nachmittag und verabredeten sich für den nächsten Tag zu ihrer ersten Sightseeing-Tour.

*

13. Juli

Ich habe heute Abend versucht, bei der deutschen Auskunft die Telefonnummer von Lotte Weißhaupt in Heidelberg zu bekommen. Doch ohne Erfolg. Entweder hat sie inzwischen geheiratet und trägt einen anderen Namen oder sie ist unbekannt verzogen. Ich habe mir alle Telefonnummern von Weißhaupts in und um Heidelberg geben lassen, genau zehn Stück. Vielleicht sind Verwandte von ihr darunter.

Ich werde ihre Spur weiterverfolgen. Vielleicht hat sie wertvolle Informationen für mich. Doch meine Suche erscheint mir manchmal so sinnlos und wenig Erfolg versprechend, wie einer Ameise das Müßigsein beizubringen.

Gedankensprung! Gestern Abend auf der Party habe ich Marcel Dupont, den übereifrigen Polizeibeamten, wieder getroffen. Er brachte mich in eine peinliche Situation, indem er mich vor anderen Gästen auf die Akte meines Vaters ansprach. Der Wahnsinnige! Es soll doch niemand wissen, dass ich Nachforschungen betreibe! Wenn es wirklich ein Mord war und der Mörder tatsächlich noch hier ist, dann soll er keine Gelegenheit haben, die vielleicht allerletzten Spuren nach 24 Jahren zu verwischen.

Wie gut, dass ich geistesgegenwärtig genug war und ihm gleich ins Wort gefallen bin. Ich habe ihn auf die junge Frau angesprochen, die er in die Psychiatrie einliefern lassen wollte. Diese Sarah ist nun in psychiatrischer Behandlung. Sie möchte selbst gerne wieder ein ganz normales Leben führen können. Vermutlich waren die Diebstähle Hilferufe.

Trotzdem habe ich ein schlechtes Gewissen. Ich hatte dieses arme Mädchen doch tatsächlich völlig vergessen. Ich habe mir die Adresse der Anstalt geben lassen und werde sie demnächst dort besuchen. Marcel sagte, dass sie nie Besuch bekommen würde. Es gibt wohl niemanden mehr, dem etwas an ihr liegt.

Ich kann mich gut in sie hineinversetzen. Ich fühle mich auch häufig einsam, auch wenn ich hier inzwischen jede Menge netter Leute kennenlernen durfte. Trotzdem kenne ich mich mit der dunklen Seite des Lebens bestens aus. Das haben wir gemeinsam. Doch ich habe wenigstens noch meine Sinne beisammen – zumindest glaube ich das. Aber manchmal bin ich mir da auch nicht so sicher!

David war natürlich verwundert, dass ich auf der Polizeiwache war. Ich habe ihm erzählt, dass man mir mein Portemonnaie am Strand gestohlen hätte. Jedenfalls hat er sich sehr für die Geschichte mit Sarah interessiert und war wirklich betroffen.

Tag 14, zweite Woche

Um Punkt zehn Uhr morgens hupte es zweimal kurz vor der Gîte No. 2 und Klara blickte erstaunt auf ihre Armbanduhr. Sie hatte bei ihrer morgendlichen Zeitrechnung nicht daran gedacht, dass David zu der pünktlichen Sorte gehörte. Sie war zwar auch keine notorische Zuspätkommerin, aber das akademische Viertel nahm sie doch immer recht großzügig in Anspruch.

Sie lud David zu einer Tasse Kaffee in den Salon ein. Er war zum ersten Mal hier und stellte fest, dass die Monods einen außerordentlich guten Geschmack in Bezug auf die Einrichtung bewiesen hatten.

„Jetzt verstehe ich, dass du lieber noch ein bisschen länger vor deinem Kaffee sitzt, als mit mir bei diesem Wetter auf Erkundungstour zu gehen."

In der Tat versprach der Tag nicht sonderlich schön zu werden, aber vielleicht war es auch gut so, dass es auf ihrer Besichtigungstour entlang der Invasionsküste nicht ganz so heiß werden würde. Ein frühmorgendlicher Regen war dafür verantwortlich, dass der Himmel noch grau und wolkenverhangen über den Wiesen hing. Aber wenigstens war die Luft angenehm frisch.

„Ich dachte, dass es die Franzosen nicht so eng nehmen mit der Pünktlichkeit. Ich konnte ja nicht wissen, dass du da eine Ausnahme bildest. Vielleicht habe ich ja auch nur einen Grund gesucht, um dir meinen guten Kaffee anzubieten."

An seinem Lächeln erkannte sie, dass dies nicht die Worte waren, die sie hätte wählen sollen. Er fühlte sich offensichtlich von ihrer Bemerkung sehr geschmeichelt. Sie ärgerte sich und stand kurz darauf abrupt auf. Ihr knappes „On y va?", zeigte an, dass sie nun bereit war zu gehen.

David fuhr, wie seine Schwester, ein dunkelblaues BMW-Cabriolet; ihr alter Golf sah daneben richtig schäbig aus. Fast tröstend streichelte Klara kurz über seine Kühlerhaube, ehe sie in Davids Luxuskarosse einstieg. Im nächsten Augenblick starrte sie ihren Sitznachbarn entgeistert an. David hatte sich zum Autofahren eine kleine, schwarze Nickelbrille aufgesetzt. Klara durchfuhr bei diesem Anblick ein glühender Schmerz.

„Deine Brille!", rief sie entsetzt.

„Ja, ich benutze sie, um besser zu sehen", erwiderte er leicht irritiert.

„Sie erinnert mich sehr an jemanden."

„Du magst wohl keine Brillen."

„Doch! Nein! Also, das ist jetzt ganz anders, als du denkst", stammelte sie und musste, um aus diesem Fettnäpfchen wieder herauszukommen, wohl oder übel mit der Wahrheit herausrücken.

„Es gab mal einen Mann, der mir sehr nahe stand. Das Erste, was mir an ihm angenehm auffiel, war seine Brille, und er sah sehr gut damit aus. Ich verliebte mich sehr heftig in ihn und habe ihm völlig vertraut. Doch er hat mich so sehr enttäuscht wie noch niemand in meinem Leben. Ich habe mir geschworen, ihn aus meinem Leben auszuradieren. Als ich dich gerade mit dieser Brille sah, hatte ich für ein paar Sekunden die Vision, ich säße neben ihm."

David schwieg. Dann sagte er nachdenklich: „Ich glaube nicht, dass man jemanden aus seinem Leben streichen kann. Jede Erfahrung, ob gut oder schlecht, prägt einen Menschen, und auch wenn es hart klingt, ich glaube, dass man noch aus den schlechtesten Erfahrungen etwas lernen kann – vielleicht gerade aus den schlechten." Er suchte ihren Blick.

Klara wäre es in diesem Moment lieber gewesen, er hätte sich auf die Straße konzentriert. Da sie sich nie schnell überzeugen ließ, kam ihre Antwort fast trotzig: „Mag sein, aber bei ihm bevorzuge ich die Verdrängungsstrategie. Es lohnt sich einfach nicht, an bestimmte Menschen auch nur einen Gedanken zu verschwenden. Und was könnte das für eine Lehre sein, die mir diese Erfahrung eingebracht hat: Traue keinem Mann über dreißig, der eine Nickelbrille trägt?"

„Claire, das ist albern", sagte David. „Vielleicht ist das Ereignis noch zu frisch, um darüber ohne Schmerzen nachdenken zu können. Aber irgendwann einmal wird es eine Erinnerung in deinem reichhaltigen Erfahrungsschatz sein."

„Du bist wohl noch nie enttäuscht worden?", fragte Klara. David schüttelte den Kopf.

„Öfter als mir lieb ist. Aber ich habe nie aufgehört, an das Gute im Menschen zu glauben." Klara lehnte sich nachdenklich in ihrem Autositz zurück. Sie sah zurzeit tatsächlich viel mehr das Schlechte im Menschen. Aber das war nicht verwunderlich; schließlich suchte sie einen Mörder. Den Mörder ihres Vaters!

„Claire, warum bist du wirklich hier?", riss sie David aus ihren Gedanken.

„Warum ich hier bin? Aber das weißt du doch!", erwiderte sie prompt. Insgeheim dachte sie jedoch: Warum bin ich wirklich hier? Weil mich mein Professor dazu überredet hat? Weil er dachte, dass ich erst meine Vergangenheit aufarbeiten sollte, um wieder gute Bilder malen zu können? Weil mich meine Mutter darum gebeten hat? Weil ich vor Kai und dem ganzen anderen Pack davonrennen wollte? Weil ich vielleicht sogar vor mir selbst davonrennen wollte? Hätte ich die Reise wirklich angetreten, wenn ich gewusst hätte, was auf mich zukommt? Wenn ich gewusst hätte, dass ich nicht nur meine eigene Vergangenheit, sondern auch die Vergangenheit meiner Eltern aufarbeiten muss? Wäre ich dann wirklich gefahren?

*

Der Tag wurde trotz des morgendlichen Schocks und unangenehmen Gesprächsthemas nett und abwechslungsreich – auch die Sonne bequemte sich doch noch, ihre wärmenden Strahlen übers Land zu schicken.

David fuhr mit Klara die Invasionsküste entlang, wo im Zweiten Weltkrieg die Alliierten in der Normandie gelandet waren, um Frankreich von der deutschen Besatzung zu befreien. Er wusste sehr viel über die schrecklichen Ereignisse; vermutlich hatte er davon in der Schule gelernt, so wie auch die deutschen Schüler sich immer wieder mit der kriegsbelasteten Vergangenheit auseinandersetzen mussten. Doch David erzählte neutral, ohne mahnenden Zeigefinger; es war sehr interessant, ihm zuzuhören.

In Arramanches besichtigten sie die Überreste eines alten Hafens der Alliierten. Die einzelnen Bestandteile waren damals von England mit Schiffen in einer Nacht- und Nebelaktion an die Küste geschleppt worden. Besonders bedrückend war die Point d'Hoc. Auf dieser landschaftlich sehr schönen und ruhigen Landzunge hatte sich einer der blutigsten Kämpfe des Zweiten Weltkriegs abgespielt. Als Mahnmal standen hier noch einige der Panzer, die Schützengräben waren teilweise erhalten geblieben und Bombenkrater ließen diese Landspitze wie eine begrünte Mondlandschaft aussehen.

Sie besichtigten auch einen deutschen und einen amerikanischen Soldatenfriedhof, die beide so unglaublich groß waren, dass man bei dem Gedanken, was hier für ein Gemetzel stattgefunden haben musste, erschauderte. Klara konnte nicht begreifen, warum Menschen aufeinander schossen, die gar keinen Grund hatten, Feinde zu sein, und die sich doch im Wesen ziemlich ähnlich waren. Wie konnte man überhaupt einem Menschen nach dem Leben trachten? Wie schlecht diese Welt doch war und was für unheimliche Abgründe sich in einem Menschen auftun konnten!

Klara lehnte sich für einen Moment an David, da sie das Gefühl hatte, ihr Weltschmerz würde sie niederdrücken. David legte ihr behutsam seine Hände auf die Schultern und zog sie an sich. Ganz in Gedanken ließ es Klara geschehen. Erst als sie seinen Atem dicht an ihrem Ohr spürte, wurde ihr die Situation bewusst. Sie machte einen Schritt nach vorne und zog fröstelnd ihre Jacke enger um sich.

Verwirrt eilte ihr David nach, als sie mit großen Schritten den Friedhof verließ und auf die angrenzende Gedenkstätte zusteuerte. David schien auf eine Erklärung zu warten, die sie ihm nicht geben konnte. Ihr graute vor der Rückfahrt und so drückte sie sich länger als notwendig am Informationsstand herum.

Doch auf dem Rückweg sprachen sie nur über ihre Eindrücke. Als sie sich abends bei David für den interessanten Tag bedankte, meinte sie es von Herzen ehrlich. Sie war zwar in ihrer Sache keinen Schritt weitergekommen, aber die Ablenkung hatte ihr sehr gut getan.

Um wenigstens etwas unternommen zu haben, machte sie abends nochmals einen Spaziergang zur Telefonzelle im Dorf. Sie wollte ein paar der Weißhaupt-Telefonnummern anrufen. Dass es in ihrer Gîte kein Telefon gab, störte sie nun doch mehr als gedacht. Und da sie sich immer noch strikt weigerte, ein Handy zuzulegen, musste sie eben den Weg zur Telefonzelle in Kauf nehmen.

„Guten Abend, mein Name ist Klara Seidel. Bitte entschuldigen Sie die Störung. Ich bin mir nicht sicher, ob ich bei Ihnen richtig bin. Kennen Sie vielleicht eine Lotte Weißhaupt? – Nein? Sie hat vielleicht geheiratet und trägt nun einen anderen Namen? – Nie gehört? Da kann man nichts machen. Trotzdem vielen Dank!“ Die Münzen ratterten unaufhörlich durch die Telefonanlage und Klara erhielt immer wieder die gleiche ernüchternde Antwort. Aber wenigstens hatte sie das Glück, dass sie die Leute immer gleich beim ersten Anruf antraf.

Zum Schluss blieb noch eine einzige Telefonnummer übrig. Sie hatte nicht mehr viel Kleingeld, versuchte es aber trotzdem. Fehlanzeige! Es war niemand zu Hause.

Da fiel ihr wieder der Zettel mit der Telefonnummer ihres Kindermädchens in die Hand. Es kam ihr seltsam vor, dass Jacqueline Gabrol auf der Party nicht von selbst das Gespräch mit ihr gesucht hatte. War es für sie nicht interessant zu erfahren, wie sich ihr ehemaliger Schützling entwickelt hatte?

Sie musste sich unbedingt mit ihr näher unterhalten. Auf der Feier kam sie ihr sehr distanziert vor. Sie wählte ihre Telefonnummer, aber der Anruf blieb unbeantwortet.

14. Juni

Irgendwie fühle ich mich heute Abend beschwingt – keine Ahnung, wie David das geschafft hat. Der Tag war eigentlich ganz schön! Er hat ein paar unangenehme Fragen gestellt, aber trotzdem fühle ich mich in seiner Gesellschaft wohl. Vielleicht liegt das daran, dass er mich bewundert und umwirbt. Das tut soooo gut!

Habe ich mich etwa in ihn verliebt? Nein, auf keinen Fall! Ich spiele nur ein bisschen mit dem Feuer, aber nur soviel, dass ich mich nicht verbrenne. Und darf ich das nicht auch einmal genießen? Wer braucht schon einen festen Freund? Ich bin unabhängig und das will ich auch bleiben!

*

Das Wasserglas stand nun schon seit einer halben Stunde unberührt vor ihr, genauso wie die leere Schachtel Valium und das Häufchen ausgedrückter Tabletten. Zum wiederholten Male griff ihre zittrige Hand nach dem Glas, doch irgendetwas hielt sie davon ab, es zu tun.

„Feigling“, schalt sie sich selbst. „Los, trau dich! Dann hat alles ein Ende!“ Ein Ende, ja, sie wünschte sich im Moment nichts sehnlicher, als dass diese Tortur endlich ein Ende hatte. Sie fühlte sich so alleine hier. Keiner kam sie besuchen. Warum zögerte sie? Es gab niemanden, der sie vermissen würde. Die Welt würde sich ganz normal weiter drehen und die Menschen würden betrügen, morden und lieben, so als hätte es sie nie gegeben.

Die anderen Heimbewohner mieden sie, riefen ihr „Kindsmörderin“ hinterher. Ihr Betreuer sagte, sie solle sich nicht um das dumme Geschwätz der anderen kümmern. Die wären doch alle verrückt! Ja, aber war sie nicht auch verrückt, oder warum behielt man sie hier? Anfangs dachte sie noch, dass es ihr hier besser ginge. Man kümmerte sich um sie, sie fühlte sich beschützt. Aber dann stellten ihr alle immer wieder diese seltsamen Fragen, wollten ihr einreden, dass sie kein Baby hätte. Ihr süßes, kleines Baby! Sie hatte es doch an ihrer eigenen Brust genährt. Es hatte an ihrem Finger geleckt und sie wiegte es in den Schlaf. Wo war es denn? Man hatte ihr das Baby weggenommen. Ihre süße Madeleine! Sie war doch das Einzige, wofür es sich zu leben lohnte. Also doch die Schlaftabletten. Es war die beste Lösung!

Sarah summte verzweifelt vor sich hin und versuchte sich Mut zu machen. Sie schlang die Arme um ihren Körper und wiegte sich hin und her, so als ob sie sich selbst in den Schlaf singen wollte. Schließlich wirkte die Melodie und sie wurde ruhiger. Ihre Angst wich und sie sah auf einmal alles ganz klar. Fest entschlossen griff sie nach dem Wasserglas.

Tag 15, dritte Woche

Unglaublich! Klara konnte es nicht fassen, dass sie erst seit 15 Tagen in Gironde war und schon so viel erlebt und gesehen hatte. Sie stand frisch geduscht vor dem Wandkalender in ihrer Küche.

Heute sollte sie mit Bertrand zum Notar fahren. Ihr Großvater hatte sie mehrfach ermahnt, dass sie pünktlich kommen müssten, da Monsieur Leclercs Zeit immer sehr knapp bemessen war. Unbarmherzig hatte der Wecker geklingelt und nun war sie doch tatsächlich zu früh fertig.

Bertrand war sehr überrascht von dem überpünktlichen Eintreffen seiner Enkelin. Da er es nicht erwarten konnte, endlich zumindest einen Teil seiner Schuld wieder gutzumachen, war er schon seit den frühen Morgenstunden wach, hatte gefrühstückt und saß in seinem besten grauen Anzug auf dem Küchenstuhl. 77 Jahre lang hatte er sich dieser unsinnigen und veralteten Erbfolgeregel unterworfen, doch jetzt wollte er keine Minute länger warten, um sich von dieser Last zu befreien. Dass er das seinen Kindern verhasste Erbrecht zu Klaras Gunsten ändern wollte, würde seine Familie vermutlich alles andere als begrüßen. Doch dieser Schritt war überfällig. Wenn sich seine Töchter gelegentlich bei ihm meldeten, dann wäre es immer noch früh genug, die Änderung beiläufig zu erwähnen. Binnen weniger Minuten brachen sie zum Notar auf.

Catherine Laval hatte die beiden schon erwartet und führte sie in eine geräumige Bibliothek, wo eine Kanne Kaffee und eine Kristallflasche mit Cognac bereit standen. Klara freute sich, Catherine wiederzusehen. Sie war so unkompliziert, direkt, aber nicht verletzend. Klara mochte ihre Art.

„Salut Catherine, wie geht es dir? Bist du gut von der Party nach Hause gekommen?", begrüßte Klara sie. Bertrand schaute von der einen zur anderen. Seine Enkelin hatte sehr schnell Kontakte geknüpft. In dieser Hinsicht schien sie ihm ganz und gar nicht nachzuschlagen. Das war das Erbe ihres Vaters, der das Leben in vollen Zügen genossen hatte. Erst Maria hatte aus ihm einen liebenden Ehemann und Vater gemacht. Vielleicht war Marias Einfluss auf ihn doch nicht so schlecht gewesen.

Inzwischen war der junge Notar ins Zimmer getreten. Fast feierlich wurde die Beendigung einer jahrhundertalten, diskriminierenden Erbfolgeregelung besiegelt. Es wurde festgelegt, dass Klara nach dem Tod ihres Großvaters Alleinerbin des Schlosses und gesamten Barvermögens werden sollte. Nur ein Pflichtteil sollte an Bertrands andere Enkel gehen. Zu Lebzeiten Bertrands sollte Klara bereits Wohnrecht im Schloss erhalten und mit monatlichen 2.000 EUR unterstützt werden.

„Ich möchte nicht, dass du nun dein Studium vernachlässigst und dich auf die faule Haut legst. Deshalb wird die monatliche Auszahlung auch nicht höher ausfallen. Aber als Künstlerin oder Restauratorin wirst du in der Anfangszeit vielleicht nicht so viel verdienen, um deinen Lebensunterhalt zu bestreiten. Und ich möchte nicht, dass du des Geldes wegen deine Karriere frühzeitig beenden musst, denn meiner Meinung nach bist du eine hervorragende Künstlerin. Nur ob du damit Geld verdienen kannst ... ich weiß es nicht!"

„Bertrand, du bist so lieb! Ich weiß gar nicht, womit ich das verdient habe!" Claire umarmte ihren Großvater stürmisch.

„Na, na, Claire, nur nicht so bescheiden!", schaltete sich Catherine wieder ein. „Wer ehrlich durchs Leben geht, erreicht eben immer noch am meisten." Bei diesem Satz sah ihr Klara direkt in die Augen. Irritiert wich Catherine ihrem Blick aus. Doch schon in der nächsten

Sekunde plapperte sie wieder munter drauflos: „Claire, ich freue mich so sehr, dass dein dickköpfiger Großvater – bitte verzeihen Sie mir diesen Ausdruck, Monsieur le Comte – endlich zur Vernunft gekommen ist und das Testament geändert hat. Deine Mutter würde sich sicherlich sehr darüber freuen!"

„Da bin ich mir gar nicht so sicher", antwortete Klara, immer noch irritiert von Catherines Blick. „Sie hat nie etwas auf Geld oder Titel gegeben."

Obwohl Catherine nur lobend über ihre Mutter sprach, wollte Klara auf einmal nicht mehr mit ihr über dieses Thema reden. Beim Blick in ihre Augen hatte sie nicht nur Ehrlichkeit gesehen. Irgendein dunkles Tier schlummerte angekettet in diesen Tiefen. Auf Davids Party hatten ein paar Gäste über Catherine hinter vorgehaltener Hand gesprochen. Sie kam wohl aus ärmsten Verhältnissen und hatte vermutlich einiges mitgemacht, bis sie in diesem kleinen Dorf anerkannt wurde. Wieder dachte Klara daran, dass sie nicht die einzige auf der Welt war, die Schlimmes erlebt hatte, und sie beschloss, Catherine ihr Vertrauen nicht zu entziehen.

*

„Salut Claire! Schön, dass du kommst! Wir wollen das Abendessen auf der Terrasse einnehmen."

Klara trug ein leichtes Sommerkleid, das ihre von der normannischen Sonne gebräunte Haut gut zur Geltung brachte. Es war ein wunderschöner, lauer Sommerabend und von dem kleinen Wettertief am Vortag war nichts mehr zu spüren. Trotz allem hatte sich Klara einen Pullover über die Schultern gelegt, denn sobald die Sonne unterging, konnte es empfindlich kalt werden.

Ihren Nachbarn hatte sie eine Flasche Pommeau aus Davids Produktion mitgebracht. Er hatte sie nach der Party großzügig mit Spirituosen versorgt, damit sie auch mit ihren Freunden zu Hause in Köln die Früchte der Normandie genießen konnte. Freunde zu Hause! Bei diesem Gedanken schnaubte Klara verächtlich. Sie hatte keine Freunde mehr und auch kein Zuhause. Das Häuschen ihrer Eltern erinnerte sie so sehr an ihre Vergangenheit, dass sie es verkaufen wollte und schon längst in eine kleine Zweizimmerwohnung gezogen war.

Hätte sie bei ihrer Abreise gewusst, dass sie hier auf so viele nette Menschen treffen würde, dann hätte sie sicherlich auch ein paar

Köstlichkeiten aus Deutschland mitgebracht. Aber noch vor ein paar Wochen hatte sie es sich nicht vorstellen können, überhaupt jemals wieder zu lachen oder sich in der Gesellschaft anderer wohl zu fühlen. Aber dieser Abend würde mit Sicherheit besonders schön werden!

Die mit Steinplatten belegte Veranda wurde von kleinen, in Kübel gepflanzten Bäumchen umrahmt. Hier konnte sie sich fallen lassen. Die Kühe auf der benachbarten Weide hatten sich zum Schlafen in eine Ecke am Futtertrog gedrängt. Der Blick auf ihr Fachwerkhäuschen und den sich in der Ferne auftürmenden, bewaldeten Hügel berührte sie auf eigentümliche Weise. Außer den zirpenden Grillen war in der Abenddämmerung kein Geräusch zu vernehmen.

Es wurde ein sehr ausgedehntes Abendessen. Olivier und Karine erzählten Lustiges und Nachdenkliches aus ihrem Leben, Klara gab kleine und einige größere Details aus ihrem preis und dazu gab es Endiviensalat, Hase auf Oliven, Kartoffeln, Melonenhälften mit Portwein gefüllt, Käse sowie reichlich Baguette und Rotwein. Klara hatte den Eindruck, die beiden schon seit Langem zu kennen. Sie entdeckten viele Gemeinsamkeiten, aber auch interessante Gegensätze. Je länger sie beisammen saßen, desto stärker wurde Klaras Wunsch, sich ihren neuen Freunden anzuvertrauen. Die ganze Wahrheit, ihr ganzes Leben.

Nach dem letzten Stückchen Käse und einem weiteren Gläschen Rotwein gab Klara sich einen Stoß. Sie musste sich öffnen und ihre ganze Geschichte erzählen, vom Tod der Eltern, dem Aufbruch zu einer Reise ins Unbekannte, von ihrem wiedergefundenen Großvater, ihrer Vermutung über den Mord an ihrem leiblichen Vater und von der neuen Existenz als urkundlich beglaubigte Comtesse de Tanquarville und angehende Schlossbesitzerin.

All das sprudelte aus ihr heraus, ihre ganzen Ängste und Hoffnungen, ihre Trauer und Wut, ihre Entschlossenheit und ihre Zweifel, die ganze Wahrheit.

Danach war es lange still. Aber es war keine unangenehme, sondern eine notwendige Stille, die die Freunde brauchten, um das ganze Ausmaß zu erfassen – die Stille des Begreifens und Gewahrwerdens. Schließlich brach Karine das Schweigen: „Claire, wann immer du uns brauchst, zum Zuhören oder als Ratgeber, wir sind jederzeit für dich da. Und wenn ich jederzeit sage, dann meine ich jederzeit!“

Auch Olivier fand seine Sprache wieder: „Und wenn du den Eindruck hast, dass etwas nicht stimmt, und deine innere Stimme dich zum Handeln antreibt, dann solltest du dich nicht entmutigen lassen. Ich bin mir sicher, dass deine Suche Erfolg haben wird."

„Danke, dass ihr mir Mut macht!" Klara lächelte müde. „Ich bin schon oft drauf und dran gewesen, die Sache auf sich beruhen zu lassen. Aber dann höre ich wieder meine Mutter, die mich anflehte ‚Du musst nach Frankreich fahren!' und ich bringe es einfach nicht fertig, meine Suche abzubrechen. Es ist sie, die mich antreibt. Es ist der letzte Wunsch, den ich für sie erfüllen kann."

Es war schon weit nach Mitternacht, als die drei im gemütlichen Salon ihr Gespräch fortsetzten. In Olivier war der kriminalistische Spürsinn erwacht und er wollte alle Einzelheiten wissen, die Klara zum vermeintlichen Selbstmord herausgefunden hatte. Wie ein Privatdetektiv machte er sich Notizen und schüttelte immer wieder nachdenklich den Kopf.

„Viel haben wir nicht", sagte er schließlich.

„Du darfst die Jugendfreundin meiner Mutter, Lotte Weißhaupt, nicht vergessen. Vielleicht kann sie mir wertvolle Hinweise geben."

„Ja, du musst sie unbedingt ausfindig machen", pflichtete Olivier ihr bei.

Schließlich beschlossen die drei, jeden Abend zusammen zu essen. Sie würden sich abwechseln oder auch einmal zusammen kochen. Klara war sehr froh und erleichtert über dieses Angebot und wusste in diesem Moment, dass sie in Karine und Olivier gute, neue Freunde gefunden hatte.

„Was ist eigentlich mit David Marell?", fragte Karine beim Abschied.

„Was soll mit ihm sein? Du kennst ihn doch auch flüchtig", wich Klara aus.

„Ja", sagte Karine, „aber ich verbringe nicht die Hälfte meiner Zeit mit ihm. Ich habe ihn nur ein- oder zweimal getroffen. Vermutlich kann er sich an mich gar nicht mehr erinnern. Aber er ist sehr attraktiv, wohlhabend und charmant. Du bist doch nicht ohne Grund so viel mit ihm zusammen."

„Mag sein, dass er sich in mich verliebt hat. Aber vielleicht will er mich ja auch nur in sein Bett kriegen. Ich weiß es nicht!"

„Und du?" Jetzt horchte auch Olivier interessiert auf.

„Nein, da ist nichts! Ich habe von Männern vorerst die Nase voll und brauche keine neue Beziehung. Aber er kann mir sehr nützlich sein und deshalb muss ich ihn mir warmhalten."

„Wie du meinst!", beendete Karine das Gespräch. Die Enttäuschung über Klaras nüchterne Aussage war ihr anzumerken.

Tag 16, dritte Woche

Auf dem Weg zum Bäcker, der glücklicherweise auch sonntags geöffnet hatte, wählte Klara in der Telefonzelle nochmals die letzte verbliebene Weißhaupt-Telefonnummer. Gerade als sie auflegen wollte, hörte sie ein Klicken in der Leitung. Schnell zog sie den Hörer wieder zu sich heran.

„Weißhaupt", meldete sich eine dunkle Männerstimme.

Klara sagte wieder ihr Sprüchlein auf.

„Lotte Weißhaupt?", wiederholte die Männerstimme nach kurzem Zögern, und an der Art, wie der Name infrage gestellt wurde, merkte Klara, dass er dem Angesprochenen durchaus ein Begriff war. „Was möchten Sie von Lotte?"

Schnell erzählte Klara, dass Lotte eine Jugendfreundin ihrer Mutter war, die nun gestorben sei. Da sie im Leben ihrer Mutter eine wichtige Rolle gespielt haben musste, sie war schließlich ihre Trauzeugin, wollte sie ihr diese traurige Nachricht gerne persönlich überbringen.

„Die Hochzeit fand in Frankreich statt, nicht wahr?", fragte der Mann. Bingo! Klara bejahte und triumphierte innerlich. Sie war auf der richtigen Fährte!

„Ja, ich kann mich noch vage daran erinnern, dass Lotte vor vielen Jahren zu einer Hochzeit nach Frankreich gefahren ist."

„Sie ist meine Schwester", fügte er erklärend hinzu, „mit einem Amerikaner verheiratet und heißt inzwischen Foskett. Seit mehr als 20 Jahren wohnt sie in Detroit. Ich kann Ihnen gerne ihre Telefonnummer geben. Und übrigens: Herzliches Beileid!"

Mit so viel Erfolg im Rücken wählte Klara nochmals die Telefonnummer ihres ehemaligen Kindermädchens.

„Irgendwann muss sie doch mal zu Hause sein", dachte Klara verärgert, als wieder niemand abnahm. Es war wie verhext! Sie war sich sicher, dass sie über Jacqueline Gabrol einige wichtige Informationen erfahren würde. Aber wie sollte sie an sie herankommen?

*

Klara hatte Marcel Dupont, dem übereifrigen Polizisten, versprochen, bei Sarah in der Psychiatrie vorbeizuschauen. Außer diesem Versprechen drängte sie auch ihr schlechtes Gewissen zu diesem Schritt, da auf ihr Insistieren hin die junge Frau in eine Anstalt gebracht worden war.

Klara hatte auf dem Weg in die Psychiatrie in Caen kurz bei ihrem Großvater vorbeigeschaut. Das Gespräch mit ihm beschäftigte sie während der ganzen Fahrt. Er war auf einmal Feuer und Flamme, das Schloss außen restaurieren und innen modernisieren zu lassen. Außerdem bedrängte er Klara, für immer in Gironde zu bleiben und mit ihm gemeinsam ins Schloss zu ziehen. Dieses Angebot kam für sie ziemlich unverhofft und sie wusste noch nicht, was sie davon halten sollte. Gut, es hielt sie zurzeit nicht viel in Köln, aber wollte sie ihrer alten Heimat wirklich für immer den Rücken kehren? Mit ihrem Studium wäre sie in einem halben Jahr fertig. Das war bis jetzt ihr einziger Lebensinhalt. Doch was kam danach?

Zugegeben, das Schloss gefiel ihr sehr gut und wer hatte schon die Chance, in einem echten Renaissance-Schloss zu wohnen. Bertrand wollte sogar, dass sie ihre kleine Gîte aufgab und sofort zu ihm ins Verwalterhäuschen zog, aber das würde sie auf keinen Fall tun. Sie brauchte Ruhe zum Nachdenken, Abstand und außerdem wollte sie ihre neuen Freunde im Nachbarhaus sowie die geplanten, gemeinsamen Abende nicht missen.

Dennoch freute es sie natürlich, dass ihr Großvater wieder neuen Lebensmut und Energie gewonnen hatte. Er strotzte förmlich vor Tatendrang und hatte schon einige Pläne geschmiedet. Die Bäder im Schloss wollte er komplett neu gestalten lassen, mit schönen großen Wannen und hellen Kacheln. Klara würde ihm gerne bei der Auswahl behilflich sein. Es war doch schön, nach all den Verlusten wenigstens ein Familienmitglied wiedergewonnen zu haben.

Dass einmal ihr eigenes Schloss Objekt ihrer ersten großen Restaurierungsarbeit sein würde, hätte sie sich nicht träumen lassen. Und doch hielt sich ihre Euphorie in Grenzen.

Inzwischen war Klara, nach drei vergeblichen Anläufen, die richtige Ausfahrt der Umgehungsstraße zu finden, auf dem Parkplatz der psychiatrischen Anstalt angelangt. Ihr war auf einmal ziemlich mulmig zumute, da sie nach dem Tod ihrer Eltern auch psychiatrischen Beistand gesucht und sie kurz vor einer Einlieferung gestanden hatte. Ihr Überlebenswille und die Angst, von anderen als Verrückte bezeichnet und weggeschlossen zu werden, hatte sie wohl davor gerettet, tatsächlich in die Abgründe einer psychisch Kranken abzutauchen.

Klara hatte sich telefonisch angekündigt und wurde in einen Besuchsraum geführt. Der Raum war sehr nüchtern. Klara sah zwar die Bemühung um etwas Wohnlichkeit durch bunte Vorhänge und einem künstlichen Blumengesteck auf dem Tisch, aber er blieb dennoch, was er war: eine kleine Kammer mit einem Tisch, vier Stühlen und einem in die Ecke gequetschten, alten Sofa. Das Fenster war vergittert. Man war hier wohl auf alles gefasst. Immerhin standen eine Flasche Wasser und zwei Gläser auf dem Tisch. Trotzdem: Gemütlichkeit sah anders aus!

„Wir haben lange überlegt, ob wir Ihren Besuch nicht absagen sollen“, empfing sie eine weißgekleidete Frau, deren Namensschild sie als Frau Marchand auswies. „Sarah hat vor zwei Tagen einen Selbstmordversuch mit starken Beruhigungstabletten unternommen. Wenn nicht zufällig eine Schwester vorbeigekommen wäre, um nach ihr zu schauen, hätte sie kaum überlebt.“ Klara wurde leichenblass.

„Das ist ja furchtbar! Wie geht es ihr“, fragte sie erschüttert.

„Es geht ihr den Umständen entsprechend. Sie ist sehr einsam. Daher glauben wir, dass ihr Besuch gut täte. In welcher Beziehung stehen Sie zu Sarah?“ Klara erklärte, dass sie Sarah eigentlich überhaupt nicht kannte, aber dafür gesorgt hatte, dass sie in psychiatrische Behandlung kam.

„Ich glaube, wir sind uns sehr ähnlich. Wir haben beide schwere Zeiten durchgemacht. Vielleicht kann ich ihr helfen, denn ich bin inzwischen wieder einigermaßen auf den Beinen.“ Die Schwester lächelte.

„Ja, was Sarah jetzt braucht, ist vor allem eine gute Freundin.“ Klara lächelte zurück.

„Glaubt sie immer noch, dass ihr Baby lebt?“ Die Schwester zog die Augenbrauen hoch.

„Das ist ganz unterschiedlich. Wenn es ihr gut geht, ist sie sich klar darüber, was passiert ist. Aber wenn es ihr schlecht geht, dann zieht sie sich wieder in ihre Traumwelt zurück. Dort lebt die kleine Madeleine noch.“ Die Schwester gab ihr einige Anweisungen, wie sie mit Sarah umgehen sollte.

„Sie dürfen sie auf keinen Fall auf ihren Selbstmordversuch ansprechen. Dieses Drama konnten wir noch nicht mit ihr aufarbeiten. Bitte lassen sie auch ihre tote Tochter, Madeleine, unerwähnt. Ansonsten können sie ruhig ehrlich zu ihr sein und Fragen stellen. Das zeigt ihr, dass sich jemand für sie interessiert. Aber wenn sie keine Antwort geben möchte, drängen Sie sie bitte zu nichts. Ach ja, Berührungen tun ihr gut, aber seien sie anfangs noch sparsam damit.“ Mit diesen Worten drückte sie Klara aufmunternd die Hände und ließ sie schließlich alleine.

Als Sarah eintrat, erschrak Klara. Sie war noch blasser, als sie sie in Erinnerung hatte, und wirkte zierlich und zerbrechlich. Ihre Augen waren stumpf, farblos und ohne jegliches Anzeichen von Leben. Die Ärzte mussten sie mit Beruhigungsmitteln ruhiggestellt haben, vermutete sie. Doch als Sarah sie sah, huschte ein Funke des Erkennens über ihr Gesicht. Sie lächelte müde und meinte: „Ich habe mich die ganze Zeit schon gefragt, wer mich hier besuchen kommt. Aber mit dir hätte ich nicht gerechnet.“

Klara drückte ihr zur Begrüßung herzlich beide Hände.

„Was machst du hier?“, wollte Sarah wissen.

„Ich werde mich um dich kümmern und möchte, dass wir Freundinnen werden.“

„Ich hatte noch nie eine Freundin“, setzte Sarah an, und dann nach einer kurzen Pause: „Alle haben mich gemieden, denn mit meinen Eltern wollte sich niemand anlegen.“

„Wieso?“

Klara wandte sich ihr interessiert zu und bemühte sich, kein Mitleid zu zeigen, denn nichts war ihr selbst so verhasst wie Mitleid. Sie legte Sarah vorsichtig ihre Hand auf den Arm. Diese ließ es geschehen.

„Mein Vater war andauernd betrunken und schrie herum. Er hat den Postboten oder andere Besucher bedroht oder wurde sogar handgreiflich. Und meine Mutter heulte den ganzen Tag oder nahm Tabletten und lag in ihrem Bett, ohne sich zu rühren.“

„Was ist mit ihr geschehen?“, fragte Klara. Sarah blickte auf den Boden.

„Sie hat nach dem Tod meines Vaters eine Überdosis Beruhigungsmittel genommen und ist nicht mehr aufgewacht. Ohne ihn konnte sie anscheinend nicht leben. Mit ihm aber auch nicht.“

„Du hast mir erzählt, dass dein Vater an einem Herzinfarkt gestorben ist, richtig?“, hakte Klara vorsichtig nach.

„Ja, im Gefängnis. Auf seinem Krankenbett hatte er nochmals nach mir verlangt. Anscheinend wollte er sich bei mir entschuldigen. Ich ging nicht zu ihm. Selbst da wollte ich ihn nicht mehr sehen.“

„Das verstehe ich“, erwiderte Klara traurig. „Ich habe auch Schlimmes durchgemacht, aber wenn ich deine Geschichte höre, traue ich mich gar nicht mehr zu jammern. Ich bin eigentlich auch fast ganz alleine auf dieser Welt und würde mich wirklich sehr freuen, wenn wir Freundinnen würden.“ Sie erzählte Sarah in groben Zügen ihre Geschichte.

„Dann hast du also zwei Väter gehabt und beide verloren. Ich wäre froh gewesen, wenn ich gar keinen Vater gehabt hätte“, meinte Sarah traurig.

Während ihres Gespräches lächelte Sarah zwei Mal und Klara entdeckte, dass sie so durchaus hübsch aussah. Als die Besuchszeit zu Ende war, kam die Schwester zurück. Verzweifelt griff Sarah nach Klaras Hand und wollte sie nicht gehen lassen.

„Nenn mir einen Grund, warum ich weiterleben soll. Wenn ich hier rauskomme, stehe ich auf der Straße. Die alte Hütte meiner Eltern soll schon lange abgerissen werden. Ich werde nicht einmal mehr ein Dach über dem Kopf haben.“

„Doch, das wirst du! Mir wird irgendwann einmal ein großes Gebäude mit fünf Bädern, sechs Schlafzimmern und vielen weiteren Räumen gehören. Du kannst bei mir einziehen. Das verspreche ich dir.“ Und als Sarah sie skeptisch musterte, fügte sie hinzu: „Du musst dich allerdings mit einem kauzigen, alten Griesgram auseinandersetzen. Meinem Großvater. Aber du würdest mir einen großen Gefallen tun, wenn du ein Auge auf ihn werfen könntest, wenn ich nicht da bin.“

Jetzt lächelte Sarah und nickte. Klara war selbst überrascht über ihr großzügiges Angebot, über das eigentlich nur ihr Großvater entscheiden konnte, aber sie wollte Sarah unbedingt eine Perspektive bieten.

„Wirst du wiederkommen?“, fragte Sarah unsicher.

„Natürlich, du wirst mich jetzt nicht mehr los!“, meinte Klara augenzwinkernd. Sarah ließ sich schließlich halbwegs beruhigt auf ihr Zimmer bringen.

Klara fuhr mit schwerem Herzen und noch schwermütigeren Gedanken nach Gironde zurück. Was war dies nur für eine Welt, in der solch schreckliche Dinge passierten? Was hatte sie, was hatte Sarah verbrochen, dass sie so hart bestraft wurden? Sie nahm sich fest vor, sich um Sarah zu kümmern. Bei nächster Gelegenheit würde sie ihrem Großvater beibringen, dass sie für ihn bereits eine Mitbewohnerin gefunden hatte.

*

Als es klingelte, stand Christine seufzend auf. Am liebsten hätte sie den Besuch heute Nachmittag abgesagt. Es ging ihr nicht gut – sie hatte heute eine ihrer zwar seltenen, aber immer wieder auftretenden depressiven Momente. Aber sie hatte Klara nicht enttäuschen wollen. Also atmete sie nochmals tief durch und öffnete die Tür.

In ihrer Hand hielt Klara einen hübschen Strauß rosafarbener Rosen. Christines Stimmung hob sich.

„Diesen Tipp muss David ihr gegeben haben. Sie kann ja nicht wissen, dass dies meine Lieblingsblumen sind", dachte sie.

Während Christine eine passende Vase suchte, sah sich Klara interessiert in ihrer Wohnung um. Alles war sehr modern, schlicht, fast spartanisch eingerichtet. Die Bilder waren durchweg abstrakt, riesige Flächen mit Quadern, Kreisen und Dreiecken in kräftigen Farben. In der sonst sehr gedeckt gehaltenen Wohnung waren sie die einzigen auffallenden Farbakzente.

Das Gesamtbild gefiel Klara durchaus, aber zum Wohlfühlen fehlte ihr hier doch etwas Wärme. Sie vermisste die kleinen, liebenswerten Details, die Gemütlichkeit, die Verbindung von Altem mit Neuem. Christines Wohnung war perfekt gestylt, aber sie hatte keinen Charme.

Klara setzte sich vorsichtig auf das beige Wildledersofa. Es war überraschenderweise sehr bequem, aber mit Sicherheit war jeder kleine Teespritzer darauf zu sehen. Der Glascouchtisch vor ihr war blitzblank ohne einen Fingerabdruck oder ein Staubkörnchen.

„Möchtest du eine Tasse Tee oder einen Kaffee?"

„Ein Glas Wasser wäre mir lieber. Die Fahrt hierher hat mich ganz schön ins Schwitzen gebracht. Mein alter Golf hat leider weder eine Klimaanlage noch ein Schiebedach", besann sich Klara auf ihre elementaren Grundbedürfnisse.

Christine drapierte aus verschiedenen Dosen Gebäck und Konfekt auf einer Kristallplatte.

„Klar, Wasser habe ich auch. Nimmst du dir bitte selbst ein Glas?" Christine zeigte mit der Gebäckzange auf einen avantgardistischen Schrank aus hellrosa gefärbtem Holz. „Erste Tür rechts oben."

Da Klara grundsätzlich rechts und links verwechselte, öffnete sie wie selbstverständlich zuerst die linke Tür und stutzte. Sie sah viele verschiedene alte Gläser in den unterschiedlichsten Formen und Farben. Kein Glas glich dem anderen und irgendetwas an dieser Sammlung war seltsam. Sie passte einfach nicht in diese moderne Wohnung.

„Gehörst du auch zu den Leuten, die rechts und links nicht auseinanderhalten können?“, fragte Christine ironisch. „Dies ist meine alte Gläsersammlung, mein ganzer Stolz. Manche Gläser sind über zweihundert Jahre alt. Sie sind unersetzlich, deshalb benutze ich sie auch nicht. Meine Gebrauchsgläser findest du im rechten Teil des Schrankes.“

Nachdem sich die beiden mit allem versorgt hatten, was sie an diesem heißen Nachmittag brauchten, und sich auf die Terrasse gesetzt hatten, entspann sich eine angeregte Unterhaltung.

„Du studierst also Kunst, hat mir David verraten?“, fragte Christine. Klara wedelte mit der Hand.

„Naja, Kunst ist nur mein Nebenfach, aber ich glaube, das hat David am meisten beeindruckt. Mein Studium nennt sich Restaurierungs- und Konservierungswissenschaften. Ein sehr wuchtiger Begriff. Sagen wir es so, ich möchte später alte Bau- und Kunstwerke restaurieren.“

Christine schmunzelte: „Da passen wir ja gut zusammen. Ich interessiere mich auch für die Kunst. Beruflich entwerfe ich Schmuck aller Art, privat interessiere ich mich sowohl für sehr moderne Kunst als auch für ganz alte Gegenstände. Du hast es vielleicht schon bemerkt.“

Nachdem sich die beiden über sämtliche Lieblingsmaler und die besten Kunstmuseen ausgetauscht und ihre gemeinsame Sympathie für die Skulpturen von Auguste Rodin entdeckt hatten, wurden die Themen ernster.

„Träumst du davon, einmal sehr berühmt zu werden oder viel Geld zu verdienen oder was hat dich zu diesem Studium getrieben?“

Klara lachte laut auf: „Weder noch. Ein Restaurator arbeitet im Verborgenen. Er heimst weder große Bewunderung noch hohe Geldbeträge ein. Nein, ich finde die Vorstellung, etwas Zerstörtes wieder herzustellen, einfach faszinierend. Es ist wie ein Rausch – ein wunderbares Gefühl.“

Auch Christine sprach mit glänzenden Augen und nicht ohne Stolz in der Stimme von ihrem Beruf als Schmuck-Art-Designerin. Sie zeigte Klara einige ihrer schönsten Stücke, von denen sie Fotos angefertigt hatte oder die sie noch im Original besaß, weil es ihr das Herz gebrochen hätte, sie zu verkaufen. Anerkennend befühlte Klara die unterschiedlichen Materialien und Formen der Schmuckstücke. Christine hatte wirklich Talent.

„Leider kann man so einen Beruf nur in Paris ausüben“, seufzte Christine. „So sehr ich diese Stadt mit all ihren Möglichkeiten mag, so eng bin ich doch mit meinem Heimatdorf verbunden. Für mich gibt es keinen schöneren Ort auf dieser Welt. Wo siehst du deine Zukunft, Claire? In Köln, Gironde oder sonst irgendwo?

„Darüber habe ich mir ehrlich gesagt noch gar keine Gedanken gemacht. Bis vor Kurzen wusste ich ja auch noch nicht, dass ich in Frankreich verwurzelt bin. Köln gefällt mir ganz gut, aber es erinnert mich auch an vieles Trauriges. Ich lass das einfach auf mich zukommen.“

Christine nickte wissend: „Du bist ja noch jung.“

Immer noch empfand Klara eine große Sympathie für Christine, was sie etwas verwunderte. Schließlich hatte sie ihre Mutter im Stich gelassen. Doch Klara konnte sich im Laufe des Nachmittags immer besser vorstellen, dass sich Christine und ihre Mutter einmal gut verstanden hatten.

Sie musste sich daher förmlich dazu zwingen, das ihr so wichtige Thema anzuschneiden. Es war wie ein Bruch in ihrer fließenden Unterhaltung, aber schließlich war sie nur deswegen hergekommen.

Sie durfte sich nicht davon ablenken lassen, ob ihr jemand sympathisch war oder nicht.

„Christine, du hast meine Mutter gut gekannt und viel mit ihr unternommen. Hat sie dir jemals etwas von einem anderen Mann erzählt?“

„Nein, sie schwärmte immer nur von Philippe, ihrem Traumprinzen. Daher traf mich der Abschiedsbrief deines Vaters wie ein Blitz aus heiterem Himmel. Ich wollte es zuerst nicht glauben, aber da sich Philippe deshalb das Leben genommen hatte, musste die Sache sehr dramatisch gewesen sein. Er war nicht der Typ, der den Kopf gleich in den Sand steckte. Er war ein Kämpfer und schaute immer nach vorne, nie zurück.“ Nachdenklich legte Christine ihren Kopf in den Nacken und auf einmal wirkte sie um Jahre gealtert.

„Hat dir Mama erzählt, dass sie schwanger war?“ Klara spielte gleich ihren größten Trumpf aus.

„Um Gottes Willen nein, von dem anderen Mann?“ Christines Tonfall nach zu urteilen, hörte sie zum ersten Mal davon.

„Ich weiß es nicht! Sie hat das Kind im vierten Monat verloren. Ein Schockerlebnis!“, erwiderte Klara.

„Das tut mir sehr leid! Und danach? Hat sie danach keine Kinder mehr bekommen oder hast du Geschwister?“ Christines Anteilnahme klang ehrlich.

„Nein, leider habe ich keine Geschwister. Wie mir Großmutter erzählte, gab es damals Komplikationen, die eine weitere Schwangerschaft ausschlossen.“

„Verzeih mir, wenn ich zu neugierig bin, aber ich muss es einfach wissen: Dein Stiefvater, war er der Mann, weswegen sie Philippe verlassen hat?“

Klara schnaufte hörbar durch: „Nein, das war er definitiv nicht. Sie haben sich erst später kennengelernt. Ehrlich gesagt, weiß ich nichts von einem Mann dazwischen. Kurz vor ihrem Tod hat mir meine Mutter gestanden, dass sie in ihrem Leben nur Philippe wirklich geliebt hat. Sie hat seinen Tod nie überwunden.“

Christine seufzte: „Wer hat das schon!“

Und dann erzählte sie Klara, um Fassung ringend, wie sie vom Tod Philippes erfahren hatte: „Es war ein Samstag, ein wunderschöner Sommertag. Ich musste meine Wohnung noch alleine in Ordnung bringen und ärgerte mich, dass ich den ganzen Tag Zuhause verbringen musste. Abends rief Maria besorgt an, ob Philippe bei mir wäre. Wenig später kam dann David angerannt. Er hatte am Hafen in Cabourg mit seinen Freunden gespielt. Die Küstenwache suchte nach Philippes Boot. Man fand es verlassen vor. Ich konnte es nicht fassen. Als ich endlich begriffen hatte, was passiert war, bin ich zusammengebrochen. Zwei Tage und Nächte habe ich gehofft und gebangt, dass man ihn lebend finden würde. Es war entsetzlich! Ich kann mich nicht erinnern, dass es im Dorf je ein vergleichbares Ereignis gegeben hat. Die Bestürzung war tief und umfassend.“

Erschöpft sank Christine in die Sofakissen zurück. Die Erinnerung ging ihr anscheinend immer noch sehr nahe. Doch Klara registrierte, dass Christine am Mordtag alleine war und wohl keine Zeugen hatte.

Zum Abschied nahm Christine Klara in den Arm und sah sie ernst an: „Ich habe so ein Gefühl, dass sich mein Bruder in dich verliebt hat. Bitte spiel nicht mit ihm und tu ihm nicht weh. Er ist mein größter Schatz und hat es verdient, glücklich zu sein.“ Klara nickte nur. Was hätte sie darauf sagen sollen? Sie war selbst oft verletzt worden, wie konnte sie da noch sicher sein, sich richtig verhalten zu können?

„Eine unerfüllte Liebe kann dich dein ganzes Leben lang begleiten und nichts ist so verletzend, wie wenn dich jemand zurückstößt, den du liebst", setzte Christine hinzu. Klara fragte sich, ob sie nun von sich oder von ihrem Bruder sprach.

Als Klara gerade das Grundstück der Marells verlassen wollte, stieß sie fast mit David zusammen, der mit Kisten beladen rückwärts aus der Lagerhalle kam. Klara hatte gehofft, ihn heute nicht zu sehen. David freute sich dafür umso mehr. Er trug zum Kistenschleppen nur ein paar alte Shorts und arbeitete mit nacktem Oberkörper.

Klara wusste nicht, wo sie hinschauen sollte. Er war braun gebrannt und ziemlich gut gebaut. David stellte die Kisten ab und schnappte sich schnell sein Hemd, das er leger über einen Kistenstapel geworfen hatte.

„Unser Lagerist liegt mit gebrochenem Bein im Krankenhaus, deshalb darf ich den nächsten Lieferwagen alleine voll packen. Tja, sonntags ist bei uns manchmal schwer was los", meinte er entschuldigend und fragte gleich darauf: „Hast du heute Abend schon etwas vor? Ich gehe ins Casino und würde mich sehr über deine Begleitung freuen." Klara war so verblüfft, dass sie zusagte.

Später ärgerte sie sich darüber. Eigentlich hätte sie den Abend lieber alleine mit einem guten Buch oder auf der Terrasse ihrer neuen Freunde mit einer oder mehreren Flaschen Rotwein verbracht. Warum hatte sie nur eingewilligt? Sie musste noch ihren Nachbarn Bescheid geben, dass sie nicht zum Abendessen kam. Sie würde im Casino essen.

Tag 17, dritte Woche

17. Juni

Gestern Nacht nach dem Casinobesuch habe ich Lotte Weißhaupt, nein Foskett, in Detroit erreicht. Sie schien sehr erfreut über meinen Anruf, war aber total geschockt über die Nachricht von Mamas Tod. Sie erzählte mir, dass sich meine Mutter nach ihrem Frankreichaufenthalt und der mysteriösen Abreise ziemlich verändert habe.

Lotte war zwei Mal in Gironde, zur Hochzeit und zu meiner Taufe, wo sie viele Fotos gemacht hat. Ich habe ihr von meinem Verdacht erzählt, und sie meinte dazu, dass ihr gleich alles spanisch vorkam. Irgendwie passte nichts zusammen. Sie will demnächst ihren Bruder in Deutschland besuchen und dann einen Abstecher nach Frankreich machen. Ich habe sie herzlich eingeladen. In meiner Gîte ist noch ein Schlafzimmer frei. Irgendwie habe ich das Gefühl, dass sie mir helfen könnte. Hoffentlich klappt es mit ihrem Besuch!

Der Abend im Casino gestern war eigentlich ganz schön. In Davids Nähe fühle ich mich immer wie etwas Besonderes, wie ein edler Diamant oder eine Prinzessin. Na ja, schließlich bin ich nun auch eine Comtesse und zumindest halb blaublütig! Das Abendessen war hervorragend und danach haben wir unser Glück im Spiel versucht. Ich hätte nie gedacht, dass mir das so viel Spaß machen und ich dabei einen so großen Ehrgeiz entwickeln würde. Während David seinen ganzen Einsatz verlor, konnte ich immerhin mit 50 Euro Gewinn nach Hause gehen. Wie sagt man so schön: Glück im Spiel – Pech in der Liebe. Noch ein Grund mehr, die Finger von David zu lassen. Das ist allerdings schwierig, weil er so viele Pläne mit mir hat. Heute will er mich durch seinen Hof und die Cidreproduktion führen. Nachdem er mich zu diesem gigantisch teuren Abendessen eingeladen hat, konnte ich ihm diesen Wunsch nicht abschlagen. Ja, ich weiß, eigentlich sollte ich auf Christines Rat hören und ihn in Ruhe lassen, aber das bringe ich auch nicht fertig. Er baut mich auf. Wir treffen uns gleich im „Vieux Moulin".

*

David wollte nicht, dass Klara mit ihrem Auto zu seinem Gut fuhr, weil sie ein paar alkoholische Köstlichkeiten vom Fass probieren sollte. Deshalb schlug er vor sie abzuholen. Klara wiederum wollte aber nicht, dass ihre Nachbarn mitbekamen, wie besagter junger Mann vor ihrer Gîte vorfuhr und sie mitnahm. Sie machte David deshalb den Vorschlag, sich im Café „Au Vieux Moulin" zu treffen. Ein morgendlicher Spaziergang würde ihr gut tun und unterwegs konnte sie noch ein paar Besorgungen machen. Sollte lieber das ganze Café von ihrer Verabredung mit David erfahren als Karine und Olivier. Denn vor den beiden würde sie sich am Abend rechtfertigen müssen.

Klara, die noch nicht gefrühstückt hatte, bestellte sich einen Café au lait und zwei Croissants. Für ihren Alkoholrundgang brauchte sie eine gute Grundlage. Kaum hatte sie sich auf einem Barhocker in François' Nähe niedergelassen, da steuerte schon Catherine, die Notarsassistentin, auf sie zu.

„Darf ich mich zu dir setzen?", fragte sie Klara, die erfreut bejahte.

„Musst du heute nicht arbeiten?"

„Doch, aber ich fange erst später an. François, das gleiche wie immer, bitte! – Das Testament ist übrigens fertig, dein Großvater kann es diese Woche abholen."

„Ich werde es ihm ausrichten." Catherine drückte Klaras Hand: „Ich freue mich wirklich für dich, dass du dich mit deinem Großvater wieder versöhnt hast."

„Eigentlich waren wir nie zerstritten. Seine Abneigung galt mehr meiner Mutter", erwiderte Klara überrascht. Dann ergriff sie die Gelegenheit beim Schopfe: „Kannst du dich eigentlich noch an den Tag erinnern, an dem mein Vater Selbstmord begangen hat?", fragte sie.

Nach einem kurzen Zögern antworte Catherine: „Ja, er ist in meinem Gedächtnis haften geblieben wie ein böser Traum, den man nicht mehr loswird. Ich hatte Urlaub und habe mich am Strand von Cabourg gesonnt. Ich sah noch, wie er mit seiner kleinen Yacht auslief." Und nach einer weiteren Pause fügte sie hinzu: „Vielleicht war ich sogar die letzte Person, die ihn lebend gesehen hat."

Das Bedauern in ihrer Stimme klang ehrlich.

„Du kanntest seine Yacht?", bohrte Klara weiter. Catherine nickte.

„Alle kannten sie. Es gab zu jener Zeit nicht mehr so viele Yachten im Hafen von Dives-sur-Mer. Die reichen Pariser zogen Deauville oder Trouville vor." Catherines Fuß wippte hin und her, dann griff sie nach ihrer Zigarettenschachtel, die jedoch gleich wieder in ihrer Tasche verschwand, wobei Catherine leise seufzte. Das Rauchen war nur draußen gestattet.

„Warum ziehst du eigentlich nicht zu deinem Großvater? Fühlst du dich nicht einsam, so ganz alleine in deiner Gîte?" nahm sie den Faden wieder auf.

„Ich habe gerne meine Ruhe und genieße es", sagte Klara. „Wenn ich abends nach Hause komme, zünde ich mir ein paar Kerzen an, die ein heimeliges Licht in den Raum zaubern. So kann ich den Tag Revue passieren lassen und entspannen."

Als Catherine sich schließlich verabschiedete, hatte Klara einige neue Informationen sammeln können. David würde jeden Augenblick kommen. Sie unterhielt sich gerade angeregt mit François, als Klara aus ihren Augenwinkeln sah, wie sich neben ihr auf dem Boden etwas bewegte. Sie senkte den Blick und erstarrte. Direkt neben ihrem Fuß saß eine fette schwarze Spinne.

Plötzlich ging alles ganz schnell: Klara stieß einen gellenden Schrei aus, der alle Cafébesucher aufschreckte und warf sich mit einem Satz dem verdutzten François an den Hals. Geistesgegenwärtig fing der Barkeeper sie auf. Schließlich erbarmte sich ein mutiger junger Mann, griff nach einem Besen, der hinter dem Tresen stand, und scheuchte die Spinne nach draußen. Klara ließ François los. Ihre Reaktion war ihr peinlich. Irgendwie schienen alle eine Erklärung von ihr zu erwarten.

„Na und!", meinte sie trocken. „Manche Menschen haben Angst vor dem Zahnarzt. Das finde ich auch ziemlich lächerlich", und mit diesen Worten beugte sie sich zu dem Spinnenjäger und drückte ihm einen Kuss auf die Wange. „Vielen Dank für deinen wagemutigen Einsatz", meinte sie grinsend.

Die anderen Gäste wandten sich kopfschüttelnd wieder ihrer Unterhaltung zu, nur ein Neuangekommener hatte die Szene mit Stirnrunzeln verfolgt. David stand in der Tür.

„Heute so großzügig?", fragte er mit einem vorwurfsvollen Unterton.

„Ich habe mich nur bedankt", antwortete Klara leicht irritiert. Sie wollte das Thema auf sich beruhen lassen, doch nun erzählte François unter Lachtränen, was ihm gerade passiert war. Klara fand ihn in diesem Augenblick doch nicht so sympathisch.

David kommentierte allerdings nur trocken: „Also ich hätte gerne mit dir getauscht, François. Gib doch zu, dass es dir nicht unangenehm war." Und damit drückte er Klaras Hand und erntete ein anerkennendes Lächeln.

*

Nach diesem Schreck freute sich Klara auf ihre erste alkoholische Verkostung. Nun würde sie sich dem angenehmeren Teil des Tages zuwenden. Das dachte sie zumindest. Denn im Auto kam David erneut auf die Szene im Café zu sprechen: „Hast du nie versucht, deine Angst vor Spinnen loszuwerden?", begann er das Gespräch.

„Ich habe keine Angst vor Spinnen, ich ekle mich nur vor ihnen." Klaras Ton klang leicht gereizt, auf eine Moralpredigt hatte sie nun wirklich keine Lust.

„Das muss schlimm sein", sagte David. „Was machst du denn, wenn niemand in der Nähe ist, der die Spinne töten oder verjagen kann?"

„Ganz einfach, dann nehme ich den Staubsauger." Klara starrte ihn herausfordernd an. Würde er es wagen, wegen dieser unerheblichen Sache weiter zu bohren? Doch David insistierte: „Das ist ja grausam. Eine Spinne tut dir doch nichts, im Gegenteil: Sie ist sogar nützlich. Sie befreit die Wohnung von Ungeziefer. Und übrigens, wusstest du, dass eine Spinne sich nur in Räumen aufhält, die nicht von Umweltgiften oder sonstigen Chemikalien verunreinigt sind? Spinnen im Haus zu haben, heißt also gesundes Raumklima."

„Danke, darauf kann ich verzichten! Es liegt vielleicht auch daran, dass ich Spinnen in die Kategorie Ungeziefer ersten Ranges einordne." Dieses Gespräch steigerte nicht gerade Klaras Laune, dafür aber ihre Neigung zum Sarkasmus.

„Hat sich dein Freund nie darüber mit dir unterhalten?" David schien aus ihrem winzig-kleinen Problemmückchen einen Elefanten machen zu wollen. So jedenfalls kam es Klara vor.

„Nein, ihm hat es nichts ausgemacht, die Spinnen für mich zu töten. Im Gegenteil, ich hatte immer das Gefühl, dass er diese Aufgabe gerne übernahm. Und könnten wir uns nun bitte einem erfreulicheren Thema zuwenden?" David schien ihre Bemerkung nicht gehört zu haben.

„Ich glaube, dein Freund hat es genossen, dein Beschützer zu sein. Deshalb hat er nicht versucht, dir den Ekel vor Spinnen zu nehmen."

„Und was ist daran schlimm?", fragte Klara gereizt. Warum verteidigte sie Kai eigentlich?

„Vielleicht war dies der einzige Moment, in dem er dich schwach erlebt hat." Klara verdrehte die Augen.

„Vielleicht habe ich es genossen, auch einmal schwach sein zu dürfen."

„Lassen wir das", sagte er. „Aber ich kann dir nicht versprechen, dass du in den Lagerhallen keine Spinnen sehen wirst."

„Gibt es dort Spinnen?" Sogleich sträubten sich Klaras Nackenhaare.

„Das kann ich leider nicht ausschließen", sagte David mit einer abwägenden Handbewegung. „Aber falls eine auftaucht, stelle ich mich gerne als starker Retter zur Verfügung."

„Blödmann!", meinte Klara, aber sie lächelte dabei.

*

In den folgenden zwei Stunden erfuhr Klara viel über die Produktion von Cidre, dem Apfelwein mit geringem Alkoholgehalt, von Pommeau, dem Aperitif, von Calvados, dem Apfelschnaps, und natürlich von Apfelsaft. Sie durfte alles probieren. Zwischendurch gab es Stückchen von Baguette und Käse.

Als sie aus der engen, abgedunkelten Halle mit den riesigen Eichenfässern wieder ins helle Sonnenlicht traten, merkte Klara, dass sie einen kleinen Schwips hatte. Sie musste sich notgedrungen an David festhalten, da sie ihre Beine nicht mehr ganz sicher trugen. Dieser ergriff die günstige Gelegenheit und nahm sie in den Arm. So schritten sie auf Davids Wohnung zu, wo ein Mittagessen auf sie wartete, als ihnen auf dem Hof Monsieur Marell Senior begegnete.

„Na, ihr beiden Turteltäubchen! Habt ihr alles besichtigt?"

Klara löste sich verlegen aus Davids Arm. Monsieur Marell blieb ganz ungerührt.

„Ja, ja zwischen unserem und eurem Haus bestand schon immer eine ganz besondere Verbindung."

„Wie meinen Sie das?", wollte Klara wissen.

„Dein Großvater und ich, wir haben immer geglaubt, dass Philippe und Christine einmal ein Paar werden würden", sagte Monsieur Marell.

„Sie sollten Großvater mal wieder besuchen kommen. Er würde sich sicherlich sehr darüber freuen", schlug Klara vor, um vom Thema abzulenken.

„Ja, du hast Recht; wir haben uns schon lange nicht mehr gesehen. Ich werde mich demnächst mal bei ihm melden", versprach Monsieur Marell, zwinkerte den beiden aufmunternd zu und verschwand in den Lagerhallen.

*

„Ich habe das Gefühl, ich drehe mich im Kreis. Ich komme einfach nicht weiter. Ich kann bei niemandem ein Motiv erkennen, das zu einem Mord führen könnte."

Klara saß einigermaßen entspannt mit ihren Nachbarn zum Abendessen.

„Ich glaube, du musst deine Strategie ändern", überlegte Olivier.

„Was willst du damit sagen?"

„Du solltest deine Tarnung aufgeben und offenlegen, dass du nicht an den Selbstmord deines Vaters glaubst, sondern einen Mord vermutest, und dass du alles daran setzen wirst, ihn aufzuklären."

„Aber könnte das nicht gefährlich werden?", zweifelte Karine. Olivier setzte eine wichtige Miene auf.

„Ich glaube nicht, dass jemand nach 24 Jahren einen zweiten Mord begehen würde. Bei dem Mord an deinem Vater handelte es sich vermutlich um eine persönliche Abrechnung. Warum sollte man dir nach dem Leben trachten?"

„Und was versprichst du dir davon?" Klara war noch nicht überzeugt. Olivier folgte weiter seiner Spur.

„Nun, die Leute im Dorf müssen sich verteidigen, denn du wirst jeden verdächtigen, der damals alt genug war und in irgendeiner Beziehung zu deinem Vater stand. Sie werden sich rechtfertigen müssen. Und falls der Mörder noch unter uns weilt, dann wird er vielleicht unvorsichtig und begeht einen Fehler. Das ist deine Chance."

*

Klara befand sich in einem großen Park mit vielen Bäumen. Von überall her klangen Musik und freudig erregte Stimmen an ihr Ohr. Sie trug ein rosarotes Kleid mit vielen Rüschen und fühlte sich als etwas ganz Besonderes. Alle beugten sich zu ihr herunter, um mit ihr zu reden, jeder war freundlich zu ihr. Sie lief an der Hand ihrer Mutter. Doch plötzlich ließ ihre Mutter sie los und ging auf eine andere Frau zu.

Klara spürte, dass etwas nicht stimmte. Ihre azurblaue Augen füllten sich mit Tränen, da sie nicht im Stich gelassen werden wollte, aber sie war aufmerksam. Ihre Mutter stritt mit der Frau im roten Trägerkleid, deren blonde, geflochtene Zöpfe ihr fast zur Hüfte reichten. Klara konnte nichts verstehen, aber sie spürte, dass die beiden sich nicht mochten. Die sonst so sanfte Stimme ihrer Mutter klang laut und hart.

Schließlich ließ die fremde Frau ihre Mutter stehen und ging direkt auf Klara zu. Sie fixierte sie durchdringend. Klaras Atem stockte, ihr Herz schlug bis zum Hals. Sie war unfähig, sich zu rühren, bis die blonde Frau sich schließlich abwandte und im Wald verschwand. Dann brach sie in Tränen aus. Ihre Mutter eilte herbei, aber sie konnte sie nicht trösten. Klaras Tränen flossen unaufhörlich. Sie hatte solche Angst vor dieser fremden Frau ...

Mit einem Ruck setzte sich Klara in ihrem Bett auf und griff verschlafen nach dem Wecker. Es war vier Uhr morgens. Was für ein seltsamer Traum! Sie hatte noch nie von ihrer Kindheit geträumt, zumindest konnte sie sich nicht daran erinnern. Wer war die fremde Frau mit den langen, blonden Zöpfen? Nach einem Schluck Wasser sank Klara erschöpft ins Bett zurück.

Tag 18, dritte Woche

Zwischen zwei Bissen pain au chocolat und einem großen Schluck Milchkaffee schoss Klara ein Gedanke durch den Kopf, der sie nicht mehr losließ. Schließlich formte sich der Gedanke zu einem Plan und auch wenn er wenig erfolgversprechend war, musste sie doch nach jedem Strohhalm greifen. Deshalb beschloss sie, ihn in die Tat umzusetzen, bevor sie den Mut verlor. Auf einem Aushang an der Kirchentür hatte sie gelesen, dass am Dienstagvormittag die Beichte abgenommen wurde.

Kurz entschlossen fuhr sie zu der kleinen Dorfkirche von Gironde. Ein paar anwesende, alte Frauen drehten sich , als sie eintrat, erstaunt in ihre Richtung, doch sie kümmerten sich nicht weiter um sie. Ein Hauch von Weihrauch hing in der Luft. Während sich Klara unauffällig im hinteren Teil der Kirche umsah, widmeten sich die Frauen mit ihren Kopftüchern wieder dem Gebet. Die Rosenkranzperlen in ihren Händen schoben sie andächtig hin und her. Geduldig und ohne Eile warteten die Frauen, bis sie an die Reihe kamen.

Als die letzte von ihnen die Kirche verlassen hatte, schob Klara den schweren Samtvorhang zur Seite und betrat den Beichtstuhl. Seit ihrer Kommunion vor 16 Jahren hatte sie keinen Beichtstuhl mehr von innen gesehen und wie damals bekam sie auf einmal weiche Knie. Durch das Holzgitter, das sie vom Beichtvater trennte, konnte sie eine Gestalt in dunkler Kutte erkennen, die den Kopf gesenkt hielt. Klara kniete sich nieder, aber ihre Entschlossenheit war wie weggeblasen. Sie räusperte sich, presste krampfhaft ihre Hände aneinander und begann.

Der Pfarrer schien ziemlich überrascht, eine junge Stimme zu hören, denn er hob kurz den Kopf und sah sie durch das Gitter an. Klara kam gleich zur Sache, doch ihre Stimme war nicht so fest, wie sie es sich gewünscht hätte: „Ich hege böse Gedanken gegen die Dorfbewohner von Gironde, weil ich überzeugt bin, dass mein Vater damals keinen Selbstmord begangen hat. Ich bin mir ziemlich sicher, dass es Mord war, und nun verdächtige ich jeden, der in irgendeiner Beziehung zu meinem Vater gestanden haben könnte." Herausfordernd, ja fast trotzig sah sie dem Pfarrer in die Augen.

„Das ist eine schwere Anschuldigung. Wie kommen Sie darauf? Haben Sie Beweise? Waren Sie schon bei der Polizei?"

„Leider habe ich keine Beweise. Aber ich hatte gehofft, dass Sie mir vielleicht weiterhelfen könnten."

„Ich? Wie sollte ich Ihnen helfen können? Ich halte Ihre Vermutungen für sehr gewagt." Père Jacques Gesicht befand sich nun ganz nahe am Holzgitter, das ihn von Klara trennte und seine Augen blickten besorgt.

„Nun, ich weiß, dass Sie an das Beichtgeheimnis gebunden sind, aber ich möchte von Ihnen nur das Eine wissen: Hat in Ihrer Amtszeit hier irgendwann einmal jemand einen Mord gebeichtet?"

„Einen Mord? Gütiger Gott, nein!", rief der Pfarrer aus und Klara zuckte zusammen. „Nein, das kann ich Ihnen versichern, mein Kind. So etwas würde ich bestimmt mein Leben lang nicht vergessen."

Ein Poltern aus dem Kirchenraum ließ Klara erneut zusammenfahren. Hatte sie jemand belauscht? Schnell riss sie den Vorhang zur Seite und spähte nach draußen, aber ihre Augen glitten nur über leere Kirchenbänke. Doch dann fiel ihr Blick auf die vibrierende, halb geöffnete Eingangstür. Sie war sich sicher, dass die letzte Besucherin die Tür fest hinter sich zugezogen hatte. Alarmiert schloss sie den Vorhang wieder und wandte sich, dieses Mal flüsternd, ihrem Gegenüber zu.

„Schade! Aber so schnell gebe ich nicht auf."

„Sie bewegen sich auf sehr dünnem Eis", sagte der Priester. „Mit solchen Vermutungen müssen Sie äußerst vorsichtig umgehen. Sie sollten es sich gut überlegen, bevor Sie derartige Gerüchte verbreiten."

Klara erwiderte: „Ich glaube nicht, dass dies Gerüchte sind. Mein Gefühl sagt mir, dass hier vieles nicht mit rechten Dingen zuging. Und außerdem passt bei einem Mord auf einmal alles zusammen, was ich nicht verstehen konnte. Warum wollte meine Mutter unbedingt, dass ich hierher komme? Warum hat sie mich gebeten, vorsichtig zu sein? Wieso hat sie mir am Sterbebett mitgeteilt, dass Philippe ihre einzige, große Liebe war?"

Nachdenklich rieb sich der Pfarrer das Kinn: „Zu Lebzeiten Ihres Vaters war ich in dieser Gemeinde nur Pater; ich habe zwar die Beichten abgenommen, aber der verstorbene Pfarrer Leroc war damals auch noch im Amt."

Diese Worte ließen Klara aufhorchen: „Hätte er sich Ihnen anvertraut, wenn ihm jemand ein so schwerwiegendes Verbrechen gestanden hätte?"

„Das kann ich nicht mit Sicherheit sagen! Er war immer sehr verschwiegen. Und Sie sind sich ganz sicher, dass es Mord war?"

„Ja, das bin ich."

Der Pfarrer rang mit sich. Schließlich mahnte er: „Seien Sie bitte vorsichtig und ziehen Sie keine voreiligen Schlüsse. Eine Verdächtigung kann – einmal ausgesprochen – nicht mehr rückgängig gemacht werden. Aber ein Mord darf – auch wenn er so lange zurückliegt – nicht ungestraft bleiben. Der Tod Ihres Vaters hat mehrere Leben zerstört."

Als Klara aus dem Beichtstuhl trat, fiel ihr Blick nochmals auf die halb geöffnete Eingangstür, aber sie war zu aufgewühlt, um darüber nachzudenken. Leider hatte ihr dieser Besuch bei ihrer Suche kein Stückchen weitergeholfen.

*

Klara saß schweigend neben David im Auto und ließ sich von der leisen Musik berieseln. Die Ablenkung tat ihr gut. Sie hatten sich für diesen Nachmittag zu einer Tour durch die normannische Schweiz verabredet und fuhren nun durch kleine, verschlafene Ortschaften. Das Dach des Cabriolets war zurückgeschlagen, da es sehr heiß war, und sie genoss den kühlen Fahrtwind. Klara sah zwar die vorbei fliegenden Häuser, Landschaften und Menschen, war mit ihren Gedanken aber ganz woanders. Alle Versuche Davids, ein Gespräch in Gang zu bringen, scheiterten.

„Was ist mit dir los, Claire? Du bist heute nicht sehr gesprächig. Bedrückt dich etwas?", fragte er schließlich ehrlich besorgt. Nachdem Klara nicht antwortete, wagte er ein paar Minuten später einen weiteren Versuch: „Du kannst dich mir ruhig anvertrauen. Wir sind doch Freunde, oder?"

„Freunde ja", entgegnete Klara mit verbittertem Unterton. Sie wusste nicht, wie sie ihre wirren Gedanken ordnen sollte. Unwillkürlich seufzte sie. David betrachtete sie von der Seite.

„Du warst heute Morgen beim Pfarrer, stimmt's?" Klara schaute ihn entgeistert an.

„Kann man in diesem Dorf auch nur einen Schritt tun, der unbeobachtet bleibt? Woher weißt du denn das schon wieder?"

David lachte: „Christine hat gesehen, wie du die Kirche betreten hast. Sie war auf dem Weg zum Bäcker."

„Christine also", dachte Klara und ging gedanklich nochmals ihren Besuch beim Dorfpfarrer durch.

Inzwischen waren sie an einem malerischen Picknickplatz am Orne-Ufer angelangt. Hinter ihnen hingen ein paar Kletterer in den Steilfelsen und unten, auf der Orne, tummelten sich einige Kanufahrer und Paddler.

Als David das üppige Picknick ausbreitete und die Flasche Rotwein entkorkte, beschloss Klara, sich ihm anzuvertrauen. David war mit solch einer Hingabe darum bemüht, Klara ein angenehmes Mittagessen zu bereiten, dass sie ein schlechtes Gewissen bekam. Eigentlich war er doch ein guter, verlässlicher Freund, mit dem sie auch ihre geheimsten Gedanken und Ängste teilen konnte.

„Weißt du, David, ich glaube, es war Mord", begann sie unvermittelt. David ließ vor Schreck fast die geöffnete Weinflasche fallen.

„Entschuldige bitte, aber wovon sprichst du?"

„Vom Tod meines Vaters. Ich bin mir mittlerweile sicher, dass es kein Selbstmord war, ein Unfall kann es nicht gewesen sein, also war es Mord." Klara nahm einen Schluck aus ihrem Weinglas und vermied es bewusst, David in die Augen zu sehen.

„Also das beschäftigt dich die ganze Zeit. Wie kommt du auf solche Ideen?"

Dann fing Klara an zu erzählen. Sie legte alle Tatsachen und Vermutungen auf den Tisch. Nur dass auch seine Schwester Christine zum Kreis der Verdächtigen zählte, verschwieg sie. David hörte aufmerksam zu und warf nur hin und wieder eine Frage ein.

„Olivier hat mir geraten, im Ort bekannt zu machen, dass ich an einen Mord glaube und dass ich nicht eher ruhen werde, bis ich den Mörder gefunden habe. Aber ich bin mir nicht sicher, ob das so eine gute Idee ist."

„Aha, Olivier weiß es also auch schon. Und wer ist Olivier?" Ein leichtes Kräuseln seiner Lippen und die Art, wie er die Augen zusammen kniff, zeigten deutlich Davids Missbilligung.

„Olivier und Karine sind meine Nachbarn und außer dir meine

einzigen Freunde hier", erklärte Klara. „Was hältst du von der Sache?", setzte sie ungeduldig hinzu.

David überlegte und antwortete schließlich: „Es hört sich alles sehr schlüssig an, was du erzählst. Das Einzige, was mich daran stört, ist: Wer sollte deinen Vater so abgrundtief gehasst haben, dass er ihn aus der Welt schaffen wollte? Das kann ich mir einfach nicht erklären."

David und Klara waren nach ihrem Picknick schweigend weitergefahren, doch im Orne-Tal hielt David schließlich an einem Bootsverleih an.

„Hast du Lust auf eine kleine Kanufahrt? Die Landschaft ist vom Boot aus noch viel romantischer", fragte David.

„Nein, danke!", lehnte Klara schroff ab. „Ich stehe nicht so sehr auf Boote."

„Und ganz bestimmt nicht auf Romantik", setzte sie in Gedanken trotzig hinzu.

„Ich bin ein versierter Kanufahrer und kenne auf diesem Fluss jede Biegung. Du musst dich nur ins Boot setzen, ich übernehme das Manövrieren."

„Nein, danke, ich möchte wirklich nicht. Die Vorstellung, wie schnell so ein Kanu kippen kann, ist mir nicht geheuer. Und dann bin ich kopfüber im Wasser und habe das Boot im Rücken." Klara lief es eiskalt den Nacken hinunter bei diesem Gedanken.

„Das wird mir nicht passieren. Davor brauchst du keine Angst zu haben."Da David nicht locker ließ, musste Klara deutlicher werden.

„David, ich möchte wirklich nicht in eines dieser Boote steigen. Ich gehe zwar gerne schwimmen, aber ich bekomme immer Panik, sobald mein Kopf unter Wasser ist. Diese Bootsfahrt wäre eine Tortur für mich."

„Entschuldigung, dass wusste ich nicht", sagte David beschwichtigend. „Ist dir mal etwas Schlimmes passiert?" Klara holte tief Luft.

„Wenn, dann muss das in meiner frühen Kindheit gewesen sein. Meine Mutter hat mir immer erzählt, dass ich als kleines Baby Wasser über alles geliebt habe. Sobald ich irgendwo Wasser rauschen hörte, musste ich sofort dorthin. Egal ob jemand unter der Dusche war oder das Badewannenwasser einlaufen ließ, wenn ich in der Nähe war, dann habe ich so lange geschrien, bis ich mit ins Wasser durfte. Aber im Alter von ungefähr zwei Jahren hat sich dies anscheinend schlagartig geändert. Man konnte mich fast nur noch mit Gewalt ins Wasser kriegen. Meistens saß ich nur am Beckenrand und spielte mit einem Entchen und wehe, es fiel ein Tropfen auf mich! Haarewaschen war für mich die Hölle. Man musste mich wohl immer zu zweit festhalten, so sehr habe ich mich gewehrt. In der Grundschule musste ich gezwungenermaßen schwimmen lernen. Aber alles, was mit Tauchen zu tun hat, habe ich immer abgrundtief gehasst – bis heute."

David schaute sie lange an.

„Wenn deine Wasserphobie im Alter von zwei Jahren entstanden ist, könnte dies mit dem Tod deines Vaters zusammenhängen."

„Meinst du? Aber ich habe doch davon bestimmt nicht viel mitbekommen." Klaras Stimme klang skeptisch.

„Ich glaube, dass man in diesem Alter schon einiges wahrnimmt. Vielleicht hat dich der Gedanke, dass dein Vater unter Wasser erstickt ist, so erschreckt, dass du selbst nichts mehr mit Wasser zu tun haben wolltest", erklärte David.

„Daran habe ich noch gar nicht gedacht. Sag mal, David, kann es sein, dass in dir ein kleiner Psychologe steckt?" David lachte, und Klara wechselte wieder einmal geschickt das Thema. Trotzdem konnte Klara ihre Unterhaltung nicht vergessen.

Als sie in einem schönen Örtchen hielten, um ein paar Schritte spazieren zu gehen, kam sie nochmals auf das Thema zurück: „Du denkst bestimmt von mir, dass ich ein Fall für den Psychiater bin mit meiner Spinnen- und Wasserphobie." David winkte ab.

„Ganz bestimmt nicht! Jeder Mensch hat seine Eigenheiten, niemand ist perfekt, das macht einen Menschen doch erst einzigartig und liebenswert." Klara legte ihren Kopf schief.

„Vielleicht sollte ich dir gleich auch noch gestehen, dass ich völlig orientierungslos bin. Mit einer Landkarte ist alles kein Problem, aber sobald ich ohne Plan Auto fahren muss, bin ich völlig hilflos. Ich kann mich auch an Orten, an denen ich schon x-mal gewesen bin, verfahren. Sogar wenn ich lange in einem großen Kaufhaus war und dann wieder ins Freie gehe, verwechsle ich manchmal die Richtungen. Ist das nicht verrückt?"

„Also ich glaube, das ist ein typischen Frauenproblem." David grinste unverschämt charmant. „Aber: Ich habe auch meine Schwächen."

„Ach nee! Welche denn? Ich habe noch keine an dir bemerkt, Mister Perfekt!" David lachte.

„Zum Beispiel bin ich ein ganz schlechter Beifahrer. Ich kriege jedes Mal Panik und Schweißausbrüche, wenn jemand zu dicht auffährt oder zu spät bremst. Ich muss deshalb immer selbst fahren. Außerdem hasse ich es, campen zu gehen. Das Leben in freier Natur gefällt mir zwar, aber ich gehe nicht gerne mit der Toilettenpapierrolle unterm Arm auf die sanitären Anlagen. Wenn ich früher manchmal mit meinen Freunden in der Bretagne beim Zelten war, dann habe ich vorher schon wochenlang fast abgerollte Toilettenpapierrollen gesammelt, die ich dann zusammenfalten und in die Hosentasche stecken konnte. Als meine Freunde das mitbekommen haben, machten sie sich natürlich einen Heidenspaß daraus und haben jedes Mal absichtlich unüberhörbar laut gefragt, ob ich denn wieder ein großes Geschäft machen müsste, wenn ich mir meine Papierrollen in die Hosentasche zwängte. Von da an mussten sie ohne mich fahren."

Klara fand diese Vorstellung ziemlich komisch, lachte laut und David stimmte in ihr schallendes Gelächter ein. Damit war das Thema abgehakt.

*

Nachdem Klara ihr ehemaliges Kindermädchen telefonisch nicht erreichen konnte, beschloss sie kurzerhand, ihr unangemeldet einen Besuch in Beuvron-en-Auge abzustatten. Sie wollte endlich wissen, wer sich hinter der für sie schwer fassbaren Person befand. Sie hatte Glück: Gleich beim dritten Klingelton ging die Haustür auf und Jacqueline Gabrol stand vor ihr. Ihr Gesichtsausdruck war überrascht und nicht erfreut.

Dass Klara irgendwann einmal bei ihr vorbeikommen würde, damit hatte Jacqueline Gabrol gerechnet. Dass sie ausgerechnet an diesem Abend kam, hätte nicht ungeschickter sein können. Sie erwartete einen Besucher, der unentdeckt bleiben wollte. Auf gar keinen Fall durfte er Klara in die Arme laufen.

Was sollte sie tun?

Klara und sie hatten auf Davids Party nur kurz die Gelegenheit gehabt, miteinander zu reden und Jacqueline hatte sofort gespürt, dass Klara noch von etwas anderem angetrieben wurde als nur von dem bloßen Wunsch, mehr über ihre Kindheit zu erfahren. Darin hatte sie eine nicht unerhebliche Rolle gespielt! Wie viele Windeln hatte sie gewechselt, wie viele Stunden sie im Kinderwagen am Strand spazieren gefahren, wie oft musste sie ihre Tränen nach einem Sturz trocknen und wie viele Male musste sie sich gegen die eifersüchtigen Blicke der jungen Comtesse wehren?

Jacqueline erinnerte sich noch genau daran. Klaras Mutter war von Anfang an vehement dagegen gewesen, ein Kindermädchen einzustellen. Sie wollte sich selbst um ihre kleine Tochter kümmern. Aber in dieser Hinsicht blieb ihr Ehemann stur – für eine Frau in ihrer Stellung war es einfach üblich, ein Kindermädchen zu haben und außerdem hatte sie nicht die Zeit, sich den ganzen Tag ausschließlich um Klara zu kümmern. Jacqueline war nur ein Jahr älter als Maria. Sie hätten sogar Freundinnen werden können. Aber Maria beneidete sie um jede Minute, die sie mit ihrer Tochter verbrachte. Da Jacqueline zudem eine rassige, dunkelhaarige Schönheit war, hatte sie auch Angst um die Treue ihres Mannes. So blieb das Verhältnis zwischen ihnen immer korrekt, aber distanziert, manchmal auch unterkühlt.

Jacqueline, die Kinder über alles liebte, hatte ein inniges Verhältnis zu Klara und erkannte sehr schnell, dass sie nicht nur hochsensibel, sondern auch sehr intelligent war. Klara nahm jede Gefühlsregung ihrer Eltern wahr und konnte bei einem Fremden sehr schnell unterscheiden, ob er ihr wohl gesonnen war. Sie war ein fröhliches und aufgewecktes Kind.

Jacqueline hatte Klaras Lebensweg zwar nur zwei Jahre lang begleitet, aber als sie sie auf Davids Party traf, fiel ihr sofort auf, dass sie ihre Sensibilität nicht verloren hatte.

Jacqueline war damals nach dem schrecklichen Ereignis ziemlich schnell aus Gironde weggezogen. Mit dem Weggang Marias verlor sie von einem Tag auf den anderen ihre Stelle. Bertrand vermittelte ihr eine neue Familie in der Bretagne, wo sie von nun an ihren Lebensunterhalt verdiente. Ihrem Heimatort blieb sie immer verbunden und als sie es sich leisten konnte, mietete sie in der Nähe von Gironde eine kleine Zweitwohnung an.

An diesem Abend nun fuhr Klara nach Beuvron-en-Auge, um sich mit Jacqueline näher zu unterhalten. Das Einzige, das sie von ihrem ehemaligen Kindermädchen wusste, war, dass sie gerne Krimis las. Einen davon hatte sie schließlich ihrer Mutter ausgeliehen.

Jacqueline bedeutete Klara, in die Küche zu gehen, wo sie ihr einen Drink anbot.

„Ich habe heute allerdings nicht viel Zeit", entschuldigte sie sich, „aber vielleicht können wir uns an einem anderen Tag nochmals verabreden." Klara nickte und sah sie neugierig an. Jacqueline holte ein paar Fotoalben aus einer Holztruhe, die Fotos von Klara und sich zeigten und erzählte einige Anekdoten aus ihren Kindertagen. Doch Klara entging der nervöse Blick zur Uhr nicht. Ihr früheres Kindermädchen war ihr durchaus sympathisch, aber ihre Neugierde siegte. Daher trank sie ihren Aperitif bewusst langsam.

„Haben Sie während Ihrer Zeit im Schloss viel vom Privatleben meiner Eltern erfahren?“, fragte Klara recht direkt zwischen zwei Schlucken aus ihrem Cidreglas.

„Nein, sie waren immer sehr diskret.“

Klara hätte gerne noch viel mehr erfahren, aber da ertönte die Klingel. Jacqueline schloss die Küchentür und Klara vernahm nur gedämpfte Stimmen.

„Seltsam, dass ich hier alleine in der Küche sitze und dem anderen Besucher nicht vorgestellt werde. Das ist ganz untypisch in Frankreich“, dachte Klara und spähte neugierig durch das Schlüsselloch. Doch sie sah nur die Silhouette eines Mannes in einer beigen Jacke mit roten Streifen. Leider konnte sie den Mann weder von vorne sehen noch einen Blick auf sein Gesicht erhaschen. Jacqueline schob ihn behutsam ins Wohnzimmer und drehte sich um. Schnell hastete Klara zum Küchenbuffet zurück und beugte sich gerade wieder über die Fotoalben, als auch schon die Tür aufging: „Du musst mich entschuldigen Claire, aber ich bin verabredet.“

„Kein Problem! Ich werde wiederkommen und mich beim nächsten Mal vorher ankündigen“, sagte Klara im Hinausgehen. Die Wohnzimmertür war leider vor ihren neugierigen Blicken geschlossen.

*

Klara witterte Gefahr. Die Angst kroch langsam ihren Körper hoch und bohrte sich in ihre Eingeweide. Was wollte die fremde Frau von ihr? Warum war sie zurückgekommen? Die Frau mit den langen, blonden Zöpfen im roten Kleid stand vor ihr am Gartentor und lachte sie an. Aber es war kein freundliches Lachen.

„Komm her, Claire!“, rief die Frau, „ich tu dir doch nichts.“ Doch Klara rührte sich nicht von der Stelle. Sie wollte wegrennen, aber sie war wie angewurzelt und je mehr sie sich anstrengte, umso fester klebte sie an diesem Fleckchen Erde fest. Inzwischen hatte die Frau im roten Kleid das Gartentor aufgestoßen und kam näher. Sie streckte die Arme nach Klara aus und rief: „Ich krieg dich noch, du ungehöriges Ding. Du wirst schon sehen.“

Als sie Klara berührte, lief es ihr kalt über den Rücken. Sie schrie aus Leibeskräften, aber es kam nur ein heiseres Krächzen aus ihrer Kehle. Voller Schrecken sah sie die Frau an, deren Gesicht sich vor ihren Augen in eine hässliche Fratze verwandelte. Plötzlich sah sie in das Gesicht einer Hexe, die hämisch lachte und gurrende Geräusche von sich gab. Klara hielt sich vor Angst die Augen zu. Wo war nur ihre Mama? Plötzlich fiel ein schwarzer Vorhang vor ihre Augen und alles drehte sich im Kreis, bis Klara schwindelig wurde und sie in ein dunkles, schwarzes Loch fiel. Sie stürzte in die Tiefe – immer weiter und weiter, ohne jemals den Boden zu erreichen ...

Als Klara aufwachte, zitterte sie am ganzen Körper. Es war drei Uhr morgens. Sie hatte schon wieder von dieser rätselhaften Frau geträumt. Was hatten diese Träume zu bedeuten? Wer war diese Frau und was wollte sie von Klara?

Tag 19, dritte Woche

An diesem 19. Juni fand in Gironde ein Trödelmarkt statt. Das war immer ein ganz besonderes Ereignis. Das ganze Dorf war auf den Beinen – entweder hinter den Verkaufsständen oder im Getümmel. Viele stellten hier ihren alten Trödel zur Schau und erhofften sich, ein paar Euro damit zu verdienen. Oft konnte man bei solchen Gelegenheiten schöne Antiquitäten zu Spottpreisen ergattern. Zwischen den Trödelständen wurden Getränke, Crêpes und sonstige kleine Köstlichkeiten angeboten. Das lockte auch Touristen an.

Klara war sich sicher, dass auch das Café an diesem Tag brechend voll sein würde. Dies war der ideale Tag für ihren Plan. Leider fühlte sie sich nach der letzten Nacht sehr schlapp und wäre sie morgens am Zaun nicht auf Olivier gestoßen, der sie aufmunterte und ihr viel Erfolg wünschte, dann hätte sie sich heute vermutlich in ihrer Gîte verkrochen.

Doch nun gab es kein Zurück mehr!

Wie vermutet war das Café so voll, dass Klara selbst an der Bar kaum einen Platz fand. Zum Glück bemerkte François sie, winkte sie heran und bat die anderen Gäste, etwas zusammenzurücken. Klara sah in die bereits um elf Uhr morgens vor Hitze glühenden Gesichter und stellte fest, dass sie viele von Davids Party oder anderen Gelegenheiten her kannte. Dann fiel ihr Blick auf Marcel, den Polizisten, der sich angeregt mit einer jungen Dame unterhielt. Marcel wusste von ihren Vermutungen, seit sie ihn im Polizeipräsidium aufgesucht hatte. Er wusste aber auch, dass sie nicht viel in der Hand hatte, um ihre Vermutung zu untermauern. Würde er sie verraten?

Bei Marcel wusste man nie. Sie erinnerte sich nur zu gut daran, wie er sie auf Davids Party beinahe hätte auffliegen lassen. Klara war kurz davor, ihr Vorhaben abzublasen. Ein Blick zu Marcel zeigte jedoch, dass ihn die junge – und wie sich Klara neidvoll eingestand – hübsche Frau äußerst fesselte und er vom Geschehen um sich herum nichts mitbekam. Er würde vielleicht nicht einmal bemerken, dass sie hier war.

„François, bitte einen Kaffee Cognac", bestellte Klara. François schaute etwas verwundert, weil Klara um elf Uhr morgens ganz gegen ihre Gewohnheit Alkoholisches zu sich nehmen wollte, stellte ihr aber schließlich das Gewünschte auf den Tresen.

„Claire, was ist los? Hast du Kummer? Kann ich dir irgendwie helfen?", fragte er besorgt.

„Oh ja, das kannst du", dachte Klara und hatte nach der Geschichte mit der Spinne überhaupt kein schlechtes Gewissen, den armen François für ihre Zwecke zu missbrauchen.

„Ich habe viel über den Tod meines Vaters nachgedacht, einige Dinge herausgefunden und bin mir nun ziemlich sicher, dass es kein Selbstmord war." Klara sprach laut und deutlich und aus den Augenwinkeln heraus konnte sie sehen, dass ein oder zwei Cafébesucher ihre Ohren spitzten.

„Aber Claire, denkst du, es war ein Unfall?"

„Nein, ich bin mir ziemlich sicher, dass es Mord war."

Das Wort Mord hatte sie besonders betont – einmal ausgesprochen schwebte es nun über den erhitzten Köpfen wie eine Henkersaxt, die auf ihr Opfer wartete. Es war auf einmal nur noch ein Tuscheln und Wispern im Kneipenraum zu hören. Diejenigen, die Klaras Worte nicht mitbekommen hatten, wurden von den anderen Gästen im Flüsterton unterrichtet.

Immer mehr Menschen drängten sich um Klara und bombardierten sie mit Fragen und Kommentaren. Nie im Leben hätte Klara gedacht, dass ihre Aussage so ein Aufsehen erregen könnte. Endlich hatte Gironde wieder einen handfesten Skandal! Das lenkte die Leute von ihren eigenen Sorgen ab. Es kam Klara sogar so vor, als ob ihre Anschuldigung regelrecht willkommen war. Trotz der vielen Fragen, die nun auf sie einstürmten, versuchte sie, so wenig wie möglich und nur so viel wie nötig preiszugeben. Darauf hatte sie sich mit Karine und Olivier, dem selbst ernannten Kriminalisten, geeinigt.

Schließlich drängelte sich Marcel zu Klara durch und ihr rutschte beinahe das Herz in die Hose, als er sie beiseite nahm.

„Bitte, bitte, verrate nicht zu viel, du übereifriger Polizist", schickte sie ein stummes Stoßgebet gen Himmel. Bisher hatte alles so wunderbar geklappt, es wäre geradezu fatal, wenn Marcel die Stimmung mit einer nüchternen Äußerung wieder zunichte machen würde.

„Monsieur le policier, was halten Sie davon?", rief ihm eine ältere Dorfbewohnerin zu.

„Jetzt haben Sie hier endlich etwas zu tun" meinte ein anderer und klopfte ihm auf die Schulter. Marcel wollte zuerst etwas entgegnen, aber dann besann er sich eines Besseren und winkte einfach nur ab. Als er endlich nahe genug bei Klara war, beugte er sich zu ihr und flüsterte ihr ins Ohr: „Du weißt, dass dies eine schwere Anschuldigung ist. Für eine polizeiliche Untersuchung fehlen vermutlich die notwendigen Beweise, aber wenn ich dir irgendwie helfen kann, dann lass es mich wissen."

Klara lächelte ihm erleichtert zu. Marcel war offensichtlich auf ihrer Seite, das konnte sehr hilfreich sein. Schließlich wurde es immer lauter und enger im Café. Passanten drängten sich neugierig herein, die Gespräche wurden immer hitziger. Klara nutzte das allgemeine Durcheinander, zahlte ihren Kaffee und schlüpfte schnell ins Freie. Phase eins ihres Plans war erfolgreich durchgeführt.

*

David saß am offenen Fenster in seinem großzügigen Büro und starrte auf den Computerbildschirm. Eigentlich sollte er die Umsatzzahlen vom letzten Monat eingeben, und hatte seine Sekretärin gebeten, jegliche Störung zu vermeiden. Seinem Vater hatte er versprochen, abends mit den neusten Zahlen bei ihm vorbeizuschauen.

Mittlerweile war es schon später Nachmittag und noch lag viel Arbeit vor ihm, doch seine Gedanken kehrten immer wieder zum gestrigen Tag zurück. Er hatte Klara näher kennengelernt, was seine Liebe zu ihr nur noch verstärkte. Aber ihre Vermutungen machten ihm Angst. Wenn an der Sache etwas dran war, dann bewegte sich Klara auf sehr dünnem Eis und war vielleicht sogar in Gefahr. Falls Klara unrecht hatte, musste er sie schleunigst von ihrem Vorhaben abbringen, bevor das ganze Dorf davon erfuhr. Doch er wusste nicht, wie er dieses halsstarrige, hübsche Wesen, das sein Herz so bedingungslos erobert hatte, davon überzeugen sollte.

Als David seine Gedanken gerade wieder für ein paar Sekunden auf seine Umsatzzahlen gelenkt hatte, klopfte seine Sekretärin an, trat sichtlich genervt ein und kündigte mit spitzem Ton eine Claire Seidel an. Erfreut über den unerwarteten Besuch und die willkommene Störung seiner nicht von Erfolg gekrönten Rechenaktion, bat er Klara einzutreten.

Davids Sekretärin rümpfte verächtlich die Nase. Noch vor Kurzem hatte ihr Chef sie darum gebeten, in den nächsten zwei Stunden nicht gestört zu werden und nun empfing er unangemeldeten Frauenbesuch. Allzu gerne hätte sie ihr Ohr an die Tür gelegt, um das Gespräch im Büro ihres Chefs zu belauschen, aber aus Erfahrung wusste sie, dass die schwere Holztüre keine Geräusche durchließ.

David sah sofort, dass Klara sehr erschöpft war. Seine Befürchtungen bewahrheiteten sich, als sie ihm von ihrem morgendlichen Auftritt im Café erzählte. Er hätte es besser wissen müssen, schimpfte er sich leise. Er hätte ahnen können, dass Klara nicht lange fackeln würde. Oliviers Einfluss auf sie konnte er nicht gutheißen. Doch Klara benötigte seinen Rat. Das war Balsam für sein angeschlagenes Ego. Immerhin kam sie in dieser Situation zu ihm und nicht zu Monsieur Sherlock Holmes.

Klara war sich inzwischen gar nicht mehr so sicher, ob sie richtig gehandelt hatte. Verzweifelt griff sie nach seiner Hand: „Was hätte ich denn tun sollen? Blieb mir eine andere Wahl?" David schenkte ihr zur Beruhigung einen Calvados ein und trank gleich ein Gläschen mit. Klaras größte Sorge war, dass ihr die Dorfbewohner nun mit Argwohn entgegentreten würden. Ihr Plan hatte sich verselbständigt und sie konnte nicht mehr zurück oder sich verstecken und musste diesen Weg bis zu dessen bitteren Ende weitergehen.

Auf Davids Terrasse erzählte Klara bei einem kühlen Cidre, Käse und Baguette auch von ihren seltsamen Träumen und der Frau im roten Kleid. Doch David konnte sich keinen Reim darauf machen. Er versprach ihr, alte Fotoalben seiner Eltern zu besorgen, war allerdings nur halb bei der Sache. In seinen Gedanken reifte ein verführerischer Plan.

„Hast du Lust, auf einen Strandspaziergang?", fragte er, als das sanfte Flimmern der Nachmittagshitze allmählich in eine kühle Brise überging. „Zu dieser Zeit ist es in Cabourg sehr angenehm." Klara willigte ein.

Das Ortsende von Cabourg war nur durch einen ins Meer führenden Flussarm von Dives-sur-Mer getrennt, das mit seinen kleinen, gleichförmig gebauten Fachwerkhäuschen in der Abendsonne ein schönes Bild abgab. Von hier aus führten mehrere schmale Fußwege über die Dünen bis nach Houlgate.

Als sie aus den Dünenhügeln auftauchten und freien Blick aufs Meer und den Strand hatten, ging gerade die Sonne unter. Es würde nicht mehr lange dauern, dann würde der glühendrote Ball im Meer versinken und das Wasser wie den Strand in die schönsten Farben tauchen. Klara setzte sich auf einen Sandhügel und schaute fasziniert dem Naturschauspiel zu – ein Krimi hätte nicht fesselnder sein können. Sie merkte kaum, dass sich David zu ihr setzte und den Arm um sie legte.

„Claire", riss David sie aus ihrem Tagtraum, und seine Stimme klang ungewohnt ernst. „Ich glaube, es gibt keinen besseren Ort und keine bessere Zeit, um dir zu gestehen, dass ich mich vom ersten Augenblick an in dich verliebt habe."

Klara zuckte zusammen und spürte plötzlich, dass sie fror. Sie wandte sich David zu und kniff die Augen zusammen: „Entschuldige bitte, was hast du gerade gesagt?"

„Claire, ich liebe dich. Ich habe mich sofort in dich verliebt, als ich dich zum ersten Mal sah. Damals hast du gar keine Notiz von mir genommen. Aber je mehr Zeit ich mit dir verbringe und je mehr ich von dir erfahre, desto überzeugter bin ich, dass ich noch nie in meinem Leben einen Menschen so sehr geliebt habe wie dich."

*

Stephanie Dumas schloss kopfschüttelnd die Wohnzimmertür und ging wieder in die Küche, um das Abendessen zu kochen. Was war nur in letzter Zeit mit ihrem Mann los? Er vergrub sich den ganzen Tag in seine Akten, während sein Vorgarten nach Wasser und Pflege lechzte. All dies schien Bruno nicht zu stören. Angeblich sortierte er alte Akten aus, aber Stephanie sah ihn nie etwas wegwerfen oder vernichten, sondern er wühlte und stöberte nur. Was suchte er bloß so verzweifelt?

„Es wird doch hoffentlich nichts mit der Geschichte um dieses Mädchen zu tun haben?", überlegte sie.

Seit diese Klara im Dorf war, schien nichts mehr so zu sein wie früher. Sie hatte alles gründlich auf den Kopf gestellt und die Dorfgemeinschaft in zwei Lager geteilt: die Einen, die ihren Mut und ihre Energie bewunderten, und die Anderen, die sie für verrückt hielten. Alle waren sich aber darüber einig, dass Klaras Anschuldigung am Gewissen der Dorfbewohner rüttelte und jeden dazu zwang, sich erneut mit der Vergangenheit auseinanderzusetzen. Aber was hatte ihr Bruno mit der Sache zu tun? Da sie sich sicher war, dass er keiner Fliege etwas zuleide tun könnte, verwarf sie den Gedanken wieder und betrat mit dem dampfenden Suppentopf das Wohnzimmer.

Bruno aber war weder im Haus noch im Garten aufzufinden. Er musste den Ausgang über die Terrasse genommen haben, denn durch den Vordereingang wäre er unweigerlich an der Küche vorbeigekommen. Dann aß sie die Suppe eben alleine auf. Hätte Stephanie allerdings gewusst, dass ihr Mann auf dem Weg zum Strand war, um dort einige Unterlagen zu verbrennen, dann wäre ihr vermutlich die Suppe im Halse stecken geblieben.

Bruno konnte in dieser Nacht lang keinen Schlaf finden. Er zitterte immer noch bei dem Gedanken daran, dass er in den Dünen beinahe Klara und dem jungen Marell über den Weg gelaufen wäre.

19. Juni

So, das hab ich nun davon! Warum muss mir David auch ausgerechnet jetzt seine Liebe gestehen? Er weiß doch, dass ich gerade andere Dinge im Kopf habe! Ich fürchte, ich habe ihn ganz schön verletzt. Dabei war er so rührend. Aber ich lasse mich nicht wieder weichklopfen und bin auch nicht in ihn verliebt!!! Nur geschmeichelt durch seine Zuneigung. Doch ich brauche keinen Mann! Einzig und allein seine Freundschaft ist mir wichtig. Ist das zu viel verlangt? Es gibt keine Liebe auf den ersten Blick und die große Liebe, was ist das schon? Eine Seifenblase, die irgendwann zerplatzt! Liebe ist das trügerische Gefühl, das einen überfallen kann, wenn man seinen Verstand ausschaltet. Nein, ich glaube nicht mehr an die große Liebe. David kennt mich doch gar nicht richtig, wie kann er mir da solche Gefühle gestehen? Ich fühlte mich heute Abend wie auf Treibsand und je mehr ich sprach, desto tiefer versank ich im Sand, bis mir die Luft weg blieb beim Anblick seiner enttäuschten Augen. Ich sagte ihm, dass ich zurzeit nicht bereit sei für eine neue Beziehung, dass mein Herz voller Hass, Angst, Trauer und Unruhe sei und für Liebe kein Platz bliebe. Ich will ihn nicht als Freund verlieren, aber ich fürchte, das war's dann! Das Kapitel David ist damit beendet!

Tag 20, dritte Woche

Klara sehnte sich an diesem Donnerstag nicht nach Gesellschaft und sagte kurzerhand ihren Nachbarn ab, die sie zu einem Ausflug eingeladen hatten. Sie erwähnte ihr gestriges Erlebnis am Strand nicht, sondern meinte nur, dass sie mal einen Tag ganz für sich alleine bräuchte. Zu verwirrt waren ihre Gefühle und Gedanken.

Sie fuhr los, ohne konkretes Ziel und ohne Plan, hielt von Zeit zu Zeit an, legte sich an schöne Sandstrände oder in saftige Wiesen, aß eine Kleinigkeit oder starrte einfach nur aufs Meer hinaus. Sie war so damit beschäftigt, die Gedankenfetzen in ihrem Kopf zu ordnen, dass sie ihre Umgebung kaum wahrnahm. Hätte man sie gefragt, wo sie gewesen war, dann hätte sie sich nur an einzelne Bäume und Häuser, vielleicht an den Kellner eines Cafés, aber bestimmt nicht an Dorfnamen und Straßen erinnern können.

Als sie abends mit ihrem Golf in die Hofeinfahrt des weitläufigen Grundstücks fuhr, ertappte sie sich dabei, wie sie leise vor sich hin pfiff. Ihr Gefühlschaos war zwar immer noch nicht aufgeräumt, aber sie hatte sich mit ihrem inneren Kritiker darauf verständigt, sich erst einmal um die Mordangelegenheit zu kümmern. Das würde ihre ganze Energie in Anspruch nehmen.

Sie bog um die Ecke und stellte fest, dass ihr Parkplatz bereits belegt war. Dieses chice Gefährt hätte sie unter Tausenden erkannt: Es war Davids Wagen. Dass ihr Herz bei diesem Anblick einen kleinen Sprung machte, ignorierte sie geflissentlich. Was wollte David noch von ihr? Würde er ihr mitteilen, dass er sie nicht mehr zu sehen wünschte? Sie könnte es ihm nicht verübeln. Allerdings war von David selbst keine Spur zu sehen. Also trat sie in ihre Gîte, setzte Teewasser auf und vertiefte sich in die französische Tageszeitung, die die Monods ihr abends immer unter der Tür durchschoben. Da hörte sie schon Schritte auf dem knirschenden Kies. David hatte offensichtlich bei ihren Vermietern, Herrn und Frau Monod, vorbeigeschaut und dort auf sie gewartet, wie sie mit pochendem Herzen hoffte. Er klopfte an die halb geöffnete Verandatür, die gleichzeitig als Eingangstür diente, aber weder Klingel noch Türklopfer besaß.

„Salut Claire, darf ich hereinkommen?" An seinem Gesichtsausdruck war zu erkennen, dass er vorsichtig geworden war.

„Na klar! Schön dich zu sehen!" Klara schaute ihn mit ängstlichen Augen an, in Erwartung dessen, was er ihr mitzuteilen hatte.

„Ich möchte mich bei dir für mein gestriges Verhalten entschuldigen, vor allem dafür, dass ich geschwiegen habe, als du mich darum gebeten hast, Freunde zu bleiben."

„Du brauchst dich wirklich nicht zu entschuldigen. Im Gegenteil, mir tut es leid, dass ich dir keine andere Antwort geben konnte."

„Bevor wir jetzt die Schuld hin und her schieben, komme ich auf den Punkt", meinte er mit etwas schiefem Lächeln. „Du kannst weiterhin als Freund auf mich zählen. Ich werde dich in dieser schwierigen Situation nicht im Stich lassen." Klara atmete hörbar auf vor Erleichterung. Spontan nahm sie David in den Arm und drückte ihn.

„Danke!", flüsterte sie und schluckte verlegen, um die aufsteigenden Tränen zurückzuhalten, die bereits unter ihren Wimpern glitzerten.

Tag 21, dritte Woche

Eigentlich hatte Klara an diesem schönen Freitagmorgen zum Strand fahren wollen, aber da sie mit ihren Gedanken weit weg war, bog sie in die entgegengesetzte Richtung ab und bemerkte ihren Irrtum erst, als sie schon fast in Davids Hofeinfahrt stand. Verärgert über ihre Gedankenlosigkeit wollte sie gerade wenden. David war heute den ganzen Tag unterwegs, wie er ihr gestern Abend erzählt hatte. Dann fiel ihr aber ein, dass Christine Urlaub hatte, und vielleicht war ihr gerade auch nach einer kühlen Erfrischung im salzigen Nass. Christines Rolle in der Vergangenheit ihrer Eltern war ihr immer noch nicht klar, und so konnte sie Christine vielleicht etwas auf den Zahn fühlen.

Als Davids Schwester ihr öffnete, wirkte sie überrascht, ja fast erschrocken über Klaras unangekündigten Besuch. Sie war unausgeschlafen, ungeschminkt, hatte einen hochroten Kopf und trug ein einfaches, olivgrünes Baumwollkleid, dessen schwarze Spuren darauf hindeuteten, dass sie gerade im Haushalt zugange war. Klara merkte sofort, dass sie keinen günstigen Zeitpunkt für ihren Besuch gewählt hatte. Sie erläuterte kurz ihr Anliegen, und als Christine ihr antwortete, dass sie heute leider nicht mit zum Strand kommen könne, wollte sie sich schnell wieder zurückziehen. Nach kurzem Zögern bat Christine sie aber doch, einzutreten: „Willst du nicht einen Kaffee oder Saft mit mir trinken? Ich bin für jede Ablenkung dankbar."

Sie setzten sich nicht in den Salon, sondern in die geräumige Wohnküche, die blitzblank geputzt und mit den neuesten Geräten ausgestattet war. Als Christine in den Keller ging, um frischen Apfelsaft zu holen, fiel Klaras Blick auf die nur angelehnte Tür zum Wohnzimmer. Sie konnte später nicht mehr nachvollziehen, warum sie, die eigentlich nie neugierig war, von dieser Tür magisch angezogen wurde. Als sie sich ihr näherte, fiel ihr die ungewöhnliche Wärme auf, die aus dem Raum floss und ein seltsames, gleichmäßig an Lautstärke ab- und zunehmendes Geräusch schlug ihr entgegen. Als sie die Tür vorsichtig aufschob, erkannte sie auch dessen Ursache: Im Kamin brannte an diesem herrlichen Sommertag morgens ein Feuer. Zwar stand die Terrassentür weit offen, aber die Hitze war trotzdem unerträglich. Klara trat unwillkürlich noch einen Schritt näher, und sah, dass im Kamin kein Holz, sondern zusammengeknülltes Papier lag, das von den Flammen schon fast aufgezehrt war. Was um alles in der Welt machte Christine da?

„Suchst du etwas?" Christines Stimme klang kalt und scharf.

Klara zuckte zusammen: „Nein, entschuldige bitte, ich wollte nicht neugierig sein. Aber ich hörte ein Rascheln im Wohnzimmer und spürte diese Wärme, die durch den Türspalt drang, da wollte ich nachschauen, ob alles in Ordnung ist."

„Ich habe beim Aufräumen alte Steuerunterlagen gefunden, die ich nun verbrenne", fügte Christine etwas freundlicher hinzu und Klara hatte das Gefühl, dass sie sich zu rechtfertigen versuchte.

„Ich weiß, dass ein heißer Sommertag der denkbar ungünstigste Tag für solche Aktionen ist, aber wenn ich etwas loswerden will, dann dulde ich meistens keinen Aufschub", meinte sie erklärend.

„Ist doch o.k.", antwortete Klara, aber überzeugt war sie von Christines Rechtfertigungsversuch nicht. Sie trank den kühlen Apfelsaft etwas zu schnell aus und da das Gespräch nicht mehr richtig in Gang kommen wollte, verabschiedete sie sich bald zum Strand.

Tag 22, vierte Woche

Als es an die Tür klopfte, war Klara noch im Badezimmer zugange. Da sie einen ihrer Nachbarn erwartete, rief sie laut „Die Tür ist offen" und beendete rasch ihre Morgentoilette. Als sie in den Salon trat, saß David auf einem der Stühle, über eine Zeitung gebeugt. Mit ihm hätte sie zuletzt gerechnet.

Überrascht rief sie: „David? Ich dachte, du bist heute den ganzen Tag bei einem deiner Hauptkunden?"

„Guten Morgen Claire. Ich habe den Termin für heute abgesagt."

„Aber wieso denn? Die Verabredung war dir doch sehr wichtig." Fragend schaute Klara David an. Der räusperte sich und blickte zurück.

„Ja, aber ich hatte irgendwie das Gefühl, dass du mich heute dringender brauchen könntest. Hast du Lust auf einen Tag Abwechslung ohne Mördersuche?"

„Wo soll es denn hingehen?" Klara war skeptisch und fühlte sich von David nicht ernst genommen. Hatte er mit Christine gesprochen?

„An der Côte Fleuri entlang bis nach Deauville oder Trouville, zwei noble Badeorte, die du gesehen haben solltest. Dein Großvater meinte, dass es dir dort sicherlich gefallen würde." Klara hob zweifelnd ihre Augenbrauen.

„Bertrand? Wie kommt er denn auf diese Idee?"

„Um ehrlich zu sein: Er hat gestern Abend bei mir angerufen und war ziemlich besorgt um dich", sagte David. „Er bat mich, dich etwas von deinen Sorgen abzulenken."

Bertrand also! Was führte der alte Fuchs im Schilde?

Obwohl David nicht wirklich aussah, als ob er große Lust auf ihre Gesellschaft hätte, und Klara nicht wirklich überzeugt war, willigte sie schließlich ein. Als sie die Terrassentür abschloss, dachte sie: „Wovon will er mich ablenken?", und stieg mit gemischten Gefühlen in Davids Cabriolet.

Deauville und Trouville waren in der Tat zwei schöne Städtchen, die erkennen ließen, dass sich hier einmal die High Society von Frankreich getroffen hatte und dass sie immer noch ein Pflaster für die Reichen und Schönen waren. Es gab prachtvolle Villen und Schlösschen, auch die Strandpromenaden waren eher Alleen, aber die vielen Menschen sowie der Lärm und Gestank der Autos machten Klara zu schaffen. David lud sie in ein gemütliches kleines Restaurant ein. Nach einem

Aperitif und dem ersten Gläschen Wein brach David sein Schweigen und auch Klaras Zunge wurde gelöster.

„Ich glaube, ich bin heute nicht wirklich in der Stimmung, um dich aufzumuntern. Tut mir leid", fing David an.

„Kein Problem, mir ist heute auch nicht nach Reden zumute."

„Ich fürchte, mein Geständnis neulich hat unsere Freundschaft doch zerstört, oder warum bist du so zurückhaltend?" Davids Augen blitzten traurig auf.

„Nein, es geht nicht um dich." Warum dachten die Männer eigentlich immer, dass sich alles nur um sie drehte?

„Was bedrückt dich dann?" War er wirklich so ahnungslos, wie er vorgab? Hatte er mit Christine gesprochen? Klara gab sich einen Ruck.

„Deine Schwester war gestern etwas verwirrt."

„Was meinst du mit ‚verwirrt'?"

„Nun, sie hat mitten im Sommer ein Kaminfeuer angezündet, um alte Steuerunterlagen zu vernichten!"

„Sie hat was ...?" David ließ die Salatgabel fallen und ein dunkler Fleck Balsamicoessig breitete sich auf seinem weißen Hemd aus.

„Ja, ich habe unangemeldet bei ihr vorbeigeschaut und ein Kaminfeuer im Salon entdeckt."

„Das wundert mich wirklich. Sie weiß doch, dass bei mir im Büro ein Aktenvernichter steht. Den benutzt sie sonst auch immer." Davids Verwunderung klang echt und Klara bekam ein schlechtes Gewissen, dass sie an seiner guten Absicht gezweifelt hatte.

„Vielleicht wollte sie deinen unangenehmen Fragen ausweichen", vermutete sie deshalb.

„Was glaubst du, was sie vernichtet hat?" David hatte den braunen Essigfleck auf seinem Hemd noch nicht bemerkt, obwohl Klaras nervöser Blick unablässig darauf fiel.

„Ich habe keine Ahnung. Es sah aus wie handbeschriebenes Papier, aber ich kann mich auch täuschen. Vielleicht waren es Briefe."

„Und was hat das zu bedeuten?"

„Nun überleg doch mal. Vor zwei Tagen habe ich alle damit konfrontiert, dass ich nicht an Selbstmord glaube ..." Jetzt war es heraus.

„Du willst doch nicht sagen, dass Christine etwas damit zu tun hat?", unterbrach sie David entgeistert.

„Ich hoffe nicht, aber findest du nicht auch, dass dies äußerst seltsam ist?"

„Du hast recht, das ist wirklich nicht Christines Art. Wir müssen der Sache auf den Grund gehen. Ich möchte nicht, dass auf meiner Schwester ein so schwerer Vorwurf lastet. Wir fahren sofort zu ihr und stellen sie zur Rede." Jeder Widerspruch war zwecklos: David wollte sich Klarheit verschaffen.

*

Christine lief aufgeregt von einem Ende des Wohnzimmers zum anderen. David und Klara saßen aufrecht auf dem teuren Ledersofa und beobachteten jede ihrer Regungen. Klara kam sich vor wie die Richterin in einem Prozess und fühlte sich ziemlich unwohl. Mehr noch: Christine tat ihr leid, die mit ihrer Fassung kämpfte, ihre Tränen hinunterschluckte und wie ein im Käfig gefangenes Tier wirkte.

David war ohne Umschweife auf den Punkt gekommen und erwartete nun eine Erklärung von ihr. Christine kam ins Stottern: „Ich weiß auch nicht, was ich mir dabei gedacht habe. Vermutlich hatte ich einen Sonnenstich und konnte nicht klar denken."

„Schwesterherz, komm auf den Punkt", mahnte sie David.

„Muss alles immer einen Grund haben, muss es logisch sein? Darf ich nicht auch einfach mal etwas Unüberlegtes tun?"

„Christine, nun mach schon." Da war er wieder, der erhobene Zeigefinger. David ging mit seiner Schwester nicht gerade zimperlich um.

„Ja, ich habe Dinge verbrannt, die niemand sehen sollte, aber ich habe mir absolut nichts vorzuwerfen. Warum spielt ihr euch hier zum Richter auf? David, was soll das Verhör?" So langsam ging sie von der Defensive in die Angriffsposition über.

Schließlich konnte es Klara nicht länger mit ansehen. Sie stand auf, drückte Christines Arm und fragte besorgt: „Was bedrückt dich, Christine? Willst du dich uns nicht anvertrauen?"

Da brach Christines Widerstand. Vielleicht war es die Sorge in Klaras Blick, vielleicht war sie aber auch nur am Ende ihrer Kräfte. Hilflos sah Klara, wie die Tränen aus Christines Augen schossen. Wer hätte gedacht, dass die rationale Christine zu solchen Gefühlsausbrüchen fähig war. Klara nahm Christine in die Arme und ließ ihr Zeit, sich zu beruhigen. Irgendwann löste sie sich von Klara und begann mit leiser Stimme zu sprechen: „Also gut, ihr hättet es vermutlich sowieso irgendwann erfahren. Ich hatte gestern eine Kurzschlussreaktion. Beim Aufräumen bin ich auf meine alten Tagebücher gestoßen." Sie stockte.

„Ja, und?“, ermutigte sie David.

„Es waren die Bücher aus der Zeit, in der dein Vater gestorben ist. Ich war damals sehr verliebt in ihn, aber ich glaube, er hatte nichts davon bemerkt. Er war die große Liebe meines Lebens und als ich ihn nicht haben konnte, wollte ich keinen anderen.“

„Aber das ist doch nichts Schlimmes, oder? Wieso hattest du solche Angst davor, es uns zu erzählen?“, hakte David nach. Christine zögerte noch einen Moment. Dann brach es aus ihr heraus.

„Klara suchte nach einem Mordmotiv. Und Eifersucht ist immer noch das häufigste Motiv für einen Mord. Da habe ich die verräterischen Bücher einfach verbrannt. Ich schwöre euch aber, dass ich mit dem Mord nichts zu tun habe. Ich habe deine Mutter genauso geliebt wie deinen Vater und habe den beiden ihr Glück wirklich gegönnt. Im Tagebuch habe ich anfangs weniger nett über deine Mutter geschrieben. Natürlich war ich sauer auf sie, verbittert und sehr enttäuscht von Philippe. Ich hatte immer damit gerechnet, dass er mich eines Tages heiraten würde. Ich habe mich gefühlt wie eine Lückenbüßerin, die so lange gut war, bis die wahre Traumfrau auftauchte. In so einem Zustand schreibt man weniger schöne Dinge in ein Tagebuch.“

„War etwas zwischen dir und meinem Vater?“ Jetzt wollte Klara es ganz genau wissen.

„Nein, gar nichts!“, sagte Christine. „Und das musste ich mir dann auch selbst eingestehen. Nicht er hatte mich getäuscht, sondern ich hing falschen Träumen nach. Als ich das begriffen hatte, konnte ich deine Mutter auch lieben. Sie war einfach zu hinreißend, um sie nicht zu mögen.“

„Dann musst du sie sehr gehasst haben, als du von ihrem angeblichen Ehebruch erfahren hast?“, vermutete Klara.

„Ja, ich war schockiert. Der mir liebste Mensch auf der Welt war tot und meine beste Freundin sollte daran schuld sein. Ich wollte nicht begreifen, dass sie mich so täuschen konnte.“

David war von der Unschuld seiner Schwester überzeugt, doch Klara wurde immer stiller. Irgendetwas stimmte nicht mit Christine. Irgendein Detail hatte Klara übersehen oder es passte nicht ins Gesamtbild, aber sie kam nicht darauf, was es sein könnte. Je mehr sie grübelte, desto undurchdringlicher wurde der Nebel in ihrem Kopf.

Tag 23, vierte Woche

Olivier und Karine hörten gespannt zu, als Klara am nächsten Morgen von Christines seltsamem Verhalten und ihrem intimem Geständnis berichtete. Allerdings hörte sich das in ihren Ohren ganz plausibel an. Auch Klara konnte sich ihre Zweifel rational nicht erklären. Aber sie standen im Raum und ließen sich nicht beseitigen.

„Wie wär's, versuch es doch mal mit einer kleinen taktischen Lüge", unterbrach Olivier schließlich ihre Gedankengänge.

„Wie meinst du das?" Klara konnte damit nichts anfangen.

„Lass im Café verlauten, dass du wichtige Beweise gefunden hast, die die Polizei soeben auswertet, und dass du dir davon weitere Erkenntnisse erhoffst."

„Und wenn nachgehakt wird, wie diese Erkenntnisse aussehen?"

„Dann erzählst du einfach, dass alles noch sehr geheim ist und du nicht darüber sprechen darfst." Für Olivier war wieder einmal alles ganz einfach. Klara beneidete ihn um diese Charaktereigenschaft. Bei ihr mussten die Probleme immer auseinandergenommen und von allen Seiten betrachtet werden. Und wenn ihr das Ergebnis nicht gefiel, schmiss sie es zurück in einen Topf, rührte kräftig um und fing von vorne an.

„Olivier, kann es sein, dass du zu viele Kriminalromane liest?", schaltete sich nun auch Karine ein, die den Plan ihres Mannes alles andere als brillant fand.

„Manchmal verursachen die einfachsten Dinge die größte Wirkung", verteidigte sich Olivier.

„Meinst du wirklich, dass ich das ausprobieren sollte?" Klara klammerte sich an die Idee wie an einen rettenden Strohhalm. Olivier zuckte mit den Achseln.

„Warum nicht, was hast du zu verlieren? Und schließlich hat deine letzte Äußerung sogar bei der sonst so selbstsicheren Christine eine seltsame Kurzschlussreaktion ausgelöst."

*

23. Juni

Hoffentlich geht das gut! Ich habe tatsächlich Oliviers Rat befolgt und heute Nachmittag im Café François von angeblich neuen Erkenntnissen erzählt. Das Lügen liegt mir überhaupt nicht – ich kann nur hoffen, dass es wenigstens seinen Zweck erfüllt. Die Neugierde der Anwesenden habe ich jedenfalls geweckt, aber ich gab mich geheimnisvoll und habe nicht viel preisgegeben. Da der Mann der Bäckerin auch anwesend war, ist der Umlauf des Gerüchts gesichert.

Auf dem Weg zum Strand traf ich Catherine. Netterweise bot sie mir an, ein Auge zuzudrücken, wenn ich Einsicht in alte Notarsunterlagen haben wollte. Momentan wüsste ich allerdings nicht, wozu. Jedenfalls ist es sehr freundlich von ihr, mir diese Hilfe anzubieten. Wer weiß, vielleicht muss ich irgendwann darauf zurückgreifen.

Am Strand habe ich meine Farben ausgepackt und einige Strandszenen zu Papier gebracht. Ich habe beschlossen, die Bilder in Sarahs Zimmer aufzuhängen. Gestern habe ich mit ihr telefoniert: Sie klang erstaunlich fröhlich und freut sich sehr auf ihre neue Bleibe im Schloss. Ich versprach ihr, beim nächsten Besuch ein paar Fotos mitzubringen. Nur zu dumm, dass ich Bertrand noch nichts davon erzählt habe ...! Ich muss ihn dringend mal wieder besuchen.

Tag 24, vierte Woche

Wohin das Auge reichte, sah man nur schöne, gepflegte Fachwerkhäuschen mit Strohdach und blühende Gärten mit alten Bäumen, welche die Bewohner dieses verwunschenen Örtchens vor den Blicken der neugierigen Besucher schützen sollten. David und Klara saßen am Seineufer von Vieux Port und hatten eine kleine Picknickpause eingelegt. Das Picknick hatte dieses Mal Klara zusammengestellt und sie wusste gar nicht, was sie zuerst tun sollte, die leckeren Köstlichkeiten verzehren oder sich auf die Suche nach Fotomotiven machen.

Vergessen waren die Zweifel, das erneute Angebot Davids zu einem gemeinsamen Ausflug anzunehmen. Gestern Abend hatte er bei ihren Nachbarn angerufen. Karines vielsagendes Lächeln, als sie ihr das Telefon in die Hand drückte, hatte ihr nicht gefallen. Alleine schon deswegen wollte sie sein Angebot eigentlich ablehnen.

„Ich muss mal wieder bei Bertrand vorbeischauen", war ihre lasche Begründung.

„Das können wir doch abends gemeinsam machen."

„Aber da bin ich bei meinen Nachbarn zum Abendessen eingeladen", erwiderte sie.

„Nein, wir sind morgen doch gar nicht da", rief Karine übertrieben laut und ihr Lächeln wurde immer breiter. Klaras Augen schossen spitze Pfeile in ihre Richtung. Doch da ihr keine weitere Ausrede einfiel, sagte sie David schließlich zu. Auf ihren vorwurfsvollen Blick hin meinte Karine nur: „Das ist doch die beste Gelegenheit, ihn weiter über Christine auszufragen."

Nun saßen sie also am Seineufer und unterhielten sich über Gott und die Welt. Klaras Bedenken, dass David eine weitere romantische Gelegenheit suchte, um ihr den Hof zu machen, waren völlig unbegründet. Vielleicht war seine Verliebtheit doch nicht so ernst gewesen, dachte sie irritiert. Sie schob den Gedanken aber schnell beiseite, denn der Tag war einfach zu schön zum Grübeln. Zu gerne hätte sie hier den ganzen Tag mit Fotografieren und Malen verbracht, aber schließlich reichte die Zeit nur für eine einfache Kreideskizze am Seineufer mit Blick auf das an einen Hang gebaute Vieux Port. Da David ihr die ganze rechte Seite der Seine zeigen wollte, die bis zur größeren und im Kern sehr mittelalterlichen Stadt Rouen reichte, mussten sie sich bald wieder auf den Weg machen.

In Rouen ließ David sie eine halbe Stunde alleine in einem Café zurück, da er einen kurzen geschäftlichen Besuch bei einem Kunden machen musste. Klara unterdrückte ihren Missmut darüber, dass er ihren Ausflug mit einem Geschäftstermin verband, und lächelte charmant: „Geh nur! Es macht mir nichts aus. Ich beobachte gerne die Passanten." Doch sie wurde den Gedanken nicht los, dass er diese Route nicht ihretwegen, sondern wegen seines geschäftlichen Treffens ausgesucht hatte.

Auf dem Rückweg machten sie schließlich noch einen Abstecher mit der Autofähre zum anderen Seineufer nach Jumièges. Hier hatte im Mittelalter eines der beeindruckendsten Klöster gestanden, die sich links der Seine angesiedelt hatten. Die Klosterruinen und der sich anschließende, weitläufige Park ließen die immensen Ausmaße des einstigen geistigen Mittelpunkts dieser Region erahnen. Fasziniert betrachtete Klara die kargen Torbögen und Teile des Kirchenschiffs, die imposant in die Höhe ragten. Sie schämte sich ihrer undankbaren Gedanken. David hatte sich wirklich viel Zeit für sie genommen und ihr einige Juwelen der Region gezeigt.

*

Sarah lief mit klopfendem Herzen die Einfahrt zu Klaras Gîte entlang. Sie konnte Klaras erstauntes Gesicht kaum erwarten. Hoffentlich war sie zu Hause! Vielleicht hätte sie sich doch ankündigen sollen? Doch ihre Zweifel wischte sie mit einem Lächeln beiseite. Noch befand sie sich nicht in Sicherheit, noch musste sie vorsichtig sein, von niemandem gesehen zu werden. Da man ihr in der psychiatrischen Anstalt keine Genehmigung für diesen kurzen Ausflug erteilt hatte, hatte sie kurzerhand beschlossen, sich heimlich auf den Weg zu machen. Sie hatte es gründlich satt, mit den ganzen Verrückten zusammenzuwohnen. Die Sehnsucht nach einer Freundin, mit der sie ganz normal reden konnte, ohne sich zu verstellen, war so groß, dass sie Unwägbarkeiten und die negativen Konsequenzen ihrer Flucht in Kauf nahm.

Sarah wurde vom Pflegepersonal unterschätzt, was ihr eine gewisse Freiheit einräumte. Und so hatte sie in den letzten Tagen die allabendliche Zeremonie genau verfolgt und sowohl die Ärzte als auch das Pflegepersonal beobachtet. Sie kam zu dem Schluss, dass es durchaus machbar war, für eine Nacht zu verschwinden, ohne dass es in der Psychiatrie bemerkt würde.

Man hatte ihr bei der Einlieferung in die Anstalt das bisschen Geld gelassen, das sie bei sich trug. Dies finanzierte ihr den Abendzug von Caen nach Cabourg und die Busfahrt nach Gironde. Da man sie hier kannte, zog sie ihre Schildmütze tief ins Gesicht und mied belebte Straßen. Als sie schließlich den von Klara beschriebenen Hof mit den drei Fachwerkhäuschen betrat, freute sie sich sehr auf ein Wiedersehen mit ihr. Jetzt musste sie nur noch herausfinden, welches der drei Häuschen Klara bewohnte. Sarah war die hereinbrechende Dämmerung sehr willkommen und in ihrer dunklen Kleidung wurde sie fast von ihr verschluckt.

Als sie um die letzte Ecke bog, wurden ihre Pläne mit einem Paukenschlag zunichte gemacht. Fast wäre sie mit einer ebenfalls schwarz gekleideten Person zusammengestoßen, die über den Hof schlich. Während ihr das Herz in die Hose rutschte, unterdrückte sie mühsam einen Schreckensschrei.

„Mach dich unsichtbar, geh einfach weiter", dachte sie, senkte ihren Blick und wollte sich schnell vorbeidrängeln. Doch dann erkannte sie, dass ihre Tarnung aufgeflogen war.

„Ach, sieh mal einer an. Das ist doch die kleine Sarah, die im Irrenhaus sein sollte."

„Was wollen Sie von mir? Lassen Sie mich durch." Sarah ballte ihre Fäuste und machte Anstalten weiterzugehen. Ihr Gegenüber aber griff nach ihrem Ellenbogen.

„Ich würde an deiner Stelle nicht weitergehen – du bist doch bestimmt abgehauen, stimmt's?"

„Nein, das stimmt nicht!" Sarah wollte sich um nichts in der Welt von ihrem Vorhaben abbringen lassen. Mit einem Satz nach hinten schüttelte sie sich frei. Ihr Gegenüber verzog ihr Gesicht zu einer Fratze.

„Ach und das soll ich dir glauben, du kleine Hure? Du hast hier nichts zu suchen. Verzieh dich lieber und vergiss, dass du mich hier gesehen hast. Dann werde ich dich auch nicht im Irrenhaus verpfeifen", wisperte die schwarz gekleidete Gestalt drohend.

*

David bog gerade in die Straße zu Klaras Gîte ein, als sein privates Handy klingelte. Sein Vater war am Apparat. Er klang sehr aufgeregt. In einem der Lagerräume hatte er eine große Alkoholpfütze entdeckt, konnte den Schaden aber nicht beheben, da er in keinem der Fässer ein Leck erkennen konnte. Der Ausfluss wurde von Minute zu Minute größer und David sollte so schnell wie möglich kommen, da er beweglicher war und auch auf die riesigen Eichenfässer klettern konnte.

„Lass mich einfach hier raus. Ich hab's ja nicht mehr weit", bot Klara an und David wendete, um sich so schnell wie möglich um den Schaden zu kümmern. Schließlich zählte jede Minute.

Klara war ganz froh darüber, dass sie nach der langen Autofahrt noch ein paar Minuten gehen konnte und um neun Uhr abends war die Luft schon wieder angenehm abgekühlt. Sie freute sich auf einen ruhigen Abend auf ihrer Terrasse mit einem Gläschen Wein und einem guten Buch.

Als sie den einfachen Schlüssel in der Verandatür umdrehte und den großen Salon betrat, beschlich sie ein seltsames Gefühl. Sie hörte kein Summen von Fliegen, kein Brummen des Kühlschranks, nur ein unheimliches, leises Zischen. Klara ging zögernd weiter; auf dem Boden in Richtung Küche sah sie drei Fliegenkadaver liegen und schließlich roch sie es: Gas! Panik durchflutete Klaras Gehirn. Sie stolperte mit wackligen Beinen aus dem Haus, holte ihren Nachbarn mit einem Sturmklingeln unter der Dusche hervor und rief dem tropfnassen und nur in ein Handtuch gewickelten Olivier nur das Wort „Gas" zu.

„Das ganze Haus riecht nach Gas", fügte sie völlig außer Atem hinzu. Olivier überlegte nicht lange. Er rannte zu Klaras Gîte hinüber, drehte den Hauptgashahn in der Küche zu, riss die Tür zum Garten auf und öffnete sämtliche Fenster. Erst dann fiel ihm auf, dass sein Badetuch inzwischen auf den Fußboden gerutscht war.

„Das gibt's doch nicht!", rief er, sich wieder umständlich einwickelnd, „hast du heute Morgen vergessen den Herd abzudrehen?"

„Nein, ich habe den Herd heute Morgen überhaupt nicht benutzt, ich habe nur eine Tasse kalte Milch getrunken", keuchte Klara.

Sie wollte gerade die Knöpfe am Herd überprüfen, als Olivier sie daran hinderte: „Nein, rühr besser nichts an. Das soll die Polizei überprüfen. Vielleicht hat jemand an deinem Herd herumgebastelt."

*

Benommen saß Klara auf der Holzbank in ihrem Wohnzimmer. Sie konnte immer noch nicht fassen, was passiert war. Zum Glück war Olivier in der Nähe gewesen. Normalerweise zündete sie abends gerne eine Kerze an, wenn sie die Wohnung betrat. Was wäre wohl passiert, wenn sie das Gas nicht gleich gerochen hätte?

Olivier hatte sofort die Polizei gerufen, die das Haus nach Einbruchspuren absuchte. Allerdings konnte sie weder an der Eingangstür in den Salon noch an der Tür vom Garten in die Küche Kratzspuren oder fremde Fingerabdrücke erkennen. Klara und Olivier waren aber fest davon überzeugt, dass der Gasaustritt kein Zufall war, sondern dass ein Fremder seine Hand im Spiel hatte.

Da die beiden Türen alles andere als einbruchsicher waren, hätte man sie ohne Weiteres mit einem normalen Dietrich öffnen können. Wer es darauf anlegte, konnte auch ohne Probleme an Klaras Schlüssel kommen. Schließlich war sie oft genug alleine am Strand und hatte vom Wasser aus ihre Badetasche nicht immer im Blick. Sie musste zugeben, dass sie darauf auch nie geachtet hatte, denn außer ihrem Auto- und Wohnungsschlüssel bewahrte sie niemals Wertsachen darin auf.

Auf Oliviers Drängen hin – Klara hatte an diesem Abend nicht mehr die Kraft, sich energischer zu äußern – untersuchte die Polizei schließlich auch den Gasherd in der Küche genauer. Tatsächlich stellte sich heraus, dass bei einem Gasregler durch Kappung der Sprungfeder das Zurückspringen des Schalters auf Normalstellung verhindert wurde und somit Gas ausströmte, ohne dass der Herd eingeschaltet war. Es waren leichte Kratzspuren zu erkennen – offensichtlich war jemand bei dieser Arbeit mit seinem Werkzeug ausgerutscht. Es sah nicht sonderlich professionell aus. Doch zumindest war davon auszugehen, dass der Eindringling Handschuhe getragen hatte, denn fremde Fingerabdrücke waren nirgends zu finden. Die Polizei glaubte nun auch an einen Einbruch und nahm gleich vor Ort ein Protokoll auf. Außerdem wurden die beiden Eingangstüren mit einem einfachen Pocket-Alarmsystem versehen, das sofort einen schrillen Ton ausstieß, sobald die Tür von außen unbefugt geöffnet wurde.

Dennoch fühlte sich Klara alles andere als sicher. Sie hatte von Oliviers Telefon aus kurz ihren Großvater angerufen und ihm Bescheid gegeben, dass sie ab morgen bei ihm wohnen würde. Um ihn nicht unnötig zu beunruhigen, erwähnte sie den Grund dafür nicht.

Olivier und die inzwischen heimgekehrte Karine drängten sie, die letzte Nacht bei ihnen zu verbringen, aber sie hatte dankend abgelehnt. Sie wollte allein sein, um ihre Gedanken zu ordnen – und außerdem war es ziemlich unwahrscheinlich, dass der Eindringling gleich zwei Mal an einem Abend kam.

Ein Gedanke aber brannte sich in Klaras Gehirn und ließ sie erschaudern: Wollte sie wirklich jemand umbringen oder sollte dies nur eine Warnung sein? Nicht auszudenken, was passiert wäre, wenn sie nur eine halbe Stunde später nach Hause gekommen wäre. Das Drehen eines Metallschlüssels im hölzernen Schlüsselloch hätte vermutlich schon ausgereicht, um den nötigen Funken für eine Gasexplosion zu liefern. Das hölzerne Fachwerkhaus hätte lichterloh gebrannt. Was aus ihr geworden wäre, wollte sie sich gar nicht erst ausmalen.

Dann fiel ihr ein, dass sie im Café hatte verlauten lassen, sie hätte wichtige Hinweise gefunden. War das der Grund für den Gasanschlag? Sie würde sich jedenfalls nicht von ihrem Vorhaben abbringen lassen – jetzt erst recht! Diesem Unmenschen würde sie das Handwerk legen. Auch die Polizei glaubte ihr nun, dass sie bedroht wurde. Dafür gab es nur einen Grund: Jemand versuchte sie an den Ermittlungen am Mord ihres Vaters zu hindern. Das musste der Polizei doch auch einleuchten, oder? Die müsste sie mehr unterstützen!

Klaras Kampfgeist kehrte zurück und sie ballte beide Fäuste: „Dich krieg ich, du mieses Schwein!“

*

Sarah war ziemlich verwirrt, als sie mitten in der Nacht das Gelände der psychiatrischen Anstalt betrat. Verwirrt und wütend. Wie hatte sie sich nur so einschüchtern lassen können, dass sie ihr Vorhaben nicht zu Ende brachte! Jetzt war ihre Mühe ganz umsonst gewesen und sie hatte ihr letztes Geld für Nichts verschwendet. Verärgert stampfte sie mit den Füßen auf und hielt mühsam ihre Tränen zurück. Nur diesem unglückseligen Umstand war es zuzuschreiben, dass Sarah bei ihrer Rückkehr nicht so vorsichtig war wie bei ihrem Ausbruch. Sonst hätte sie die in der Dunkelheit glimmende Zigarette gesehen. Dort stand ein Arzt, der an Schlafstörungen litt. Ehe sie sich versah, packte er sie am Kragen und fuhr sie an: „Was hast du hier draußen zu suchen?"

„Ich wollte mir nur kurz die Füße vertreten", wand sich Sarah aus dem Griff des Arztes.

„Du weißt, dass das um diese Uhrzeit verboten ist."

„Aber es war so warm und stickig in meinem Zimmer", jammerte Sarah weiter.

Mist, heute schien auch wirklich alles schiefzugehen! Jetzt durfte nur niemand entdecken, dass sie ein abgestempeltes Zugticket und eine Busfahrkarte bei sich trug. Aus Erfahrung wusste sie, dass sie auch auf Drogen, Messer und andere gefährliche Gegenstände überprüft würde. Sie musste die Tickets so schnell wie möglich loswerden. Vielleicht konnte sie dann tatsächlich glaubhaft machen, dass sie nur kurz an der frischen Luft gewesen war. Schon hatte sie die Tickets in ihrer Hand zusammengeknüllt. Sie nutzte die Gelegenheit, als der Arzt seufzend seine Zigarette ausdrückte, um das belastende Material in einer Hecke zu entsorgen.

„Rauchen ist auf dem Gelände verboten", stichelte sie und schaute den Arzt herausfordernd an.

„Jetzt auch noch frech werden", beschwerte sich dieser. Er griff in die Tasche seines Kittels und suchte nach etwas. "Wo ist mein Feuerzeug? Habe ich es verloren?", murmelte er vor sich hin. Sarahs Mut sank, als er sich über die Hecke beugte und kurze Zeit später ihre zusammengeknüllten Fahrkarten in der Hand hielt.

„Wer zum Teufel benutzt unseren Garten als Abfalleimer?", brummte der Arzt verärgert. Sarah versuchte ihn abzulenken.

„Mir ist kalt. Können wir nicht endlich reingehen?" Doch der Arzt hatte schon das Ticket glattgestrichen und das Datum entziffert.

„So, du warst also nur im Garten, was? Das wird Konsequenzen haben. Ich sehe dich morgen um acht beim Anstaltsleiter."

Der Anstaltsleiter! Würde man ihr nun ihre mühsam erkämpften Vorrechte streichen und sie wieder einsperren? Verzweifelt flehte Sarah den Arzt an: „Bitte, ich hatte einen Grund, nach Gironde zu fahren. Es war lebenswichtig. Und ich bin zurückgekommen. Was also ist daran so schlimm? Außerdem muss ich dringend telefonieren. Ich muss jemanden warnen – das kann nicht bis morgen warten."

„Und ob es das kann", schimpfte der Arzt. „Deine Fantasie geht wieder mit dir durch, Sarah. Ich werde dir noch ein Beruhigungsmittel verabreichen."

*

Das Geräusch eines sich nähernden Autos riss Klara aus ihren trüben Gedanken, ihr Herz raste sofort. Wer kam zu so später Stunde – es war mittlerweile halb zwölf Uhr – noch zu ihr? Kam der Eindringling zurück und wollte seine Sache zu Ende bringen? Sie schaltete sofort das Licht aus und stellte sich hinter der Gardine ans Fenster. Dann gab sie Entwarnung: Es war Davids Wagen.

Verwundert über seinen späten Besuch war sie dennoch. Sie dachte gerade noch rechtzeitig daran, die Kontaktschleife der Alarmanlage zu entfernen, dann öffnete sie die Tür. Er sah sehr besorgt aus.

„Was ist mit deinem Leck?", fragt sie als ob nichts geschehen wäre.

„Es war nicht so schlimm. Mein Vater hat maßlos übertrieben, wir haben alles wieder im Griff. Aber was dir passiert ist, ist ja einfach entsetzlich. Wie kannst du hier so ruhig sitzen? Pack deine Sachen und fahr zu deinem Großvater." Er merkte gar nicht, dass er Klara heftig an den Schultern rüttelte, so aufgeregt war er.

„Woher weißt du davon?" Klaras Stimme klang skeptisch und kühl.

„Ich habe bei Olivier angerufen, weil ich mich erkundigen wollte, ob du gut nach Hause gekommen bist und da hat er mir alles erzählt", sagte David. „Ich bin sofort ins Auto gesprungen und hierher gefahren. Wie geht es dir, Claire?"

„Ich bin in Ordnung", meinte Klara abwesend, während ihr Gehirn fieberhaft arbeitete. „Du sagst, das Leck war nicht so schlimm? War Christine dabei?"

„Ja, sie hatte meinen Vater dazu veranlasst, mich anzurufen. Völlig hysterisch! Aber worauf willst du hinaus? Claire, du solltest heute Nacht nicht alleine hier bleiben." Seine Stimme klang irritiert.

Aber Klara ließ nicht locker. Das Ereignis des heutigen Abends hatte sie nicht geschwächt, sondern stärker gemacht. Sie hatte einen Schutzwall um sich herum aufgebaut: Traue keinem und stelle alles in Frage. Niemand kann dich verletzen!

Schließlich begriff David Klaras Misstrauen: „Du willst doch nicht allen Ernstes behaupten, dass Christine etwas mit dem Gasherd zu tun haben könnte? Claire, komm zu dir. Das ist völlig absurd! Christine wäre nie im Leben zu so etwas fähig."

„Hast du vergessen, dass Christine unglücklich in meinen Vater verliebt war? Die meisten Morde passieren im Affekt aus Eifersucht oder unerfüllter Liebe."

„Du kennst Christine doch gar nicht – das ist Blödsinn. Claire, was sollen deine Anschuldigungen?"

„Ich behaupte doch gar nicht, dass sie es getan hat. Ich kann sie nur nicht völlig entlasten", verteidigte sich Klara.

„Wir finden deinen Mörder! Ich verspreche es dir. Ich helfe dir dabei."

„Sprich mit mir nicht wie mit einem Kind. Ich kann noch sehr gut klar denken. Deshalb gibt es mir auch Rätsel auf, weshalb Christine so darum bemüht war, dass ich heute Abend alleine zu Hause bin und du auf keinen Fall bei mir bist, als es passierte."

„Als was passierte?"

„Als der Gasherd zu explodieren drohte. Ich, ich weiß doch auch nicht, was ich von der Geschichte halten soll. War es Zufall oder Berechnung? Wollte mich jemand aufrütteln, mir Angst einjagen oder mich gar töten?"

Klaras lange unterdrückte Emotionen kamen hoch und entluden sich an David. Der wusste nicht, wie ihm geschah. Klara geriet in Panik und als David sie beruhigend am Arm fasste und ihr Gesicht zu sich drehen wollte, um ihr in die Augen sehen zu können, schlug sie ihn aus einem Reflex heraus auf die Wange.

„Rühr mich nicht an", schrie sie und brach in Tränen aus. Das brach ihre Barriere.

„Entschuldige, das wollte ich nicht", schluchzte sie und streichelte den roten Striemen, den ihre Hand in seinem Gesicht hinterlassen hatte.

„Es ist schon gut, alles ist gut!" David nahm Klara tröstend in die Arme.

„Ich bin nervlich völlig am Ende. Dass ich das gerade an dir auslasse, ist wirklich das Letzte. Du darfst mich ruhig dafür hassen."

„Claire, ich könnte dich niemals hassen. Du weißt doch, dass ich dich liebe – über alles. Es ist doch nur verständlich, dass du durchdrehst, nach allem, was du mitgemacht hast."

Er streichelte ihr Gesicht und wischte die Tränen weg, die ihr unablässig die Wangen hinunterliefen. Und dann ließ sie sich fallen.

Als David ihre Lippen sanft berührte, leistete sie keinen Widerstand. Sie erwiderte seinen Kuss erst zögernd, dann fordernd und schließlich mit einer solchen Leidenschaft, die sie niemals für möglich gehalten hatte. Sie schloss die Augen und ließ alles mit sich geschehen. Es tat so gut, geliebt zu werden. David war so zärtlich und doch leidenschaftlich. Ein großer Beschützer, sie konnte sich ihm anvertrauen.

Klara versank in seinen Armen und vergrub ihr Gesicht an seiner Brust. Ganz instinktiv zog sie ihm die Jacke aus und öffnete sein Hemd – sie wollte seinen Körper spüren. Klaras Kleid glitt zu Boden. Davids Hose folgte. Schließlich hob er die immer noch schluchzende Klara hoch und trug sie die schmale Holztreppe hoch ins Schlafzimmer. Klara war wie in Trance, aber mit einem unersättlichen Lebenshunger und David war das ideale Gegenstück dazu.

Sie liebten sich lange und leidenschaftlich, bis beide erschöpft zurücksanken. Klara schloss sofort die Augen und hörte Davids leicht gehauchtes „Je t'aime tellement", „Ich liebe dich so sehr" nicht mehr.

Tag 25, vierte Woche

Als Klara am anderen Morgen aufwachte, fühlte sie sich wie neu geboren und voller Energie. Als sie – noch mit geschlossenen Augen – die Bettdecke zur Seite schob und ein kühler Luftzug über ihre Haut strich, stellte sie erstaunt fest, dass sie ihr Pyjamahemd gar nicht angezogen hatte, noch nicht einmal einen Slip. Sie war vollkommen nackt! Was war gestern passiert? Eine leise Ahnung ließ sie erzittern. Als sie ihre Augen aufschlug und den Kopf zur Seite wendete, konnte sie nur mit Mühe einen Aufschrei unterdrücken. Neben ihr schlummerte friedlich der, wie die halb heruntergerutschte Decke vermuten ließ, ebenfalls völlig nackte David.

Mein Gott, es war kein Traum gewesen! Sie hatte tatsächlich mit ihm geschlafen? Wie konnte das nur passieren? Allmählich bahnten sich die Ereignisse des letzten Abends ihren Weg in ihr Gedächtnis zurück.

Sie schämte sich plötzlich ihrer Nacktheit und stieg so leise wie möglich aus dem Bett. Schnell zog sie sich ein T-Shirt über, griff nach frischer Unterwäsche und einer Hose, hob Büstenhalter und Slip auf und schlich zur Tür, nicht ohne sich durch einen Blick zurück zu versichern, dass David immer noch fest schlief. Im Wohnzimmer lagen ihre und Davids Kleidungsstücke auf dem ganzen Boden verstreut.

„Wir müssen uns wie wilde Tiere benommen haben“, dachte sie entsetzt und wollte den wohligen Schauer beim Gedanken daran nicht zulassen. Schnell behob sie die Unordnung und sprang dann unter die Dusche. Sie konnte einfach nicht fassen, wie das passieren konnte.

„Was bin ich nur für eine Schlampe!“, dachte sie immer wieder, „ich schlafe mit dem Erstbesten.“ Aber sie wusste, dass es nicht so war. David musste jetzt natürlich denken, dass sie seine Gefühle erwiderte. Oder – kam es ihr in den Sinn – war dies vielleicht schon alles, was er von ihr wollte? Hatte er sein Ziel nun erreicht, da sie mit ihm ins Bett gegangen war? Sie wusste nicht, was ihr lieber war, aber er hatte ihre gestrige Situation ausgenutzt. Sie war fix und fertig gewesen.

Dann kam ihr ein noch erschreckenderer Gedanke: Vermutlich hatten sie nicht einmal ein Kondom benutzt und seit der Trennung von Kai nahm sie auch keine Pille mehr. Sie konnte nur hoffen, dass diese Nacht ohne weitere Folgen bleiben würde. Auch eine abwechselnd kalte und warme Dusche konnte diese Horrorszenarien und ihr Schamgefühl nicht wegspülen. Als sie schließlich nach zwanzig Minuten Dauerduschen durch die knirschenden Deckenbalken darüber in Kenntnis gesetzt wurde, dass David aufgestanden war, trocknete sie sich eilig ab und zog sich an. Als sie schließlich die Türklinke herunterdrückte, atmete sie noch einmal tief durch. Sie musste sich den Tatsachen stellen. Es gab kein Zurück!

David war bereits angezogen und hatte den Frühstückstisch gedeckt. Er war gerade dabei, leise vor sich hin summend den Kaffee aufzugießen, als Klara die Küche betrat. Seine strahlenden Augen und die Art, wie er „Guten Morgen Claire“ sagte, verrieten, dass er immer noch in sie verliebt war. Sofort verkrampfte sich ihr Magen und ihr Herz durchstieß ein jäher Schmerz. Wie sollte sie es ihm nur schonend beibringen?

„Geht es dir etwas besser, Claire?“, fragte er, als er ihr sorgenvolles Gesicht sah. Sie konnte ihn nicht sofort vor die Tür setzen, sie musste mindestens noch mit ihm frühstücken. David merkte sofort, dass etwas nicht in Ordnung war. Als er ihr einen Guten-Morgen-Kuss geben wollte, drehte sie sich schnell weg. Auch konnte sie ihm kaum ins

Gesicht sehen, redete nicht viel und wenn, dann nur mit gedämpfter Stimme.

Er sah ihr an, dass ihr die ganze Situation unangenehm war und wollte ihre Hand nehmen, doch sie entzog sie ihm schnell, um sich eine Haarsträhne aus dem Gesicht zu streichen.

„Was ist los mit dir, Claire? Du benimmst dich so seltsam. Bereust du etwa, was wir getan haben?“

Nach langem Zögern begann Klara schließlich: „David, das ging mir gestern einfach zu schnell. Ich bin noch nicht reif für eine neue Beziehung, du hast mich überrumpelt. Bitte versteh mich nicht falsch, aber ich bin noch nicht so weit. Ich brauche meine Freiheit.“

Sie biss sich verlegen auf die Unterlippe, aber David hatte sehr gut verstanden. Seine Augen hielten ihren Blick ein letztes Mal fest. Die Traurigkeit, die daraus sprach, brach ihr fast das Herz. Aber dann versteinerte sich seine Miene, er stellte seine Kaffeetasse auf den Tisch und verschwand mit einem gemurmelten „Dann will ich dir nicht länger zur Last fallen“. Ihre Bitte-versteh-mich-Blicke prallten an ihm ab wie an einer Wand.

„Ich habe ihn zum letzten Mal gesehen“, dachte sie bedauernd, als draußen ein Motor wütend aufheulte. Sie nippte lustlos an ihrem Kaffee, zum Frühstücken war ihr der Appetit gründlich vergangen.

*

Bertrand war erleichtert und freute sich sehr, als er seine Enkelin mit einem großen Koffer ankommen sah. Er hatte den ganzen Vormittag über das Gästezimmer im Gesindehaus geputzt, gelüftet, das Bett frisch bezogen und sogar einen bunten Strauß Wiesenblumen hineingestellt. Dann war er mit dem Taxi ins Dorf gefahren, um ein paar Einkäufe zu tätigen. Einigen Dorfbewohnern waren vor Erstaunen fast die Augen herausgefallen. Monsieur le Comte höchstpersönlich gab sich die Ehre, im Dorf einzukaufen. Einige hatten ihn schon für tot gehalten, andere nicht mehr daran geglaubt, ihn jemals wieder zu sehen. Alle hatten ihn aus ihren Gedanken gestrichen oder zumindest ziemlich weit hinten im Gedächtnis vergraben. Doch nun war er bei allen wieder präsent.

Bereits seit Stunden wartete er ungeduldig auf die Ankunft seiner neuen Mitbewohnerin. Aber Klara ließ sich Zeit.

Bertrand hatte nach Klaras Anruf am Abend zuvor beschlossen, dass mit seinem zurückgezogenen Leben nun ein für alle Mal Schluss sein musste. Schließlich würde er nun junges Blut bei sich beherbergen, sodass er vor dem Lauf der Welt- und Dorfgeschehnisse nicht mehr länger die Augen verschließen konnte. Mit diesem Entschluss fiel eine schwere Last von ihm ab und er fühlte sich um mindestens zehn Jahre jünger. Natürlich hoffte er, Klara davon überzeugen zu können, dass sie für immer bei ihm wohnte und später mit ihm zusammen ins neu renovierte Schloss zog.

Als er Klaras Wagen vorfahren hörte, prüfte er nochmals kurz, ob in ihrem Zimmer alles in Ordnung war, vergewisserte sich zum x-ten Mal, dass der Kühlschrank auch wirklich genügend Köstlichkeiten beherbergte und eilte an die Tür. Bei Klaras Anblick blieb ihm die Fröhlichkeit fast im Hals stecken. Dass etwas nicht mit ihr stimmte, merkte er sofort. Und als Klara ihm die schrecklichen Ereignisse des letzten Abends erzählte, vom versuchten Anschlag und dem Erscheinen der Polizei, nahm er sie schweigend in die Arme und hielt sie fest.

Schließlich stellte er erschüttert fest: „Das bedeutet also, dass du recht hattest. Es gibt jemanden, der dich fürchtet und der Angst hat, du könntest zu viel in der Vergangenheit wühlen. Was sagt die Polizei dazu? Bekommst du jetzt Personenschutz?“ Klara schüttelte den Kopf.

„Aber nein, Bertrand, man hat mich nicht offen bedroht. Es hätte ja auch sein können, dass jemand nur das Häuschen abbrennen wollte.“ Bertrand ließ sich nicht beruhigen.

„Aber das könnten dann doch nur deine Vermieter gewesen sein. Daran glaubst du doch wohl selbst nicht, oder? Wieso sollten sie das Häuschen zerstören wollen?“ Klara zuckte mit den Achseln.

„Natürlich glaube ich nicht daran, aber die Polizei muss auch diese Möglichkeit untersuchen. Immerhin gab es keine Einbruchspuren, und Madame und Monsieur Monod haben einen Ersatzschlüssel. Die Beamten haben heute Morgen schon mit meinen Vermietern gesprochen. Ich habe den Wagen gesehen.“

„Das wäre schlimm, wenn der Täter davonkommt und die Monods beschuldigt würden“, überlegte Bertrand laut, während er für sich und seine Enkelin zur Beruhigung einen Calvados einschenkte.

Bertrand ließ sich erschöpft in einen Sessel sinken und presste die Hände auf seine Brust. Mit erschrockenem Gesichtsausdruck sah Klara ihn an. Vorsichtig nahm sie seine Hand: „Mir ist doch nichts passiert.“

„Dir nicht, aber deiner Mutter. Habe ich sie vielleicht doch zu Unrecht verdächtigt?“

„Denk jetzt nicht darüber nach!“, flüsterte Klara mit leiser Stimme.

*

Die Frau im roten Kleid stand direkt vor ihr. Klara konnte in ihr Gesicht sehen und versuchte sich jede Falte und Besonderheit darin einzuprägen. Die Tatsache, dass sie ihr von Angesicht zu Angesicht gegenüberstand, ließ darauf schließen, dass Klara nicht mehr das kleine Mädchen, sondern eine junge Frau war. Sie musterten einander lange und schweigend. Schließlich brach die Frau in hämisches Lachen aus.

„Da bist du ja gerade noch mal davongekommen", rief sie.

„Wie meinen Sie das?", fragte Klara.

„Du weißt schon, was ich meine." Die Frau grinste sie höhnisch an.

„Ich lasse mich nicht entmutigen. Ich werde nicht aufgeben." Klara stampfte trotzig mit dem Fuß auf.

„Es war Selbstmord, mein Kindchen. Selbstmord." Und damit machte sich die Frau mit schallendem Gelächter davon und ließ die verängstigte Klara alleine im Wald zurück.

Als sich Klara verschlafen und noch ganz im Bann ihres Traums im Bett aufsetzte, wusste sie zunächst nicht, wo sie war. Sie suchte vergebens rechts am Fenster nach der hellen Stelle, wo der Mond immer durch den Vorhang schien, und tastete links nach der Wand, aber ihre Hand griff ins Leere. Völlig hilflos versuchte sie sich zur orientieren. Doch noch verdunkelte ihr der Schlaf ihre Sinne und ließ ihr keinen vernünftigen Gedanken zu. Sie wusste weder, wo sie war noch warum.

Irgendwann geriet sie in dem abgedunkelten Zimmer in Panik. Sie schlug mit ihren Händen wild um sich, um irgendeinen Anhaltspunkt zu ertasten, der ihr bekannt vorkam, doch sie merkte nur, dass ihr Bett außergewöhnlich eng war und der Fußboden kalt und gefliest. Als ihr endlich klar wurde, dass sie sich im Gästezimmer ihres Großvaters befand, kam sie sich ziemlich lächerlich vor. Schließlich fand sie den Lichtschalter und tauchte das kleine Zimmer in grelles Neonlicht. Sie würde am Abend die schweren Holzfensterläden nicht ganz schließen. So etwas durfte ihr nicht noch einmal passieren.

Klara ließ sich wieder in ihr Bett fallen und dachte über den seltsamen Traum nach. Immer die gleiche Frau! Und immer waren sie in einem großen Wald, bei dem sich Klara sicher war, dass es sich um den Schlosswald handelte. Spielte ihre Fantasie verrückt oder kombinierte ihr Unterbewusstsein richtig?

Besonders merkwürdig fand Klara, dass sie selbst in ihrem Traum dieses Mal zur Frau gereift war, die Frau im roten Kleid aber immer noch gleich aussah. Außerdem konnte sie sich noch genau an ihre Gedanken im Traum erinnern. Sie wollte sich das Gesicht einprägen, damit sie sich nach dem Aufwachen noch daran erinnern konnte. Und in der Tat hatte Klara jetzt ein Bild vor Augen. Ihr gruselte beim Gedanken daran, dass sie in ihren Träumen einen sechsten Sinn entwickelte, Kontakt aufnahm mit der Vergangenheit und vielleicht sogar mit einer Frau sprach, die schon lange nicht mehr lebte. Alles Übernatürliche war ihr unheimlich und dass gerade sie Vorahnungen hatte, fand sie nicht sehr beruhigend.

Seufzend griff sie nach einem Buch, um sich abzulenken, aber sie konnte sich nicht auf ihre Lektüre konzentrieren. Immer wieder huschte das Gesicht der Frau durch ihre Gedanken und das Gefühl, dass es die Frau im roten Kleid wirklich gab, wurde immer stärker.

Tag 26, vierte Woche

Klara hakte sich bei ihrem Großvater unter und genoss die erstaunten Blicke der vorbeieilenden Menschen. Es war Mittwoch. Markttag. Um ihren Speiseplan mit etwas frischem Gemüse aufzuwerten, hatte sie ihn überredet, gemeinsam auf den Markt zu gehen. Sie fand, dass es Zeit für ihn wurde, sein Einsiedlerleben aufzugeben. Außerdem wollte sie den Dorfbewohnern zeigen, dass sie nicht kleinzukriegen war und sich nicht ängstlich zu Hause vergrub. Klara hoffte, ihrem Großvater mit dem Markttreiben nicht zu viel zuzumuten, doch ein Blick in seine Richtung ließ sie aufatmen: Bertrand schien sich in ihrer Begleitung sichtlich wohl zu fühlen. Hier und dort blieben sie stehen, um ein paar Worte zu wechseln – die Ereignisse des Vorabends schienen sich schon überall herumgesprochen zu haben.

Schließlich trafen sie auch Olivier und Karine, die Klara ihrem Großvater als ihre guten Engel und Gîte-Nachbarn vorstellte. Ihrem Großvater erzählte sie außerdem, dass Olivier Architekt war und bereits einige Restaurierungsprojekte durchgeführt hatte und schon waren die beiden in ein angeregtes Gespräch vertieft. Dies nützte Karine aus, um Klara kurz auf die Seite zu ziehen und ihr ins Ohr zu flüstern: „Na, hast du Montag Nacht einen speziellen Beschützer gehabt? Wir haben am Morgen Davids Auto bei dir stehen sehen." Sie zwinkerte ihr verschwörerisch zu. Klara verspürte wieder diesen schmerzvollen Stich in der Herzgegend und atmete tief durch.

„Zwischen uns läuft nichts, falls du darauf hinaus willst", meinte sie ungeduldig und leicht genervt. Karine sah sie erstaunt an.

„Hey, was bist du denn so abweisend? Wir finden, David würde wunderbar zu dir passen, und dass er bis über beide Ohren in dich verliebt ist, sieht doch ein Blinder." Klara runzelte die Stirn.

„Ich bin aber nicht in ihn verliebt und außerdem brauche ich gerade keine Beziehung. Und bitte, Karine, sei mir nicht böse, aber können wir jetzt das Thema wechseln? Weißt du, ich glaube ich habe an jenem Abend einen großen Fehler begangen und bin gerade dabei, ihn bitter zu bereuen. Ich war einfach nicht zurechnungsfähig."

„Also habt ihr miteinander – na, du weißt schon ...!", bohrte Karine weiter.

„Ja", gab Klara kleinlaut zu. Gegen Karines raffinierte Ausfragetechnik war sie machtlos.

Karine warf Olivier einen kurzen, vielsagenden Blick zu, beherzigte aber Klaras Wunsch und ging nicht weiter auf das Thema ein. Klara atmete erleichtert auf. Sie hatte diese Fragen erwartet. Ihr war klar, dass Davids Auto ihren Nachbarn aufgefallen sein musste und diese zwei und zwei zusammenzählen konnten. Da sie noch viel zu erledigen hatten, zog Klara Bertrand weiter ins Getümmel der bunten Marktstände.

Ein paar Schritte weiter stießen sie auf Catherine, die Notarsassistentin. Auch sie hatte bereits von dem Vorfall gehört.

„Du darfst dich nicht unterkriegen lassen, Claire", sprach sie Klara Mut zu. „Und wenn du Angst hast, dass du nochmals bedroht wirst, dann nimm doch diese hier mit. Ich schenke sie dir."

Und damit nahm sie aus ihrer Handtasche eine kleine Schreckschusspistole, die einer echten Pistole verblüffend ähnlich sah. Klara gab einen Laut der Verwunderung von sich und Catherine zog sie schnell hinter einen Marktstand, damit die Umstehenden ihr Gespräch nicht mitbekamen.

„Seitdem ich alleine lebe, trage ich diese Pistole immer mit mir herum. Sie dient nur der Abschreckung und um Hilfe zu rufen, aber sie gibt dir ein ungemein sicheres Gefühl."

„Danke, Catherine, das ist sehr nett von dir", sagte Klara. „Aber wie willst du dich dann schützen, wenn ich die Pistole an mich nehmen soll.

Das kann ich wirklich nicht annehmen." Catherine wedelte mit ihrer rechten Hand.

„Nun stell dich nicht so an! Du brauchst sie momentan dringender als ich. Wer sollte sich schon an mir vergreifen wollen?" Und damit verstaute sie die Schreckschusspistole in Klaras Tasche, grüßte nochmals und verschwand.

Klara schaute die Pistole ungläubig an. Was sollte sie damit anfangen? Sie wusste doch nicht einmal, wie man sie benutzte. War nicht auch für eine Schreckschusspistole ein kleiner Waffenschein erforderlich? Sie beschloss, das Ding bei nächster Gelegenheit wieder an Catherine abzugeben.

*

Karine hörte laute Geräusche, dazwischen Gelächter, vielleicht von Kindern, und ein alles übertönendes Rauschen.

„Hallo, mit wem spreche ich?", rief sie ins Telefon. „Nun melden Sie sich doch."

Sie versuchte die Stimmen zu verstehen, aber die Geräusche verschluckten jedes Wort. Irgendjemand schrie, um sich verständlich zu machen, dazwischen drang Gelächter an ihr Ohr. Und abermals fragte Karine nach, mit wem sie verbunden sei. Vielleicht ist es diese Lotte Foskett aus den USA, auf deren Anruf Klara so dringend wartet, dachte sie. Sie lauschte angestrengt, doch schließlich brach der Lärm abrupt ab.

„Wer war das?", wollte Olivier wissen.

„Ach, vermutlich nur Kinder, die sich einen Scherz erlaubten."

Am anderen Ende der Leitung blickte Sarah müde und verzweifelt auf das ihr soeben entrissene Telefon.

„Sie dürfen doch nicht ohne Erlaubnis telefonieren", tadelte sie die Schwester.

„Können Sie mir nicht die Erlaubnis erteilen?", fragte Sarah und sah ihr Gegenüber mit einem bittenden Blick an. Vielleicht hatte sie heute ein gutes Herz, nachdem der Oberarzt sich endlich mit ihr zum Essen verabredet hatte.

„Tut mir leid, da muss ich zuerst den Arzt fragen." Streng blickte die Schwester sie an, ihre Lippen waren dünne Striche.

„Aber der kommt doch erst morgen wieder und es ist wirklich lebenswichtig", sagte Sarah.

„Na, komm mal runter, Mädchen. Was soll denn schon lebenswichtig sein?“ Die Schwester schaute sie mit ihrem Röntgenblick an und Sarah spürte, dass sie heute nicht die Kraft hatte, sich gegen diesen Blick zu wehren.

Tag 27, vierte Woche

Als Klara das schwere Vorhängeschloss in die Hand nahm, stieß sie einen spitzen Schrei des Entsetzens aus. Sie sah sofort, dass es geöffnet und in großer Eile wieder zugedrückt worden war. Das alte, rostige Schloss hatte sich verhakt und war nicht mehr ganz eingerastet.

„Es war jemand drin, der hier nichts zu suchen hatte“, stellte sie mit leiser, aber harter Stimme fest und Karine lief es eiskalt über den Rücken.

„Bist du dir sicher, dass du das Schloss sachgemäß verschlossen hast oder war vielleicht dein Großvater nochmals auf der Yacht?“, fragte Olivier vorsichtig.

„Ja, ich bin mir ganz sicher“, stellte Klara mit der gleichen tonlosen, kalten Stimme fest.

Klara hatte einige Mühe, das verhakte Schloss zu öffnen, aber mit vereinten Kräften schafften sie es schließlich doch. Als sie das Deck betraten und die Abdeckplane zurückschlugen, damit etwas mehr Tageslicht auf das Boot kam, war Klara froh, Oliviers Idee zugestimmt zu haben.

Eigentlich war sie nicht sehr erpicht darauf gewesen, die Yacht nochmals zu betreten. Zu viele Emotionen steckten in dem verhängnisvollen Boot und beflügelten ihre Fantasie. Doch Olivier hatte nicht locker gelassen und spielte wieder einmal Sherlock Holmes. Er hatte sie schließlich davon überzeugt, dass er den Tatort sehen musste, um alle Ereignisse richtig einordnen zu können.

Es wurde ihnen schnell klar, dass jemand vor ihnen die Yacht durchsucht hatte und sie hofften inständig, dass er nicht fündig geworden war. Aber was erhofften sie sich selbst, hier zu finden? Jedenfalls wäre der Einbruch sicherlich lange Zeit gar nicht aufgefallen, wenn Olivier nicht so sehr gedrängt hätte. Vielleicht steckte doch ein echter Spürsinn in seinen Knochen.

Ein Klappstuhl und einige Werkzeugteile aus Bertrands Werkzeugkasten lagen verstreut auf dem Boden. Mit einer kleinen Eisensäge aus der Kiste hatte sich der Eindringling auch Zugang zur Kajüte verschafft, indem er die Kette einfach durchgebrochen hatte.

„Wie praktisch, dass Bertrand die Kiste an Deck stehen ließ", stellte Klara missmutig fest.

Auch unter Deck waren überall Spuren des Einbrechers zu sehen. Die Schränke und Schubladen waren durchwühlt und standen teilweise offen. Manche Gegenstände lagen auf dem Boden. Olivier bedeutete den beiden Frauen, nichts anzufassen, und rief per Handy die Polizei an.

„Hier muss die Spurensicherung kommen. Vielleicht hat unser Einbrecher Fingerabdrücke hinterlassen", meinte er.

Keiner der Anwesenden zog diese Möglichkeit ernsthaft in Betracht, aber es bestand eine winzige Chance, und die musste genutzt werden.

„Wonach könnte der Eindringling gesucht haben?", fragte Klara zum wiederholten Male. „Als ich das Boot zum ersten Mal besichtigt habe, ist mir nichts Außergewöhnliches aufgefallen. Und alle Wertgegenstände, wie die teuren Möbel, scheinen noch am Platz zu sein." Olivier hob die Hände in einer fragenden Geste.

„Vielleicht hat unser Freund beim letzten Besuch vor 24 Jahren etwas vergessen und befürchtet nun, dass es gefunden wird und ihn belasten könnte."

„Aber was könnte der Mörder auf der Yacht vergessen haben außer seiner Tatwaffe oder vielleicht einem persönlichen Kleidungsstück?" Karine schien die Vermutung ihres Mannes nicht zu teilen.

„Nun überleg doch mal, Schatz, das könnte alles Mögliche sein: ein Halstuch oder ein verlorener Knopf, ein zerknülltes Papier, ein Kaugummi oder eine Zigarette, vielleicht sogar ein Kugelschreiber oder Ähnliches ..." Jetzt stockte Olivier.

„Natürlich, ein Kugelschreiber …" Olivier klatschte sich mit der Hand an die Stirn. "Wieso bin ich nicht gleich darauf gekommen? Klara, wo auf der Yacht befinden sich die Schreibgeräte?" Klara zuckte die Achseln.

„Ich habe keine Ahnung. Mir ist noch keines in die Hände gefallen."

„Du solltest deinen Großvater fragen, ob er noch weiß, mit welchem Stift damals der Abschiedsbrief geschrieben wurde und wo dieses Schreibgerät nun zu finden ist. Vielleicht kann er sich daran erinnern." Mit diesen Worten drückte er Klara sein Mobiltelefon in die Hand und Klara überlegte im Stillen, wie um alles in der Welt die Menschheit heutzutage ohne Handys überleben würde. Zugegebenermaßen war es sehr praktisch, gleich an Ort und Stelle mit ihrem Großvater telefonieren zu können.

Bertrand konnte seltsamerweise sofort Auskunft geben. Er glaubte sich sogar daran zu erinnern, dass es ein goldener Kugelschreiber war und die Polizei ihn damals in Gewahrsam genommen hatte, um festzustellen, wessen Fingerabdrücke auf dem Schreibgerät waren. Als nichts Außergewöhnliches entdeckt wurde, erhielt er den Kugelschreiber zurück. Bertrand hatte ihn wieder zu den anderen Stiften in den Sekretär im Salon gelegt. Natürlich, darauf hätte Klara auch selbst kommen können!

Sie stieg unter Deck, zog sich ihre Strickjacke über die Hand, drehte den kleinen, goldenen Schlüssel mit einem quietschenden Geräusch um und öffnete vorsichtig den schweren, alten Sekretär aus Mahagoniholz. Drei Kugelschreiber und ein Bleistift ragten ordentlich aus einer dafür vorgesehenen Vertiefung hervor und erweckten nicht den Eindruck, als seien sie in den letzten Jahren bewegt worden.

Seltsam, wieso hatte jemand das ganze Boot durchsucht und gerade diesen Schreibtisch ausgelassen? War der Einbrecher gestört worden? Befand sich das gesuchte Objekt auf keinen Fall im Sekretär? Oder war es ein Ablenkungsmanöver, dass dieses Möbelstück nicht beachtet worden war?

„Auf alle Fälle muss die Polizei untersuchen, mit welchem dieser Stifte der Abschiedsbrief geschrieben wurde“, unterbrach Olivier ihre Gedanken und nahm die drei Kugelschreiber, darunter auch einen goldenen, mit seinem Taschentuch aus dem Schreibgefäß. „Wenn dein Großvater recht hat, dann müsste es der goldene Kugelschreiber gewesen sein.“

Klara öffnete auch die Schränke über der Bar und zeigte Olivier die Kollektion der Whiskygläser, aus einem von denen ihr Vater seinen letzten Drink genommen hatte. Es war wirklich auffallend, dass nur aus dieser Kollektion ein Glas fehlte. Als Olivier vorsichtig eines der wertvollen Objekte in die Hand nahm und seine Bewunderung über die schönen und sicherlich sehr kostbaren, schweren Gläser zum Ausdruck brachte, fiel es Klara auf einmal wie Schuppen von den Augen.

„Natürlich! Wieso bin ich nur nicht gleich darauf gekommen“, rief sie so unvermittelt, dass Karine erschrocken zur Seite sprang und sie verständnislos ansah.

„Hattest du soeben einen Geistesblitz?“

„Und was für einen! Ihr werdet mir nicht glauben, was mir die ganze

Zeit über regelrecht vor Augen lag. Mir ist gerade eingefallen, wo ich so ein Whiskyglas schon einmal gesehen habe."

„Nun mach's nicht so spannend!" Ihre Nachbarn starrten sie beide mit weit aufgerissenen Augen an.

„Sprich!", flehte Olivier.

*

Von einem lauten Krachen angelockt, betrat Christine die große Scheune, wo ihr Bruder David gerade mit offensichtlichem Ärger leere Obstkisten aufeinander stapelte. Er ließ eine Kiste auf die nächste knallen. Christine sah ihm einen Moment zu, ohne von ihm bemerkt zu werden. Das Obstkistenstapeln hatte David anscheinend noch nicht genügend beansprucht. Er griff zur Mistgabel und schichtete die vergorenen Obstreste um. Konzentriert ging er seiner Arbeit nach, anscheinend alles um sich herum ausblendend.

Christine machte sich endlich bemerkbar: „Solltest du diese Aufgabe nicht besser unseren Arbeitern überlassen und dich um die Bestellungen kümmern?" Erschrocken ließ David die Mistgabel fallen.

„Manchmal tut mir diese Arbeit auch ganz gut", antwortete er mürrisch.

„Ja, und du stinkst dabei wie ein Misthaufen."

„Ich schichte einen Komposthaufen um. Das riecht nun mal so. Du lebst auf einem Bauernhof, Schwesterchen, schon vergessen?"

„Naja, für mich ist es mehr ein Gutshof und eine Spirituosenproduktion. Aber darf ich fragen, welche Laus dir über die Leber gelaufen ist?", konterte Christine.

„Frag besser nicht! Ich bin heute nicht in Stimmung."

„Schon gut", murmelte Christine. „Ich lass dich in Ruhe." Während sie in ihre Wohnung zurückging, konnte sie sich sehr gut vorstellen, wer die Ursache für diese Laune war.

David legte die Mistgabel müde beiseite. Seine Schwester hatte wie immer recht. Das war keine Arbeit für ihn und mit dem Odeur eines Mithaufens ließ sich sicherlich keine junge Dame bezirzen, und schon gar nicht die Dame seines Herzens – die ihn so kalt hatte abblitzen lassen, als er sich schon am Ziel seine Träume wähnte. Klara hatte ihm so sehr wehgetan und er liebte sie trotzdem immer noch über alles.

Sollte er wirklich so schnell aufgeben? Es hatte sich alles so richtig angefühlt. Mit Klara war es ganz anders gewesen als bei seinen vorherigen Liebschaften. Er spürte einfach, dass nur sie ihn glücklich machen würde. Er beschloss, sich in der nächsten Zeit rar zu machen. Wenn man einen Verlust erleidet, wird einem schlagartig klar, wie viel man verloren hat. Und dass Klara überhaupt nichts für ihn empfand, konnte und wollte er nicht glauben. Wenn sie nur endlich mit der Vergangenheit abschließen könnte. Sollte er sie unterstützen, ohne dass sie es merkte? Er konnte einige Beziehungen spielen lassen und sich selbst auf die Suche machen. Doch wenn er dabei auch Unangenehmes über seine eigene Familie erfuhr? Sein Herz hatte sich bereits entschieden. Er hatte keine Wahl. Er nahm sein Handy und wählte eine Nummer.

*

Olivier und Karine warteten immer noch auf eine Antwort von Klara, doch diese zierte sich, als ob sie die Antwort ängstigte und sie davor die Augen verschließen wollte.

„Willst du uns deine Erkenntnis nicht anvertrauen?", bohrte Olivier weiter, obwohl ihn seine Frau mit einem strengen Blick zum Schweigen zu bringen versuchte.

„Ich will nicht, dass sie etwas damit zu tun hat, und ich kann es einfach nicht glauben. Trotzdem häufen sich die Hinweise und statt befriedigender Antworten gibt es nur noch mehr Fragezeichen", murmelte Klara.

„Der Besitzer eines Whiskyglases aus der gleichen Kollektion muss nicht notwendigerweise der Mörder deines Vaters sein", versuchte es Olivier. Klara hob eine Hand.

„Ich weiß. Es gibt dafür bestimmt eine plausible Erklärung. Aber ich kann sie doch nicht einfach so fragen."

„Wen?"

„Christine! In ihrem Wohnzimmerbuffet befindet sich eine große Sammlung einzelner, alter Gläser. Ich habe sie zufällig gesehen. Und da ist mir auch dieses Whiskyglas aufgefallen – sie besitzt nur ein einzelnes davon."

„Somit führt eine weitere Spur zu Christine. Glaubst du, sie hat mit deinem Vater einen letzten Drink genommen und dann ihr Glas einfach eingesteckt?" Olivier schaute sie skeptisch an.

„Natürlich nicht! Ich hoffe es jedenfalls nicht!" Klara hatte sich nun doch unvorsichtigerweise auf einem der Stühle niedergelassen, ohne daran zu denken, dass sie möglicherweise Fingerabdrücke verwischte. Beruhigend strich ihr Karine über den Rücken.

„Und was sollen wir nun mit dieser Erkenntnis anfangen? Soll ich Christine direkt darauf ansprechen?", fragte Klara erschöpft.

„Nein, das würde ich dir vorerst nicht empfehlen. Aber vielleicht kannst du David …" Ein Puff in Oliviers Magen ließ diesen Satz unausgesprochen. Karine schaute ihren Mann mit vorwurfsvollem Blick an.

„Entschuldigung! Ich würde vorschlagen, wir behalten es erst einmal für uns. Vielleicht können wir damit zu einem späteren Zeitpunkt mehr anfangen", überlegte Olivier.

Inzwischen war die Polizei eingetroffen, angeführt von Marcel Dupont.

„Momentan bist du überall dort anzutreffen, wo es Ärger gibt", meinte er grinsend. „Ziehst du das Unglück an?" Klara zog eine Grimasse.

„Naja, anscheinend gibt es hier jemanden, der mich an etwas hindern will. Oder glaubst du wirklich an so viele Zufälle?" Marcel wurde ernst.

„Nein, natürlich nicht! Aber Klara, ma chère, du solltest wirklich aufpassen und das Ermitteln uns Fachleuten überlassen."

„Das habe ich auch vor", antwortete Klara und sprach sogleich Oliviers Idee mit den Kugelschreibern an.

Während sie weiter mit dem jungen Polizisten sprach, überzeugten sich seine Kollegen davon, dass es sich hier tatsächlich um einen Einbruch handelte, und fingen mit der Spurensicherung an.

Da es für Klara, Karine und Olivier nichts mehr zu tun gab, machten sie sich auf den Rückweg. Nun hieß es abwarten!

Tag 28, vierte Woche

Der nächste Tag war von ungeduldigem Bangen und Hoffen geprägt. Klara rief zweimal im Polizeipräsidium an, aber es gab noch keine Untersuchungsergebnisse.

Um sich etwas abzulenken, half sie ihrem Großvater bei Gartenarbeiten im Park und schleppte Gießkannen und Blumenkübel, hantierte mit Gartenschläuchen, Blumenerde und zarten Pflänzchen und schon bald erstrahlte der Garten rings um Schloss und Gesindehaus wieder in schönster Pracht. Bertrand hatte die ganze Zeit über mehr

Wert auf die Pflege des Gartens als auf die Instandhaltung der Gebäude gelegt und so hatten sie mit ein paar Handgriffen und Schönheitskorrekturen einen gepflegten, aber trotzdem der Natur überlassenen, kleinen Park geschaffen. Ein richtiges Kleinod! Als letzten Akt strich Klara die alte, eiserne Gartenbank wieder in strahlendem Weiß und platzierte sie an ihrem Lieblingsort – einem schattigen Plätzchen, von dem aus sie über die grünen Hügel der Apfelplantagen und die saftigen Kuhweiden nach Gironde hinunter schauen konnte.

Am Ende des Tages war sie richtig stolz auf ihr Werk und froh, der Aufforderung ihres Großvaters gefolgt zu sein. Die körperliche, aber trotzdem kreative Arbeit hatte sie auf andere Gedanken gebracht und zum ersten Mal konnte sie sich vorstellen, wie es wohl wäre, wenn sie hier für immer wohnen würde.

Diese positiven Gefühle wirkten so erfrischend auf sie, dass sie sogar in Erwägung zog, David anzurufen. Sie wollte sich mit ihm aussprechen, auch wenn es eigentlich gar keinen Streit gegeben hatte. Aber die Art, wie sie sich getrennt hatten, war alles andere als nett gewesen und sie musste zugeben, dass ihr seine Kommentare und Anwesenheit fehlten. Sie hätte ihn gerne wieder als Freund gehabt. Also griff sie jedes Mal zum Hörer des altmodischen Telefons, wenn sie zwischendurch in die kühle Küche des Gärtnerhauses kam, um sich etwas zu erfrischen, aber immer wieder legte sie den Hörer unverrichteter Dinge auf die Gabel. Sie fand einfach nicht den Mut dazu. Was hätte sie ihm auch sagen sollen?

Schließlich rang sie sich abends doch dazu durch anzurufen und als sie Davids dunkle, ruhige Stimme am Telefon hörte, sprang ihr Herz zwar vor Freude, aber gleichzeitig lähmte die Angst ihre Zunge.

„Allô, qui parle – wer spricht?"

David wollte schon wieder auflegen, als sie sich endlich zu einem „Salut, David! C'est moi, Claire" durchrang. Seine Stimme nahm sofort einen reservierten Ton an und Klara fragte sich, ob ihr Anruf wirklich so klug gewesen war.

„Wie geht es dir?" fragte David, aber seine Stimme klang kühl.

„Danke, es geht mir gut! Ich wohne jetzt bei meinem Großvater. Und dir? Geht's gut?"

„Danke, ich kann nicht klagen. Wir arbeiten immer noch an den defekten Fässern. Es ist mehr Arbeit, als wir dachten."

„Ich möchte dich auch nicht lange stören. Ich wollte eigentlich nur nachfragen, wie es dir geht."

„Du störst mich nicht, aber ich habe gerade Besuch." David redete mit ihr wie mit einer Fremden.

„O.k., dann wünsche ich dir noch einen schönen Abend."

„Danke, dir auch!", verabschiedete sich David von ihr.

„Ich hoffe, du langweilst dich zu Tode mit deinem Besuch, Idiot!", zischte Klara wütend, aber da hörte sie bereits das eintönige Brummen des Telefons.

Was fiel David überhaupt ein? Sie wollte sich nach ihm erkundigen und er ließ sie so eiskalt abblitzen. Anscheinend hatte es ihm doch gereicht, sie ins Bett zu kriegen. Wer weiß, was für ein Besuch das war. Vielleicht arbeitete er schon wieder fleißig an der nächsten Bettgeschichte. Hatte sie sich wirklich so in ihm getäuscht? Klara ärgerte sich über ihre Idee, ihn anzurufen. Dieses Gespräch hätte sie sich wirklich sparen können.

Verärgert stapfte sie nach draußen, ließ ihren Großvater wortlos stehen, holte eine Hacke aus dem Schuppen und machte sich daran, ein Blumenbeet – oder das, was noch davon übrig war – umzugraben. Ihre ganze Wut leitete sie auf dieses Werkzeug um, sodass das Blumenbeet bald einem Schlachtfeld glich, aber immerhin von Unkraut und Gras nichts mehr zu sehen war.

Schließlich hielt sie erschöpft inne und während mit ihrer letzten Kraft auch die Verärgerung langsam von ihr wich, musste sie sich widerstrebend eingestehen, dass David ihr damals bei ihrem verkorksten „breakfast after" unmissverständlich klar gemacht hatte, dass er sich nicht mehr melden würde. Er würde auf ein Zeichen von ihr warten und sich ganz zurückziehen. Was sollte er von ihrem Anruf halten?

Tag 29, fünfte Woche

„Ich habe das Ergebnis!" Klara klang aufgeregt und brüllte ihre Worte sehr laut in den Hörer

„Und?", schrie Karine genauso laut zurück. Klara zuckte zusammen.

„Du wirst es nicht fassen, aber keiner der untersuchten Kugelschreiber wurde für den Abschiedsbrief benutzt. Das wurde ganz eindeutig nachgewiesen."

„Und dein Großvater?", fragte Karine. „Könnte er den Kugelschreiber nicht im Laufe der Jahre an sich genommen haben?"

Klara umklammerte den Apparat und sprach mit Nachdruck.

„Das habe ich auch gedacht und Bertrand den ganzen Morgen damit genervt, weil ich ihn immer und immer wieder danach gefragt habe. Aber er hasst Kugelschreiber. Er benutzt nur Füllfederhalter und Bleistifte. Ich gebe zu, ich habe trotzdem in seinem Schreibtisch nachgeschaut – nicht dass ich ihm misstrauen würde –, aber er besitzt wirklich keinen einzigen Kugelschreiber. Er meint ..."

„Claire!" Karine klang geradezu flehend.

„Was ist?", fragte diese überrascht und in ihrem Redefluss gebremst.

„Ich glaube dir ja, aber kann es nicht sein, dass er den Kugelschreiber vielleicht irgendwann einmal entsorgt hat?" Klara schüttelte den Kopf.

„Hab ich auch abgeklärt. Aber – nein! Er hat absolut nichts an der Yacht verändert."

„Und weiter?", bohrte Karine ungeduldig. „Haben sie sonstige Spuren auf der Yacht gefunden?"

„Leider nicht", gab Klara zu. „Keinen Fingerabdruck, keinen Schmutz, keine Rückstände. Der Täter scheint zu wissen, was er tut. Er hat nichts zurückgelassen. Vor dem Boot haben sie einen Zigarettenstummel sichergestellt, der muss aber nichts damit zu tun haben. Es ist die gleiche Marke, die auf meinem Grundstück gefunden wurde nach der Sache mit dem defekten Gasherd. Aber das kann auch Zufall sein. Einen genetischen Fingerabdruck konnten sie beide Male nicht entnehmen, da der Zigarettenstummel bei meiner Gîte von Kuhurin und am Boot von Salzwasser durchtränkt war. Also auch keine Hilfe!"

Karines Stimme klang enttäuscht.

„Du meinst, der einzige Hinweis ist der Kugelschreiber, den wir nicht haben, weil ihn vermutlich der Eindringling gesucht und gefunden hat?"

„Ja, so ist es."

Tag 30, fünfte Woche

Es war ein etwas trüber, aber warmer Sonntagnachmittag, als Klara und ihr Großvater mit ihrem alten Golf in den Gutshof der Marells einbogen. Erleichtert stellte Klara fest, dass Davids Cabriolet nicht im Hof stand. Sie hätte auch nicht gewusst, wie sie ihm begegnen sollte, nach all dem, was vorgefallen war.

Als am Tag zuvor Christine bei ihr angerufen und sie und Bertrand zum Nachmittagstee eingeladen hatte, war sie doch etwas verwundert. Eigentlich hatte sie keine große Lust auf diese Verabredung. Andererseits musste sie jede Gelegenheit nutzen, um mehr über Christine herauszufinden und sie vielleicht entlasten zu können. Also hatte sie dankend angenommen, und Bertrand freute sich fast wie ein kleines Kind auf Weihnachten darauf, seinen alten Freund Gustave Marell wiederzusehen. Sie waren früher häufig zusammen gesessen, hatten Schach gespielt, sich über Gott und die Welt unterhalten und nebenbei ihr Pfeifchen geraucht. Das hatte ihm in all den Jahren der Einsamkeit doch gefehlt.

Ganz entgegen Klaras Bedenken wurde es ein sehr vergnüglicher Nachmittag, an dem viel über die gute alte Zeit geredet und alte Schwänke erzählt wurden. Klara war die meiste Zeit nur Zuhörerin, was ihr sehr recht war. Niemand sprach sie auf David an und die Vergangenheit ihrer Eltern wurde kaum erwähnt. So ausgelassen hatte sie ihren Großvater noch nie gesehen. Auch Davids Eltern waren ihr von Beginn an sympathisch und sie ertappte sich bei der Vorstellung, wie es wohl wäre, sie als Schwiegereltern zu haben. Sofort schob sie diesen absurden Gedanken weit von sich und konzentrierte sich wieder auf das Gespräch, wobei sie vor allem Christine beobachtete.

Christine war an diesem Nachmittag ganz die selbstbewusste und schöne Frau, als die Klara sie kennengelernt hatte. Sie war charmant und unterhaltsam – eine gute Gastgeberin, die alles tat, damit sich ihre Gäste bei ihr wohl fühlten. Klara musste sich eingestehen, dass sie den Nachmittag tatsächlich genoss und dass sie, die Fremde, herzlich aufgenommen wurde.

Im Laufe des Nachmittags kam Klara immer mehr zu der Überzeugung, dass Christine niemals etwas mit dem Tod ihres Vaters zu tun haben könnte. Dieser Gedanke kam ihr auf einmal so abwegig vor, dass sie sich schuldig fühlte, ihn überhaupt jemals zu Ende gedacht zu haben. Diese liebenswürdige Frau hatte niemals solch ein heimtückisches und raffiniert eingefädeltes Verbrechen begangen.

Klara und Bertrand waren ungewöhnlich gut gelaunt, als sie gegen Abend die kleine Gesellschaft verließen. Klara hakte sich bei ihrem Großvater unter und summte eine Melodie aus ihrer Kindheit, die sie mit Glück und Geborgenheit verband. Sie kam ihr einfach so in den Sinn.

Gemächlich überquerten sie den großen Hof und Klara vergaß sogar ganz, darauf zu achten, ob Davids Auto inzwischen wieder an seinem alten Platz stand – was allerdings nicht der Fall war. Doch als sie die Mülltonnen passierten, hatte Klara auf einmal ein unbehagliches Gefühl. Die Melodie in ihrem Kopf brach so jäh ab wie bei einem Filmriss in einem alten Hollywoodschinken.

Die Stille im Hof wurde ihr jetzt erst richtig bewusst. Klara wollte die in der Hitze unangenehm riechenden Tonnen schnell passieren, aber irgendetwas hielt sie davon ab. Bertrand schaute sie fragend an, doch Klara konnte sich ihre plötzliche Unruhe selbst nicht erklären. Auf einmal löste sie sich jedoch von ihrem Großvater, trat an die erste Mülltonne heran und öffnete sie vorsichtig, aber entschlossen.

Noch während sie den Deckel hob, fragte sie sich, was um alles in der Welt sie hier zu finden erhoffte und wollte die Tonne gerade wieder angewidert zufallen lassen. Doch ein glänzender Gegenstand erregte für den Bruchteil einer Sekunde ihre Aufmerksamkeit. Klara warf einen zweiten prüfenden Blick in die Tonne. Ein zierlicher, golden glänzender Kugelschreiber lag auf den stinkenden Müllsäcken und reflektierte das einfallende Sonnenlicht in allen nur erdenklichen Farben.

Blitzschnell nahm sie ein sauberes Taschentuch, wickelte den Kugelschreiber darin ein, schaute sich kurz um, ob sie jemand beobachtet hatte, und steckte ihr Päckchen unauffällig in die Hosentasche. Dann beeilte sie sich, ihren Großvater wieder einzuholen.

*

Als sie auf dem Rückweg an der Polizeistation vorbeikamen und noch Licht brennen sahen, hielt Klara kurz entschlossen an und bat ihren Großvater, im Auto auf sie zu warten. Sie habe noch eine Kleinigkeit zu erledigen.

Wie sie befürchtet hatte, hatte Marcel Wochenenddienst. Sie lächelte ihn freundlich an.

„Salut Marcel, hast du noch viel zu tun?“ Der Polizist strahlte sie breit grinsend an.

„Salut Claire! Schön dich zu sehen! Ja, ich habe schließlich einen wichtigen Fall zu bearbeiten, seitdem du mit deiner Anwesenheit die Geschehnisse im Dorf auf den Kopf gestellt hast. Da kann ich keinen Dienst nach Vorschrift machen.“ Klara lächelte entschuldigend. Sie musste zugeben, dass sich Marcel in der letzten Zeit wirklich sehr für sie eingesetzt hatte, aber sie konnte nichts dafür, dass sie sich nicht für ihn erwärmen konnte. Immerhin war er ihr nicht mehr unsympathisch, und das war doch schon ein großer Fortschritt. Marcel sah sie fragend an.

„Möchtest du eine Tasse Kaffee?“ Klara winkte ab.

„Nein, danke. Sehr nett von dir, aber mein Großvater wartet im Auto auf mich. Ich wollte dir auch nur das hier vorbeibringen.“

Dann wickelte sie vorsichtig den goldenen Kugelschreiber mit der schwarzen Zierleiste aus und präsentierte ihn Marcel wie ein Juwelier, der sein teuerstes und bestes Stück einem zahlungswilligen Kunden anpreist.

„Ich habe leider noch etwas mehr Arbeit für dich. Könntest du ihn bitte auch einer Schriftprüfung unterziehen lassen? Vielleicht ist das der richtige Kugelschreiber.“

Überrascht betrachtete Marcel das gute Stück: „Darf ich fragen, wo du den gefunden hast?“

„Eigentlich würde ich das gerne für mich behalten, bis ich ein Ergebnis habe“, gab Klara kleinlaut zu.

„Du weißt aber schon, dass ich einen Grund angeben muss, wenn ich die Schriftprüfung ein weiteres Mal beauftragen muss. Von wem ist der Kugelschreiber denn?“

„Das weiß ich nicht.“ Marcel ließ sich nicht abwimmeln.

„Aber du hast eine Ahnung, oder? Nun komm schon, Claire, etwas mehr Stoff musst du mir schon liefern.“

Klara wurde zusehends nervöser – sie hatte nicht vor, den Fundort des Kugelschreibers preiszugeben.

„Marcel, ich bitte dich darum, nicht weiter nachzufragen. Ich möchte nicht jemanden voreilig verdächtigen. Bitte, tu mir den Gefallen.“ Sie setzte ihren treusten Hundeblick auf und schaute ihn flehend an.

„Na gut“, gab sich Marcel schließlich geschlagen. „Du weißt doch, dass ich dir keinen Wunsch abschlagen kann. Du kannst übermorgen vorbeikommen, dann haben wir das Ergebnis.“

„Bitte auch auf Fingerabdrücke untersuchen lassen“, fügte Klara hinzu. Marcels Blick verriet, dass er ein klein wenig beleidigt war.

„Hey Claire, würdest du bitte meine Arbeit mir überlassen? Denkst du vielleicht, dass ich nicht auch auf diese Idee gekommen wäre?“

„Pardon, ich wollte nur sicher gehen. Natürlich weiß ich, dass ich bei dir in besten Händen bin.“ Sie lächelte ihn liebenswürdig an. Nach kurzer Überlegung zog sie einen Prospekt vom Monetmuseum in Giverny aus der Tasche, den Christine ihr am Nachmittag gegeben hatte.

„Interessant für mich wäre auch zu wissen, ob die Fingerabdrücke auf dem Kugelschreiber mit denen auf dem Prospekt identisch sind“, fügte sie so beiläufig wie möglich hinzu.

„Du willst mir immer noch nicht sagen, was du damit bezweckst, Miss Marple junior?“ Marcel schmunzelte.

„Erst wenn ich Gewissheit habe. Danke, Marcel, du hast wirklich einen großen Gefallen bei mir gut.“

„Ich werde Ihren Auftrag umgehend ausführen, Mademoiselle!“ Mit diesen Worten salutierte er vor ihr und brachte Klara zum Lachen. Eigentlich war er doch ganz sympathisch!

Tag 31, fünfte Woche

Zum Glück hatte Klara an diesem Dienstag genügend Arbeit, die ihr Ablenkung verschaffte, um nicht jede Minute über das Fundstück nachzudenken. Auch ihr schlechtes Gewissen konnte sie auf diese Weise gut ignorieren. Am Nachmittag sollten bereits die ersten Handwerker kommen, um im Schloss mit den Renovierungsarbeiten zu beginnen.

So war Klara den ganzen Vormittag beschäftigt, indem sie die stickigen Zimmer lüftete und das ein oder andere Möbelstück beiseite schob. Klara war einverstanden, als Bertrand ihr erklärte, er wolle die Mehrzahl der Möbelstücke behalten. Eine moderne Ausstattung wäre in vielen der Räume mit Sicherheit unpassend. Allerdings mussten sie ein Gleichgewicht zwischen Antikem und Modernem finden. Besonders angetan war Klara von einem massiven Esstisch mit verschnörkelten Beinen, an dem bequem zehn Personen tafeln konnten.

Zum wiederholten Male wunderte sie sich über die Bereitschaft, mit der Bertrand das jahrelang angesparte Geld ausgeben wollte. Einige der Bäder waren noch mit den alten Utensilien ihrer Eltern ausgestattet und seit dem Unglück nicht mehr angerührt worden. Klara erklärte sich dazu bereit, die Badezimmerschränkchen auszuräumen und sortierte die Dinge aus, die entsorgt werden mussten und jene, die sie aufbewahren wollte.

Sie war ziemlich lange mit dieser Tätigkeit beschäftigt, denn es war wie eine Reise in die Vergangenheit. Sie entdeckte ein noch fast volles Parfümfläschchen ihrer Mutter, das allerdings in all den Jahren ziemlich an Duftintensität verloren hatte. Schöne, mit Perlen besetzte Haarspangen fielen Klara in die Hände und sie war sich sicher, dass es sich dabei um echte Perlen handelte, die ein kleines Vermögen wert waren.

Klara sollte ein großer Teil des Schlosses zugeteilt werden, den sie nach ihren eigenen Wünschen und Vorstellungen gestalten konnte und in dem sich auch das Zimmer von Sarah befinden sollte. Inzwischen war Bertrand in Klaras Vorhaben eingeweiht, Sarah als neue Mitbewohnerin aufzunehmen. Er war nicht wirklich begeistert davon gewesen, hatte doch selbst er in seiner Zurückgezogenheit mitbekommen, dass sie eine verrückte Kindsmörderin war. Doch Klara konnte ihn von ihrer Entscheidung überzeugen. Es würde beiden gut tun, nicht alleine zu sein. Sie konnten gegenseitig auf sich aufpassen und einander Gesellschaft leisten, solange sie selbst in Köln war.

„Sarah ist auf dem besten Weg, wieder ein normales Leben zu führen." Klara wedelte mit einem Brief, den sie von ihr noch an ihre alte Adresse erhalten hatte. „Sie hat im Sanatorium ein Fernstudium aufgenommen, um ihren Realschulabschluss nachzuholen, und möchte danach Krankenschwester werden. Was könnte dir Besseres passieren, als eine eigene Pflegekraft im Haus zu haben, wo du den Ärzten doch so wenig vertraust."

Nachdem sie nun Bertrands Zustimmung erhalten hatte, wollte sie sich sofort bei Sarah melden. Das hätte sie nach ihrem Umzug längst tun sollen, damit Sarah wusste, wo und wie sie zu erreichen war. Doch die letzten Tage hatten alles durcheinander geworfen. Mit schlechtem Gewissen griff sie nach dem Telefonhörer und bat um ein Gespräch mit Sarah. Die Schwester am anderen Ende der Leitung war seltsam verschlossen. Sie müsse erst den zuständigen Arzt fragen und dieser sei frühestens am Dienstag wieder im Hause. Wenigstens versprach sie, Sarah Grüße auszurichten und ihr mitzuteilen, dass Klara nun bei Bertrand wohnte.

Schließlich verdrängten andere Aufgaben das mulmige Gefühl, das sie Sarah gegenüber hatte: Die Handwerker kamen. Als Klara im Schloss nichts mehr helfen konnte, ging sie hinüber ins Gesindehaus, um auch dort nach dem Rechten zu sehen. Es hatte sich inzwischen ein riesiger Berg schmutziger Wäsche angehäuft. Auch von Bertrand lagen im Bad einige schmutzige Kleidungsstücke und warteten darauf, gewaschen zu werden. Klara war so in Schwung, dass sie gar nicht merkte, wie müde sie war. Da die Waschmaschine noch nicht ganz voll war, wollte sie in Bertrands Schlafzimmer nachsehen, ob dort vielleicht noch ein paar offensichtlich schmutzige Kleidungsstücke schlummerten. Eigentlich hatte sie in seinem Zimmer nichts zu suchen, denn jeder respektierte die Privatsphäre des anderen, aber schließlich ging es darum, ihm Arbeit abzunehmen. Also hatte Klara kein schlechtes Gewissen, als sie die Tür öffnete, um einen flüchtigen Blick durchs Zimmer schweifen zu lassen.

Das Zimmer sah überraschend aufgeräumt auf und Klara wollte es gerade wieder verlassen, als ihr Blick auf die Garderobe fiel. Sie stutzte. Dort hing eine beige Jacke mit roten Streifen. Warum kam ihr diese Jacke nur so bekannt vor? Als es ihr wieder in den Sinn kam, pochten ihre Schläfen wie wild. Diese Jacke hatte sie in Jacquelines Wohnzimmer verschwinden sehen, als sie durch das Schlüsselloch spähte, um den geheimnisvollen Besucher zu sehen.

Hatte ihr Großvater an jenem Abend ihrem ehemaligen Kindermädchen einen Besuch abgestattet? Oder besaß er nur zufällig die gleiche Jacke wie deren Besucher? Sie versuchte sich daran zu erinnern, ob sie ihren Großvater an jenem Abend noch gesehen hatte, aber sie wusste nur noch, dass sie den ganzen Tag mit David zusammen gewesen war. Sollte sie ihren Großvater darauf ansprechen? Doch sie wollte das zarte Band zwischen ihnen nicht auf eine Zerreißprobe stellen und beschloss, in nächster Zeit ihren Großvater intensiver zu beobachten. Vielleicht würde sich alles ganz von alleine lösen. Jedenfalls hoffte sie das sehr! Klaras Pochen im Kopf wurde nur noch von ihrem klopfenden Herzen übertönt, als sie die Zimmertüre schloss. Zu gerne hätte sie ihre Entdeckung ignoriert und aus ihrem Gedächtnis gestrichen, aber die Zweifel in ihrem Herzen waren gesät.

Am späten Nachmittag kam endlich der erlösende Anruf. Marcel wollte ihr die Neuigkeiten persönlich übermitteln, also fuhr Claire so schnell wie möglich zum Polizeipräsidium.

„Setz dich erst einmal, Claire, und dann verrate mir bitte, wo du diesen Kugelschreiber aufgetrieben hast.“

„Er wurde für den Abschiedsbrief verwendet, habe ich Recht?“, platzte Klara heraus, ohne auf Marcels Frage einzugehen.

„Langsam, langsam“, sagte Marcel. “Alles der Reihe nach! Also zuerst einmal haben wir festgestellt, dass auf dem Kugelschreiber nur die Fingerabdrücke einer Person zu finden sind. Diese Abdrücke sind, neben deinen, auch auf dem Prospekt zu finden, den du mir gegeben hast.“

Für Klara brach bei diesen Worten eine Welt zusammen. Sie hatte so sehr gehofft, ein anderes Ergebnis zu erhalten und den Verdacht endlich von Christine abzuwenden.

Marcel fasste die Ergebnisse zusammen: „Der Abschiedsbrief wurde mit ziemlicher Sicherheit mit diesem Kugelschreiber verfasst. Die Schreibsubstanz ist inzwischen natürlich eingetrocknet, aber unsere Experten konnten sie wieder flüssig machen und analysieren. Also Claire, heraus mit der Sprache: wo hast du diesen Stift gefunden?"

Nun musste sie alle Fakten auf den Tisch legen. Sie saß einen kurzen Augenblick lang wie gelähmt auf ihrem Stuhl. Dann berichtete sie von ihrem Fund in Christines Mülltonne. Marcel kratzte sich nachdenklich am Kinn.

„Glaubst du, dass Frau Marell mit dem Mord an deinem Vater etwas zu tun haben könnte?" Klara seufzte tief. Es fiel ihr sehr schwer, Christine zu belasten. Aber hier war kein Platz mehr für Sentimentalitäten. Sie musste Marcel alles erzählen – Sympathie hin oder her. Schließlich ging es um ihre Eltern.

„Ich habe immer gehofft, dass nicht. Aber es sprechen einige Tatsachen gegen sie." Klara berichtete, was sie inzwischen herausbekommen hatte.

„Ist dir aufgefallen, dass am unteren Ende des Kugelschreibers ein C. eingraviert ist? Den zweiten Buchstaben kann ich leider nicht mehr entziffern, da er ziemlich zerkratzt ist. Aber dieses C bedeutet, dass der Stift durchaus Frau Christine Marell gehören könnte. Wir müssen sie auf alle Fälle ins Präsidium kommen lassen."

Marcel griff zum Telefonhörer und Klara sah auf einmal nur noch Sternchen. Ihr Kopf wurde immer schwerer, bis er hart auf Marcels Schreibtisch aufprallte.

„David wird mir das nie verzeihen", war ihr nächster Gedanke.

*

„Bist du nicht zufrieden, dass sich neue Erkenntnisse ergeben haben?" Olivier lehnte sich zurück und nippte an seinem Espresso.

„Ich weiß nicht, irgendwie ging mir das alles viel zu schnell. Die ganze Angelegenheit ist zu einfach, zu eindeutig." Klara rieb sich die Stirn. Der Zusammenprall mit Marcels Schreibtisch hatte ihr doch mehr zugesetzt als vermutet.

„Vielleicht fühlst du auch nur, was du fühlen willst. Könnte das sein?“ Olivier ließ nicht locker. „Und sie haben Christine wirklich nur wegen dieses Kugelschreibers einbestellt?“

„Ja, Marcel rief mich vorhin an“, sagte Klara. „Und solange die Sache geprüft wird, muss sie dort bleiben. Immerhin wurde der – ich nenne ihn jetzt mal Tat-Kugelschreiber – bei ihr gefunden, mit ihren Fingerabdrücken bedeckt. Wie sollte er denn in ihren Besitz gekommen sein?“

„Und was sagt Christine dazu?“, fragte Karine.

„Sie hat alles abgestritten.“ Klara knetete ihre Finger, was sie zunächst nicht bemerkte, bis es ihr bewusst wurde und sie sich zwang, damit aufzuhören. „Sie meinte, sie hätte den Kugelschreiber im Hof gefunden und nachdem sie sich vergewissert hätte, dass er nicht mehr funktioniert, habe sie ihn einfach weggeschmissen.“

„Und das eingravierte C …?“

„Kann auch ein Zufall sein“, mischte sich Olivier wieder ein.

„Im Übrigen war das noch nicht alles …!“ Klara rieb sich nachdenklich das Kinn. „Marcel ist ein guter Spürhund, er hat noch etwas anderes herausgefunden.“

„Und das wäre?“ Olivier schaute sie gespannt an.

„Nun ja, der Kugelschreiber ist ein sehr seltenes Stück und wurde nur etwa ein Jahr lang in sehr limitierter Auflage verkauft. So ein teures Schreibgerät konnten sich nur wohlhabende Leute leisten. Zudem konnte man den Kugelschreiber nur in einem Set zusammen mit einem Füllfederhalter erwerben. Es könnte also durchaus sein, dass dieser Füller heute noch existiert und noch immer bei seinem ursprünglichen Besitzer ist. Christines Wohnung soll deshalb übrigens durchsucht werden.“ Olivier runzelte die Stirn.

„Das ist in der Tat eine interessante Erkenntnis! Vielleicht kann sie uns noch von Nutzen sein.“

„Wisst ihr, was mir die ganze Zeit nicht aus dem Kopf geht?“, fragte Klara. „Wenn Christine den Kugelschreiber wirklich von der Yacht entwendet hat, um ihn zu entsorgen und den Verdacht nicht auf sich zu lenken, dann wäre sie doch sicherlich nicht so dumm, ihn ganz oben auf die Müllbeutel wie auf einem Präsentierteller zu platzieren, sodass man fast davon ausgehen muss, dass er demjenigen auffällt, der die Mülltonne öffnet. Christine ist nicht auf den Kopf gefallen.“ Klara presste das kühle Wasserglas einen Moment lang unbemerkt auf ihre Stirn. Undenkbar, was passiert wäre, wenn der Stoß ihre Ohnmacht vor Marcel Dupont nicht verhindert hätte!

„Du meinst also, dass jemand absichtlich den Verdacht auf Christine lenken wollte?", überlegte Karine, nervös an ihren Fingern spielend.

Die drei waren ratlos und Klara bekam zu vorgerückter Stunde ein immer schlechteres Gewissen. Was wäre, wenn Christine völlig unschuldig diese leidige Geschichte über sich ergehen lassen musste? War sie gerade im Begriff, Christines Ruf zu zerstören, indem sie genau das tat, was der tatsächlich Schuldige geplant hatte? Oder war sie doch darin verwickelt? Und was war mit David?

Als Klara schließlich wieder in ihr vorläufiges Zuhause zurückfuhr, hatte sie das Gefühl, den Fehler ihres Lebens begangen zu haben, und die Schuld nagte an ihr wie eine gefräßige Ratte.

*

02. Juli

Endlich! Lotte Foskett kommt! Sie hat sich gerade bei mir gemeldet und sich bereits für morgen angekündigt. Ich werde sie am Flughafen in Paris abholen. Zum Glück haben wir gestern das Schloss wieder auf Vordermann gebracht. So kann sie im blauen Gästezimmer übernachten. Sie wird ein ganzes Päckchen mit alten Briefen und Fotos mitbringen und ich hoffe sehr, dass etwas Brauchbares dabei ist.

Die Sache mit Bertrands Jacke geht mir einfach nicht aus dem Kopf. Ich kann den Gedanken nicht ertragen, dass er mit der Sache etwas zu tun haben könnte – vor allem jetzt, wo wir uns so gut verstehen und ich dachte, dass ich wieder eine Familie hätte. Ich habe noch nicht einmal Olivier und Karine davon erzählt, weil ich mich schäme, meinen Großvater zu verdächtigen, und weil ich mich noch mehr schämen würde, wenn ein Familienmitglied mit dem Mord an meinem Vater etwas zu tun haben könnte.

Jacqueline hat erzählt, dass sie nicht besonders gut mit meiner Mutter auskam – da gab es also eine Gemeinsamkeit mit Bertrand. Könnte es sein, dass die beiden sich zusammengetan hatten, um meine Mutter loszuwerden, und irgendetwas an ihrem Plan schieflief? Mein Gott, ich will gar nicht daran denken, dass er darin verwickelt sein könnte.

Ich muss unbedingt nochmals mit Jacqueline Gabrol sprechen, aber es ist wie verhext: Sie nimmt ihr Telefon nicht ab.

Tag 32, fünfte Woche

An diesem Mittwoch wollte Klara mit Bertrand auf den Trödelmarkt gehen. Bertrand genoss die gemeinsamen Einkaufsbummel sichtlich und auch Klara hätte ihren Gefallen daran finden können, wenn da nicht die rot-gestreifte Jacke zwischen ihnen gestanden wäre.
Im Auto waren beide sehr schweigsam. Keiner wollte sich zu den Vorfällen vom Vortag bezüglich Christines Vernehmung äußern. Klara hatte das Gefühl, dass ihr Bertrand vorwarf, das Falsche getan zu haben. Sie war sich ziemlich sicher, dass er von Christines Unschuld überzeugt war. Wusste er vielleicht mehr, als er zugab?

Aber ihr ging es genauso – auch sie glaubte nicht daran, dass Christine eine eiskalte Mörderin war. Doch was hätte sie tun sollen? Den Kugelschreiber musste sie zur Polizei bringen, und auf die folgenden Ereignisse hatte sie keinen Einfluss mehr. Während Klara ihren Wagen abstellte und sie sich zu Fuß ins Getümmel stürzten, schweiften Klaras Gedanken zum Traum der letzten Nacht.

Die Frau im roten Kleid war wieder erschienen. Sie hatte zwar keinen Ton gesprochen, aber die ganze Zeit hämisch gelacht. Diese Frau lachte sie aus, sagte Klaras Gefühl. Es war wie das bösartige Lachen einer Hexe, das sich ins Gehirn einbrannte und eine Gänsehaut erzeugte. Die Frau zeigte mit dem Finger auf Klara, die sich ganz klein und dumm vorkam. Schließlich war Klara einfach weggelaufen, aber noch aus der Ferne hörte sie das Echo des Gelächters und dieses Echo hallte in ihren Gehörgängen wider, obwohl sie die Spuren des Schlafs schon längst aus ihren Augen gewischt hatte.

Dieser immer wiederkehrende Traum in verschiedenen Varianten beschäftigte Klara mehr, als ihr lieb war. Sie wusste nicht, welche Bedeutung sie diesen Träumen beimessen sollte, aber sie konnte sie nicht einfach ignorieren. Die Tatsache, dass die Frau in ihren Träumen sehr zufrieden schien, gefiel Klara gar nicht. Sicher, es war nur ein Traum, aber seit dem Tod ihrer Eltern dachte sie ganz anders über ihre Träume nach.

Einen Tag vor dem schrecklichen Unfall ihrer Eltern hatte sie einen Albtraum gehabt. Sie stand vor einem Grabstein und weinte bitterlich. Eine große Zahl Menschen war um sie herum, aber sie fühlte sich sehr einsam. Nach dem Aufwachen konnte sie sich nicht mehr erinnern, auf wessen Beerdigung sie gewesen war, und nur der Grabstein, ein aus weißem Marmor gefertigter Engel, blieb in ihren Gedanken hängen.

Sie hatte bisher mit niemandem über diese Todesvorahnung gesprochen, denn in den Wirren der darauf folgenden Tage und Wochen war sie sich selbst nicht mehr sicher, ob sie es nicht doch erst nach dem Unfall geträumt hatte. Je mehr Abstand sie zu dem Ereignis gewann, desto bewusster wurde ihr allerdings, dass sie tatsächlich den Tod ihrer Eltern im Voraus gespürt hatte. Und diese Erkenntnis machte ihr große Angst.

Klaras Gedanken kehrten schlagartig in die Gegenwart zurück, als sie mit einer älteren Frau zusammenstieß und ihr Großvater sie tadelnd ansah. Wie es schien, gab es auf dem Markt heute nur ein einziges Thema. Die Nachricht über Christines Festnahme hatte sich wie ein Lauffeuer verbreitet. Alle waren fassungslos, empört und aufs Äußerste bestürzt.

„Niemals hätte ich ihr so etwas zugetraut!"

„Wie konnte sie all die Jahre mit dieser Lüge leben!"

„Ich hoffe, sie bekommt ihre gerechte Strafe!"

Diese und andere Sätze schnappte Klara auf, doch sie antwortete immer mit den gleichen Worten: „Es ist noch nichts erwiesen. Sie dürfen keine falschen Schlussfolgerungen ziehen." Doch sie hatte den Eindruck, dass die Leute das gar nicht hören wollten. Endlich gab es ein spannendes Gesprächsthema und dass es sich bei der Betroffenen um die wohlhabende, immer etwas beneidete Madame Marell handelte, erhitzte die Gemüter noch mehr. War dies nicht wieder einmal ein Beweis dafür, dass Geld erstens nicht glücklich machte und zweitens den Charakter verdarb? Klara seufzte. Was hatte sie für eine Unruhe in dieses kleine Dorf gebracht!

Am anderen Ende der Marktreihen entdeckte Klara plötzlich die große, schlanke Gestalt Davids. Unwillkürlich zuckte sie zusammen und duckte sich unbewusst unter einem ihr tief in die Glieder fahrenden Schmerz. Ihm wollte sie hier überhaupt nicht begegnen. Doch er kam näher und sie konnte nicht ausweichen – genauso wenig, wie sie imstande war, ihren Blick von ihm zu wenden. Für eine lange Ewigkeit von ein paar Sekunden kreuzten sich ihre Blicke, aber dann schauten beide weg, so als ob sie den anderen nicht gesehen hätten. David drehte sich ruckartig um und verschwand aus ihrem Gesichtsfeld. Bestimmt hasste er sie jetzt, nach allem, was sie ihm und seiner Familie angetan hatte. Und sie konnte es ihm nicht einmal verübeln.

*

Klara hatte sich Lotte Foskett ganz anders vorgestellt. Sie war mit ihren 47 Jahren erstaunlich jugendlich. Die Jahre waren an ihr nicht spurlos vorübergegangen, aber wenn sie sprach, dann entwickelte sie soviel Energie und Enthusiasmus, dass man leicht darüber hinwegsah. Ihr unüberhörbarer amerikanischer Akzent machte sie nur noch sympathischer, sie hatte sich gleich mit Lotte vorgestellt. Klar, sie lebte in Amerika! Da waren die Menschen in dieser Hinsicht ziemlich locker.

Anscheinend fiel es Lotte nicht gerade leicht, in die ebenso glückliche wie schreckliche Vergangenheit ihrer verstorbenen Freundin einzutauchen. Als sie jedoch das blaue Gästezimmer betrat, das wegen der hellblau gemusterten Tapete und der schweren azurblauen Damastvorhänge so genannt wurde, stieß sie einen Schrei des Entzückens aus.

„In diesem Zimmer habe ich übernachtet, als ich deine Mutter besucht habe und es ist alles unverändert seit damals. Woher hast du das gewusst?“ Klara hatte von all dem keine Ahnung gehabt und nur rein intuitiv gehandelt, als sie das blaue Gästezimmer für Lotte aussuchte. Es freute sie sehr, dass sie sich darin wohl zu fühlen schien und an angenehme Erlebnisse erinnert wurde.

Bertrand hielt sich im Hintergrund, außer einer kurzen Begrüßung sahen sie an diesem Tag nicht viel von ihm. Klara vermutete, dass er die Freunde ihrer Mutter mit der gleichen Distanz und Abneigung behandelt hatte wie ihre Mutter selbst und dass er jetzt nicht über seinen Schatten springen konnte. Deshalb machten sie es sich auf der Terrasse hinter dem Schloss bequem, einem Ort, den Klara gewählt hatte, um ihrem Großvater nicht ständig über den Weg zu laufen.

Mit einer großen Kanne Kaffee, jeder Menge französischer pain au chocolat, éclairs à la vanille und anderen Köstlichkeiten aus der ansässigen Konditorei nahmen sie auf den schweren Holzstühlen mit Blick aufs Tal Platz. Ein Berg an Erinnerungsstücken aus Lottes Koffer lag ausgebreitet auf dem großen Tisch vor ihnen.

Zuerst interessierte sich Klara für die Briefe, die Lotte von ihrer Mutter im Laufe der Jahre erhalten hatte. Zu Beginn ihres neuen Lebens in Frankreich schrieb sie begeistert über ihre große Liebe, das schöne Land und die Gastfreundschaft der Franzosen. Allerdings erwähnte sie auch die Schwierigkeiten, die sie mit ihrem Schwiegervater hatte, und dass sie von ihm nicht akzeptiert wurde. Ihre Mutter schien immer mehr darunter zu leiden und war sich über die Ursache seiner Abneigung nicht richtig bewusst.

„Ich weiß nicht, ob es an mir liegt, was ich vielleicht falsch gemacht habe und womit ich den Unmut meines Schwiegervaters entfacht haben könnte. Philippe sagt immer, ich solle seine dumme Handlungsweise ignorieren, aber es gelingt mir einfach nicht. Ich bin es nicht gewöhnt, dass man mich nicht so akzeptiert, wie ich bin. Aber sogar, wenn ich mich bis zur Selbstaufgabe ändere, mich für Bertrands Vorlieben interessiere, mich bilde und lese, damit ich an seinen Themen teilhaben und mich an seinen Gesprächen beteiligen kann, ernte ich oft nur ein müdes Lächeln. Ach, könnte ich doch nur den Grund seiner Abneigung erfahren und das Herz dieses rauen Mannes erobern. Was gäbe ich darum, in einer richtigen Familie zu leben ....“

Erst durch Marias Schwangerschaft schien sich das Verhältnis zwischen Schwiegertochter und Schwiegervater etwas zu bessern und Klaras Mutter blühte in ihren Briefen förmlich auf. Sie erhoffte sich, durch das bevorstehende Kinderglück endlich die raue Schale ihres Schwiegervaters zu durchbrechen und zu seinem weichen Kern vorzudringen und in der Tat standen die Zeichen gut.

Klara hatte das Gefühl, dass die Schwangerschaft die schönste Zeit im Leben ihrer Mutter war. Vielleicht war dies ein Grund dafür, dass sie selbst ein lebenslustiges und positiv denkendes Mädchen gewesen war – zumindest bis zu ihrem schweren Schicksalsschlag. Als aus dem dicken Bauch jedoch ein kleines, schreiendes Mädchen gepresst wurde und der vom Schwiegervater ersehnte Erbfolger ausblieb, zog er sich mehr denn je zurück und er warf diesen „Misserfolg“ allein Maria vor. Diese war so von ihrem Babyglück erfüllt, dass sie die Wandlung ihres Schwiegervaters erst viel später erkannte. Die Ablehnung ihrer Tochter löste in ihr Wut aus und das Streben nach Anerkennung wich Trotz. Ein neues Selbstbewusstsein wuchs in ihr heran.

„Wenn Bertrand nicht begreifen will, dass ein Mädchen mindestens genauso viel wert ist wie ein Junge, der die Vermögenswerte der Familie an sich binden kann, dann werde ich ihm das Kind nicht länger aufzudrängen versuchen. Ein ausschließlich in solchen Dimensionen denkender Mensch ist das Lächeln meiner bezaubernden Tochter einfach nicht wert. Ich bin noch so jung und könnte ihm noch einen ganzen Stall voll männlicher Enkelkinder schenken, sodass die Abneigung gegenüber Klara doppelt ungerechtfertigt ist, aber unter diesen Umständen geht mein Bestreben nicht in diese Richtung. Es ist nicht meine Lebensaufgabe, das Wohlwollen dieses Mannes zu erlangen, der alles daran gibt, unser Glück zu zerstören.

Ach Lotte, wenn du doch nur bei mir wärst. Eine richtig gute Freundin fehlt mir hier immer noch. Christine, die du auf unserer Hochzeit kennengelernt hast, bemüht sich sehr um mich und ich mag sie wirklich. Aber uns trennen Welten und es ist manchmal schwer, die andere zu verstehen. Du musst uns so bald wie möglich besuchen kommen, spätestens aber zur Taufe von Klara …“

Als sich Klara schließlich den Briefen ihrer Mutter zufolge zu einem reizenden, interessierten und aufgeweckten Kleinkind entwickelte, gewann ihre Mutter den Eindruck, dass ihr Großvater sich gerne etwas mehr um die von allen umsorgte Klara kümmern würde. Aber Bertrand konnte keineswegs daran denken, seine einmal getroffene Haltung zu ändern und getätigte Aussagen rückgängig zu machen.

Manchmal aber, wenn er sich unbeobachtet fühlte und niemand sonst in der Nähe war, nahm er die kleine Klara auf seinen Schoß, sang ihr alte, französische Kinderlieder vor oder schaukelte sie liebevoll auf seinen Knien und erzählte ihr lustige Geschichten, die sie zwar noch nicht verstand, zu denen sie aber immer fröhlich lachte.

„Wie hart und verbohrt muss ein Mensch sein, der lieber auf die Nähe seiner Enkeltochter verzichtet, als einsichtig zu sein und Fehler offen zuzugeben, aus Angst davor, schwach zu erscheinen? Ich werde ihm in dieser Richtung keinen Zentimeter entgegenkommen. Auch ich habe meinen Stolz, aber ich kann meiner Tochter die Zuneigung ihres Großvaters nicht vorenthalten. Klara hatte von Anfang an ein gutes Gespür für Menschen: Ob sie ihr Gutes tun wollen oder nicht. Wenn sie ihm von alleine auf den Schoß krabbelt und sich in seiner Gegenwart wohl fühlt, dann kann sein Einfluss nicht schlecht für sie sein.“

Schließlich ließ die Schreibwilligkeit von Klaras Mutter einige Zeit lang sehr nach. Das war in der Periode, in der Philippe starb. Lotte wohnte zu dieser Zeit mit ihrem Mann in München, sollte aber schon bald nach Amerika auswandern. Als Maria wieder von einem neuen Mann in ihrem Leben schrieb, hoffte Lotte, dass sie ihr traumatisches Erlebnis überwinden könne.

„Jetzt, wo ich etwas mehr Abstand zu Philippes Tod habe, beginne ich darüber nachzudenken, was damals eigentlich geschehen ist. Wie konnte Philippe mich verdächtigen, einen Liebhaber zu haben und ihn verlassen zu wollen? Wir waren gerade in dieser Zeit, als ich unser zweites Kind erwartete, glücklicher denn je. Ich spürte, dass es ein Sohn werde würde, denn die Schwangerschaft verlief ganz anders als bei Klara.

Wie sich bei der Fehlgeburt im vierten Monat herausstellte, hätte ich wirklich einen Sohn bekommen, aber angesichts der katastrophalen Lage, in der ich mich damals befand, hatte er wohl beschlossen, in diese grausame Welt ohne Vater nicht hineingeboren werden zu wollen. Ich frage mich inzwischen manchmal, ob es sein kann, dass Philippe so betrunken war oder unter Drogen gestanden haben könnte, dass er jeden Sinn für die Realität verlor und Halluzinationen hatte, die ihn in den Selbstmord trieben. Aber er wirkte auf mich wie der glücklichste Mann der Welt. Könnte es sein, dass Bertrand einen Keil zwischen uns treiben wollte und die Geschichte mit dem Liebhaber erfand? Doch solch eine Gemeinheit traue ich selbst ihm nicht zu.

Lotte, du glaubst gar nicht, wie sehr mich diese Fragen immer und immer wieder quälen, mir nachts den Schlaf rauben und mich innerlich zermürben. Ich finde einfach keine Erklärung dafür. Stell dir vor, ich habe mir sogar schon überlegt, ob ihn vielleicht jemand umgebracht haben könnte und seinen Selbstmord nur vorgetäuscht hat. Aber warum? Ich muss mich wohl damit abfinden, dass ich keine Antwort darauf finden werde."

Dies war der Beweis: Ihre Mutter hatte also schon damals die Möglichkeit in Betracht gezogen, dass ihr Vater umgebracht worden sein könnte. Vielleicht hatte sie Klara deswegen nach Frankreich geschickt, um ihren Vater von diesem bösen Fluch des Selbstmörders zu befreien und endlich den Schuldigen zu bestrafen. Neugierig las Klara weiter und erfuhr, wie ihre Mutter Klaus kennengelernt hatte.

„Es war mehr als ein Zufall, dass wir uns trafen, und im Nachhinein erinnert es mich an einen alten amerikanischen Film. Ich kam gerade vom Einkaufen, in der einen Hand zwei voll bepackte Einkaufstüten, mit der anderen Hand schob ich Klaras Kinderwagen. In einem kurzen Moment der Unaufmerksamkeit stieß ich mit ihm zusammen. Die Tüten rissen, alles purzelte auf die Straße, Klara fing an zu weinen, es war schrecklich! Aber er blieb ganz ruhig, entschuldigte sich, half mir dabei, die Lebensmittel wieder aufzusammeln, und schließlich nahm er die schreiende Klara einfach aus dem Wagen in den Arm. Dies war zu einer Zeit, als Klara keinen außer mich an sich ranließ und bei Fremden sofort losschrie. Doch als Klaus sie hochhob, geschah das Unglaubliche: Klara hörte auf zu weinen, sah ihn interessiert an und lächelte schließlich sogar. Ich war so fasziniert davon, dass ich ihm die Einladung auf eine Tasse Kaffee als Wiedergutmachung nicht ausschlagen konnte.

Seitdem sehen wir uns jeden Tag und gestern hat er mir einen Heiratsantrag gemacht. Ich weiß, es ist noch viel zu früh für mich, aber ich denke trotzdem, dass ich ihn annehmen werde. Es ist zwar nicht die große, stürmische und leidenschaftliche Liebe, so wie bei Philippe. Aber vermutlich wird mir das auch nur einmal im Leben passieren. Klaus ist ein guter Mensch, ich mag und schätze ihn sehr. Klara vergöttert ihn und umgekehrt. Das Kind braucht wieder einen Vater und was hätte mir Besseres passieren können, als Klaus zu treffen. Ja, ich werde seinen Antrag annehmen."

Da liefen Klara die Tränen aus den Augen und sie musste den Brief weglegen. Sie hatte von ihrer Mutter nie erfahren, wie sich die beiden zum ersten Mal getroffen hatten, und es verwunderte sie nicht, dass sie Klaus von Anfang an geliebt hatte. Ja, in ihren Augen war Klaus ihr richtiger Vater. Er hatte sich um sie gekümmert, wenn es ihr schlecht ging. Er hatte ihre kleinen und großen Freuden mit ihr geteilt. Er hatte sie aufrichtig geliebt, wie ein leiblicher Vater, und sie hatte ihn wie eine leibliche Tochter zurückgeliebt. Mit Sicherheit hatte er es nicht verdient, im Leben ihrer Mutter nur zweite Wahl gewesen zu sein. Ob er es wohl gewusst oder geahnt hatte? Doch zumindest ihre Liebe zu ihm war echt und ungetrübt und vielleicht hatte ihre Mutter doch recht gehabt, ihr die Wahrheit zu verschweigen. Vielleicht wäre ihr Verhältnis nicht so intensiv gewesen, wenn sie die Erinnerung an ihren leiblichen Vater wachgehalten hätte.

„Du kannst die Briefe gerne behalten", meinte Lotte gerührt und auch den Tränen nahe. „Dir bedeuten sie mehr als mir. Sie sind dein Leben!"

„Danke, Lotte, das nehme ich gerne an", flüsterte Klara und trocknete ihre Tränen.

Schließlich erzählte Lotte von ihren beiden Aufenthalten im Schloss, von der Hochzeit und von Klaras Taufe, beschrieb ihre Eindrücke und ließ viele bunte Bilder in Klaras Fantasie lebendig werden. Um ihre Erzählungen auszuschmücken, holte sie ihre alten Fotoalben hervor, und Klara sah viele ihr bereits bekannte Szenen, aber sie gewann auch ganz neue Eindrücke. Zum Abschluss zeigte ihr Lotte noch einige Fotos von Klaras zweitem Geburtstag, die Maria ihr nach Deutschland geschickt hatte, um stolz zu präsentieren, wie prächtig sich ihre Tochter inzwischen entwickelt hatte.

Auf einmal erstarrte Klara. Aufgeregt deutete sie auf ein Foto und rief: „Lotte, wer ist diese Frau, kennst du sie? – Hier auf diesem Bild ist sie nochmals zu sehen." Klara zeigte auf eine junge Frau mit langen blonden Zöpfen, die ein rotes Kleid trug. Es war die Frau aus Klaras Träumen, daran gab es keinen Zweifel. Sie existierte also wirklich, Klaras Träume hatten sie nicht getäuscht. Sogar auf den Fotos war ihr leicht verächtliches Grinsen zu erkennen. Sie stand etwas abseits und beobachtete die Szene, so als ob sie nicht richtig dazugehörte.

„Wer ist diese Frau?", wiederholte Klara ihre Frage eindringlich. Lotte überlegte lange.

„Ich weiß es nicht, Darling! Ich kann mich wirklich nicht daran erinnern. Sie ist auf keinem der anderen Bilder zu sehen. Vermutlich ist sie nicht wichtig, vielleicht ist sie nur zufällig vorbeigekommen oder ist die Mutter eines der Kinder, die du eingeladen hattest. Warum willst du das wissen?"

„Ich habe von ihr geträumt, ziemlich oft in letzter Zeit, und ich glaube, dass sie mit dem Mord an meinem Vater etwas zu tun haben oder zumindest etwas darüber wissen könnte. Ich muss unbedingt herausfinden, wer sie ist." Klara war aufgesprungen und lief mit großen Schritten die Veranda auf und ab.

„Klara, das sind schwere Anschuldigungen. Wie kannst du dir da so sicher sein?"

Sie hielt einen Moment inne und sah Lotte direkt in die Augen: „Es ist mein Gefühl, Lotte, einzig und allein mein Gefühl! Und darauf vertraue ich."

Sie nahm das Fotoalbum und suchte ihren Großvater. Er hatte sich zur Grabstätte seines Sohnes zurückgezogen und saß dort auf der Bank. Klara dachte zuerst, er wäre eingeschlafen, aber er saß nur ganz unbeweglich und still, und als sich Klara ihm näherte, sah sie, dass ihm Tränen die Wangen hinunterliefen. Sie bedeutete Lotte, dass sie sich im Hintergrund halten sollte, setzte sich neben ihn und nahm tröstend seine Hand.

„Weine nur, Opa, ich habe heute auch schon geweint. Es erleichtert ungemein!" Da erst fiel ihr auf, dass sie ihn soeben zum ersten Mal

„Opa“ genannt hatte. Ihn brachte das völlig aus der Fassung. Hand in Hand saßen sie eine Zeitlang auf der Bank und weinten leise vor sich hin. Danach ging es Klara besser und auch Bertrand schien sich entspannt zu haben.

„Erzähl mir Opa, was hast du mir früher immer vorgesungen, wenn ich auf deinen Schoß gekrabbelt bin?“

„Du kannst dich noch daran erinnern?“, fragte Bertrand verwundert.

„Ja, es ist mir soeben eingefallen“, schwindelte Klara, aber noch während sie dies sagte und Bertrand tatsächlich mit seiner rauen und dunklen Stimme ein lustiges Kinderlied anstimmte, sah sie die Bilder förmlich vor sich.

In diesem Augenblick völliger Eintracht durfte nichts mehr zwischen ihnen stehen, und so sprach sie ihn auf den Besuch bei Jacqueline an: „Kann es sein, dass du in letzter Zeit mal bei meinem ehemaligen Kindermädchen vorbeigeschaut hast?“

„Wie kommst du darauf?“, fragte Bertrand ruhig, aber seine Augen schauten alarmiert und Klara wurde vorsichtig.

„Bitte sag mir die Wahrheit. Ich bin deine Enkelin, du darfst mich nicht anlügen.“

„Na gut“, meinte Bertrand. „Du hättest es vermutlich sowieso irgendwann erfahren. Ja, ich war an jenem Abend bei Jacqueline, als du überraschend bei ihr vorbeigeschaut hast. Ich hatte sie darum gebeten, dass du nichts von meinem Besuch erfahren solltest.“

„Aber warum?“ Klara schaute ihn mit fragenden Augen an. Bertrand blickte ruhig zurück.

„Nun, ich fing allmählich an, daran zu zweifeln, ob damals alles mit rechten Dingen zuging, aber natürlich wollte ich dies nicht offen zugeben. Also versuchte ich, selbst ein paar Nachforschungen anzustellen, und was lag da näher, als Jacqueline zu fragen, ob sie von einem weiteren Mann im Leben deiner Mutter wusste.“ Klara nickte.

„Und wieso hast du sie nicht schon damals gefragt?“ Bertrand schwieg einen Augenblick, bevor er fortfuhr.

„Ich wollte sie so schnell wie möglich aus dem Hause haben, damit mich nichts mehr an den Selbstmord meines Sohns erinnerte. Ich habe ihr eine gute Stelle in der Bretagne vermittelt, sodass sie schon bald aus meinem Blickfeld verschwand.“

„Und was hast du von ihr erfahren?“ Jetzt wurde Klara neugierig und ihr Blick heftete sich förmlich an Bertrands Lippen.

„Nur das, was sie dir auch erzählt hat – nicht mehr!“

Schließlich erinnerte sich Klara an Lotte, die einen Spaziergang durch den Park gemacht hatte, und rief nach ihr. Zu dritt überlegten sie, wer die Frau im roten Kleid auf den beiden Fotos sein könnte. Leider konnte sich auch Bertrand nicht an sie erinnern. Eines war jedenfalls sicher, die junge Dame auf dem Bild war nicht Christine, denn diese war auf einem anderen Foto mit langen, offenen, dunkelblonden Haaren in einem feschen Hosenanzug zu sehen. Dies erleichterte Klara zumindest etwas.

Aber wer war diese andere Frau und was hatte sie auf dem Foto und in Klaras Träumen zu suchen? Und welche Rolle spielte sie im Leben ihrer Eltern?

DER ENTSCHLUSS

Tag 33, fünfte Woche

Lotte lehnte sich genüsslich in ihrem Stuhl zurück und rieb sich gedankenverloren den Bauch. Jetzt wurde ihr wieder bewusst, warum ihr die Besuche bei ihrer Jugendfreundin Maria in Gironde immer in besonders guter Erinnerung geblieben waren. Die Franzosen verstanden es einfach zu genießen. Da konnte das amerikanische Fast Food, so praktisch es auch war, nicht mithalten.

Klaras laut geäußerte Überlegungen holten sie wieder in die Wirklichkeit zurück.

„Es geht mir einfach nicht aus dem Kopf, warum ich letzten Samstag aus heiterem Himmel auf die Idee kam, in Christines Mülltonne nachzuschauen. War das Eingebung? Wenn ja, sollte ich dann jetzt nicht auch meiner Eingebung folgen und Christine komplett entlasten?"

„Ich bin auch der Meinung, dass wir weitersuchen sollten. Ich könnte mir gut vorstellen, dass hier jemand eine falsche Spur legen wollte." Lotte lächelte innerlich über Oliviers Bemerkung. An ihm schien ein zweiter Sherlock Holmes verloren gegangen zu sein.

„Gibt es noch andere Anhaltspunkte, die den Verdacht auf Christine erhärten?", fragte Lotte, die in alle Überlegungen miteinbezogen werden wollte. Klara zählte die Details auf, bis sie zum Schluss auf das Whiskyglas kam.

„Wie hast du denn das entdeckt? Hat sie dir ihre Sammlung freiwillig gezeigt?"

„Nein, ich habe aus Versehen den falschen Schrank geöffnet."

„Aber das würde Christine ja nur noch mehr belasten", überlegte Lotte.

„Das ist richtig! Aber ich finde, bevor wir weitere Schlussfolgerungen ziehen, sollten wir sie erst einmal fragen, wie sie überhaupt zu dem Glas gekommen ist."

„Willst du das nicht lieber der Polizei überlassen?", fragte Lotte skeptisch. Sie wunderte sich darüber, dass Klara all die Mühen auf sich nahm und dabei vielleicht sogar in Gefahr geriet.

„Nein", sagte Klara, „ich muss von Angesicht zu Angesicht mit ihr sprechen, damit ich ihre Reaktion sehen und abschätzen kann, ob sie die Wahrheit sagt." Karine hakte nach.

„Meinst du, dass du bei ihr Besuchserlaubnis erhältst?"

„Na hör mal", sagte Klara, „wozu schmeichle ich mich denn bei Marcel ein? Das muss doch für etwas gut sein."

„Aha, kann es sein, dass er auf dich steht?", Karine grinste und Lotte schaute von einer zu anderen.

„Und du auf ihn?", schaltete sich auch Olivier ein.

„Um Himmels Willen!" Klara verzog das Gesicht. „Nie im Leben – er ist überhaupt nicht mein Typ!"

„Ich weiß schon, wer eher dein Typ ist." Karine hörte nicht auf zu sticheln und Lotto wurde neugierig. Aber sie traute sich nicht, näher nachzufragen.

„Falls du David meinst: Da läuft nichts mehr", erwiderte Klara ernst. „Und im Übrigen hat er mir seine Freundschaft gekündigt. Ich habe ihn zu sehr enttäuscht."

Mit diesen Worten stand sie auf und stapelte ein paar schmutzige Teller zusammen. Das Thema, begriff Lotte, war damit für sie abgeschlossen. „Hoffentlich lerne ich diesen French Lover bald mal kennen", dachte sie schmunzelnd.

*

Christine befand sich zu diesem Zeitpunkt schon wieder auf dem Nachhauseweg. Für ihren Anwalt war es ein Leichtes gewesen, ihre sofortige Freilassung durchzusetzen. Der Haftrichter konnte nicht in Abrede stellen, dass sie einzig und allein der Tatkugelschreiber in ihrer Mülltonne mit dem Mord in Verbindung brachte. Somit konnte die Anklage nicht glaubhaft aufrechterhalten werden. In all den Jahren hätte dieser Kugelschreiber auf vielen Wegen zu ihr gelangen können. Und dass der Stift zuvor im Hof gelegen hatte, hatte die Spurensicherung anhand des Staubs der Apfelkisten auch eindeutig belegt. Dies wiederum untermauerte ihre Aussage, dass sie den Kugelschreiber erst kurz zuvor auf dem Boden gefunden und entsorgt hatte.

Christine drehte erschöpft, aber erleichtert den Schlüssel im Türschloss um und betrat ihre angenehm kühle Wohnung. Sie war froh, dass sie bei der Taxifahrt durchs Dorf niemandem begegnet war, denn sie wollte gar nicht wissen, was die Leute über sie dachten. „Nur schnell unter die Dusche und dann aufs Sofa kuscheln", huschte ein sehnlicher Wunsch durch ihre Gedanken, bevor ihr Fuß an einen großen Briefumschlag stieß. Er war ohne Anschrift und Absender und musste wohl unter der Tür durchgeschoben worden sein. Erstaunt riss die den Umschlag auf und verwünschte in der nächsten Sekunde ihre Neugierde.

*

In der psychiatrischen Anstalt, Abteilung B, Trakt 2, war Sarah in eine heftige Diskussion mit der Nachtschwester verwickelt, die ihr ein Telefongespräch mit ihrer angeblich besten Freundin verwehren wollte.

„Sie müssen das morgen mit dem diensthabenden Arzt klären. Ich habe nicht die Berechtigung, Ihnen auch nur irgendetwas abweichend von Ihrem Behandlungsplan zu erlauben."

„Aber es geht vielleicht um Leben und Tod", schrie Sarah aufgeregt. Sie versuchte sich an der Schwester vorbeizudrängeln und das Telefon zu greifen. Doch eine kräftige Hand, die an ihre Schulter fasste, zog sie zurück.

„Was soll das?", rief sie. „Es kann ja wohl nicht zu viel verlangt sein, ein einziges Telefonat zu führen. Sie können mir auch gerne zuhören, wenn Sie mir nicht glauben." Ihre Stimme geriet in immer höhere Lagen und überschlug sich fast. Sie hatte ihre Wut nicht mehr richtig unter Kontrolle. Plötzlich sah sie, wie die Schwester nach einer Spritze griff und die Flasche mit dem Beruhigungsmittel in die Hand nahm.

„Das dürfen Sie nicht. Das darf nur ein Arzt anordnen", rief sie provozierend.

Die Krankenschwester lächelte sie süffisant an: „Daran kannst du dich morgen sowieso nicht mehr erinnern und ich habe endlich meine Ruhe." Die Schwester drückte sie auf ihr Bett. Sarah spürte einen kurzen Schmerz und dann wurden ihre Glieder immer schwerer.

*

„Nein, ich kann dir keine Besuchserlaubnis bei Christine erteilen", war Marcels ernüchternde Auskunft.

„Warum?", bohrte Klara nach.

„Weil sie bereits entlassen wurde. Du musst sie Zuhause besuchen."

„Zuhause?", wiederholte Klara. Wie könnte sie erwarten, dass Christine sie empfangen würde, nach all dem, was vorgefallen war. Was sollte sie tun? Sie konnte es Christine nicht verübeln, wenn sie nicht mehr mit ihr sprechen wollte. Zögernd griff sie zum Telefon, doch ihre Finger verharrten auf den Tasten.

*

Christine hielt immer noch den aus Zeitungsschnipseln zusammengeklebten Brief in Händen. Sie zitterte am ganzen Körper. Wer hasste sie so sehr, dass er ihr solch einen Brief schrieb? Anonym! War sie in den Köpfen mancher Dorfbewohner tatsächlich schon zur Mörderin abgestempelt worden?

Entsetzt ließ sie das Papier zu Boden flattern. Doch noch immer sprangen ihr die Buchstaben ins Gesicht: „Jetzt bist du endlich da, wo du hingehörst, du Mörderin! Auch von einem hohen Ross kann man tief fallen!" Sie schaffte es gerade noch zum Sofa und goss sich einen doppelten Whisky ein, dann wurde ihr schwarz vor Augen.

„Reiß dich zusammen", dachte sie und nahm schnell einen ordentlichen Schluck. Die Flüssigkeit brannte wohltuend in ihrem Hals und langsam kehrten ihre Lebensgeister zurück.

Sie wusste nicht, wie lange sie so gesessen hatte, als das Telefon klingelte.

*

Olivier und Karine waren von Klaras Idee alles andere als begeistert und versuchten vergeblich sie davon abzuhalten. Schließlich gelang es ihnen, sie davon zu überzeugen, dass Lotte mitkommen sollte. Auch musste sie hoch und heilig versprechen, vorsichtshalber die Schreckschusspistole von Catherine Laval einzustecken.

„Wozu hast du das Ding denn sonst?", beendete Olivier resolut die Diskussion. „Und denk daran, uns zu informieren, wenn ihr morgen früh aufbrecht. Wir geben euch genau eine Stunde Zeit. Wenn ihr bis dahin nicht wieder hier seid oder angerufen habt, dass alles in Ordnung ist, werden wir die Polizei rufen."

Klara fand diese ganzen Vorsichtsmaßnahmen ziemlich überflüssig, aber die Sorge ihrer Freunde rührte sie doch. So gab sie schließlich nach und versprach, zusammen mit Lotte Christine aufzusuchen und die Pistole mitzunehmen. Die Tatsache, dass Christine bei ihrem Anruf sofort gesagt hatte, dass sie am anderen Morgen vorbeikommen könne, bewies ihrer Meinung nach, dass sie ein reines Gewissen hatte.

Tag 34, fünfte Woche

„Salut Christine! Ich habe Lotte Foskett mitgebracht, eine gute Freundin meiner Mutter. Du kennst sie vielleicht noch unter dem Namen Weißhaupt von diversen Festlichkeiten im Schloss."

„Salut Claire, salut Lotte! Ja, ich kann mich noch an Sie erinnern. Was verschlägt Sie denn wieder in dieses verschlafene Örtchen?" Christine sah erschöpft aus, aber trotz allem vergaß sie nicht ihre elementaren Gastgeberpflichten.

„Klara hat mich eingeladen. Ich wohne inzwischen in den USA und da bot es sich an, bei meinem Deutschlandbesuch auch bei ihr in Gironde vorbeizuschauen. Für uns Amerikaner sind das ja keine Entfernungen", sagte Lotte in ihrem gebrochenen, vom amerikanischen Akzent geprägten Französisch.

Nach dem Austausch einiger Höflichkeitsfloskeln bat Christine die beiden schließlich ins Wohnzimmer. Eine ungewöhnliche Traurigkeit ging von ihr aus und Klaras schlechtes Gewissen schlug kräftig zu. Schnell wandte sie den Blick ab und kam wieder auf Lotte zu sprechen. Christine schien sich über Lottes Anwesenheit nicht zu wundern. Für Franzosen war es nicht unüblich, Freunde auch an den Urlaubsort einzuladen und nachdem Lotte schöne Erinnerungen mit diesem Ort verband, war es nur natürlich, dass sie auf ihren sicherlich seltenen Deutschlandbesuchen auch bei Klara vorbeischaute, egal, wo sie sich zurzeit befand.

Klara hatte in diesem Augenblick jedoch ganz andere Gedanken. Sie rutschte unruhig auf dem hellen Sofa hin und her. Verzweifelt suchte sie nach den richtigen Worten und wusste nicht, wie sie beginnen sollte.

„Christine, es tut mir leid, was ich dir angetan habe, und dass ich vielleicht in einigen Augenblicken wirklich mit dem Gedanken gespielt habe, dass du ..., na, du weißt schon!"

Christine verzog ihren Mund. Ihr Gesicht war eine Maske.

„Du weißt ja, nur weil sie mir keine Schuld nachweisen konnten, heißt das noch lange nicht, dass ich es nicht getan habe. Vielleicht habe ich nur einen tüchtigen Anwalt." Christine zog leicht ihre Augenbrauen hoch, was ihrem Gesicht keineswegs einen freundlicheren Eindruck verlieh. Klara schluckte und sprach weiter.

„Ja, ich weiß! Aber ich bin mir trotzdem ganz sicher, dass du nichts mit der Sache zu tun hast. Mein Gefühl hat mir das eigentlich schon immer gesagt, aber manchmal höre ich eben auch auf meinen Verstand."

„Und der hat dir gesagt, dass du in meinen Mülltonnen herumschnüffeln sollst?" Christine nahm ihr die Sache anscheinend sehr übel. Das konnte Klara gut verstehen.

„Ich weiß selbst nicht, welcher Teufel mich da geritten hat."

Christine verzog ihr Gesicht zu einer Grimasse: „Ich schon. Man nennt diesen Teufel Argwohn. Claire, du solltest langsam mal wieder von deinem Trip runterkommen, jedem zu misstrauen. Ja, es sind seltsame Dinge in der Vergangenheit passiert und ja, wir hätten damals Fragen stellen können anstatt alles hinzunehmen. Aber deswegen sind wir doch nicht gleich Mörder."

Klara nahm mit schlechtem Gewissen zur Kenntnis, dass sie Christine wirklich sehr verletzt hatte: „Das tue ich doch auch gar nicht. Christine, ich habe einen Fehler gemacht. Ich hätte mit dem Kugelschreiber nicht einfach zu Polizei rennen sollen, sondern dich fragen, was es damit auf sich hat. Es tut mir wirklich sehr leid. Ich weiß nicht, wie ich das jemals wieder gutmachen kann."

„Vielleicht solltest du aufhören, dir und deinen engsten Freunden etwas vorzumachen. Hör das nächste Mal auf dein Herz und nicht auf deinen Verstand und fang bei meinem Bruder damit an."

Christine ging energisch im Zimmer auf und ab. Ihre sonst so ordentlich zurückgekämmten Haare hingen zu allen Seiten.

„Das ist nun wirklich ein anderes Thema", sagte Klara bestimmt. „Bitte, lass David aus dem Spiel. Christine, ich kann dich nur ganz herzlich bitten, mir zu verzeihen. Bitte, bitte verzeih mir!"

Christine wurde etwas weicher: „Ich weiß ja, dass es für dich hier auch nicht leicht ist. Du bist auf der Suche nach dem Mörder deines Vaters. Natürlich musst du da neugierig sein und alles in Frage stellen. Also gut, sagen wir, wir sind quitt. Und jetzt sei aber so gut und finde den richtigen Mörder. Ich kann mich so ja gar nicht mehr ins Dorf trauen. Das ist für die doch ein gefundenes Fressen. Ich frage mich schon die ganze Zeit, wer mir diesen Kugelschreiber untergeschoben hat."

„Ja, diese Frage geht mir auch nicht aus dem Kopf, und deshalb bin ich hier. Ich bin mir ziemlich sicher, dass diese Person auch der Mörder meines Vaters ist." Bei diesen Worten rannen Christine ein paar Tränen über die Wangen und Klara und sie nahmen sich für einen Augenblick stumm in die Arme. Nun fiel es Klara noch schwerer, Christine auf das Whiskyglas anzusprechen. Schließlich hatte sie eine unverfängliche Idee.

„Ich habe Lotte von deiner Gläsersammlung erzählt. Sie interessiert sich sehr für Antiquitäten. Darf sie wohl mal einen Blick darauf werfen?"

„Aber natürlich!", meinte Christine, die sich schon wieder unter Kontrolle hatte. „Das ist mein ganzer Stolz."

Klara hatte keine Ahnung, ob sich Lotte auch nur im Geringsten für Antiquitäten interessierte, aber sie hatte ihr einen vielsagenden Blick zugeworfen, und so stieß diese einen Freudenschrei aus, als Christine die Vitrine öffnete.

„Oh my goodness, das sind ja die reinsten Schätze."

„Ja, einige der Gläser sind mehr als 200 Jahre alt."

Lotte nahm die Gläser vorsichtig heraus und erzählte dabei munter von ihren eigenen Errungenschaften an Antiquitäten. Klara fragte sich, ob Lotte nur eine gute Schauspielerin war oder ob sie die Gegenstände tatsächlich besaß. Schließlich nahm Lotte vorsichtig das besagte Whiskyglas in die Hand, das sich mit seinem dunkelblau eingelassenen Boden sehr von den anderen Gläsern unterschied.

„Dies ist sicherlich ein neueres Glas, oder?" Lotte sah Christine mit einem unschuldigen Augenaufschlag an.

„Ja, Sie haben recht. Wie ich erfahren habe, wurde es in den 20er-Jahren hergestellt, aber nur in sehr geringer Auflage verkauft und ist somit durchaus ein Sammlerstück. Es stammt aus einer kleinen Glasbläserei in Portugal."

„Irgendwie kommt mir das Glas bekannt vor", schaltete sich nun Klara ein, die den Augenblick für ideal hielt. „Weißt du noch, woher du es hast?"

„Natürlich weiß ich das noch. Ich habe es auf der Brokante d'Antiquités erstanden. Catherine Laval, die Notarssekretärin, hat ihren Speicher ausgemistet und ein paar nette Stücke zum Verkauf angeboten."

Plötzlich wurde Klara leichenblass, schwankte etwas und hielt sich schließlich an Lotte fest. Sie starrte Christine fassungslos an – alles Blut war aus ihrem Gesicht gewichen.

„Claire, was hast du? Geht es dir nicht gut?" Christine legte ihr besorgt die Hand auf die Stirn, doch Klara musste erst den wirren und in Sekundenbruchteilen durch ihren Kopf rasenden Gedankenstrom ordnen.

„Mir ist gerade etwas aufgefallen", log sie und erzählte von dem fehlenden Whiskyglas ihres Vaters aus der gleichen Kollektion.

Nun begriff auch Christine.

„Meinst du, dass dies das fehlende Whiskyglas ist?", fragte sie bestürzt.

„Möglich wäre es durchaus, vor allem, nachdem ich nun weiß, dass diese Gläser nur in geringer Anzahl produziert wurden."

*

Etwas später saßen Lotte und Klara wieder um den runden Couchtisch. Christine hatte jedem ungefragt Kaffee mit einem Schuss Hochprozentigem eingeschenkt. Während die Kirchturmglocken elf Uhr schlugen und die ersten Sonnenstrahlen des Tages durch die dicke Wolkendecke drangen, nippte Christine nachdenklich an ihrem Getränk und blickte von Zeit zu Zeit auf die ebenfalls in Gedanken versunkene Klara.

„Es stellt sich nun also die Frage, wie Catherine in den Besitz dieses Glases kam und ob sie mit dem Mord an deinem Vater etwas zu tun haben könnte." Christine sprach aus, was alle dachten, aber nicht zu sagen wagten.

Klara erinnerte sich mit einem Mal an das Foto der blonden Frau im roten Kleid, das sie seit Lottes Ankunft in ihrem Portemonnaie mit sich herumtrug.

„Christine, kennst du diese Frau?" Christine beugte sich interessiert über das Foto.

„Das Bild kommt mir bekannt vor. Warte mal! Es ist auf deiner zweiten Geburtstagsparty entstanden. Aber wer nur ist diese blonde Frau?" Während Christine angestrengt ihr Gedächtnis durchforstete, wanderten ihre Pupillen ruhelos hin und her.

„Ich weiß genau, dass ich diese Frau kenne. Ich komme nur nicht darauf, wie sie mit deinen Eltern in Verbindung stand. Vielleicht sollte ich mal in meinem eigenen Fotoalbum nachsehen. Dort habe ich hin und wieder Notizen gemacht." Und schon sprang Christine auf und lief die Treppe hinauf. Lotte und Klara sahen sich stumm an.

Keine sechzig Sekunden später hallte die Treppe erneut von Christines schwungvollen Schritten. Mit zitternden Fingern blätterte sie ihr Album durch bis zur entscheidenden Stelle: „Hier, die Fotos von deinem zweiten Geburtstag! Wie süß du in deinem Kleidchen aussahst." Sie schlug ein weiteres Blatt um. „Da hinten steht die junge Frau wieder – etwas abseits, so, als ob sie nicht dazugehörte – aber ganz eindeutig dieselbe Person."

„Ich hab's!", rief Christine, „hier steht es schwarz auf weiß."

„Was steht da?“ Klaras Stimme überschlug sich vor Nervosität. Christine zeigte auf das Bild der gesuchten Frau. Sie saß in einem Korbstuhl, die Beine leger übereinandergeschlagen, und blickte trotzig in die Kamera.

„Catherine Laval schien sich auf Claires Geburtstagsparty gut zu amüsieren, auch wenn sie nicht eingeladen war“, las Christine laut vor.

„Das ist Catherine Laval?“, fragte Klara verwundert.

„Ja!“, sagte Christine. „Sie hat sich ziemlich verändert, nicht wahr? Aber Haare kann man färben, und wenn du genau hinschaust, siehst du ihren kleinen Leberfleck über der Lippe. Damals nannte sie es ihren Marilyn-Monroe-Schönheitsfleck.“

„Jetzt, wo du es sagt, sehe ich es auch. Wieso bin ich nicht eher darauf gekommen?“ Klaras Augen wurden immer größer.

„Was ist an diesem Foto so wichtig?“ Christine verstand die Aufregung nicht. Stockend erzählte Klara ihr von ihren Träumen. Schließlich brachte es Lotte auf den Punkt.

„Klara, du hast mir doch erzählt, dass auf dem Tatkugelschreiber ein C. eingraviert war. Dieses C. sah die Polizei als ein C. für Christine an. Aber ebenso könnte es ein C. für Catherine sein.“

Die anderen sahen Lotte entgeistert an. Die unvollständigen Puzzleteile fügten sich in Klaras Gedanken mehr und mehr zusammen und es entstand ein undeutliches Bild, das plötzlich Catherines Konturen trug. Hatte sie tatsächlich etwas mit dem Mord zu tun?

Schließlich zupfte Lotte sie unauffällig am Ärmel und deutete auf ihre Armbanduhr. Die Stunde seit ihrem Aufbruch von Olivier und Karine war abgelaufen.

„Christine, darf ich mal kurz dein Telefon benutzen? Wir waren eigentlich bei Freunden zum Brunch angekündigt, aber das schaffen wir heute nicht mehr.“

*

05. Juli

Ich bin immer noch ziemlich verwirrt und weiß nicht, was ich von den neusten Erkenntnissen halten soll. Ich brauche unbedingt eine Eingebung, wie es weitergehen soll. Auch Christine zuliebe muss sich diese verquere Geschichte ganz schnell auflösen.

Eigentlich müsste ich heute bei David anrufen. Christine fragte mich heute Morgen, ob unser unterkühltes Verhältnis etwas mit ihr und meiner Verdächtigung zu tun hätte. Ich habe ihre Frage bejaht und schließlich fing ja auch alles damit an - damals an diesem katastrophalen Abend, als jemand meinen Gasherd manipuliert hatte. Ich musste ihr versprechen, dass ich mich bei David melde. Aber sie hat recht, ich sollte mich wirklich auch bei ihm entschuldigen. Stolz hin oder her! Ich habe ihm und seiner Familie sehr wehgetan, und das, obwohl ich von allen mit offenen Armen empfangen wurde. Auch wenn David mit mir jetzt nichts mehr zu tun haben will, soll er wenigstens wissen, dass ich meine Fehler einsehe und bereue. Ich werde ihn anrufen. Aber der Tag ist noch lange!

*

Klara wusste nicht, was sie erwartete, als sie an der altmodischen Klingelschnur zog und ein schriller Ton durch das alte Haus hallte.

Nachdem sie den ganzen Nachmittag mit Nachdenken auf der Schlossterrasse verbracht hatte – Lotte blieb feinfühlig im Hintergrund und kam sogar mit Bertrand über die Gartenarbeit ins Gespräch – füllte auf einmal dieser Gedanke all ihre Gehirnzellen aus. Jetzt war sie hier, um dieses unerfüllte Bedürfnis zu stillen.

Als der Pfarrer die Türe öffnete, zeigte sein Gesicht keine Züge des Erstaunens. Klara vermutete, dass die Ereignisse der letzten Tage auch bis zu ihm vorgedrungen waren. Er bat sie in sein Wohnzimmer, dessen Fenster weit geöffnet waren und den Blick auf einen blühenden Innenhof freigaben.

Mit einer einladenden Handbewegung wies er auf das alte Sofa: „Bitte, setzten Sie sich, Comtesse! Darf ich Ihnen einen Tee anbieten?"

Es war das erste Mal, dass man sie mit diesem Titel, den sie mit der Anerkennung im Testament ihres Großvaters tatsächlich besaß, ansprach. Etwas verwirrt bejahte sie die Frage nach dem Tee, obwohl ihr der heiße Nachmittag selbst im kühlen Wohnzimmer des Pfarrers eindeutig eher für kalte Getränke geschaffen schien.

„Was kann ich für Sie tun?", fragte der Pfarrer schließlich und Klara erzählte ihm von ihrer Suche, fast verlorenen Freunden und von Catherine.

„Père Jacques, ich weiß wirklich nicht mehr, was ich machen soll. Dieses Mal sagen mir mein Gefühl und Verstand, dass ich die Richtige verdächtige, aber ich habe weder ein Motiv noch Beweise. Damit kann ich nicht zur Polizei gehen. Außerdem möchte ich keinen Verdacht mehr äußern, bevor ich mir nicht hundertprozentig sicher bin. Und wir haben viel zu wenig in der Hand. Aber finden Sie nicht auch, dass der oder die Schuldige selbst nach all den Jahren seiner gerechten Strafe nicht entgehen darf?"

„Da haben Sie vollkommen recht, mein Kind! Eine Schuld, die nie bereut und gesühnt wurde, besteht auch noch nach 24 Jahren. Aber warum kommen Sie mit der ganzen Geschichte gerade zu mir? Wie kann ich Ihnen helfen?" Der Pfarrer faltete erwartungsvoll seine Hände, so, als ob er Gott um seinen Beistand für dieses Gespräch bitten würde.

„Ich weiß auch nicht, was ich mir von diesem Besuch verspreche", sagte Klara. „Zum Einen möchte ich mein schlechtes Gewissen erleichtern und den Rat eines Unbeteiligten hören, aber zum Anderen hatte ich auch schon bei meinem ersten Gespräch mit Ihnen das Gefühl, dass Sie einiges mehr wissen, als Sie mir gesagt haben."

„Das ist sicherlich richtig, aber vergessen Sie bitte nicht, dass ich an das Beichtgeheimnis gebunden bin." Seine fahrigen Finger zeigten, dass er keineswegs so ruhig war, wie es äußerlich schien. Hell traten die Stellen an den Fingern hervor, in die er seine Nägel vergrub.

„Ich weiß, dass Sie mir nichts sagen dürfen, was das Beichtgeheimnis betrifft. Einen kleinen Hinweis, in welche Richtung ich weitersuchen soll, könnten Sie mir aber vielleicht doch geben, oder?" Sie sah den Pfarrer mit ihrem liebenswürdigsten Lächeln an.

Père Jacques' Gesichtsfarbe ähnelte immer mehr den weiß gestrichenen Wänden im Hintergrund.

„Ich glaube, Sie versprechen sich hier zu viel", begann er zögernd. „Alles, was mit Schuld und Sühne zu tun hat, wird mir im Rahmen einer Beichte erzählt. Es gibt wirklich keinen Spielraum, um diese heilige Regel des Beichtgeheimnisses zu umgehen. Ich spiele mit dem Feuer und versündige mich, wenn ich Ihnen davon etwas preisgebe." Jetzt rutschte auch Klara unruhig auf dem Sofa hin und her.

„Dann wissen Sie also tatsächlich etwas, das mir weiterhelfen könnte?", bohrte sie nach. Der Pfarrer stand auf und ging nervös im Zimmer auf und ab.

„Er weiß etwas", dachte Klara aufgeregt. „Wie nur kann ich ihn dazu bewegen, seine Gedanken mit mir zu teilen?"

Schließlich kam ihr eine Idee. Sie war etwas vermessen und lag ihr überhaupt nicht, aber hatte sie eine Wahl?

„Père Jacques“, begann sie von neuem, „hatten Sie mir nicht erzählt, wie leid es Ihnen täte, dass Ihr Vorgänger meinem Vater keine christliche Beerdigung auf dem Dorffriedhof zugestand, weil er ein Selbstmörder war? Sie wissen auch, dass dies meinem Großvater das Herz brach und er danach mit der Kirche nichts mehr zu tun haben wollte. Jetzt wäre die Gelegenheit, meinem Vater einen letzten Dienst zu erweisen. Helfen Sie mir, seinen Ruf als Selbstmörder reinzuwaschen. Er hat diese Schande nicht verdient.“

Dass ihre Worte die gewollte Wirkung nicht verfehlten, konnte Klara sofort in Père Jacques‘ Gesicht ablesen. Er setzte sich wieder, schaute zuerst sie an, dann das Kreuz über dem Sekretär. Es schien, als ob er mit Jesus ein stummes Zwiegespräch führte. Schließlich erwiderte er zögernd: „Ich habe Ihren Vater sehr geschätzt. Auch Ihren Großvater schätze ich sehr, obwohl er sich inzwischen von der Kirche fernhält – was ich ihm nicht verübeln kann. Mein Vorgänger hat in der Tat einiges falsch gemacht. Doch für sein Gewissen bin ich nicht zuständig. Aber ich will nicht gleichermaßen verbohrt sein.

Ich denke, ich verstoße nicht gegen menschliche und kirchliche Regeln, wenn ich Ihnen Folgendes sage: Bei mir wurde nie ein Mord gebeichtet. Selbst wenn ich wollte, könnte ich Ihnen also keinen Mörder präsentieren. Aber ich weiß Dinge, die mich durchaus zu der Ansicht bringen, dass Ihre Vermutung begründet sein könnte.

Ich sage ‚könnte‘, weil dies doch eine sehr schwerwiegende Anschuldigung ist. Diese Dinge sind mir im Rahmen des Beichtgeheimnisses anvertraut worden und deshalb steht es außer Frage, dass ich sie Ihnen erzähle. Aber ich kann Ihnen den Hinweis geben, dass Sie sich einmal etwas näher mit Bruno Dumas unterhalten sollten – allerdings nicht im Beisein seiner Frau. Wählen Sie einen neutralen Rahmen. Und versprechen Sie mir bitte eines: Seien Sie äußerst vorsichtig und erzählen Sie niemandem etwas über unser Gespräch.“

„C'est promis! Ist versprochen!“, rief Klara und konnte sich gerade noch mit Mühe zurückhalten, den Gottesdiener zu umarmen. Sie spürte, dass er ihr einen großen Dienst erwiesen hatte und dabei mehrmals über seinen Schatten gesprungen war.

Tag 35, sechste Woche

Der Morgen war noch jung. Schuldbewusst dachte Klara daran, dass sie sich bei David immer noch nicht gemeldet hatte. Sie könnte bei ihm vorbeifahren. Aber dann müsste sie ihm von Angesicht zu Angesicht ihre Entschuldigung vorbringen. Oder seine Sekretärin würde sie abwimmeln. Das wäre sehr peinlich. „Feigling“, dachte sie. Doch schnell schob sie diesen Gedanken beiseite. „David rennt mir nicht weg, aber Karine und Olivier sind bald in Menton. Also sollte ich lieber bei ihnen vorbeischauen.“

Das junge Paar hatte sich entschlossen, in der kommenden Woche Urlaub in Menton an der Côte d'Azur zu machen, und da sie selbst nur noch drei Wochen hier sein würde, bevor das Semester wieder anfing, wusste sie nicht, wie viel Zeit ihnen noch zusammen blieb. Klara wusste nur zu gut, dass die Aussprache mit David nur aufgeschoben war. Sie ließ sich nicht vermeiden.

„Claire, gut, dass du kommst! Ich habe gerade Sarah am Apparat. Sie klingt ganz aufgeregt“, rief ihr Karine schon von Weitem entgegen.

„Salut Sarah! Schön, dass du anrufst ...“

„Claire, ich habe nicht viel Zeit. Ich muss dich unbedingt sprechen. Kannst du mich morgen besuchen kommen?“ Die Stimme am anderen Ende war fast nur ein Flüstern und überschlug sich förmlich.

„Sarah, was ist denn los, du klingst ja ganz durcheinander?“

„Bitte, du musst so schnell wie möglich vorbeikommen. Es geht um ...“

Im Hintergrund hörte Klara die laut erhobene Stimme einer Frau, wahrscheinlich einer Schwester, die Sarah dazu aufforderte, den Hörer aufzulegen. Geräusche wie von einem Kampf waren zu hören und Sarah brüllte noch: „Versprich mir, dass du kommst. Versprich es mir!“

„Ja, ich komme, ich verspreche es dir“, entgegnete Klara. „Aber was ist denn eigentlich los bei dir? Was ist das für ein Lärm im Hintergrund?“ Doch statt einer Antwort hallte ihr nur das monotone Tuten des Telefons entgegen.

Verwundert schaute Klara auf das Telefon in ihrer Hand. Ging es Sarah wieder schlechter? Sie hatte sie in den letzten Tagen vernachlässigt und schon lange nicht mehr angerufen oder gar besucht. Aber jetzt musste sie erst einmal mit Bruno Dumas sprechen und dann würde sie sich Sarahs Problem annehmen.

*

06. Juli, 22.00 Uhr

Ich bin so aufgeregt, mein Herz klopft immer noch bis zum Hals. Ich habe vorhin zwei erfolgreiche Telefonate geführt, die mir beide nicht leicht fielen. Zum Glück war Bruno Dumas selbst am Telefon und nicht seine Frau. Ich treffe mich morgen um zehn Uhr mit ihm im Café „Les Trois Sages" in Cabourg. Er schien gar nicht verwundert, dass ich ihn alleine sprechen möchte, eher sogar beruhigt. Ich kann es kaum erwarten zu erfahren, ob er mir etwas erzählen wird und wenn ja, was!

Habe endlich auch bei David angerufen. Ich habe mich bei ihm entschuldigt und gesagt, dass ich schon bei Christine war und zwischen uns wieder alles in Ordnung ist. Er klang nicht verärgert, eher traurig. Auf meine Bitte hin, mir zu verzeihen, meinte er nur: „Das habe ich längst." Aber es klang nicht überzeugend. Dann habe ich ihn gefragt, ob er uns helfen will. Er wird morgen Abend zu Olivier und Karine kommen, um gemeinsam mit uns Pläne zu schmieden. Ich freue mich, ihn zu sehen!! David sagte mir auch, dass es Zeit wäre für mich, endlich Stellung zu beziehen. Ich müsste wieder Vertrauen fassen und mich entscheiden, wem ich glaube und wem nicht. Habe lange darüber nachgedacht und glaube, er hat recht. Ich habe in letzter Zeit alles und jeden angezweifelt, gute Freunde enttäuscht und dachte, ich könnte alles mit meiner Suche entschuldigen. Werde es nun wagen, Bertrand, David und Christine ganz zu vertrauen. Ich muss wieder an das Gute im Menschen glauben und setze nun alles auf eine Karte. Sollte ich enttäuscht werden, dann habe ich wenigstens menschlich gehandelt. Aber erst muss ich morgen Bruno sein Geheimnis entlocken.

Tag 36, sechste Woche

Monsieur Dumas kam gegen halb elf in das kleine, versteckte Café am Rand von Cabourg. Klara saß gemütlich in einer Ecke der Terrasse und war beinahe erstaunt, ihn schon zu sehen. Sie hatte die Nacht über vor Aufregung kaum geschlafen und auch die dritte Tasse Kaffee half nicht, darüber hinwegzutäuschen, dass sie heute nicht ganz so fit war wie sonst.

Bruno schien genauso aufgeregt zu sein wie Klara. Er hatte sich richtig in Schale geworfen für seinen Cafébesuch: Zu einem blaukarierten Baumwollhemd mit kurzen Ärmeln trug er eine lange, dunkelblaue Baumwollhose und offene Schuhe. Er bestellte einen café noir und sie tauschten einige Belanglosigkeiten aus. Doch dann wurde Klara ungeduldig und schnitt das eigentliche Gesprächsthema an: „Was halten Sie davon, dass Christine Marell kurzfristig in Polizeigewahrsam genommen wurde?" Erwartungsvoll blickte sie in Brunos Augen.

„Nun, es wird einiges gegen sie sprechen, sonst hätte die Polizei sie bestimmt nicht mitgenommen, oder?" Bruno antwortete zögernd und ihm war sichtlich unbehaglich zumute. Doch Klara ging in die Offensive.

„Nun seien wir doch mal ehrlich: Sie und ich, wir wissen doch beide, dass die Falsche verdächtigt wurde."

Bruno schaute sie verwundert an und Klara hätte schwören können, dass diese Verwunderung echt war: „Was meinen Sie damit? Was soll ich wissen?"

Sie hakte nach: „Kann es nicht sein, dass Catherine Laval viel tiefer in diese Angelegenheit verwickelt ist als Christine?"

„Die Notarssekretärin?", fragte er ungläubig. Klara musste ihm auf die Sprünge helfen.

„Ja, genau die! Ich glaube, dass sie meinen Vater ermordet hat." Bruno verschluckte sich bei diesen Worten an seinem Kaffee und brauchte ein paar Minuten, bis er wieder sprechen konnte.

„Wie kommen Sie auf diese absurde Idee?"

„Nun", Klara betonte jedes Wort, „ich glaube nicht, dass diese Idee so absurd ist, wie sie auf den ersten Blick scheint. Außerdem glaube ich, dass Sie über Catherine einiges wissen, was für den Fall von Bedeutung ist."

„Was soll ich denn von ihr wissen?", fragte Bruno unschuldig, aber diesmal war sich Klara sicher, dass seine Ahnungslosigkeit gespielt war.

„Sie sind ein schlechter Schauspieler! Ich sehe genau, wenn Sie versuchen, etwas zu verheimlichen", setzte sie nach.

„Was wollen Sie von mir?", fragte er hörbar verunsichert.

„Ich möchte die Wahrheit hören", erwiderte Klara in einem sanfteren Ton.

„Sie fragen den Falschen. Ich kann Ihnen wirklich nicht weiterhelfen", behauptete Bruno. Seine Stirn war mit unzähligen Schweißperlen bedeckt und einige sammelten sich bereits zu Tropfen. Bruno nahm eine Serviette und fuhr sich mit zittrigen Händen übers Gesicht.

Klara sah schon ihre Felle davonschwimmen. „Wie schmutzig ist sein Geheimnis, dass er so vehement daran festhält? Ich muss ihn überzeugen", dachte sie.

„Ich versichere Ihnen, dass ich alles, was Sie mir erzählen werden, vertraulich behandeln werde. Ihnen ist doch wie mir daran gelegen, den Mord an Ihrem guten Jugendfreund aufzuklären und den Schuldigen seiner gerechten Strafe zuzuführen, habe ich recht?" Behutsam legte Klara ihre Hand auf Brunos nackten Arm. „Es ist der letzte Dienst, den Sie Ihrem Freund erweisen können. Ein letztes Dankeschön dafür, dass er sie unterstützt hat, als es Ihnen finanziell schlecht ging. Vergessen Sie das nicht."

„Natürlich will ich, dass der Mord an Ihrem Vater aufgeklärt wird", sagte Bruno, „falls es Mord war! Ich weiß nur nicht, was ich dazu beitragen kann." Klara beugte sich über den Tisch und sah Bruno direkt in die Augen.

„Ich habe berechtigte Vermutungen, dass Catherine etwas mit dem Mord an meinem Vater zu tun hat. Aber mir fehlen die Beweise. Daher muss ich wissen, wo Catherines wunder Punkt ist. Erzählen Sie mir einfach alles, was Sie über Catherine Laval wissen, und was Sie mit ihr verbindet oder verband." Seufzend stellte Bruno seine Kaffeetasse ab.

„Endlich!", triumphierte Klara innerlich. Sie hatte die Schale dieses Mannes geknackt.

Erst stockend, dann immer flüssiger erzählte Bruno Klara in der folgenden Stunde eine haarsträubende Geschichte. Danach verstand sie sehr gut, warum Bruno so lange geschwiegen hatte.

*

Klara blickte enttäuscht auf den leeren Stuhl neben sich. David war sonst immer pünktlich. Auch hatte er nicht abgesagt. Ob er doch noch sauer auf sie war? Die anderen sahen sie gespannt an – lange würden sie nicht mehr warten wollen. Sie konnte einfach nicht glauben, dass David sie im Stich ließ, obwohl er sein Kommen zugesagt hatte. Dann endlich das erlösende Klingeln! Klara sprang auf und lief zur Tür, obwohl nicht sie die Gastgeberin war. Verständnisvoll zwinkerte Karine ihrem Mann zu.

David stand lächelnd im Türrahmen und sah verdammt gut aus. Er war also wirklich gekommen! Erleichtert lächelte ihn Klara an. Spontan drückte sie ihn fest an sich und flüsterte ihm zu: „Danke, dass du gekommen bist. Das werde ich dir nie vergessen." Dabei spürte sie verwirrt, dass sein Herz genauso schnell und laut klopfte wie ihres.

Um Karines Küchentisch waren an diesem Abend Lotte, David, Bertrand, Klara, Karine und Olivier versammelt.

Klara hatte den Abend kaum erwarten können, denn sie hatte noch niemandem von ihrem Gespräch mit Bruno erzählt. Es gab Käse, Salami und Baguette zum Abendbrot, da für ein ausführliches Mahl keine Zeit war. Als alle Gläser mit trockenem, französischem Landwein gefüllt waren und Klara den einzig freien Platz neben David einnahm, schauten sie alle erwartungsvoll und gespannt an. Endlich begann Klara, nicht ohne darauf hinzuweisen, dass alles, was hier gesprochen wurde, nicht nach draußen dringen durfte. Dann erzählte sie Brunos Geschichte.

Sie begann vor 28 Jahren, als seine Frau schwanger wurde und ihr drittes Kind erwartete. In ihrer Ehe war längst der Alltag eingekehrt. Trotz allem war das dritte Kind ein geplantes Wunschkind, das aber in der Hoffnung gezeugt wurde, es würde wieder etwas frischen Wind und mehr Liebe und Zärtlichkeit in die Familie bringen. Doch seine Frau litt bereits in den ersten Wochen ihrer Schwangerschaft unter schweren Depressionen. Sie konnte sich nicht auf die Geburt ihres Kindes freuen, sondern bekam Angstzustände, weil sie glaubte, mit der zusätzlichen Belastung durch ein drittes Kind nicht fertig zu werden. Bruno deutete damals das Verhalten seiner Frau als einen Beweis, dass sie ihrer Ehe keine Chance mehr gab. Ihre heftigen Gefühlsausbrüche verwirrten ihn sehr, so dass er sich immer mehr zurückzog.

Eines Abends saß er frustriert in einer verrauchten Kneipe und sprach dem Alkohol ordentlich zu. An diesem Abend war auch Catherine Laval in der Kneipe und haderte mit ihrem Pech mit den Männern. Bald saßen die beiden beieinander, tranken um die Wette und tauschten ihre Lebenserfahrungen aus. Schließlich machten sie sich völlig betrunken auf den Nachhauseweg und landeten in Catherines Bett. Am anderen Morgen kam zu der Katerstimmung und dem heftig brummenden Kopf das nackte Entsetzen hinzu, was in der zurückliegenden Nacht geschehen war.

‚Ich habe mit der größten Schlampe Girondes' Ehebruch begangen und meine schwangere Frau betrogen. Ich bin doch wirklich die verabscheuenswürdigste Person auf Gottes Erde', erzählte Bruno. Allem Anschein nach, war auch Catherine nicht begeistert, dass sie ausgerechnet mit Bruno im Bett gelandet war. Beide waren sich somit einig, dass dieser Vorfall verschwiegen und so schnell wie möglich vergessen werden sollte.

Bruno schlich sich nach Hause und erzählte seiner Frau, dass er im Gästezimmer geschlafen habe, weil er spät nach Hause gekommen war und sie nicht wecken wollte. Er kümmerte sich fortan rührend um seine Frau. Nach einigen Wochen erholte sie sich. Kurz vor der Geburt des dritten Kindes hatte er den nächtlichen Vorfall schon fast vergessen und verdrängt und freute sich mit seiner Frau auf den Familienzuwachs. Da kam eines Abends Catherine in die Bank, in der er arbeitete, und bat dringend, ihn unter vier Augen sprechen zu dürfen.

„Ich bin schwanger von dir", hatte sie ihm ohne Umschweife an den Kopf geworfen. Für Bruno brach eine Welt zusammen. Catherine erklärte ihm jedoch, sie wolle das Kind abtreiben. Für den damals noch riskanten Eingriff bräuchte sie von ihm 50.000 Francs. Da das gesamte Geld der Dumas' in deren Häuschen steckte, verlangte Catherine von ihm, dass er eine Hypothek aufnahm. Da unternahm Bruno einen letzten verzweifelten Versuch: „Überleg doch mal. Könntest du das Kind nicht jemand anderem unterschieben? Ich stehe dafür ewig in deiner Schuld."

Catherine hatte zunächst sehr wütend auf seinen Vorschlag reagiert, doch dann kam sie ins Grübeln. Schließlich willigte sie ein, ihn nicht länger zu belästigen, wenn er Stillschweigen bewahrte.

Er erfuhr, dass auch der junge Comte Philippe Lacroix vor nicht allzu langer Zeit sturzbetrunken in ihrem Bett gelandet war. Catherine hatte ihn, als er mit alten Schulkameraden kräftig gezecht hatte, in einer Kneipe aufgegabelt. Bruno vermutete, dass sie schon lange ein Auge auf ihn geworfen und die günstige Gelegenheit beim Schopf gepackt hatte. Doch es blieb bei dieser einen Nacht. Dafür wollte sie sich nun an ihm rächen.

Da sein Bankkonto wesentlich besser gefüllt war als Brunos, verlangte sie die doppelte Summe von ihm. Philippe zahlte, ohne weiter nachzufragen, wie Bruno bald darauf erfuhr. Der junge Comte wollte die peinliche Angelegenheit in aller Stille abwickeln, aus Angst, sein Vater könnte ihn enterben.

Abtreibungen waren damals in Frankreich erst seit einigen Jahren gesetzlich erlaubt. Catherine ließ sich in eine Klinik in Nizza einweisen, um dem Gerede der Dorfbewohner zu entgehen.

Klara war entsetzt über diese Episode im Leben ihres Vaters. Doch ein Jahr später lernte Philippe ihre Mutter kennen und führte schon bald ein glückliches und treues Eheleben.

Aber Brunos Geschichte war noch lange nicht zu Ende. Er war zwar erleichtert über den für ihn glimpflichen Ausgang seines nächtlichen Fehltritts, aber er hatte gegenüber dem jungen Comte große Gewissensbisse. Als die Gräfin Tanquarville, Philippes Mutter, kurz darauf an Leukämie erkrankte und verzweifelt einen Knochenmarkspender suchte, willigte er – unter der Bedingung, dass er anonym bliebe – in eine Spende ein. Auf diese Weise wollte er sein Gewissen beruhigen und seine Schuld gegenüber Philippe begleichen. Im Dorf wurde viel gerätselt über den unbekannten Spender, aber niemand vermutete den unauffälligen Bruno. Philippes Mutter besiegte ihre Krankheit mit seiner Hilfe und kam schon bald wieder zu Kräften. Doch wie bei seinem ehelichen Fehltritt konnte Bruno seine Schuld einfach nicht vergessen.

Schließlich gestand er Philippe, dass er der Knochenmarkspender für seine Mutter und der Urheber seiner Zahlungen an Catherine war. Philippe verzieh ihm auf der Stelle. Das Leben seiner Mutter war ihm alles wert. Zudem war er erleichtert, dass nicht er für Catherines Schwangerschaft verantwortlich war. Die beiden unterschiedlichen Männer wurden sogar Freunde. Als Bruno arbeitslos wurde, war es für Philippe Ehrensache, ihm aus der finanziellen Notlage zu helfen. Er stellte ihn als Verwalter ein und hatte dadurch mehr Zeit für seine junge Familie. Das Rätsel um die Knochenmarkspende und ihrer beider Fehltritt mit Catherine blieb für immer ihr bitteres Geheimnis.

Alle Anwesenden waren sehr erstaunt über Klaras Erkenntnisse. Sie waren sich einig, dass diese nicht gerade für Catherines Unschuld sprachen und zumindest ein Mordmotiv für sie denkbar war: Vielleicht war es verschmähte Liebe, vielleicht versuchte sie, Philippe zu erpressen, und erfuhr, dass er längst Bescheid wusste.

Alles war möglich. Skrupel schien Catherine keine zu haben.

Bertrand aber war immer stiller geworden und Tränen standen in seinen Augen: „Ich muss Monsieur Dumas unbedingt zu mir einladen.

Wenn ich gewusst hätte, dass er es war, der dieses Opfer für uns gebracht hat ...! Er hat meiner Frau und mir noch ein paar schöne Jahre beschert, bevor die Krankheit wieder ausbrach." Bertrand stockte. Die Geschichte hatte ihn sehr mitgenommen. Klara strich ihm sanft über den Arm und lächelte ihn an.

„Hat Bruno Beweise für diese Geschichte?", schaltete sich nun David ein.

„Leider nein!", musste Klara kleinlaut zugeben. „In einem Anflug von Panik, irgendjemand könnte etwas von seiner Affäre erfahren, hat er vor Kurzem alle Papiere verbrannt. Darunter war leider auch ein Papier, das Bruno als Vater des abgetriebenen Kindes auswies."

Tag 37, sechste Woche

Klara hatte ihr Versprechen nicht vergessen. Sarah brauchte sie jetzt und sie wusste, dass sie – wenn sie sich näher kennenlernten – gute Freundinnen werden konnten. Sie hatte sofort gespürt, dass in Sarahs Leben einiges schiefgelaufen und ihre Seele zerbrochen war. Trotz ihrer schlimmen Tat war sie ein guter Mensch, auf den man sich verlassen konnte. Deshalb war dieser Besuch sehr wichtig.

Sarah hatte am Telefon fast hysterisch geklungen. Für den am Vorabend zusammen mit ihren Freunden ausgeklügelten Plan brauchten sie noch etwas Vorbereitungszeit und mussten mit der Durchführung bis zum nächsten Tag warten. Deshalb stieg Klara an diesem Morgen in ihren alten Golf und fuhr in die psychiatrische Anstalt nach Caen. Es kostete sie einige Überredungskunst, den diensthabenden Arzt davon zu überzeugen, dass sie Sarah besuchen durfte, aber das war Klaras Stärke. Das Argument, dass sie Sarahs einzige Freundin sei, aber nicht wüsste, wie lange sie noch in Frankreich bleiben könne, hatte schließlich sein Herz erweicht. Und so führte man sie endlich in Sarahs Zimmer.

Sarah riss Klara fast um vor Freude, so sehr hatte sie ihrem Besuch entgegengefiebert. Sie warf sich stürmisch an ihren Hals und rief: „Ich wusste, dass ich mich auf dich verlassen kann. Ich wusste, dass du kommst. Schwester Suzanne – ich kann sie nicht leiden – hat mich schon den ganzen Morgen damit geärgert, dass ich mir umsonst Hoffnungen machen würde."

„Natürlich komme ich, wenn ich es dir versprochen habe. Und

dass du nach deiner Entlassung im Schloss wohnen kannst, habe ich auch ernst gemeint. Ich habe dir heute ein paar Fotos mitgebracht, damit du dich schon mal auf dein neues Zuhause einstimmen kannst." Doch Sarah reagierte ganz anders, als Klara es erwartet hatte.

„Was soll ich denn alleine in deinem großen Schloss, wenn du wieder in Deutschland bist?" Sie schob die Fotos mit einem Ruck und ohne sie eines Blickes zu würdigen beiseite. Dann sagte sie ernst: „Claire, ich habe gehört, dass man versucht hat dich umzubringen oder zumindest deine Gîte in die Luft zu jagen."

„Wer hat dir denn das erzählt?", wunderte sich Klara, die Sarah diese Information bewusst vorenthalten hatte, um sie nicht unnötig zu beunruhigen.

„Ich habe ein Gespräch belauscht zwischen einer Schwester, die in Gironde wohnt, und dem diensthabenden Arzt. Leider habe ich viel zu spät davon erfahren."

„Aber es ist doch alles gut gegangen!", wollte Klara die Angelegenheit herunterspielen.

„Claire, weißt du, dass ich dich an genau diesem Abend besuchen wollte?"

„Ich denke, du hast Ausgangsverbot." Sarah machte eine wegwerfende Geste.

„Hab ich auch, aber ich hielt es hier nicht länger aus. Und es war ganz einfach, sich davon zu schleichen. Als ich bei dir ankam, brannte in deinem Haus kein Licht und so konnte ich mir denken, dass du nicht da warst. Allerdings hab ich auf dem Grundstück eine Person getroffen, die wohl auch nicht entdeckt werden wollte. Wir sind beinahe zusammengestoßen und beide sehr erschrocken. Dann hat sie mich erkannt und beschimpft. Ich bekam Angst und bin umgekehrt. Leider wurde mein nächtlicher Ausflug entdeckt und ich bekam striktes Telefon- und Besuchsverbot. Als ich von der Sache mit dem Gasherd erfuhr, war mir klar, dass es nur diese Frau gewesen sein konnte."

„Mein Gott, Sarah", sagte Klara, „das sind ja erstaunliche Neuigkeiten. Es war also eine Frau. Kanntest du sie?" Klara nahm Sarahs Hand und drückte sie vor Aufregung immer fester.

„Ich weiß nicht, wie sie heißt, aber ich habe sie damals in der Notarskanzlei gesehen, als meine Mutter gestorben ist und ich mein Erbe antreten musste. Ich glaube, sie arbeitet für den obersten Boss." Klara nickte.

„Das kann nur Catherine Laval sein. Wir verdächtigen sie auch. Wir sind gerade dabei, einen Plan zu entwerfen, wie wir sie überführen können. Sarah, wenn es zur Verhandlung kommt, musst du das unbedingt vor Gericht aussagen. Schaffst du das?“ Immer noch hielt sie Sarahs Hand, die nun leicht zu zittern anfing.

„Claire, für dich würde ich alles tun! Ich wollte dir das alles schon längst erzählen, aber sie ließen mich nicht ans Telefon. Sie haben es schärfer bewacht als eine Horde Jungfrauen. Und als ich dich endlich mal an der Strippe hatte, hat mich Schwester Elaine entdeckt und ließ mich nicht einmal ausreden.“ Sarahs Stimme zitterte vor Wut. Klara beschwichtigte sie.

„Es ist ja noch nicht zu spät. Vielleicht werden wir schon bald etwas gegen sie in der Hand haben.“

„Seid bloß vorsichtig“, sagte Sarah. „Diese Frau ist gefährlich.“

„Keine Angst, Sarah, wir passen schon auf!“

Tag 38, sechste Woche

Am späten Dienstagnachmittag war die Kanzlei Leclerc meist nur von Catherine Laval und ihrem Chef Patrick Leclerc besetzt. Das übrige Personal ging pünktlich um vier Uhr nach Hause. Catherine genoss die Ruhe und Intimität mit ihrem Chef. Sie war etwas Besonderes, arbeitete überdurchschnittlich gut, verdiente mehr als die anderen und Monsieur Leclerc konnte nicht auf sie verzichten. Dies gab ihr das Gefühl von Macht und auch Stolz. An diesem Dienstagnachmittag war sie allerdings die Einzige im Büro.

Gustave Marell, Davids Vater, hatte den jungen Leclerc zu sich aufs Gut gerufen, um mit ihm vor Ort über sein Testament zu sprechen. Das wollte er seit Langem erledigen und David hatte ihn charmant an dieses Vorhaben erinnert. Somit würden sie – wie gewünscht – Catherine Laval alleine antreffen.

Bertrand und Klara betraten unangemeldet die Kanzlei und baten Catherine um Einsicht in ein paar alte Akten. Da Catherine dies vor einiger Zeit Klara selbst angeboten hatte, konnte sie ihr diese Bitte nun kaum abschlagen. Sie war wie immer die Liebenswürdigkeit in Person und Klara konnte immer noch nicht glauben, dass diese freundliche Frau vielleicht eine eiskalte Mörderin war.

Klara musste sich sehr zusammenreißen, um ihre Freundlichkeit zu erwidern, wo sie ihr doch viel lieber die Augen ausgekratzt hätte. Sie musste sich immer wieder daran erinnern, dass dieser Auftritt einzig und allein dazu dienen sollte, Catherine zu täuschen und zu überführen. Also plauderte sie mit ihr, während die drei gemeinsam in den Archivkeller hinunterstiegen, um sich bei schummrigem Licht einige alte Akten anzusehen. Klara war sehr froh darüber, dass Bertrand an ihrer Seite war. Niemals hätte sie Catherine die Gelegenheit verschafft, alleine mit ihr in den Keller abzutauchen. Sie traute ihr inzwischen einiges zu.

Unten im Keller betätigte Klara wie besprochen unauffällig die Wahlwiederholung von Oliviers Handy, das sie zuvor auf stumm geschaltet hatte. Dies war das Zeichen für David, der daraufhin heimlich das Büro betreten sollte. Sie hatten David dafür ausgewählt, da er sein Auftauchen in der Kanzlei am ehesten rechtfertigen konnte, sollte er entdeckt werden.

David ging zielsicher auf Catherines Schreibtisch zu, ein Auge und Ohr immer auf die angelehnte Kellertür gerichtet. In den Schubladen fand er nur Kosmetikartikel, Kopfschmerztabletten, ein paar Fotos und natürlich jede Menge Schreibutensilien. Das war nicht, wonach er suchte. Schließlich fand er Catherines Handtasche im Aktenschrank hinter dem Schreibtisch. Jeder seiner Muskeln war angespannt, denn David musste sekündlich damit rechnen, die Vibration seines Handys in der Brusttasche zu spüren – was bedeutete, dass Catherine mit ihren beiden Lockvögeln den Keller verließ. Er würde sich dann sofort wieder aus der Kanzlei schleichen. Mit ruhiger Hand und einem übergezogenen Handschuh tastete er vorsichtig jeden Gegenstand in Catherines Handtasche ab. Sein Puls ging schnell und seine Sinne waren geschärft.

Einfach unglaublich, was in einer Frauenhandtasche alles Platz hatte! David fand ein Täschchen mit Binden und Tampons, Parfum, Lippenstifte, einen Kalender und ein Adressbuch, Kaugummis und Bonbons. Außerdem stieß er auf Kondome, eine Sonnenbrille, ein K.O.-Spray, einen kleinen Spiegel, Taschentücher, die Geldbörse, Medikamente und einen Kamm. Dann stutzte er.

Seine Hand berührte etwas seltsam Weiches, das knisterte. Als er es herauszog, runzelte er verwirrt die Stirn. Es war Knetmasse in Cellophan gewickelt. Wozu in aller Welt brauchte diese Frau Knetmasse? Als nächstes holte er eine ungeöffnete Packung Einweghandschuhe hervor.

War Catherine immer darauf bedacht, keine Fingerabdrücke zu hinterlassen? Immer schneller glitten seine Finger durch die Fächer und schließlich fand er in einem Seitenfach unter dem Schlüsselbund eine Schreckschusspistole. Zuerst griff er sich den Schlüsselbund und drückte die beiden größeren Schlüssel in die eigens dafür präparierten weichen Schaumstoffkissen. Sollte es nötig werden, konnten sie Kopien ihrer Wohnungsschlüssel anfertigen lassen.

Sorgfältig wischte er mit dem Ärmel über die Schlüssel, um sie von letzten Schaumstofffasern zu befreien, und ließ sie wieder in die Tasche gleiten. Das Wichtigste war geschafft! Dann betrachtete er die Pistole genauer – sie war geladen – wenn auch nur mit Platzpatronen. Seit seiner Militärzeit kannte er sich damit sehr gut aus. „Sie hat sich also tatsächlich wieder eine zugelegt, nachdem sie die alte an Claire gegeben hat oder besitzt mehrere", dachte David, nahm die Platzpatronen heraus und ließ sie in seine Hosentasche gleiten. Sicher ist sicher!

Er wollte die Tasche gerade wieder beiseite stellen, als er die Vibration seines Handys spürte. Gleichzeitig entdeckte er aber auch auf dem Grund des Seitenfachs ein dunkelblaues Etui. Er zögerte nur für den Bruchteil einer Sekunde, griff dann nach dem schmalen Kästchen und drückte es vorsichtig auf. Es klemmte und er verlor einen weiteren Moment.

Endlich ließ sich der Verschluss öffnen. David konnte gerade noch das goldene Glitzern eines Füllfederhalters wahrnehmen, als sich die Stimmen näherten. Für eine Flucht war es nun zu spät. Noch immer auf dem Boden kniend schob er blitzschnell die Handtasche in den Schrank zurück, drückte die Schiebetüre zu und zog sich den Handschuh aus. Dann stand Catherine im Raum.

Ihr Aufschrei erfüllte den Raum und Klara, die ihr folgte, erfasste die Situation mit einem Blick. Ihr wurde schwindelig vor Angst.

„Was haben Sie unter meinem Schreibtisch zu suchen?", schrie Catherine hysterisch. David richtete sich langsam auf und schaute sie schuldbewusst, aber mit einem charmanten Lächeln an.

Klara sank der Mut. Diese Situation hatten sie nicht durchgespielt. Jetzt war ihre Tarnung aufgeflogen. Sie hatten versagt. Zitternd griff sie nach Bertrands Arm.

Catherine Laval war überrascht, als sich der angebliche Eindringling als David Marell entpuppte.

„Monsieur Marell, was machen Sie denn hier?"

„Salut Madame Laval. Bitte entschuldigen Sie meine Indiskretion. Ich habe hier nur auf Sie gewartet und, um mir die Zeit zu verkürzen, mit meinem Tennisball herumgespielt." Er sah dabei aus wie ein Schuljunge, der beim Abschreiben ertappt worden war. „Er ist mir unter Ihren Schreibtisch gerollt – wie ungeschickt von mir." Grinsend präsentierte er ihr einen Tennisball, den er immer in seiner Jackentasche mit sich herumschleppte.

„Salut Claire, Monsieur le Comte", fügte er hinzu, „was für ein Zufall, euch hier zu treffen!"

Klara hätte ihn in diesem Moment gleichzeitig ohrfeigen und von oben bis unten abknutschen können. Davids Geistesgegenwart hatte die Situation gerettet. Catherine schien keinen Verdacht zu schöpfen. Was für ein Mann!

Nach dieser ungeplanten Begegnung verabschiedeten sich Klara und Bertrand. Catherine entschuldigte sich bei David für ihren hysterischen Ausbruch. David aber fragte höflich nach einem zweiten Musterbogen für das Testament, den Monsieur Leclerc angeblich für das Gespräch mit seinem Vater benötigte, und verließ bald darauf ebenfalls die Kanzlei.

Wenig später trafen sie sich wie verabredet mit David im nahegelegenen Café „Au Vieux Moulin" und Klara konnte ihre Aufregung kaum verbergen. David zeigte ihnen stolz die beiden Schlüsselabdrücke und berichtete von den Gegenständen, die er gefunden hatte, darunter die Knetmasse.

„Die hat sie bestimmt benutzt, um einen Abdruck von meinem Wohnungsschlüssel zu machen", warf Klara wütend ein.

Interessant waren auch die Einweghandschuhe, die Pistole und das blaue Etui, das etwas Goldenes, vermutlich einen Füller, enthielt.

„Aber das Kästchen war zu groß für ein einziges Schreibgerät, es könnte durchaus noch ein zweites enthalten haben", berichtete David.

„Glaubst du", fragte Klara, „der Füller ist das Pendant zu dem bei Christine gefundenen Kugelschreiber?" David antwortete sofort.

„Dazu habe ich ihn leider nicht lange genug gesehen. Eure plötzliche Anwesenheit hat einen genauen Blick verhindert." Klara strich ihm über den Arm.

„Ich dachte, ich falle in Ohnmacht, als ich dich unter dem Schreibtisch knien sah." David legte behutsam seine Hand auf Klaras und drückte sie fest.

„Hattest du etwas Angst um mich?", fragte er schelmisch.

„Etwas Angst? Ich stand kurz vor dem Herzstillstand", entgegnete sie ernst, doch das Zittern ihrer Finger ließ nach und Davids Hand verströmte eine angenehme Wärme bis in ihre Zehenspitzen.

*

Brunos Abendspaziergang führte ihn an diesem Tag wie zufällig an der Kanzlei Leclerc vorbei. Er hatte Klaras Worte nicht vergessen können und fragte sich immer wieder, ob sie wohl recht hatte. Sein Blick fiel direkt in Catherines Büro, die kurz vor Feierabend ihre Akten sortierte. Er beobachtete sie einen Augenblick zu lange. Catherine blickte auf, sah ihn und bedeutete ihm mit aufgeregten Gesten einzutreten. Bruno kam dieser Aufforderung nur zögernd und äußerst ungern nach. In Catherines Büro war niemand außer ihr zu sehen.

„Was willst du, Catherine?" Ihr Verhältnis war in all den Jahren eisig und sehr distanziert geblieben. Beide vermieden – so gut es ging – jeglichen Kontakt.

„Ach, ich habe gerade über alte Zeiten nachgedacht, und da sah ich dich am Fenster vorübergehen. Du hast mir in all den Jahren nie gesagt, ob deine Frau jemals etwas von unserem Techtelmechtel erfahren hat. Inzwischen ist genügend Gras über die Sache gewachsen und es interessiert mich einfach."

In diesem Moment empfand Bruno nichts als abgrundtiefen Hass für Catherine. Ihm wurde mit einem Mal klar, dass Klara vermutlich recht hatte mit ihrer Beschuldigung und dass er tatsächlich der Mörderin seines besten Freundes gegenüberstand. Doch Bruno wusste, dass er bei Catherine keinen Verdacht erwecken durfte. Während jede Faser seines Körpers nach Rache schrie, blieb er äußerlich ruhig und antwortete mechanisch: „Nein, meine Frau weiß immer noch nichts davon und sie wird auch nie etwas davon erfahren."

„Gut, meine Lippen sind versiegelt, solange auch du über unsere Geschichte schweigst."

„Daran habe ich genauso viel Interesse wie du", brummte Bruno und verließ fluchtartig die Kanzlei.

*

Klara hätte Davids Gesellschaft gerne noch länger genossen, aber ihre gemeinsame Unternehmung hatte an den Nerven und Kräften aller Beteiligten gezehrt. Vor allem Bertrand spürte die Müdigkeit nach der Anspannung. Sie verabredeten sich für den nächsten Abend – wieder in großer Runde – bei David. Als Klara David zum Abschied umarmte, wallten widersprüchliche Gefühle in ihr hoch. Sie war erleichtert, dankbar und glücklich; gleichzeitig war sie aufgewühlt und angespannt. Gut, dass Bertrand ihre ganze Aufmerksamkeit beanspruchte.

Zurück im Schloss zog sich dieser schon bald in sein Schlafzimmer zurück und Klara berichtete Lotte ausführlich, was sich zugetragen hatte. Auch Karine und Olivier wollte sie auf den neusten Stand der Dinge bringen. Doch sie waren immer noch nicht von ihrem gemeinsamen Zahnarztbesuch zurück, sodass Klara ihnen die wichtigsten Neuigkeiten nur kurz auf den Anrufbeantworter sprach.

Lotte, die den Jetlag in ihren Knochen spürte, begab sich auf ihr Zimmer. Somit saß Klara ruhelos und alleine mit ihren Gedanken im Wohnzimmer des Gesindehauses. Sich schlafen legen war sinnlos. In ihrem Kopf rasten die Gedanken.

Sie hatten nun Zugriff auf Catherines Wohnungsschlüssel und konnten sich jederzeit bei ihr umschauen. Der Gedanke war ebenso verlockend wie Angst einflößend. Schließlich war solch ein Vorgehen gesetzeswidrig und zog womöglich – sollten sie entdeckt werden – schlimme Konsequenzen nach sich. Allerdings konnte ein Besuch in Catherines Wohnung ihnen auch endlich Gewissheit geben. Vielleicht führte sie Tagebuch oder sie fanden verdächtige Briefe. Sie könnte Klaras Vater erpresst haben. Irgendeinen Hinweis auf solch eine schreckliche Tat musste es doch geben! Doch dann beschloss sie, eine Wohnungsdurchsuchung noch etwas aufzuschieben.

Klara versteifte sich auf das blaue Etui in Catherines Handtasche. Dieses könnte den gesuchten Füllfederhalter enthalten. David hatte in ihrem Schreibtisch ein Tintenfässchen entdeckt. Also besaß Catherine möglicherweise ein befüllbares Schreibgerät. Aber wie sollten sie nochmals unbemerkt an ihre Handtasche herankommen? Klara lief im Wohnzimmer auf und ab, während sie ihre Gedanken zu sortieren versuchte. Plötzlich kam ihr eine Idee. Warum war sie nicht schon früher darauf gekommen? Sie durfte keine Zeit verlieren.

*

Als Karine und Olivier viel später als erwartet von ihrem Arztbesuch zurückkamen, hörten sie zuerst Klaras Ansage ab. Sie konnten es kaum erwarten zu erfahren, wie der Nachmittag verlaufen war, und waren über die vagen Vermutungen enttäuscht. Da ihr Kühlschrank nicht mehr viel hergab, beschlossen sie, das Abendessen im Café „Au Vieux Moulin“ einzunehmen.

Das Café war gut besucht und sie mussten sich in die letzte Ecke zwängen. Als Karine ihre Blicke schweifen ließ, entdeckte sie an der Bar Catherine Laval, neben sich ihre Betty-Barclay-Handtasche, haargenau die gleiche wie jene, die sie selbst besaß. Olivier sah sie fast gleichzeitig.

Das Blitzen in seinen Augen verriet Karine, dass er die gleiche Eingebung hatte wie sie. Unauffällig zwängten sie sich in ihre Ecke. Als Catherine ihr Schminktäschchen hervorkramte und die Treppe zu den Toiletten hinunterging, ergriff Karine ihre Chance. Sie schickte Olivier Catherine nach, um sie notfalls in ein Gespräch zu verwickeln, während sie an die Bar trat, ihre Handtasche neben Catherines stellte und bei François noch ein Glas Wein bestellte. Dann beugte sie sich tief über ihre Tasche, so als suche sie etwas im schummrigen Kneipenlicht, vertauschte blitzschnell die beiden Modelle und zog das vermeintlich ihrige auf den Schoß.

Sie fand fast auf Anhieb auf dem Grund der Handtasche das Etui, von dem ihr Klara auf Band berichtet hatte. Mit einem leichten Schauer öffnete sie es, entnahm den Füllfederhalter und ließ ihn in ihre Tasche gleiten. Als sie das Knarren der Treppe im Untergeschoss hörte, hielt sie die leere Schatulle immer noch in der Hand. Erstarrt vor Schreck wanderten ihre Augen in Richtung Treppe, die falsche Handtasche ruhte immer noch auf ihren Knien. Zum Austauschen war es nun zu spät. Doch es kam nur ein männlicher Gast die Stufen herauf. Karine hätte vor Erleichterung weinen können. Dies war definitiv nicht ihr Spiel!

Schnell stellte sie Catherines Tasche an ihren alten Platz zurück, griff sich die eigene und eilte auf ihren Beobachtungsposten zurück. Die ganze Aktion hatte keine zwei Minuten gedauert, dafür aber etliche, graue Haare, reichlich Schweiß und jede Menge Adrenalin gekostet. Auch Olivier kam wieder zurück – Catherine folgte ihm wenig später. Karine aber brauchte an diesem Abend einen doppelten Digestif, um ihre flatternden Nerven zu beruhigen.

*

Auf leisen Sohlen schlich Klara durch die hohen, langen Korridore des Schlosses. Sie wollte auf keinen Fall Lotte wecken, die sich in ihren blauen Salon zurückgezogen hatte. Das Ziel ihres nächtlichen Ausflugs war nur ein paar Räume von Lottes Schlafgemach entfernt. Warum war ihr dieser Gedanke nicht schon früher gekommen, wunderte sich Klara, als sie über die Schwelle zum ehemaligen Schlafzimmer ihrer Mutter trat. Nach wie vor versuchte sie, dieses Zimmer möglichst zu meiden, da es ihr großes Unbehagen bereitete. Nur so war ihre Nachlässigkeit zu erklären.

Als der mächtige Kronleuchter die Inneneinrichtung in ein warmes Licht tauchte, schlug Klaras Puls allmählich ruhiger. Es gab keinen Grund, sich in diesem schönen Raum unbehaglich zu fühlen. Ganz im Gegenteil! Ihre Mutter hatte den schönsten aller Räume im Schloss bewohnt. „Vielleicht sollte ich mir hier mein Reich einrichten", überlegte sie kurz, bevor sie sich ihrer eigentlichen Aufgabe widmete.

Dieses Mal ging sie sehr gründlich vor. Sie untersuchte die Böden der Kleiderschränke, tastete die hölzernen Wände ab, durchwühlte sämtliche Schubladen und Kommoden, öffnete die schwere Holztruhe ihrer Mutter und warf einen Blick hinter alle Möbelstücke. Ihre Mutter hatte immer ein besonderes Vergnügen dabei entwickelt, Dinge, die sie vor anderen geheim halten wollte, zu verstecken. So war es mit den Weihnachtsgeschenken für ihre Lieben, aber auch mit Briefen von Freunden oder anderen Erinnerungsstücken, die sie ganz für sich alleine haben wollte. Erst nach längerem Suchen war Klara damals auf die Kiste mit Erinnerungen an Frankreich gestoßen. Es konnte doch durchaus sein, dass sie bei ihrer unerwarteten und plötzlichen Abreise einen ihrer gut gehüteten Schätze hier vergessen hatte.

Auf dem Boden einer Hutschachtel, unter einem rosafarbenen Sommerhut, fand sie schließlich, wonach sie suchte.

„Hatte ich also doch recht", triumphierte Klara innerlich. Wenn jemand so zurückgezogen lebte wie ihre Mutter und nicht nur von Liebe, sondern auch von Feindseligkeit umgeben war, dann gab es Dinge, die man niemandem anvertrauen konnte. Was lag da näher, als ein Tagebuch zu führen. Und genau ein solches, in Leder gebundenes Exemplar hielt Klara nun stolz in Händen.

Wieder ärgerte sie sich über ihre bisherige Zurückhaltung, in den Schränken ihrer Mutter zu stöbern. Hatte nicht ihre eigene Mutter sie zu dieser Reise veranlasst? Dann war es auch ihr Wille, alles ans Tageslicht zu bringen.

Entschlossen nahm Klara den wertvollen Schatz aus seinem gut gehüteten Versteck. Doch enttäuscht musste sie feststellen, dass das Tagebuch durch eine dicke Schnalle verschlossen war und sie keinen Schlüssel hatte. Aber so schnell würde sie nicht aufgeben! Wenn ihre

Mutter in der Eile ihren geheimsten Freund vergessen hatte, dann befand sich vermutlich auch der Schlüssel noch in diesem Zimmer. Klara überlegte, wo sie selbst so einen Schlüssel verstecken würde. Sie und ihre Mutter waren sich in vielen Dingen erschreckend ähnlich.

„Klara, streng dich an!", ermutigte sie sich selbst. Auf alle Fälle wollte sie den Schlüssel in Reichweite haben, in der Nähe des Bettes, denn vermutlich hatte ihre Mutter genauso gerne im Bett geschrieben wie sie. Also legte sich Klara auf die weinrote Damastüberdecke und nahm ihre Schreibhaltung ein. Als sie den Kopf nach rechts drehte, fiel ihr Blick auf ein altes, gerahmtes Foto auf dem Nachttisch. Es zeigte die junge Familie samt Großeltern im großen Salon des Schlosses. Instinktiv griff sie danach. Warum hatte ihre Mutter dieses Foto nicht mitgenommen? Sie löste das Foto aus dem schweren Silberrahmen und ein kleiner Metallgegenstand fiel klirrend zu Boden. Sie hatte gefunden, wonach sie suchte.

*

Klara blätterte hastig das Tagebuch auf der Suche nach dem Namen Catherine durch. Sie hoffte, dass ihrer Mutter etwas aufgefallen war und sie dies in ihrem Tagebuch erwähnte. Doch ihre Augen erfassten diesen Namen kein einziges Mal. Enttäuscht blätterte sie nochmals zu den letzten beschriebenen Seiten, zwei Monate vor dem Tod ihres Vaters. Dabei fiel ihr auf, dass die Schrift teilweise blasser war als auf den übrigen Seiten und dass die Blätter eine leichte Wellung aufwiesen. Entweder hatte ihre Mutter versehentlich ein Glas Wasser über die Seiten geschüttet oder sie hatte heftig geweint.

Schon die ersten Zeilen bestätigten Klaras zweite Vermutung. Ihre Mutter schien sehr aufgewühlt gewesen zu sein. Die Sätze waren unvollständig und wirr und es war zu erkennen, wie sehr die Schreibende mit sich kämpfte, um ihr Gefühlschaos zu Papier zu bringen. Mit immer größer werdenden Augen verschlang Klara Zeile um Zeile und mit jedem Satz wuchs ihre Verwirrung. Statt alte Vermutungen bestätigt zu bekommen, entstand ein ganz neues, beängstigendes Bild vor ihrem geistigen Auge.

Klara versuchte, sich die detailliert beschriebene Szene vorzustellen. Sie hörte förmlich das fast lautlose Schlurfen der dünnen Lederslipper ihrer Mutter, die freudig erregt durch die Gänge zur Küche lief. Ihre Mutter kam sicherlich selten persönlich in die herrschaftliche Küche, da sie stets Personal um sich herum hatte, das ihr jeden Wunsch von den Augen ablas. An jenem Tag musste sie jedoch mit der Köchin direkt sprechen.

Ihre Mutter plante ein Sommerfest auf dem Schloss und da man ihr sonst fast alle Arbeiten abnahm, organisierte sie dieses Ereignis mit besonderem Elan. Vermutlich musste sie vor der nur angelehnten Küchentür ein paar Sekunden pausieren, um wieder zu Atem zu kommen. Als sie gerade die schwere Tür aufdrücken wollte, hörte sie ihren Namen: Die alte Köchin Fanny sprach mit ihrer jungen Küchenhilfe über ein Thema, das ihrer Mutter gar nicht gefiel. Auch Klara wäre in so einer Situation vor der angelehnten Tür stehengeblieben, um zuzuhören. Das belauschte Gespräch wurde in Klaras Fantasie wieder sehr lebendig: ‚Ich verstehe nicht, warum die Comtesse es duldet, dass eine angeblich ehemalige Geliebte ihres Mannes ihr Kind betreut.'

„Nun Fanny, vielleicht weiß sie gar nicht, dass ihr Mann und Jacqueline eine Affäre hatten, bevor er sie kennenlernte."

„Nein, nein, so naiv ist die junge Comtesse nicht. Außerdem mag sie das Kindermädchen nicht, manchmal glaube ich sogar, dass sich die beiden hassen."

„Jetzt gehst du aber zu weit. Man sagt, dass Comte Philippe und Jacqueline mittlerweile eine platonische Freundschaft verbindet und er niemandem sonst seine Tochter anvertrauen würde."

„Ha, platonische Freundschaft! Glaub mir, Marlène, es gibt keine platonische Liebe zwischen Mann und Frau. Erst recht nicht, wenn es sich um solch ein rassiges Frauenzimmer handelt. Ich glaube eher, dass unser junger Herr nicht auf seine Geliebte verzichten wollte. Wie ich hörte, soll seine Frau häufiger Migräneanfälle haben. Wer soll denn dann seine leidenschaftlichen Bedürfnisse befriedigen?"

„Ach, bei solch einem Mann könnte ich es sogar verstehen, dass er sich nicht mit nur einer Frau zufrieden geben kann. Das wäre ja reine Verschwendung!"

„Marlène, nimm dich nur in Acht! Ich will hier keine Scherereien haben!"

Klara ließ entsetzt das Tagebuch sinken und ihre Gedanken kehrten in die Wirklichkeit zurück.

*

Warum ging niemand ans Telefon? Klara musste noch an diesem Abend mit Karine und Olivier sprechen. Sie hatte schon die zweite

Nachricht hinterlassen, aber niemand rief zurück. Es war hoffentlich nichts passiert! Beunruhigt setzte sich Klara ins Auto und fuhr zu ihrer alten Gîte. Alles lag im Dunkeln. Auch Madame und Monsieur Monod schienen schon zu schlafen. Vor Karines und Oliviers Häuschen stand kein Auto. Trotzdem drückte Klara auf die Klingel, aber nichts rührte sich. So fuhr sie unverrichteter Dinge zurück zum Schloss.

Klara konnte in dieser Nacht nicht tatenlos bleiben und musste möglichst schnell handeln, denn zu viel stand auf dem Spiel. Kurz überlegte sie, ob sie David, ihren Großvater oder sogar Christine einweihen sollte, doch sie verwarf diesen Gedanken schnell wieder. Sie konnte nicht immer alle mit ihren Problemen belästigen, vor allem nicht zu dieser nachtschlafenden Zeit. Diese Entscheidung musste sie alleine treffen.

Sie packte Catherines Schreckschusspistole ein und fuhr nach Beuvron-en-Ange. Dieses Mal ließ sie sich nicht so schnell entmutigen. Sie klingelte, klopfte und rief vor Jacquelines Wohnungstür, bis schließlich eine Nachbarin schlaftrunken ein Fenster öffnete: „Was um alles in der Welt ist denn los, Kind? Zu wem wollen Sie um diese Uhrzeit?"

„Ich muss dringend mit Madame Gabrol sprechen", sagte Klara. Die Nachbarin zuckte bedauernd die Achseln.

„Sie ist nicht zu Hause. Ich habe gesehen, wie sie heute Abend in großer Eile ihren Wagen gepackt hat. Als ich sie daraufhin ansprach, sagte sie mir, dass sie dringend in ihrem Heimatort etwas erledigen müsste, das sich nicht weiter verzögern ließe."

„In ihren Heimatort?", fragte Klara. „Aber wohnt sie denn nicht hier?" Die Nachbarin erzählte ihr, dass Jacqueline in Beuvron-en-Ange nur ihren Zweitwohnsitz habe und immer noch in der Bretagne wohne. Leider habe sie aber weder eine Adresse noch Telefonnummer von ihr. Doch Klara ließ nicht locker und malträtierte die Nachbarin so lange mit bohrenden Fragen, bis sie schließlich ein paar Anhaltspunkte für den Aufenthaltsort ihres ehemaligen Kindermädchens erhalten hatte.

Tag 39, sechste Woche

Die Sonne war noch nicht aufgegangen, als Klara bereits einen guten Teil des Wegs zurückgelegt hatte. Gähnend griff sie zur Colaflasche und nahm einen kräftigen Schluck. Irgendwie musste sie sich wach halten! Ein offenes Café oder einen Schnellimbiss hatte sie auf der einsamen Strecke nicht gefunden und die Kaffeemaschine in Bertrands Küche gab viel zu laute Geräusche von sich.

Sie hatte es nicht riskieren können, ihn zu wecken. Zu groß wäre die Gefahr gewesen, dass er sie von ihrem Vorhaben abbringen wollte. Bevor sie nicht absolute Klarheit hatte, durfte sie keine neuen Gerüchte in die Welt setzen.

Sie unternahm diese frühmorgendliche Reise, um die Wahrheit zu erfahren. Immer wieder rieb sie sich den Schlaf aus den Augen und rief sich dabei die letzte Nacht in Erinnerung. Über die französische Auskunft und mehrere nächtliche Fehlversuche hatte sie schließlich die vermutlich richtige Telefonnummer und Adresse Jacquelines erfahren.

Klara hatte die Nummer gleich ausprobiert: Um ein Uhr nachts nahm sofort jemand ab. Klara meldete sich mit ihrem Namen und fragte, ob dies der Anschluss von Jacqueline Gabrol sei, aber eine erschrockene Stimme murmelte nur „Falsch verbunden" und legte auf. Dabei hätte Klara schwören können, die Stimme von Jacqueline erkannt zu haben! Ein zweiter Anruf blieb unbeantwortet.

Klara kam der verzweifelte Tagebucheintrag ihrer Mutter wieder in den Sinn. Nach dem belauschten Gespräch hatte sie einige Tage verzweifelt mit sich gerungen. Da ihr Mann Philippe ihre plötzliche Ablehnung bemerkt hatte, sprach sie ihn schließlich doch auf die Anschuldigungen an. Er hatte nur gelacht und abgestritten, dass an diesen Gerüchten etwas Wahres sei. Immerhin gab er eine Affäre mit Jacqueline, lange, bevor er Maria gekannt hatte, zu. Ihr vertraute er blind und sie seien enge Freunde. Dies wäre allerdings kein Grund zur Eifersucht, denn er liebe nur sie.

Klaras Mutter verstand nicht, warum ihr Philippe diese Affäre nicht schon viel früher gebeichtet hatte. Ihren Aufschrieben zufolge stritten sie sich in den darauffolgenden Tagen häufig. Philippe sah keinen Grund, das Kindermädchen zu entlassen und Marias Gefühle schwankten zwischen Wut, Verzweiflung und Verständnis. Doch wegen ihres ungeborenen Kindes versöhnte sie sich wieder mit Philippe.

„Ich liebe ihn mehr als mein Leben, also muss ich ihm vertrauen und mich seinem Wunsch beugen. Ich könnte es nicht ertragen, wenn etwas zwischen uns stünde, und ich würde unsere Beziehung zum Wohl meiner Kinder mit meinem Leben verteidigen." Diese letzten Sätze, so kurz vor Philippes Tod niedergeschrieben, beunruhigten Klara sehr. Es gab keine weiteren Eintragungen im Tagebuch.

Wieder schlichen sich die schlimmsten Befürchtungen in Klaras Gedankengänge. Wie weit wäre ihre Mutter gegangen, wenn sie erfahren hätte, dass ihr Ehemann sie betrog? War Philippe ihr gegenüber aufrichtig gewesen? Wie sahen Jacquelines Gefühle für Philippe wirklich aus?

Je näher Klara ihrem Ziel kam, desto nervöser wurde sie. Nur noch mit allergrößter Mühe hielt sie ihren Wagen auf der Fahrbahn. Sie musste die Wahrheit herausfinden! Es gab noch viel mehr Fragen, die in ihren wirren Gedanken kreisten.

Klara war nach ihren nächtlichen Telefonanrufen nochmals ins Schloss gegangen. Dieses Mal war das Zimmer ihres Vaters ihr Ziel gewesen. Auch dort hatte sie bisher nur oberflächlich gesucht und dabei eine Schachtel mit alten Filmen übersehen. Schnell erkannte sie, dass es sich um einen Hochzeitsfilm und einige ihrer Kindheitsfilme handelte. Mit klopfendem Herzen wurde ihr bewusst, dass ihr diese Filme die Möglichkeit gaben, ihren Vater näher kennenzulernen. Leider hatte sie keine Zeit und nicht das nötige technische Verständnis, um sich die Filme mit dem ebenfalls entdeckten, alten Abspielgerät gleich anzusehen. Jedoch fiel ihr auf, dass in der sorgfältig beschrifteten Sammlung ausgerechnet der Film über das letzte Sommerfest, ihrem zweiten Geburtstag, fehlte. Die Beschriftung auf der Schachtel hatte diesen Beitrag in geschwungener Handschrift angekündigt, aber der dafür vorgesehene Platz in der Schachtel war leer.

In der nächsten Kurve musste Klara unerwartet abbiegen. In letzter Sekunde konnte sie durch eine scharfe Bremsung verhindern, im Gebüsch zu landen. Dabei wurde ihr bewusst, wie gefährlich diese Autofahrt nach einer durchwachten Nacht war. Ihr Kopf war mit allem Möglichen beschäftigt, nur nicht mit dem Fahren. Sie musste sich besser konzentrieren – ansonsten würde sie nicht heil ankommen.

*

Kurz vor sieben Uhr war Klara ihrem Ziel ganz nahe. Nach einem müden Blick auf ihre Armbanduhr beschloss sie, sich doch noch kurz bei Karine zu melden, denn niemand wusste, wo genau sie sich befand. Sollte ihr etwas zustoßen, bliebe es erst einmal unentdeckt. Dieser Gedanke gefiel Klara ganz und gar nicht, aber in ihrer wilden Entschlossenheit hatte sie nicht darüber nachgedacht.

Sie bog auf den Platz vor einer kleinen Steinkirche und zog Oliviers Handy aus der Tasche. Verflixt, der Akku war leer! Sie hatte ganz vergessen, darauf zu achten und verfluchte die moderne Technik, die einen gerade dann im Stich ließ, wenn man sie am nötigsten brauchte. Verärgert warf Klara das Handy auf die Rückbank. Sollte sie eine Telefonzelle suchen? Das konnte in dieser gottverlassenen Gegend einige Zeit in Anspruch nehmen. Sie würde ihre Freunde nach ihrem Besuch anrufen, beschloss Klara mit einem mulmigen Gefühl im Bauch.

Jacquelines Wohnung war einfach zu finden. Das kleine Örtchen besaß nur drei Straßenzüge mit einem Dutzend kleiner bretonischer Häuser. Sie hätte gerne Zeugen gehabt, die sie in Jacquelines Wohnung eintreten sahen, aber zu dieser frühen Stunde an einem Dienstagmorgen war keine Menschenseele zu sehen. Mit ungutem Gefühl drückte sie die Klingel. Fast gleichzeitig wurde die Wohnungstür aufgerissen. Erschrocken machte Klara einen Satz nach hinten. Hatte Jacqueline sie kommen sehen?

„Na sieh mal an! So schnell habe ich nicht mit dir gerechnet!", begrüßte sie Jacqueline, so als wäre es das Selbstverständlichste der Welt, dass Klara sie hier besuchen kam.

*

Als um neun Uhr morgens aus Klaras Zimmer immer noch kein Laut zu vernehmen war und auch die schweren Holzfensterläden verschlossen blieben, machte sich Bertrand allmählich Sorgen um seine Enkelin. Er hatte Klara als Frühaufsteherin kennengelernt, die bereits um sieben Uhr morgens mit glasklarem Verstand und erwartungsvollen Augen zu allen Unternehmungen bereit war. War sie krank oder hatte sie einfach die Müdigkeit nach all ihren abenteuerlichen Ereignissen eingeholt?

Endlich klopfte er und trat in ihr Zimmer. Das Morgenlicht fiel auf ein leeres, unbenutztes Bett. Klara hatte eindeutig nicht hier übernachtet. Als erstes dachte Bertrand an David, aber dann fiel ihm ein, dass sie sich gestern Abend alle müde voneinander verabschiedet hatten. Außerdem schätzte er seine Enkelin nicht so ein, dass sie einem Mann hinterherrannte. Da entdeckte Bertrand Klaras hastig niedergeschriebene Notiz:

Bin auf dem Weg in die Bretagne, da ich etwas sehr Wichtiges klären muss. Bitte seid mir nicht böse und unternehmt nichts, ehe ich mich nicht gemeldet habe. Macht euch keine Sorgen. Klara

Von wegen keine Sorgen machen! Rätselhafter hätte Klara ihre Nachricht nicht formulieren können! Was wollte sie in der Bretagne? Auch Lotte konnte sich Klaras plötzliche Reisepläne nicht erklären. Karine und Olivier hatten ebenfalls nichts von ihr gehört. Schließlich wurden auch Christine und David über Klaras Verschwinden in Kenntnis gesetzt.

Niemandem hatte Klara auch nur ein Sterbenswörtchen von ihrem Vorhaben erzählt, keiner konnte sich auf ihre seltsame Nachricht einen Reim machen.

„Hätte ich ihr gestern meine Neuigkeiten überbringen können", dachte Karine, der Verzweiflung nahe, „dann hätte sie sich diese kopflose Aktion ersparen können."

*

Mit zusammengepressten Knien saß Klara an Jacquelines Küchentisch und nippte nervös an ihrem Kaffee. Keine der beiden Frauen sagte ein Wort, dennoch stand eine unglaubliche Anschuldigung im Raum. Klara wartete immer noch auf eine Reaktion von Jacqueline, die ihr mit undefinierbarem Gesichtsausdruck reglos gegenübersaß. Nur das Gewicht der Schreckschusspistole in Klaras Handtasche gab ihr ein winziges Gefühl von Sicherheit.

„Wie hast du davon erfahren?" Jacqueline brach endlich das Schweigen.

„Aus den Tagebuchaufzeichnungen meiner Mutter." Klara versuchte, so wenig Informationen wie möglich preiszugeben.

„Es war mir klar, dass du es irgendwann herausbekommen würdest. Ich ahnte auch, dass es Briefe oder andere schriftliche Hinweise gibt. Deine Mutter mochte mich nicht besonders!"

„Vielleicht zu Recht?", warf Klara zögernd ein. Jacqueline warf ihr einen verärgerten Blick zu. Auch ihr Gesicht war von einer schlaflosen Nacht gezeichnet.

„Sie hatte absolut keinen Grund dazu. Ich kümmerte mich um dich wie um eine eigene Tochter und die Liaison zu Philippe war schon lange beendet."

„Haben Sie ihn geliebt?“

„Anfangs dachte ich das, ja, aber dann war er nur noch ein guter Freund. Du glaubst mir nicht, oder?“ Unsicher blickte Klara in die herausfordernden Augen ihres Gegenübers.

„Warum sind Sie so übereilt abgereist?“, stieß sie schließlich hervor.

„Ich wusste, dass du mich früher oder später verdächtigen würdest und für die Tatzeit habe ich kein Alibi. Somit musste ich mich gegen deine bohrenden Fragen wappnen.“

Klara kämpfte gegen ihre Müdigkeit an und versuchte einen klaren Gedanken zu fassen. Aber sie fühlte sich so unendlich müde, dass sie sich am liebsten diesem gefährlichen Zustand der absoluten Gleichgültigkeit hingegeben hätte. Sie musste sich zusammenreißen. Es ging hier um ihr Leben und um die Wahrheit über das Leben ihrer Eltern.

„Haben Sie einmal eine Filmaufnahme vom Sommerfest, meinem zweiten Geburtstag, gesehen?“, fragte Klara plötzlich.

Jacqueline zuckte wie unter einem Peitschenhieb zusammen, doch dann umspielte ihr Mund ein ironisches Lächeln.

„Du hast wirklich gut recherchiert. Ja, ich kenne die Aufnahme. Ich habe sie damals nach Philippes Tod mitgenommen. Sie war meine Erinnerung an dich und Philippe und an das sorgenfreie Leben, das ich bei euch führte. Es war das einzige, das mir von früher geblieben ist.“ Klara verstand nicht.

„Komm mit!“, forderte sie Jacqueline auf und zögernd folgte Klara ihr in einen abgedunkelten Raum.

Als sich Klaras Augen an die Dunkelheit gewöhnt hatten, sah sie ein altes Filmabspielgerät, das mitten im Raum stand.

„Hier habe ich mir die letzte Nacht um die Ohren geschlagen. Willst du wissen, was ich entdeckt habe?“ Klara blieb keine andere Wahl.

„Klar“, meinte sie trocken, aber es hörte sich keinesfalls so selbstsicher an, wie es beabsichtigt war.

*

Karine und Olivier saßen in Davids geräumigem Wohnzimmer und sahen sich um.

„Warum sträubt sich Claire gegen diesen gut aussehenden, wohlhabenden Mann mit so viel Sinn für schöne Dinge?“, flüsterte Karine.

„Muss ich da etwa eifersüchtig werden?“, fragte Olivier mit gespielter Entrüstung. „Geld ist eben nicht alles und außerdem besitzt Claire selbst ein eigenes Schloss."

„... das sie uns noch nie gezeigt hat!", entrüstete sich Karine. „Seltsam, wie sie innerhalb weniger Wochen unser Leben verändert hat, oder? Ich kann mir Gironde gar nicht mehr ohne sie vorstellen." Karines Blick wurde traurig, denn sie wusste, dass sich Klaras Aufenthalt in der Normandie dem Ende näherte.

„Warte doch erst einmal ab", versuchte sie Olivier zu trösten, „ich glaube, dass sie hier in Gironde weit mehr hält, als sie es sich eingestehen möchte." Davids Eintreten mit einem Tablett voll duftendem Kaffee und Gebäck beendete das Getuschel der beiden.

Klara hatte sich immer noch nicht gemeldet und es war nun bereits zehn Uhr morgens. Ihre Notiz lag auf Davids Couchtisch. Als sein bekümmerter und fast zärtlicher Blick darauf fiel, zog Karine den Rückschluss, dass ihm immer noch sehr viel an ihr lag.

Karine und Olivier waren zu ihm gekommen, um weitere Schritte zu planen. Lotte sollte bei Bertrand bleiben und Stallwache halten, falls Klara zurückkehrte oder sich meldete. Außerdem musste sie den alten Mann beruhigen. Die plötzliche Abreise Klaras und die Unsicherheit, was mit ihr passiert war, ängstigten ihn ganz besonders.

„Also, was machen wir nun?", fragte David in die Runde, „Meint ihr, dass Claire etwas zugestoßen ist?" Olivier atmete tief durch und lehnte sich in die Sofakissen zurück.

„Erst einmal müssten wir wissen, was sie in der Bretagne zu suchen hat. Wir wissen nur, dass ihr ehemaliges Kindermädchen nach dem Tod ihres Vaters dort gearbeitet hat. Claires Großvater hat keine aktuelle Adresse von ihr. Claire hat sie vor Kurzem in ihrer Wohnung in Beuvron-en-Ange besucht."

„Und habt ihr versucht, sie zu erreichen?"

„Ja, wir waren dort, aber es hat niemand aufgemacht. Das muss aber nichts heißen, vielleicht ist sie beim Einkaufen. Wir haben ihr eine Nachricht an der Tür hinterlassen, sich sofort bei uns zu melden." David atmete schwer und seine Stirn lag in tiefen Falten.

„Was sollen wir in der Zwischenzeit mit Catherines Füllfederhalter machen? Ihn zur Polizei bringen? Als Beweis wird das nicht genügen." Er nahm die durchsichtige Plastiktüte und betrachtete den Füller eingehend. Neben dem schwungvollen „C.", welches er bereits vom dazugehörenden Kugelschreiber kannte, hob sich ein „L." aus der Goldummantelung: C. L., Catherine Laval.

David legte das Beweisstück auf den Tisch. Dann gingen sie nochmals jedes Detail durch, das ihnen einfiel. Schließlich beschlossen sie, noch eine weitere Stunde abzuwarten und danach zur Polizei zu gehen, um dort den Füllfederhalter abzugeben und auch Klaras Verschwinden zu melden. Alle hofften inständig, dass das nicht notwendig sein würde.

Gerade als sich Karine und Olivier verabschieden wollten, klingelte Davids Handy. Alle drei schauten sich voller Hoffnung an, doch David warf einen Blick auf sein Display und schüttelte den Kopf. Er meldete sich und war auf einmal hellwach.

„Sprich!“ und „Das ist ja höchst interessant“, sagte er zwischendurch, während er die meiste Zeit nur zuhörte. Zum Schluss bedankte er sich und versprach, den geforderten Betrag so bald wie möglich zu überweisen. Karine und Olivier sahen ihn fragend an.

„Das war ein alter Schulfreund von mir, der als Privatdetektiv arbeitet“, erläuterte David das Gespräch. „Ich hatte ihn gebeten, sich mal in den zwielichtigen Kreisen, in denen er sonst recherchiert, etwas umzuhören.“

„Was hast du veranlasst?“, unterbrach ihn Karine.

„Nun, Klara wollte nichts mehr von mir wissen, aber ihr müsst nicht glauben, dass ich sie deshalb im Stich gelassen hätte. Mein Freund schuldete mir noch einen Gefallen.“

„Hat er interessante Neuigkeiten?“, fragte Olivier neugierig.

„Das kann man wohl sagen“, antwortete David verschmitzt und erzählte den beiden jedes Detail.

„Du bist einfach unglaublich! Klara wird dich dafür lieben!“, rief Karine.

*

Ein strahlendes Mädchen in einem weißen Kleid voller Rüschen und Schleifen saß in einer vergitterten Holzschaukel und ließ sich laut quietschend von ihrer stolzen Mutter in den Himmel schwingen. Um sie herum standen lachend viele herausgeputzte Kinder und ihre ebenso festlich gekleideten Eltern – eine bunte Gesellschaft vor der schönen Kulisse des Schlosses.

„Es war eine sehr gelungene Sommerparty und du warst so glücklich“, erzählte Jacqueline mit leiser Stimme, während sie sich eine Träne aus den schwarzen Augen wischte. Auch Klara kämpfte mit den Tränen, denn ihr Vater trat ins Bild, nahm das weiß gekleidete Mädchen in die Arme und ließ sie durch den Sommerwind fliegen. Er hatte sehr feine Gesichtszüge und ein sympathisches Lächeln, das jeden sofort in seinen Bann zog. Groß und gut gebaut sah er in seinem cremefarbenen Anzug einfach umwerfend aus.

Jetzt trat ihre Mutter zu ihnen und schlang ihre schlanken Arme um ihre kleine Familie. Sie waren alle so euphorisch beschwingt, dass Klara ihr Schluchzen nicht mehr zurückhalten konnte. Wer hatte es nur wagen können, dieses perfekte Glück zu zerstören? Sie liebte ihren Vater vom ersten Augenblick an, obwohl sie sich auch jetzt kaum an ihn erinnern konnte. Aber seine Stimme zauberte ihr ein angenehmes Prickeln auf die Haut und ließ sie inmitten ihrer Tränen lächeln. Sie ahnte, welche Faszination diese Stimme einmal auf sie ausgeübt hatte.

„Schau, ma petite cherie, das ist die Welt, die dir zu Füßen liegt. Du musst sie nur aufsammeln“, sagte er zu ihr. Die kleine Klara gluckste und formte ihr süßes Mündchen zu einem stolzen „Papa“. Dann flog sie wieder kreischend durch die Luft.

„Verstehst du nun, weshalb ich diese Filmaufzeichnung einfach haben musste?“ Klara nickte unter Tränen. „Verzeih, dass ich dir diese Erinnerung vorenthalten habe.“

„Ich habe sie ja im richtigen Moment zurückbekommen“, brach Klara endlich ihr Schweigen. „Und was ist an diesem Band nun so auffällig?“, schob sie fragend hinterher.

„Warte, ich zeig es dir.“ Jacqueline stoppte den Film und legte eine Videokassette ein. Jetzt erst fiel Klara auf, dass der ganze Raum vor technischen Geräten nur so strotzte. „Mein Bekannter ist Film- und Tontechniker und hat letzte Nacht wahre Wunder vollbracht. Du wirst staunen!“ Sie drückte den Startknopf.

„Es gibt eine Stelle in diesem Film, die mir schon beim ersten Betrachten seltsam vorkam, aber da sie sich im Hintergrund abspielt, kann man leider nicht verstehen, was gesprochen wird. An diese Szene musste ich gestern denken. Deshalb bin ich Hals über Kopf abgereist. Paul, mein Bekannter, hat sie auf ein Videoband überspielt und den Ton herausgearbeitet. Es rauscht immer noch ein bisschen, aber man kann das Gespräch nun ganz gut verfolgen.“

„Wer ist das?“, Klara rückte näher und betrachtete den schlaksigen Mann Ende 30 mit dem schütteren Haar eingehend. Er beugte sich über eine junge Frau in einem roten Sommerkleid, und sein Flüstern hatte etwas Bedrohliches.

„Das ist Bruno, Bruno Dumas. Erkennst du ihn nicht?“

Jetzt wich er etwas nach rechts aus und die Stimme der jungen Frau wurde lauter.

„Das ist ja Catherine!“. Aufgeregt sprang Klara auf. „Worüber unterhalten sich die beiden?“

*

Karines Stimme überschlug sich fast, als Klara die Verbindung hergestellt hatte.

„Claire, was tust du uns an? Wo bist du überhaupt? Und wieso hattest du unser Handy ausgeschaltet?“ Klara wartete ein paar Sekunden, bis sie sicher war, dass Karine zuhörte.

„Nicht aufregen, Karine, der Akku war leer. Jetzt bin ich bei Jacqueline Gabrol in der Bretagne und habe interessante Neuigkeiten für euch!“ Doch Karine war nicht gleich zu beschwichtigen.

„Wirklich, Claire, du hättest uns auch von Jacqueline aus anrufen können. Wir haben uns solche Sorgen gemacht. Was hätte dir alles passieren können! Denk an Bertrand, als er feststellen musste, dass du letzte Nacht überhaupt nicht bei ihm geschlafen hast. Das ist zu viel für den alten Mann. Wir hätten fast die Polizei angerufen. Tu uns das nie wieder an!“

Karines Stimme klang vorwurfsvoll, aber auch erleichtert, dass sich ihre Befürchtungen nicht bewahrheitet hatten. Bei Klara hingegen verfehlten ihre Worte nicht ihre Wirkung: Das schlechtes Gewissen kroch ihr den Nacken hoch. An Bertrand hatte sie überhaupt nicht gedacht. Sie durfte dem alten Mann keine solchen Sorgen mehr bereiten. Kleinlaut entschuldigte sie sich bei Karine. Doch diese brannte bereits darauf, ihre Neuigkeiten loszuwerden: „Bei uns hat sich auch einiges getan. Wir haben Catherines Füllhalter ergattert und, stell dir vor, es ist tatsächlich das Pendant zu dem Kugelschreiber.“

Klara schnappte nach Luft: „Wir kriegen sie, das verspreche ich euch!“

„Sollen wir ihn zur Polizei bringen?“

„Nein“, sagte Klara, „bitte wartet, bis ich zurück bin. Ich habe jetzt gut drei Stunden Zeit, um mir eine Strategie zu überlegen.“

„Und was sind deine Neuigkeiten?“

„Ich habe bei Jacqueline einen Film über meine Kindheit angeschaut und darauf ist ein Streitgespräch zwischen Bruno und Catherine zu sehen. Es gab eine Sommerparty auf dem Schloss, und Catherine war nicht eingeladen. Bruno gab ihr zu verstehen, dass sie unerwünscht sei, aber sie drohte ihm, dass er seine Frau von ihr fernhalten solle. Bevor sie sich wieder unter die anderen Gäste mischte, raunte sie ihm zu: ‚Vergiss nicht, ich bin zu allem fähig! Wenn ich will, kann ich dieses heuchlerische Glück mit einem Schlag zerstören.' Ob sie den Mord an meinem Vater wohl schon länger geplant hatte?"

Doch Karine konnte ihr nicht antworten, denn plötzlich mischte sich David ein: „Claire, bitte versprich mir, dass du vorsichtig fährst! Pass auf, dass du nicht am Steuer einschläfst." Seine Sorge rührte sie.

„Ich verspreche es! Und keine Angst, ich bin viel zu aufgeregt, um einzuschlafen."

Tag 40, sechste Woche

Am Donnerstag, dem 11. Juli am späten Nachmittag, ging Olivier ins Dorf, um seinen Auftrag auszuführen. ‚Operation Füllfederhalter' hatten sie seine Aufgabe scherzhaft genannt. Aber zum Scherzen war ihm nicht zumute, denn ihm war der Ernst und die Wichtigkeit seiner Aufgabe durchaus bewusst. Doch er fühlte sich berufen für diese Aufgabe. Was er sich vornahm, gelang ihm normalerweise. Was er lernte, konnte er bald perfekt. Seine Strategie schien aufzugehen.

Als er den Eingang des Notariats erreichte, schlenderte er langsam über den Hof, so als wolle er diesen Nachmittag für einen entspannten Einkaufsbummel durch Gironde nutzen. Sein Blick war gesenkt und schließlich schien etwas seine ganze Aufmerksamkeit zu erfassen. Olivier bückte sich, ließ schnell den Füllfederhalter aus seinem Ärmel in das gepflegte Blumenbeet gleiten und hob ihn gleich darauf bewundernd auf. Er hielt ihn ins Licht, drehte und wendete ihn und stieß einen anerkennenden Pfiff aus. Schließlich sah er sich um, so als ob er jemanden suchte, der dieses edle Schreibgerät verloren haben könnte. Weit und breit war kein Mensch in Sicht. Er griff unauffällig nach seinem Handy und überprüfte, ob es angeschaltet war. Mit einem Knopfdruck würde er Klara anrufen können. Diese würde daraufhin Christine, die bei ihr war, ins Notariat schicken. Es war vereinbart, dass Olivier die Verbindung nicht beenden würde, sodass Klara das Gespräch live mitbekam. Das Handy glitt zurück in seine Jackentasche. Dann wandte er sich zum Notariat, um Catherine Laval auf den Zahn zu fühlen.

Catherine hatte von ihrem Schreibtisch aus eine gute Sicht auf den Hof. Sie hatte jede von Oliviers Bewegungen aufmerksam verfolgt, und als er das Schreibgerät hochhielt, ahnte sie sofort, dass es sich um ihren Füllfederhalter handelte, den sie seit gestern vermisste.

Sie beugte sich über ihre Bücher und tat sehr beschäftigt, als Olivier zur Tür hereinkam.

„Bonjour, was kann ich für Sie tun?", fragte sie und nahm ihre Lesebrille ab.

„Ich habe draußen auf dem Hof einen teuren Füllfederhalter gefunden und dachte mir, dass ihn vielleicht einer ihrer Mandanten verloren hat."

„So? Uns wurde noch kein Verlust gemeldet. Zeigen Sie doch mal her! Ich selbst vermisse seit gestern meinen Füllfederhalter." Olivier legte ihr das Prachtstück in die Hand und Catherine stieß einen kleinen Freudenschrei aus.

„Das ist tatsächlich mein alter Füller. Schauen Sie, hier sind meine Initialen eingraviert."

„Tatsächlich! Auf dieses Schmuckstück sollten Sie wirklich besser aufpassen."

„Ja, ich weiß auch nicht, wie er mir aus der Tasche fallen konnte. Jedenfalls vielen Dank, dass Sie ihn mir wiedergebracht haben. Es gibt nicht mehr viele ehrliche Finder."

„Darf ich den Füllhalter nochmals in die Hand nehmen? Es ist wirklich ein außergewöhnliches Schreibgerät." Olivier hielt Catherine seine ausgestreckte Hand hin.

„Bitte schön!", meinte Catherine widerstrebend. „Kennen Sie sich mit Füllfederhaltern aus?" Seine Hand war schweißnass, als sie sie berührte. War der fremde Besucher nervös und wenn ja, was beabsichtigte er? Doch noch bevor Olivier antworten konnte, ging die Eingangstür auf und Christine kam herein.

„Bonjour Madame Laval, ich möchte den vorbereiteten Vertrag für meinen Vater abholen." Sie trat auf Catherines Schreibtisch zu und begrüßte auch Olivier förmlich.

Catherine rutschte auf einmal unruhig auf ihrem Stuhl hin und her. Während sie Christine nicht aus den Augen ließ, streckte sie ihre Hand aus, um Olivier das Prachtstück wieder abzunehmen. Dieser zog jedoch blitzschnell seine Hand zurück und wandte sich an Christine: „Schauen Sie mal, ist das nicht ein ungewöhnlich schöner Füllfederhalter von Madame Laval? Sogar mit ihren Initialen." Christine starrte das Schreibgerät an und ihre Augen weiteten sich vor Erstaunen.

„Moment mal! Das Design kommt mir so bekannt vor." Sie nahm das gute Stück in die Hand, ohne dass die entsetzte Catherine es verhindern konnte, betrachtete es genau von allen Seiten und starrte schließlich Catherine direkt ins Gesicht: „Der Kugelschreiber, den Claires Vater für seinen angeblichen Abschiedsbrief verwendet hatte und dessentwegen ich verhaftet wurde, sah genauso aus." Catherine wurde bei diesen Worten augenblicklich rot. Ungeschickt versuchte sie, sich ein paar Schweißtropfen von ihrer Stirn zu wischen.

„Madame Marell, hierfür gibt es eine Erklärung, ich meine, was wollen Sie damit sagen. Das ist doch Zufall! Es gibt eine Erklärung dafür, bestimmt." Sie war inzwischen aufgesprungen und streckte die Hand in Richtung des Füllfederhalters, den Christine fest umklammert hielt.

„Bitte. Geben Sie mir ihn. Ich meine. Kann ich bitte das gute Stück wiederhaben?"

„War das Ihr Kugelschreiber? Haben Sie mir den Kugelschreiber auf den Hof gelegt?" Christine starrte nun Catherine an und beugte sich über den Tisch. Mit einem Schrei entriss Catherine ihr den Füller und ging rückwärts und inzwischen kreidebleich auf die Schrankwand zu.

Christine wandte sich mit erregtem Tonfall an Olivier: „Würden Sie bitte hier bleiben und diese Frau im Auge behalten? Ich möchte einen Polizisten hinzuziehen. Die Situation kommt mir mehr als verdächtig vor."

„Ihr werdet gar nichts tun!", schrie Catherine, die sich unauffällig an ihrer Tasche zu schaffen gemacht und die Schreckschusspistole hervorgeholt hatte.

Sie stand nun mit dem Rücken an den Aktenregalen und zielte mit der Pistole in ihrer Hand abwechselnd auf Christine und Olivier. Ihre Hand zitterte, während ihre Stimme keinen Widerspruch zuließ: „Leg den Füller auf den Tisch, aber zack zack und dann schön die Hände in den Nacken legen. Alle beide!" Ehe Olivier die Hände hob, fiel sein Blick kurz auf sein Handy, das er inzwischen aus seiner Jackentasche gefischt hatte.

„Finger weg von dem verdammten Handy", schrie Catherine. Sie sah das Entsetzen in den beiden Augenpaaren gegenüber und fühlte sich überlegen. Ihre beiden Geiseln konnten ja nicht wissen, dass es sich nur um eine Schreckschusspistole handelte. „Ihr traut mir also einen Mord zu, oder? Ihr wisst doch, wer einmal mordet, der tut es auch ein zweites Mal. Also ihr verhaltet euch schön ruhig. Solange überlege ich mir, was ich mit euch machen soll.“

Christine schluckte. Sie wollte etwas erwidern, aber ihre Lippen zitterten zu sehr. Nur ein hilfloser Seufzer entwich ihr.

Klara war erschrocken, als sie über ihr Handy das Gespräch mitbekam und feststellte, wie weit Catherine bereit war zu gehen. Damit hatte sie nicht gerechnet! Aber Catherine schaufelte sich nur ihr eigenes Grab. In ihrer grenzenlosen Naivität als Amateurdetektivin hatte Klara tatsächlich geglaubt, mit dem kompromittierenden Beweisstück Catherine dazu bewegen zu können, den Mord zuzugeben. Doch diese war ja bereit, bis zum Äußersten zu gehen. Während sie und Karine zur Polizei rannten, wurde Klara bewusst, wie stümperhaft die arrangierte Überführung geplant war.

„Hoffentlich passiert den beiden nichts. Mein Gott, hoffentlich ist die Pistole immer noch nicht geladen“, dachte sie mit Entsetzen.

Zum Glück war die Polizeistation nicht weit entfernt. Die beiden Frauen stürmten das Gebäude im Laufschritt, drängten sich an den Wartenden vorbei und Klara schrie fast panisch: „Marcel, komm sofort mit. Dies ist ein Notfall! Und pack vorsichtshalber deine Pistole ein.“ Er und zwei weitere Polizeibeamte reagierten sofort und folgten den beiden innerhalb weniger Sekunden nach draußen. Der einzige im Gebäude verbliebene Polizist hatte Mühe, die neugierigen Menschen unter Kontrolle zu halten und sie daran zu hindern, den Davoneilenden zu folgen.

Klara erklärte Marcel in knappen Worten, was passiert war. Sie erwähnte auch, dass die Pistole vermutlich eine Schreckschusspistole war, aus der David alle Platzpatronen entfernt hatte. Aber man konnte nie wissen.

„Seid ihr von allen guten Geistern verlassen. Was habt ihr euch bei dieser Sache gedacht?“, entfuhr es Marcel. Sein Ton war barsch und dennoch voll Sorge.

„Eine Standpauke kannst du mir bitte nachher halten. Jetzt müssen wir handeln. Die Frau muss überführt werden“, entgegnete Klara.

Marcel war da ganz anderer Meinung: „Wir? Du spinnst wohl! Das machen meine Männer und ich alleine. Ihr beide rührt euch nicht von der Stelle.“

„Das geht nicht!“ Klara schrie lauter als beabsichtigt. „Wir dürfen das jetzt nicht vermasseln. Ich habe alle erforderlichen Informationen. Ich muss mitkommen!" Inzwischen waren sie am Hintereingang des Notarbüros angekommen.

„Bitte", fügte Klara leise hinzu, „ich halte mich im Hintergrund. Ihr habt doch auch noch nie einen Geiselfall gehabt, oder?" Sie nahm wahr, wie Marcel schluckte. Der letzte Satz hatte ihn offensichtlich getroffen, aber er willigte zumindest ein, dass sie sich im hinteren Teil des Gebäudes aufhalten durfte, falls ihr Rat vonnöten wäre.

Allem Anschein nach hatten die Polizisten auch noch nie eine verschlossene Tür öffnen müssen, ohne Lärm zu machen. Sie gingen dabei nicht gerade leise vor. Klara verdrehte ihre Augen und schaute Karine fragend an. Aber diese hielt sie an der Schulter zurück und flüsterte: „Komm nicht auf dumme Gedanken. Halte dich an die Anweisungen!"

Endlich sprang die Tür auf. Dann übernahm Marcel das Ruder. Er und ein weiterer Kollege schlichen sich durch die hinteren Büroräume und näherten sich vorsichtig dem Empfangsbüro. Der dritte Polizist wurde zum Vordereingang geschickt. Er sollte sich dort hinter der Tür platzieren und auf Marcels Zeichen warten.

Catherines hysterische Stimme war sofort zu hören. Marcel stand jetzt direkt hinter ihrer Bürotür, die nur angelehnt war. Er kannte das Notarbüro und hoffte, dass sich Catherine, so wie er vermutete, noch hinter ihrem Schreibtisch befand. Wenn der Zugriff von beiden Seiten erfolgte, hätten sie eine Chance, sie zu überwältigen.

Er lauschte den Gesprächsfetzen im Nebenzimmer. Gerade versuchte eine Männerstimme mit sanftem Ton, Catherine zum Aufgeben zu bewegen.

„Das macht er nicht schlecht", gestand sich Marcel ein. In diesem Moment fiel ihm ein, dass er und seine Kollegen noch nicht einmal eine kugelsichere Weste trugen. Sicher, es gab solche Westen in ihrem Büro. Aber diese waren so gut unter Verschluss, dass sie nicht sofort greifbar waren. Ihm lief der Schweiß in den Nacken. Wie recht Klara doch hatte! Sie waren nur die Provinzpolizei.

Jetzt redete Catherine wieder, vielmehr stotterte sie. Hatte Olivier sie bereits weichgeklopft? Ihre Aufmerksamkeit sollte nun nachgelassen haben.

„Jetzt oder nie", dachte sich Marcel, winkte seinen Kollegen zu sich, der ihm notfalls Rückendeckung geben sollte und gab seinem anderen Kollegen via Mobiltelefon das verabredete Zeichen. Dann ging alles sehr schnell. Er zählte bis drei. Gleichzeitig wurden Vorder- und Hintertür aufgestoßen. Marcel stürmte mit erhobener Waffe ins Büro.

Wie erwartet stand Catherine noch hinter ihrem Schreibtisch. Sie erstarrte. Für einige Sekunden ließ Catherine ihre Pistole sinken. Bevor sie sie wieder heben konnte, hatte sich Marcel auf sie geworfen. Blitzschnell entriss er Catherine die Pistole, die sie immer noch umklammert hielt, nahm sie in seinen Judogriff und schnaufte tief durch. Die Situation war entschärft. Als Klara vorsichtig ihren Kopf hereinstreckte, lächelte er triumphierend: „Wer zweifelt daran, dass wir Provinzpolizisten keine Geiselnehmer überwältigen können?“

Tag 41, sechste Woche

Lotte war in den wenigen Tagen ihres Besuchs für Klara wie eine Freundin geworden. Seit sie mit ihr über die Vergangenheit ihrer Mutter, sowohl in Deutschland als auch in Frankreich, sprechen konnte, hatte sie das Gefühl, ihre Mutter ein Stück weit zurückgewonnen zu haben. Immer wieder blätterte Klara die von Lotte mitgebrachten Fotoalben und Briefe durch und fragte sie, was genau in einer bestimmten, auf dem Foto festgehaltenen Szene passiert war.

Lotte erklärte ihr immer wieder alles mit viel Liebe zum Detail. Auch für sie war dies ein Eintauchen in die Vergangenheit, und die vergangene Zeit wurde in ihrer Erinnerung wieder lebendig, wie sie Klara gerührt gestand.

Sie lud Klara nach Amerika ein und diese versprach, dass sie sich diese Gelegenheit nicht entgehen lassen würde. Sobald sie ihr Studium beendet hatte, war sie völlig ungebunden. Sie hatte nicht vor, sich sofort eine Arbeit zu suchen. Zuerst einmal müsste sie sich klarwerden, wie und vor allem wo sie ihre Zukunft gestalten sollte. Warum also nicht einen Abstecher nach Amerika einplanen?

Als Klara am Morgen nach der riskanten Aktion im Notarbüro durch die langen Gänge des Schlosses lief, um mit Lotte zu sprechen, dachte sie, wie schön es wäre, wenn Lotte für immer hier wohnen könnte. Als sie in ihr Zimmer trat, war Lotte gerade dabei, einen viel zu vollen Koffer mit aller Gewalt zuzudrücken. Bei Klaras Anblick lächelte sie: „Kannst du mir bitte helfen? Ich habe wie immer zu viel eingepackt.“

Klara aber blieb wie angewurzelt stehen. „Warum packst Du? Gefällt es dir hier nicht mehr?"

„Aber Klara, my love, meine Zeit bei dir ist um. Ich muss noch meine Verwandten in Deutschland besuchen und dann geht es zurück in die USA. Wir Amerikaner haben nicht so viel Urlaub wie ihr."

„Entschuldige", stammelte Klara, „ich habe noch nicht mit deiner Abreise gerechnet." Traurig half sie Lotte, den Koffer zu schließen und dann sahen sie sich ein letztes Mal die Fotoalben an, die nun in Klaras Besitz übergehen sollten. Das letzte gemeinsame Mittagessen in Bertrands Küche war bereits vom Abschiedsschmerz geprägt.

Klara brachte Lotte am Abend zum Flughafen nach Paris und dankte ihr für ihren Besuch und ihre Mithilfe bei der Aufklärung des Verbrechens. Lotte hatte sich schon sehr an die französische Küche gewöhnt. Klara stellte dies schmunzelnd fest, da sie am Flughafen lieber ein Croissant und belegtes Baguette als ihren geliebten Hamburger bestellte. Bevor sie ins Flugzeug stieg, versprach Klara ihr, sie über den weiteren Verlauf der Geschichte genau zu unterrichten. Dies beruhigte Lotte, und sie nahmen herzlich voneinander Abschied.

Tag 42, siebte Woche

Die Nachricht von Catherines Verhaftung hatte sich in Windeseile im Dorf verbreitet und überall wurde nur über dieses eine Thema diskutiert. Klara mied das Dorf, so gut es ging und zog sich ins Schloss zurück, wo sie mit Erstaunen feststellte, dass die Handwerker in manchen Räumen schon wahre Wunder vollbracht hatten. Es freute sie sehr, dass das ehrwürdige Gemäuer endlich wieder seinen verdienten Samtrock tragen sollte und je häufiger sie durchs Schloss oder durch den Garten ging, desto freier fühlte sie sich. Es schien, als ob die alten Geister endlich das Schloss verließen. Oft besuchte sie auch die Gruft ihres Vaters und betete für ihn, ihre Mutter und ihren Adoptivvater. Und auch dieser Platz veränderte sich. Trauer und Melancholie fielen nach und nach von ihm ab und machten Platz für die durch die Baumwipfel dringenden Sonnenstrahlen, die dem Ort eine heitere Wärme vermittelten.

„Vielleicht bin es auch nur ich, die sich verändert hat und jetzt alles anders wahrnimmt", dachte Klara, als sie über die kleine Lichtung schritt. Was auch immer die Ursache für die positivere Grundstimmung war, Klara war sehr erleichtert über den Ausgang ihrer Nachforschungen: Ihr Vater hatte nun endlich seine Ruhe gefunden und auch ihre Mutter konnte beruhigt in höhere Sphären aufsteigen, nachdem ihre Tochter ihre Mission erfüllt hatte. Klaras positive Stimmung strahlte auf ihre Umgebung aus. Auch Bertrand blühte sichtlich auf.

Ihre Nachbarn fuhren an diesem Tag in den Urlaub. Sie hatten ihre Hotelreservierung in Menton nicht verschieben können. Klara versprach sie auf dem Laufenden zu halten.

Catherine war auch am dritten Tag nach ihrer Verhaftung noch nicht geständig. Sie hatte sich den besten Anwalt der Gegend genommen und verfolgte unerbittlich ihre Strategie, alles zu leugnen.

„Wie nur kann man sie zum Reden bewegen?", grübelte Klara immer wieder. Auf einmal fielen ihr das letzte Gespräch mit David und das Ergebnis seiner Nachforschungen ein. In der ganzen Hektik hatte sie das völlig vergessen. Vielleicht würde das Catherines Widerstand brechen.

Sofort griff sie zum Telefon und erzählte Marcel, dass ein von David engagierter Privatdetektiv Catherines Ex-Mann ausfindig gemacht hatte. Auf seine geschiedene Frau war er nicht gut zu sprechen gewesen. Er hatte sie geschlagen, erzürnt von Catherines Angewohnheit, nachts immer wieder voll Sehnsucht Philippes Namen zu rufen. Auch so verzweifelte Ausrufe wie „Das habe ich nicht gewollt!" und „Es tut mir so leid!" hätte sie im Schlaf von sich gegeben. Eines Nachts hatte sie ihn sogar mit den Worten „Ich wollte ihn nicht töten!" geweckt. Das war zu viel für ihn gewesen. Er rüttelte sie wach und wollte eine Erklärung von ihr. Als sie ihm diese nicht geben wollte, schlug er sie im Alkoholrausch zusammen.

Marcel hakte nach, warum Catherines Ex-Mann dies nie der Polizei gemeldet hatte.

„Er hat den Zusammenhang überhaupt nicht erkannt. Denk daran, er war Alkoholiker. Außerdem, wer hätte ihm denn geglaubt? Erst als er erfuhr, dass eine junge Deutsche im Dorf nach dem Mörder ihres Vaters Philippe sucht, ist ihm allmählich ein Licht aufgegangen. Meinst du, diese Erkenntnisse bringen dich weiter?" Klara war so aufgeregt, dass sie immer schneller gesprochen hatte.

„Ich denke schon. Würde der Mann auch vor Gericht aussagen?"

„Er hat es zumindest versprochen."

Tag 43, siebte Woche

Klara hatte auf einmal das dringende Bedürfnis, sich bei Bruno Dumas für seine Hilfe zu bedanken, und dafür, dass er einer fast Fremden seine intimsten Geheimnisse offenbart hatte. Als sie am Sonntagnachmittag unangemeldet bei ihm vorbeischaute, traf sie aber nur seine Frau an. Darauf war sie nicht vorbereitet, denn Bruno hatte ihr erzählt, dass sie sich am Sonntagnachmittag immer mit ihren Freundinnen zum Kaffeekränzchen treffen würde. Sie wollte Bruno Dumas auf keinen Fall in eine unangenehme Situation bringen. Aber wie sollte sie diesen spontanen Besuch erklären?

Ziemlich ungeschickt entschuldigte sich Klara für die Störung und suchte verzweifelt nach einem plausiblen Grund für ihren Besuch, als Madame Dumas sie mit ihrer ruhigen und freundlichen Stimme bat einzutreten.

„Ich weiß, dass Sie eigentlich zu meinem Mann wollen – er ist noch im Pflegeheim, wo er seine kranke Mutter besucht –, aber er wird sicherlich in der nächsten halben Stunde zurückkommen. Sie können gerne hier auf ihn warten."

Überraschenderweise bot sie Klara ein Glas Sekt an, setzte sich zu ihr und gestand ihr, wie froh und erleichtert sie war, dass man nun die Mörderin ihres Vaters gefasst hatte. Nach dem zweiten Gläschen rückte sie auf einmal ein Stückchen näher zu Klara heran, griff nach ihrer Hand und sagte mit fast tonloser Stimme: „Wie Sie wissen, hat diese Frau auch über meine Familie Schande gebracht." Klara schaute sie entsetzt an. Was sollte sie darauf antworten? Wusste Madame Dumas etwas über den Seitensprung ihres Mannes?

„Wissen Sie", sagte Madame Dumas, „mein Mann dachte immer, er könne seinen Seitensprung mit dieser Frau vor mir verbergen. Und dabei wusste ich es vom ersten Augenblick an. Als er in jener Nacht nach unserem Streit das Haus verließ und spät abends immer noch nicht zurück war, da habe ich mich hochschwanger selbst auf die Suche nach ihm gemacht. Ich habe gerade noch gesehen, wie er sturzbetrunken mit dieser Catherine in ihre Wohnung torkelte. Ich war so geschockt, dass ich nicht einmal versuchte es zu verhindern."

„Aber warum haben Sie ihn nie darauf angesprochen?" Klara blickte gespannt in Madame Dumas' Gesicht. Madame Dumas verzog ihren Mund.

„Nun, das war meine Rache an ihm. Ich konnte ihm seinen Treuebruch im Laufe der Jahre irgendwann sogar verzeihen, denn ich sah ihm an, dass er selbst am meisten darunter litt, aber vergessen werde ich es nie. Und wie hätte ich ihn besser und enger an mich binden können als mit diesem schlechten Gewissen? Er wird es sein ganzes Leben lang bereuen und mich gut behandeln. Ich werde ihm sicherlich nicht die Absolution erteilen."

„Wissen Sie dann auch über die Knochenmarkspende Bescheid?", fragte Klara vorsichtig.

„Selbstverständlich! Die hat er auch wegen seines schlechten Gewissens über sich ergehen lassen. Wegen des schlechten Gewissens gegenüber Ihrem Vater, der für die Abtreibung des unehelichen Kindes von Bruno und Catherine aufkam." Madame Dumas' Augen funkelten bei ihren Worten. Klara blickte sie erstaunt an.

„Ich dachte, dies wäre ein gut gehütetes Geheimnis Ihres Mannes." Madame Dumas schnaufte.

„Glauben Sie mir, einer eifersüchtigen Ehefrau, die nachdenkt anstatt emotional und unüberlegt zu handeln, entgeht rein gar nichts. Bruno dachte tatsächlich, dass ich ihm die Geschichte mit den Mandeln abnehmen würde, als er eine Woche lang im Krankenhaus lag. Dachte er wirklich, dass ich nicht mit den Ärzten reden würde? Für wie bescheuert hält er mich eigentlich?"

Klara starrte Madame Dumas zuerst ungläubig und skeptisch an, doch dann brach sie ganz unerwartet in schallendes Gelächter aus – sie konnte es nicht zurückhalten, so sehr sie sich auch dagegen sträubte. Das Lachen schüttelte sie, bis ihr die Tränen die Wangen herunter liefen und sie ihren Bauch vor Schmerzen halten musste. Dann erst sah sie, dass auch Madame Dumas mit eingestimmt hatte. Das Lachen wirkte befreiend.

Immer wenn sich eine der beiden endlich unter Kontrolle hatte, steckte sie die andere wieder an. Klara hatte schon so lange nicht mehr herzhaft gelacht, dass sie einiges an Nachholbedarf hatte. Der Druck, die Angst und die Schmerzen der letzten Tage, ja Monate, fielen in diesem Augenblick von ihr ab.

Madame Dumas spürte auch, wie wohltuend dieses Lachen war. Sie beschloss, dass ihr Mann genug gelitten hatte und dass sie ihn noch am Abend von seinen Qualen erlösen würde.

*

Als Klara an diesem Sonntagabend nach Hause kam, erwartete sie Bertrand schon ungeduldig. Sie hatte kaum den Schlüssel umgedreht, als er auch schon neben ihr stand.

„Wo warst du denn so lange?", fragte ihr Großvater. „Du hast ja das Wichtigste verpasst!"

„Was ist los? Gibt es etwas Neues?" Klara konnte das Zittern in ihrer Stimme kaum unterdrücken.

„Marcel Dupont hat angerufen ..." Klara packte seine Schulter.

„Und? Nun sag schon. Hat Catherine endlich gestanden?" Ihr Großvater schaute sie belustigt an und tätschelte die Hand, die ihn noch immer an der Schulter gepackt hielt.

„Wenn du mich ausreden ließest, dann könnte ich dir diese Frage mit Ja beantworten."

Klara sprang erleichtert durch den Flur.

„Gott sei Dank! Dann hat unser Alptraum endlich ein Ende." Erleichtert umarmte sie ihren Großvater und beide verharrten für ein paar Augenblicke stumm.

„Warum ist sie nun doch plötzlich eingeknickt?" Klara konnte es immer noch nicht fassen.

„Das Geständnis ihres Ex-Mannes gab ihr wohl den Rest. Alles Weitere erfahren wir morgen früh im Polizeipräsidium."

„Morgen früh erst? Wie soll ich denn diese Nacht überleben?" Klara knetete sich die Hände.

„Das, meine Liebe, wirst du wohl oder übel aushalten müssen. Sieh mal auf die Uhr. Auch ein Polizist hat irgendwann Feierabend. Du kannst froh sein, dass dich dein Duzfreund überhaupt an einem Sonntag anruft." Zerknirscht musste Klara ihrem Großvater recht geben. Wider Erwarten schlief sie in dieser Nacht tief und traumlos.

Tag 44, siebte Woche

Das Tonband lief. Klara hörte zunächst nichts, nur Stille, dann ein Räuspern und endlich Catherines Stimme. Sie wirkte müde, resigniert.

Wie gebannt lauschten Bertrand und Klara ihrem Geständnis: „Ich war damals 28 Jahre alt und immer noch nicht fest liiert. Mein Ruf im Dorf war nicht der beste. Ich hatte schon zu viele Männergeschichten hinter mir und war als Flittchen verschrien. Dabei hatte ich einfach immer nur Pech mit den Männern. Vielleicht war ich zu hübsch, dass sie alle nur mit mir ins Bett wollten. Und dabei sehnte ich mich wie jede andere Frau nach einem Zuhause und einem Mann, dem ich vertrauen konnte und der mir ewige Liebe schwor. Aber wie hätte ich mich auch ernsthaft verlieben können, wenn nur der eine, Philippe, in meinem Kopf herumgeisterte.

Ich hatte mir diesen Tag freigenommen, um in Ruhe nachdenken zu können, wie es mit mir weitergehen sollte. Ich spielte sogar mit dem Gedanken, Gironde zu verlassen und irgendwo anders ganz neu anzufangen. Aber würde man mir wieder eine reelle Berufschance geben, ohne Abschluss? Es war eine schwere Entscheidung! Schon seit längerer Zeit nahm ich Antidepressiva, weil ich mit meinem Leben nicht mehr zurecht kam.

Da sah ich, wie Philippe in seiner Yacht aufs Meer hinausfuhr. Doch anstatt den schönen Sommertag für einen ausgedehnten Segeltörn zu nutzen, warf er kaum vom Strand entfernt seinen Anker. Ich verzehrte mich vor Sehnsucht nach ihm und beschloss, ihm mit meinem kleinen Motorboot einen Besuch abzustatten. Er musste wohl in seinem Liegestuhl eingeschlafen sein, denn als ich neben ihm anlegte, fuhr er erschrocken auf. Begeistert war sein Gesichtsausdruck nicht gerade, als er mich sah. Ich fragte ihn, ob er mir nicht ein Glas Wasser anbieten wollte. Unsere Geschichte damals war ja nicht besonders glücklich ausgegangen. Doch irgendetwas schien ihn an diesem Tag besonders zu erfreuen und seiner ausgesprochen guten Laune hatte ich es wohl zu verdanken, dass er über seinen Schatten sprang und mich zu sich auf die Yacht einlud. Er war der Mann, den ich immer noch liebte und begehrte. Was hätte ich darum gegeben, seine Frau zu sein. Er besaß alles, wonach ich strebte: Er war jung und dynamisch, gutaussehend, wohlhabend, aus gutem Hause, überall bekannt und beliebt.

Ich erinnere mich noch genau an seine Worte: ‚Du kannst dich gerne ein wenig bei mir erfrischen‘, sagte er, ließ die Strickleiter herunter und ich stieg auf seine Yacht. Doch als ich seinen Luxus sah und wie glücklich er war, wurde ich noch niedergeschlagener. Philippe blieb das nicht verborgen.

‚Was hast du auf dem Herzen?‘, fragte er mich, obwohl er mich sonst immer nur sehr unterkühlt behandelte. Seine Fürsorge rührte mich so, dass ich ihm tatsächlich mein Herz ausschüttete. Ich gestand ihm sogar, dass ich unsterblich in ihn verliebt war und mich deshalb an niemand anderen binden konnte. Dieses Geständnis erschütterte Philippe sehr. Er hatte nicht gewusst, was er in jener betrunkenen Nacht bei mir angerichtet hatte. Er hatte immer gedacht, dass er für mich einfach nur eine weitere Bettgeschichte war.

Es war zwar noch früher Vormittag, aber er öffnete seine kleine Bar und holte eine Flasche Whisky. Er meinte, dass wir beide nun einen Schluck davon gebrauchen könnten. Der Alkohol tat mir tatsächlich gut, aber ich trank viel zu schnell ein zweites und auch ein drittes Glas. Die Antidepressiva verstärkten die Wirkung des Alkohols. Ich denke, meine Hemmschwelle wurde dadurch erheblich verringert und allmählich schaltete mein Verstand komplett aus. Nur so kann ich mir im Nachhinein erklären, was dann geschah.

Aus heiterem Himmel bat ich Philippe: ‚Schlaf mit mir! Nur noch ein einziges Mal!'

Philippe traute wohl seinen Ohren nicht, doch ich bettelte weiter: ‚Ja, hier und jetzt! Los, nimm mich! Diese edle Yacht hat doch sicherlich ein schönes großes Bett, wo wir es miteinander treiben können wie die Karnickel. Du kannst von mir alles haben, was dir deine biedere Ehefrau nicht bieten kann.'

Seine Antwort war nicht das, was ich hören wollte. Er meinte nur: ‚Catherine, was soll das? Du bist betrunken. Ich werde nicht mit dir schlafen. Tut mir wirklich leid, was damals zwischen uns passiert ist, aber ich konnte doch nicht wissen, dass du in mich verliebt bist.'

Ich wurde wütend und schrie ihn an: ‚So, es tut dir leid? Tut es dir auch leid, dass du mir ein Kind gemacht hast und ich mich bei diesem schmierigen Arzt unters Messer legen musste? Weißt du eigentlich, wie sehr ich darunter gelitten habe?' Da lächelte er nachsichtig, meinte, dass das sicherlich nicht einfach für mich gewesen wäre, aber dass wir beide doch wüssten, dass das Kind von Bruno wäre und ich es ihm nur untergeschoben hätte, um mehr Geld zu bekommen oder ihm eins auszuwischen. Das war eine schallende Ohrfeige für mich.

‚Woher weißt du das mit dem Kind?', schrie ich ihn immer aufgeregter an. ‚Hat sich der kleine Wichser bei dir ausgeheult? Ich hätte wissen müssen, dass ich ihm nicht vertrauen kann.' Die ganze Situation war komplett aus dem Ruder gelaufen. Philippe ging nervös auf Deck hin und her und überlegte vermutlich, wie er mich wieder loswerden konnte. In diesem Augenblick braute sich in meinem Kopf ein teuflischer Plan zusammen. Ich war nicht mehr zurechnungsfähig.

In meiner Handtasche hatte ich stets ein starkes Schlafmittel bei mir. Davon zerkleinerte ich zwei Pillen und gab sie unbemerkt in Philippes Glas. Dann schenkte ich uns beiden noch einen Whisky nach.

‚Trink!', befahl ich ihm und er griff automatisch nach dem Glas. Erst als er es mit einem Zug geleert hatte, fiel ihm auf, dass der Whisky seltsam geschmeckt hatte. Skeptisch blickte er mich an, doch da war es schon zu spät. Er blickte in den Lauf meiner Pistole. Es war nur eine Schreckschusspistole, die einer echten Pistole sehr ähnlich sah, aber das konnte er nicht wissen. In diesem Moment wollte ich nur, dass die Tabletten schnell wirkten und ich dann über ihn herfallen könnte. Ich war so wütend auf ihn und dachte immer nur, dass niemand auf der ganzen Welt ein solches Angebot von mir ausschlagen durfte. Ich wollte Sex und war mir sicher, dass ich ihn bekommen würde, notfalls mit Gewalt. Also schenkte ich ihm ein neues Glas ein und befahl ihm es auszutrinken. Philippe nahm meine Drohung ernst und trank noch ein Glas und noch eines.

‚Und jetzt zieh dich aus!', befahl ich ihm, aber er weigerte sich noch immer, und unter Alkohol- und Tabletteneinfluss war er sich über die Gefahr der Pistole, die auf seine Schläfe gerichtet war, nicht mehr bewusst.

Da kam mir eine andere, noch verrücktere Idee. Ich konnte seiner Frau einen Schrecken einjagen, indem ich ihren Mann entführte, dies als Selbstmord tarnte, und bis die ganze Sache auffiel, würde ich ihn unter Drogen setzen und frei über ihn verfügen können. Welche Frau wollte solch einen willigen Mann zurückhaben? Ich weiß, das hört sich jetzt alles völlig krank an, aber ich war nicht ich selbst, sonst hätte ich nicht ernsthaft daran geglaubt, dass dieser Plan funktionieren würde.

Ich legte Philippe ein Blatt Papier auf den Tisch und befahl ihm zu schreiben. Er konnte nicht mehr klar denken, die Tabletten und der Alkohol zeigten auch bei ihm ihre Wirkung. Also folgte er meinem Befehl und merkte gar nicht, dass er einen Abschiedsbrief an seine Eltern verfasste. Doch er war ein verdammter Dickschädel! Als er sich danach immer noch nicht willig zeigte, nahm ich ein Stück Seil, fesselte ihn an den Händen und band das andere Ende – warum auch immer – an der Werkzeugkiste fest, die an der niedrigen Reling stand.

Dann riss ich sein Hemd auf, streichelte ihn und wollte ihn küssen. Doch anstatt endlich nachzugeben, spuckte Philippe mich angeekelt an und rief: ‚Du bist die größte Schlampe, die ich je gesehen habe. Nie im Leben wird dich ein Mann lieben können.'

Sie glauben gar nicht, wie weh das tat. Ich wollte doch nur etwas Liebe, wollte nur mit ihm schlafen. Was war daran so schlimm? Es hätte ihm bestimmt gefallen. Er war doch auch früher kein Kostverächter gewesen. Er hätte mich nicht so abfällig behandeln dürfen.

Ich war außer mir vor Wut. Es bedurfte keiner großen Anstrengung, den schwankenden Philippe über die niedrige Reling zu stoßen. Doch ich hatte völlig vergessen, dass das Seil an seinen Händen auch am Werkzeugkasten befestigt war. Dann ging alles sehr schnell: Philippe fiel kopfüber ins Wasser, der Werkzeugkasten wurde mit einem Ruck emporgerissen, verhakte sich am Geländer und fiel dann mit einem dumpfen Schlag ins Wasser. Ich war starr vor Schreck. Als ich mich über die Reling beugte, hatte sich das Wasser bereits rot verfärbt. Der Werkzeugkasten musste ihn am Kopf getroffen haben und zog ihn dann in die Tiefe. Einen Augenblick lang überlegte ich, ob ich ihm nachspringen sollte, aber auch ich konnte kaum noch gerade gehen und hätte ihn sicherlich nicht retten können.

Als ich erkannte, was ich getan hatte, war es bereits zu spät. Ich dachte, mein Gott, ich habe ihn umgebracht! Ich habe ihn eigenhändig umgebracht! Dafür gibt es lebenslänglich! Aber dann fiel mein Blick auf den Abschiedsbrief. Vielleicht hatte ich eine Chance, damit ungeschoren davonzukommen.

Panisch durchsuchte ich das Boot nach Putzmitteln und Gummihandschuhen und versuchte alle meine Spuren zu entfernen. Ganz zum Schluss erst fiel mir das zweite Whiskyglas auf, das ich in meine Tasche steckte. Dann sprang ich in mein Boot und fuhr in einem großen Bogen einen anderen Hafen an, wo ich unerkannt an Land gehen konnte. Wieder zu Hause fiel ich todmüde in mein Bett und bis ich spät am anderen Morgen endlich wieder mit klarem Kopf aufwachte, hatte man Philippes Boot und seinen Abschiedsbrief bereits gefunden und die Geschehnisse nahmen ihren Lauf.

Ich bin keine Mörderin, es war ein schrecklicher Unfall! Und Sie glauben gar nicht, wie leid es mir tut. Schließlich habe ich damit die größte Liebe meines Lebens verloren. Ich gäbe wirklich alles darum, jenen Tag ungeschehen zu machen."

Dann brach Catherine schluchzend ab.

*

„Glaubst du, dass sie die Wahrheit sagt?", fragte Marcel die immer noch wie erstarrt vor dem Tonbandgerät sitzende Klara, in deren Ohr Catherines leise, stockende Stimme nachhallte.

„Ja, ich denke schon! Ich habe die Szene förmlich vor meinen Augen gesehen“, meinte Klara nachdenklich und atmete ein paar Mal tief durch. „Was meinst du, Bertrand?“

Klara erschrak, als sie ihren Großvater erblickte. Er war kreidebleich im Gesicht und kämpfte mühsam nach Worten: „Diese miese, kleine Schlampe! Sie hat meinen Sohn umgebracht. Sie hat ihn umgebracht – einfach so.“ Bertrands Atem ging schneller und schneller und die letzten Worte verschluckte er ganz. Besorgt griff Klara nach seinem Arm.

„Beruhige dich, Bertrand! Sie wird dafür büßen.“

Klara war froh, dass sie nicht das Geständnis einer eiskalten Mörderin hatte hören müssen, sondern einer Frau mit menschlichen Emotionen und Schuldgefühlen. Sie hatte kein Mitleid mit Catherine, denn schließlich hatte sie sich auch ihr gegenüber schlecht verhalten. Die Manipulation ihres Gasherds hatte sie Marcel auch gestanden. Sie würde ihre gerechte Strafe bekommen. Aber Klara hatte wieder einmal erfahren, dass Menschen oft an ihre Grenzen gingen, sie sogar überschritten und dadurch schreckliche Dinge passierten. Bertrand allerdings konnte Catherines Geständnis nicht so leicht verarbeiten wie Klara. Er hyperventilierte, brach mitten im Satz ab, verdrehte die Augen und sank in sich zusammen.

„Er ist in Ohnmacht gefallen“, rief Klara entsetzt „Ich hoffe, es ist kein Herzanfall! Schnell, hol Hilfe.“ Mit vor Schreck geweiteten Augen beugte sich Klara über ihren Großvater und schlug ihn sanft auf die Wangen. Sie hätte ihn nicht hierher mitnehmen dürfen – die Aufregung war einfach zu viel für ihn.

„Nun wach schon auf, Bertrand! Lass mich nicht im Stich.“ Besorgt fühlte sie seinen Puls, doch im selben Augenblick öffnete er seine Augen wieder. Klara atmete vor Erleichterung tief durch. Bertrand konnte sich an nichts mehr erinnern und tat den Vorfall als Lappalie ab. Klara bestand aber darauf, dass der herbeigerufene Arzt ihn kurz untersuchte. Da dieser keine alarmierenden Anzeichen feststellen konnte, nahm sie ihn am Arm und fuhr ihn schnell nach Hause.

Tag 47, siebte Woche

Es war bald kein Geheimnis mehr im Dorf, dass Catherine gestanden hatte und nun in das Frauenstaatsgefängnis nach Paris überführt wurde. Die Umstände allerdings, die Catherine zu dieser Tat verleitet hatten, behielt Klara für sich. Jeder war froh, dass dieses längst begangene Verbrechen endlich aufgeklärt war, und jeder Einzelne fühlte sich, als sei ihm eine schwere Last genommen worden. Jeder konnte jedem wieder voll und ganz vertrauen – das schwarze Schaf unter ihnen war ausfindig gemacht worden.

Zwei Tage nach Catherines Geständnis hatte Bertrand eine – wie Klara fand – sehr gute Idee. Er wollte nachträglich für seinen Sohn eine kleine Gedenkfeier an der Kapelle im Wald abhalten, zu dem jeder kommen konnte, der sich nochmals an Philippe erinnern und endgültig von ihm Abschied nehmen wollte. Nun hatte auch Bertrand das Gefühl, dass die Seele seines Sohns endlich zur Ruhe kommen konnte, nachdem sein Name reingewaschen und die Todesumstände geklärt waren. Aber vielleicht lag es auch daran, dass er selbst endlich losließ. Die Dorfbewohner, die damals keine Gelegenheit gehabt hatten, an einer Beerdigung teilzunehmen, da Klaras Vater eingeäschert und seine Überreste in aller Stille auf dem Schlossareal beigesetzt worden waren, sollten nun das Versäumte nachholen können – wenn ihnen der Sinn danach stand.

Père Jacques war sehr erfreut über diesen Vorschlag, denn auf diese Weise würde sich auch der alte Graf endlich wieder mit der Kirche aussöhnen. Die Nachricht über diesen Gottesdienst wurde in Gironde von Nachbar zu Nachbar weitergegeben.

Tag 48, siebte Woche

Da Klara das Leben der Dorfbewohner ganz schön auf den Kopf gestellt hatte, hielt sie es für angebracht, an der Baumkapelle im Wald eine kleine Rede zu halten. Dafür legte sie sich einige Worte zurecht. Je näher jedoch die Stunde des Abschiedsgottesdienstes rückte, desto nervöser wurde sie. Würde überhaupt jemand aus dem Dorf zu ihnen heraufkommen?

Doch Klaras Sorge war völlig unbegründet: Außergewöhnlich viele Dorfbewohner erschienen an diesem Donnerstagnachmittag zur Gedenkfeier. Es war ein feierliches, aber auch trauriges Bild, als sich die vielen Menschen mit Blumen in den Händen um und auf der kleinen Lichtung versammelten. Sogar die Dorfmusikkapelle war gekommen, um der Feierlichkeit den passenden Rahmen zu verleihen, und nach einem einleitenden, ruhigen, getragenen Stück, begann der Pfarrer mit seiner Zeremonie.

Klara stand zwischen David und ihrem Großvater, bei dem sie sich liebevoll eingehakt hatte. Schließlich gab ihr der Pfarrer ein Zeichen und Klara trat nach vorne. Sie hatte noch nie vor so vielen Menschen gesprochen – sie schätzte ihre Zahl auf um die 300 – und trat nervös von einem Fuß auf den anderen. Zuerst ließ sie ihren Blick über die Runde gleiten, bis er schließlich bei Bertrand hängenblieb.

Endlich begann sie: „Wir nehmen heute Abschied von einem lieben Menschen, von dem Sie alle vor 24 Jahren glaubten, dass er freiwillig aus dem Leben geschieden sei. Heute aber wissen wir, dass er einer der glücklichsten Menschen dieser Welt war, dessen Glück ihm aber nicht gegönnt wurde. Sie hatten damals keine Gelegenheit, ihm Lebewohl zu sagen, deshalb sind Sie heute hier und ich danke Ihnen allen, dass Sie gekommen sind. Ich danke Ihnen aber auch, dass Sie mich so herzlich bei sich aufgenommen haben, obwohl ich misstrauisch war und viele Fragen stellte. Nur durch Ihre Offenheit und Ihre Erzählungen wurde das Bild meines leiblichen Vaters, an den ich mich nicht erinnern konnte, wieder wachgerufen. Nur durch Sie habe ich meinen Vater wiedergefunden, obwohl ich ihn verloren habe."

Hier stockte sie und schluckte. Ihre Worte lösten eine ungewollt heftige Gefühlswallung in ihr aus. Aber auch die Anwesenden hatten mit den Tränen zu kämpfen, wie Klaras Blick in die Menge ihr zeigte. Sie hatte den Faden verloren. Was wollte sie nochmals als Schlusssatz sagen? Wieder tastete ihr Blick über die Menschen um sie herum. Alle schauten sie erwartungsvoll an – keiner ging davon aus, dass ihre Rede hier zu Ende war.

Klaras Hand fühlte nach dem Spickzettel in ihrer Tasche, doch – einem plötzlichen Impuls folgend – zerknüllte sie ihn, anstatt ihn ans Tageslicht zu befördern. Was dann kam, kam direkt aus ihrem Herzen – ungefiltert und ungeschminkt: „Ich habe hier nicht nur viele Freunde, sondern auch eine neue Heimat gefunden. Auch dafür danke ich Ihnen von Herzen! Ich habe mich deshalb dazu entschlossen, nach der Beendigung meines Studiums zurückzukommen. Dann werde ich bleiben – für immer. Uns allen wünsche ich, dass wir meinen Vater nur als lebenslustigen Menschen in Erinnerung behalten werden, und dass es uns ein Lächeln ins Gesicht zaubert, wenn wir an ihn denken."

Klara trat einen Schritt zurück und signalisierte damit das Ende ihrer Rede. Sie wusste, dass sie die richtige Entscheidung getroffen hatte. Doch was würden die anderen davon halten? Unsicher schaute sie in die Runde. Bertrand und David strahlten um die Wette. Es war nicht auszumachen, wem von beiden sie mit ihrer Ankündigung mehr Freude bereitet hatte.

Und die restlichen Anwesenden? Überrascht stellte Klara fest, dass sie alle anlächelten, als ob sie schon längst gewusst hätten, dass Klara ein neues Mitglied ihrer Gemeinde werden würde. Erleichtert lächelte Klara zurück. Und dann brach es aus ihnen heraus. Die Zuhörer begannen zu klatschen. Danach hatte jeder die Gelegenheit, seine mitgebrachten Blumen an der kleinen Kapelle niederzulegen. Klara nutzte die allgemeine Unruhe, um sich wieder aus dem Rampenlicht zu stehlen, und schlüpfte zwischen Bertrand und David.

„Willst du wirklich hierbleiben?", flüsterte ihr David ins Ohr.

„Na, wenn ich das gesagt habe, wird es wohl stimmen", meinte Klara mit dem Ansatz eines Lächelns in ihrem Gesicht.

Wieso sollte sie nicht hierbleiben? Was hielt sie denn im kalten Deutschland? Hatte sie nicht hier Freunde und sogar eine Familie gefunden? Ein Schluchzen von links ließ sie aufhorchen. Sie war so sehr in Davids warme, braune Augen versunken, dass sie ihren Großvater ganz vergessen hatte.

„Ich freue mich so, dass du bei mir bleiben willst, obwohl ich in der Vergangenheit so viele Fehler gemacht habe. Kannst du mir irgendwann verzeihen?", fragte sie Bertrand unter Tränen. Klaras Umarmung sprach Bände.

Nach und nach verabschiedeten sich die Dorfbewohner bei Klara, wechselten das ein oder andere Wort mit ihr, drückten ihre Hände oder umarmten sie zum Abschied. Irgendwann stand sie ganz alleine auf der Lichtung. Erschöpft setzte sie sich auf die Holzbank und als sie die vielen Blumen sah und sich an die vielen Gesichter erinnerte, die alle ihrem Vater zuliebe gekommen waren, wurde ihr zum ersten Mal bewusst, was sie wirklich verloren hatte.

Langsam rollten ihr die Tränen über die Wangen und aus dem Rinnsal wurde ein Sturzbach. Sie weinte ein letztes Mal um ihren Vater, ihre Mutter und Klaus. Als sie jemand tröstend in den Arm nahm, musste sie nicht aufschauen, um zu wissen, wer es war. Sie erkannte David an seinem angenehmen Geruch und an der Art, wie er ihr durchs Haar strich. Als sie so erschöpft war, dass sie nicht mehr weinen konnte, saßen sie noch lange Zeit stumm nebeneinander auf der weißen Holzbank.

Tag 55, achte Woche

Klara hatte noch genau zwei Wochen Zeit, bis ihr Semester in Köln wieder anfing. Bis dahin gab es noch sehr viel zu erledigen. In der darauffolgenden Woche besuchte sie jedoch zumindest Sarah mehrere Male. Sie brauchte ihre Freundschaft momentan am dringendsten und Klara stellte mit Erleichterung fest, dass sie Fortschritte in ihrer Therapie gemacht hatte und nun offen über ihren Kindsmord reden konnte. Sie ließ endlich die traurige Wahrheit an sich heran. Zwar musste sie noch einige Wochen oder sogar Monate in Therapie bleiben, aber die Erfolgsaussichten waren wirklich gut.

Und schließlich kam der Tag, vor dem sich Klara am meisten gefürchtet hatte: der 25. Juli, ihr 26. Geburtstag. Sie erzählte niemandem davon, da ihr nicht nach Feiern zumute war, und eigentlich hatte sie vor, den größten Teil des Tages zu verschlafen. Ihr Großvater machte aber schon frühmorgens solch einen Lärm, dass sie schließlich doch aufstand.

Als sie verschlafen die Küche betrat, glaubte sie, ihren Augen nicht zu trauen. Auf dem Küchentisch standen ein großer, bunter Blumenstrauß und ein von Bertrand selbstgebackener Apfelkuchen mit vielen Kerzen darauf.

„Woher weißt du …?", begann sie, wurde jedoch völlig von ihrem Großvater überrumpelt.

„Komm schon her, du verschlafenes Geburtstagskind." Er drückte sie fest und wuschelte ihr durch die langen Haare. „Du glaubst doch nicht etwa, dass ich deinen Geburtstag vergesse. Herzlichen Glückwunsch!" Und mit Blick auf ihren Pyjama fügte er hinzu: „Du solltest dich besser anziehen und fein machen, wir sind heute Morgen nicht alleine."

Erst jetzt sah sie, dass der Tisch für drei Personen gedeckt war. Ihre Lust, den Tag mit Gästen zu verbringen, hielt sich in Grenzen. Da sich ihr Großvater jedoch wie ein kleines Kind über seine Überraschung freute, wollte sie ihm die Freude nicht verderben. Aber wen mochte er eingeladen haben?

Als sie mit gekämmten Haaren, wacherem Blick und in einem schönen Sommerkleid zurückkam, saß David bereits am Tisch und lächelte sie an. Das hätte sie sich denken können! Ihr Großvater war wirklich ein Schelm! Sie warf ihm einen tadelnden Blick zu, der aber nicht darüber hinwegtäuschen konnte, dass sie sich über Davids Gesellschaft freute.

David überreichte ihr einen großen Umschlag, der in rotes Geschenkpapier eingewickelt war. Neugierig riss sie die Verpackung auf und stieß gleich darauf einen Begeisterungsschrei aus. Klara hielt die Einladung eines bekannten Galeristen in Caen in der Hand, der ihr anbot, einige ihrer Bilder auszustellen. Nachdem sich die erste Verwunderung gelegt hatte, wurde sie skeptisch: „Wie komme ich denn zu dieser Ehre? Du hast doch nicht etwa über Beziehungen ..."

„Nein, in dieser Branche kenne ich außer dir wirklich niemanden."

„Aber wie kann er mir eine Ausstellung anbieten, wenn er meine Bilder nicht kennt?"

„Nun, er kennt deine Bilder", mischte sich Bertrand ein, „ich habe David die Bildersammlung, die du hier gemalt hast, zur Verfügung gestellt."

Jetzt erstreckte sich ihr Lächeln über das ganze Gesicht. „Ihr seid mir ja zwei Verschwörer."

„Denk nur nicht, dass du dich nun auf deinen Lorbeeren ausruhen kannst", meinte David grinsend. „Der Galerist möchte von dir bis Ende des Jahres eine ganze Palette neuer Bilder sehen."

„Na, dann sollte ich mich gleich an die Arbeit machen." David hob seine Hände in einer abwehrenden Geste.

„Nein, für heute hat er dir freigegeben. Aber wenn du Lust hast, würde ich gerne einen kleinen Ausflug mit dir machen.“ David schaute sie erwartungsvoll an.

„Ja, gerne!“, antwortete Klara.

Sie fuhren nach Etretat zu den berühmten Kreidefelsen und Klara wusste sofort, dass dies einer ihrer Lieblingsorte werden würde. Die Naturgewalten waren hier so unmittelbar und intensiv zu spüren, dass ihr eine Gänsehaut über den ganzen Körper kroch. Rechts und links des kleinen Strandes türmten sich die imposanten Felsen auf und vor ihnen lag das brausende Meer.

Die beiden wählten den linken Aufstieg, gingen noch ein gutes Stückchen an den Klippen entlang, bis sie den Touristentrubel hinter sich gelassen hatten, rechts nur noch das Rauschen des Meeres und links sanft blökende Kühe zu hören waren.

Von ihrem Picknickplatz aus blickten sie direkt auf ein Felsentor von gigantischem Ausmaß, durch das man nur bei Ebbe gehen konnte, und neben dem eine Felsennadel wie eine Speerspitze des Meeresgottes den Himmel zu durchbohren schien. Dort setzten sie sich ins warme Gras und David packte den Picknickkorb aus. Er hatte sogar an eine Tischdecke, Champagner, Sektgläser und Erdbeeren zum Nachtisch gedacht.

Als sie ihr erstes Gläschen Champagner ausgetrunken hatten, holte er verschmitzt ein kleines Päckchen aus seiner Brusttasche und überreichte es Klara: „Hast du wirklich gedacht, dass ich dir nur einen roten Umschlag schenken würde?“, beantwortete er Klaras fragenden Blick. Als Klara die Schatulle aufklappte und einen schlichten Ring mit einem funkelnden Stein erblickte, stockte ihr der Atem.

„Womit habe ich das verdient?“, stotterte sie. Doch statt einer Antwort nahm David Klaras Gesicht sanft in seine Hände, schaute ihr tief in die Augen und küsste sie zärtlich. Als Klara seinen Kuss leidenschaftlich erwiderte, wurde ihr bewusst, dass sie David von Anfang an geliebt hatte.

„Weil ich dich so sehr liebe …!“, flüsterte David schließlich.

Epilog

Die kleine Klara spazierte vergnügt durch einen sonnendurchfluteten Wald. Auf einer Lichtung traf sie ihren Vater Philippe, er nahm ihre Hand und sie gingen gemeinsam weiter. Die beiden verstanden sich auch ohne Worte prächtig. Hin und wieder deutete ihr Vater auf einen besonders schönen Baum oder einen im Sonnenlicht davonfliegenden Vogel. Klara kicherte und drückte die Hand ihres Vaters noch etwas fester. Es war ein herrliches Gefühl. Sie spazierten durch den alten Park bis zum steinernen Renaissance-Torbogen. Dort blieb Klara stehen und ihr Vater ging alleine weiter. Doch sie war nicht traurig und winkte ihm lange nach, bis er um die Ecke und somit aus ihrem Sichtfeld verschwand.

Klara hätte noch stundenlang so weiterträumen können. Als sie jedoch für einen Moment aufwachte, griff sie suchend neben sich und stellte beruhigt fest, dass David friedlich an ihrer Seite schlummerte. Sie kuschelte sich noch enger an ihn, schloss die Augen und schon hatte ihre Traumwelt sie wieder.

Zu guter Letzt

Mein herzlicher Dank geht an meinen Mann Frank, der mich im Schreiben immer ermutigt hat und stets an die Veröffentlichung dieses Buches geglaubt hat. Außerdem danke ich meinen Probelesern, die sich durch teilweise unfertigen Stoff kämpfen mussten. Ein besonderes Dankeschön geht an meine Verlegerin Sonia Lauinger, die mir die Chance gab, Klaras Geschichte in die Welt zu entlassen. Und zu guter Letzt danke ich allen Lesern, die sich für dieses Buch entschieden haben und es weiterempfehlen.

DANKE!